L'écorcheur de Portland

James Hayman

L'écorcheur de Portland

Traduit de l'anglais (États-Unis)
par Frédéric Brument

ÉDITIONS
FRANCE
LOISIRS

Ce livre a été publié sous le titre original *The Cutting*
par St. Martin's Press, New York.

Édition du Club France Loisirs,
avec l'autorisation des Éditions L'Archipel.

Éditions France Loisirs,
123 boulevard de Grenelle, Paris
www.franceloisirs.com

ISBN : 978-2-298-05649-5

Pour Jeanne

Prologue

Juillet 1971

Il serra fermement contre lui la créature terrifiée. C'était un garçon costaud, grand pour ses huit ans, avec une silhouette élancée et des cheveux noirs. Après plus d'un mois passé sous le soleil d'été, sa peau blanche avait bruni. Il sentait trembler le lapin, âgé de quelques semaines seulement. Une excitation croissante l'envahit. Le garçon résista à l'envie de se mettre à courir vers sa cachette. Il craignait de trébucher sur une aspérité du terrain ou une branche dissimulée sous le tapis de feuilles en décomposition de l'automne précédent. Son trésor pourrait lui échapper des mains et détaler. Pourtant, même s'il se contraignait à marcher, sa respiration s'accéléra. Il caressa doucement la fourrure soyeuse du lapin pour tenter de calmer le cœur de l'animal qui battait la chamade, et peut-être aussi le sien.

Il lui fallut presque vingt minutes pour atteindre sa destination, une sorte de grotte végétale formée par les tiges affaissées de morelle douce-amère, une plante grimpante qui s'enroulait autour des jeunes pins blancs et des bouleaux cernant l'endroit. Le garçon avait consolidé le bas des parois en amassant des branches d'épicéa contre la douce-amère. Il avait aussi coupé la végétation qui envahissait l'intérieur et apporté des brassées de feuilles mortes et d'aiguilles de pin en guise de tapis de sol. L'espace mesurait environ un mètre vingt de diamètre et moins d'un mètre de hauteur en son centre. Des rayons de soleil entraient par le haut, projetant à terre un motif d'ombre et de lumière.

Le garçon rampa dans la grotte, assurant sa prise sur le lapin en le plaquant d'une main contre son torse. L'humidité du sol détrempa les genoux de son jean ; il sentit le froid contre sa peau. Une fois à l'intérieur, il étendit l'animal sur le sol en le tenant par les oreilles. Ses petits yeux noirs et ronds étaient fixés sur le garçon qui y lut un mélange de terreur et de résignation. Il eut l'impression que la créature savait – et acceptait, à sa manière – ce que le garçon avait planifié avec tant de soin. Il fut alors convaincu que les choses étaient telles qu'elles devaient être.

Avec sa main libre, il sortit le canif de sa poche arrière. Il avait aiguisé la lame de huit centimètres jusqu'à la rendre tranchante comme un rasoir et prit garde de ne pas se couper en le dépliant.

Il s'obligea à patienter quelques secondes encore, jouissant à l'avance de son acte. Il sentit son cœur tambouriner lorsqu'il posa enfin la pointe du canif juste au-dessous du cou de la créature. Il pressa fortement puis fit descendre la lame vers l'estomac, ouvrant l'animal en deux. La créature poussa des cris perçants – similaires aux cris de douleur aigus de son petit frère, encore bébé, lorsque le garçon jouait avec lui. Il ne laissa pas le bruit le distraire de sa tâche. Il était quasiment sûr que personne ne pouvait l'entendre.

Il ne connaissait pas de mots pour exprimer la sensation de plaisir qui secoua son corps lorsqu'il découvrit le cœur palpitant du lapin et le tint un instant dans sa main, avant que le battement cesse et que la créature meure. Il savait seulement qu'il voulait revivre cette expérience, encore et encore.

1

Portland, Maine
16 septembre 2005
Vendredi, 5 h 30

Le brouillard peut tomber subitement sur la côte du Maine. Par une matinée des plus ensoleillées, on voit parfois apparaître en un clin d'œil des nappes grises de brume tourbillonnante, recouvrant tout avec une opacité telle qu'il devient difficile de distinguer ses propres pieds. Ce matin-là de septembre, le brouillard s'abattit à 5 h 30, à peu près au moment où Lucinda Cassidy et son compagnon Fritz, un petit chien de race indéterminée, arrivèrent au cimetière de Vaughan Street pour entamer leur footing. Un trajet de plus de six kilomètres le long du chemin qui borde la Western Promenade – le parc en bord de mer à l'ouest de la ville – dans le quartier de West End.

Le cimetière, l'un des plus vieux de Portland, était cerné par une clôture grillagée qui tombait en décrépitude. Les grilles donnant sur Vaughan Street étaient verrouillées afin d'interdire l'entrée aux promeneurs de chiens du voisinage. Les sépultures les plus anciennes remontaient à la fin du XVIIe siècle. Sur la majorité de ces pierres tombales, les dates et autres inscriptions étaient effacées au point d'être presque illisibles. Celles qu'on pouvait encore déchiffrer portaient les noms des familles les plus éminentes du Portland de l'époque : Deering, Dana, Brackett, Reed, Preble. Il s'agissait de vieux noms yankees, dont la plupart avaient atteint une relative immortalité, servant à baptiser les rues et les parcs de la jeune cité en plein développement. Des pierres plus récentes marquaient l'emplacement des tombes des immigrants irlandais, polonais et franco-canadiens qui vinrent à Portland pour travailler dans les industries florissantes de la construction navale ou des chemins de fer durant la seconde moitié du XIXe siècle. Cependant, aujourd'hui, on n'enterrait plus personne ici, quels que soient ses aïeux ou son influence. L'endroit était plein, les dernières inhumations et les dernières tombes érigées remontant aux années qui avaient suivi la Seconde Guerre mondiale.

Lorsque le brouillard s'installa, l'idée d'annuler son footing traversa l'esprit de Lucinda, mais elle la chassa aussitôt. À vingt-huit ans, elle se préparait à participer à sa première course sur dix kilomètres. Et elle était suffisamment disciplinée pour ne pas laisser un phénomène aussi éphémère qu'une brume matinale chambouler son programme d'entraînement. Elle avait déjà assez de mal à trouver le temps de courir, avec ses longues heures de travail en tant que nouvelle chargée de clientèle chez Beckman & Hawes, la plus grande agence de publicité de la ville. De toute façon, Lucinda s'était familiarisée avec le trajet. Le brouillard ne devrait pas lui poser de problème tant qu'elle prendrait garde de ne pas trébucher sur les pavés inégaux du trottoir.

L'air frais caressa ses jambes nues tandis qu'elle effectuait ses étirements – mollets, quadriceps et tendons. Elle retira son sweat-shirt trop large du Bates College, dévoilant un haut blanc et un short de nylon bleu, et le balança dans sa voiture, une Toyota Corolla vieillissante.

Elle ne vit pas d'autre joggeur ni de promeneur matinal, et se dit que Fritz et elle auraient peut-être les rues pour eux seuls. Elle détacha le collier de son compagnon pour le laisser courir librement. Il était bien dressé et ne s'éloignerait pas trop. Enfonçant sur ses cheveux blonds une casquette à l'effigie des Portland Sea Dogs, elle referma la bande Velcro sur sa nuque, laissant dépasser sa queue-de-cheval. Elle passa la laisse du chien derrière son cou et se mit en route sur Vaughan Street, adoptant un rythme tranquille. Fritz filait devant, s'arrêtant de temps à autre pour marquer son territoire au pied d'un arbre ou d'un lampadaire.

Lucinda appréciait le calme des petites heures du matin dans ce quartier huppé. Tout en parcourant les rues bordées d'élégantes demeures du XIXe siècle, elle jetait en passant des coups d'œil par les fenêtres et s'imaginait vivre dans l'une ou l'autre d'entre elles. L'image lui plaisait. Elle se voyait y organiser des soirées chics. Le dîner serait simple mais préparé à la perfection. Les vins millésimés. Les hommes séduisants. La conversation pleine d'esprit. Le tout terriblement bourgeois. C'était une vision agréable mais hautement improbable. Ce n'était pas son milieu, elle le savait. Elle regarda Fritz gambader devant elle, puis se retourner en attendant qu'elle le rejoigne.

Lucinda fendait l'air matinal frais et humide, élevant son rythme cardiaque au niveau d'un entraînement d'aérobic. Elle pensa à la journée qui l'attendait et passa en revue, pour la vingtième fois au moins, les détails d'une campagne télévisée qu'elle allait présenter au service marketing de la Mid-Coast Bank. Elle avait travaillé d'arrache-pied pour décrocher ces nouveaux clients, mais ils se révélaient aussi difficiles qu'exigeants. Après le bureau, elle prévoyait de passer en vitesse à Circuit City afin d'acheter un cadeau d'anniversaire pour son neveu Owen qui allait avoir douze ans. Le fils de sa sœur aînée Patty lui avait dit désirer « plus que tout » un iPod, mais il n'était guère optimiste à ce sujet. « On n'a pas l'argent cette année », avait-il ajouté sur ce ton sérieux d'adulte qui était du Patty tout craché. Eh bien, Owen allait avoir une drôle de surprise.

Ensuite, elle repartirait en direction du Vieux Port pour dîner avec David chez Tony's. La perspective d'un dîner chez Tony's lui plaisait bien. Celle de le partager avec son ex-mari beaucoup moins. Il insistait pour qu'ils se remettent ensemble – et oui, elle l'admettait, à certains moments elle était brièvement tentée. Ce qui était certain, c'est qu'elle n'avait personne d'autre sur les rangs. Néanmoins, après quelques rencontres, elle était plus que jamais persuadée que retourner avec David n'était la solution ni pour elle ni pour lui. C'était ce qu'elle comptait lui dire le soir même.

Elle courut sur Vaughan environ un kilomètre et demi, montant la pente douce de Bramhall Hill, avant de bifurquer vers l'ouest en traversant l'ancien quartier de l'hôpital pour rejoindre le chemin qui longeait le parc sur sa bordure ouest. Le brouillard s'était épaissi et, à présent, elle y voyait encore moins, mais elle se sentait bien dans son corps. Son entraînement commençait à payer, et elle savait qu'elle serait prête pour la course qui devait avoir lieu dix jours plus tard.

Soudain, Fritz fila au loin et disparut dans la brume, aboyant furieusement après ce que Lucinda imagina être un animal ou un autre coureur approchant dans sa direction. Puis elle vit son chien ressortir en trombe du brouillard, se retourner et se planter là, son petit corps secoué d'aboiements rageurs peu habituels de sa part. Aussitôt sur le qui-vive, Lucinda se demanda ce qui pouvait le mettre dans un tel état d'agitation. D'ordinaire, face à des étrangers, il se contentait de remuer son petit bout de queue.

Quelques secondes plus tard, un coureur émergea du brouillard à moins de cinq mètres d'elle. C'était un homme grand, mince et musclé. L'avait-elle déjà vu faire son jogging auparavant ? Elle ne le pensait pas. Il était d'une beauté peu ordinaire, avec des yeux noirs et profonds difficiles à oublier. Fin de la trentaine ou début de la quarantaine, estima-t-elle. Fritz recula mais continua d'aboyer.

— Calme-toi, ordonna Lucinda. C'est bon.

Elle sourit à l'intention de l'homme.

— D'habitude, il n'est pas aussi grognon.

L'homme s'arrêta et mit un genou à terre. Il tendit sa main gauche afin que Fritz puisse la renifler, puis le gratta derrière les oreilles. Il leva la tête en souriant vers Lucinda.

— C'est quoi, son nom ?

Lucinda nota qu'il ne portait pas d'alliance.

— Fritz.

— Hé, Fritz, tu es un bon chien ? Je suis sûr que oui.

Il le caressa de nouveau. La queue épaisse du chien remua une fois ou deux, prudemment. L'homme releva les yeux.

— Je vous ai déjà vue courir par ici. J'en suis quasiment sûr.

— C'est possible, dit-elle, même si elle était certaine qu'elle l'aurait remarqué. Je viens ici presque tous les matins. Je m'entraîne pour un dix kilomètres.

— C'est bien. Ça vous embête que je me joigne à vous ? Un peu de compagnie me ferait plaisir.

Elle hésita, surprise par la franchise de l'homme.

— Si vous voulez, finit-elle par répondre. Tant que vous arrivez à suivre la cadence. Je m'appelle Lucinda.

— Harry, se présenta-t-il en tendant la main. Harry Potter.

— C'est une blague ?

— Non, hélas. On m'a baptisé bien avant la sortie du premier livre, et je n'avais pas envie de changer de nom.

Ils reprirent leur footing, tout en continuant à discuter, s'amusant du nom de l'homme. Fritz, qui n'aboyait plus, resta à leur hauteur.

— Vous habitez à Portland ? demanda-t-elle.

— Non, je suis là pour affaires. Matériel médical. L'hôpital est un de mes plus gros clients.

— Alors vous venez souvent ?

— Au moins une fois par mois.

Ils accélérèrent le rythme et tournèrent vers le sud, empruntant la promenade en bord de mer à l'ouest du parc.

— En temps normal, on a un très beau panorama d'ici. Mais aujourd'hui, on n'y voit rien.

Un 4 x 4 vert foncé était garé dans le virage juste devant eux.

— Vous voulez bien m'excuser une minute ?

Harry pointa une clé électronique vers le véhicule. Les phares de la voiture clignotèrent ; ses portes se déverrouillèrent. Il se pencha à l'intérieur, farfouilla dans une petite sacoche de toile, puis émergea de la voiture en tenant une seringue hypodermique et un petit flacon.

— Je suis diabétique, expliqua-t-il. Je dois prendre mon insuline à heure fixe.

Il inséra soigneusement l'aiguille dans le flacon, dont il tira un liquide translucide.

— J'en ai pour une seconde, précisa-t-il.

Lucinda sourit. Estimant qu'il serait impoli de l'observer, elle se retourna et porta son regard au-delà de la promenade. Le brouillard ne se dissipait pas. Il paraissait même plutôt s'épaissir. Elle effectua quelques étirements pour éviter que ses muscles se refroidissent pendant qu'elle attendait.

Elle sentit plus qu'elle ne vit le mouvement brusque derrière elle. Avant qu'elle ait pu réagir, le bras gauche de Harry Potter lui enserrait le cou et la tirait brutalement en arrière – la prise d'étranglement classique. Le creux du coude de l'homme lui comprimait la trachée, bloquant sa respiration. Impossible de bouger. Elle voulut hurler, mais ne réussit à expirer qu'un souffle d'air tout juste suffisant pour émettre un petit cri étranglé.

En pleine confusion, Lucinda planta frénétiquement ses ongles dans la chair de l'homme, regrettant de ne pas les avoir laissé pousser assez longs pour qu'ils se muent en armes fatales. Elle sentit une piqûre. Baissant les yeux, elle vit la main libre de l'homme injecter le contenu de la seringue dans son bras. Il la maintenait toujours, sans bouger. Elle s'efforça de lutter, mais il était trop fort, son étreinte implacable. En quelques secondes, une sensation d'étourdissement l'envahit. Elle sentit les mains de l'homme se poser sur sa nuque et ses fesses puis la pousser, la tête la première, sur la banquette arrière de la voiture.

En tournant la tête, Lucinda put regarder par la portière entrouverte, mais tout ce qui l'entourait était devenu lointain, embrumé, comme un film défilant au ralenti, image par image, qui semblait n'avoir aucun sens. Elle vit Fritz, enragé, grogner et planter ses crocs dans la jambe de l'homme. Elle entendit un cri : « Merde ! » Deux grandes mains empoignèrent le chien. Elle tenta de se relever mais n'y parvint pas. La dernière chose que vit Lucinda Cassidy fut le bel homme aux yeux sombres. Il lui sourit. Puis le film s'obscurcit avant de fondre au noir.

2

Vendredi, 19 h 30

Les foules estivales déambulant dans le Vieux Port s'étaient amenuisées à présent que la fête du travail était passée, mais la chaleur était toujours au rendez-vous et Exchange Street débordait d'effervescence. Boutiques et restaurants restaient ouverts tard et regorgeaient de clients. Des groupes d'adolescents – dans le style « grunge » pour la plupart, certains pourvus de piercings et de tatouages, d'autres non – s'étalaient sur toute la largeur des trottoirs, obligeant les touristes d'âge mûr à les contourner.

L'inspecteur principal Michael McCabe et Kyra Erikson marchaient côte à côte, en se tenant la main. À les voir bavarder gaiement, absorbés l'un par l'autre, un passant aurait pu en déduire d'emblée qu'ils étaient amoureux – ce qui était exact.

Ce soir-là, ils se rendaient chez Arno, le nouveau restaurant italien en vogue dans le nord de la ville. Comme toujours, c'était un choix de Kyra. Les habitudes alimentaires de McCabe étaient aussi prévisibles que peu aventureuses. Il commandait invariablement un steak bleu à la new-yorkaise, précédé d'un scotch single malt – sans glaçons –, et accompagné d'une ou deux bouteilles de bière Shipyard bien fraîche.

Kyra, en revanche, était un vrai gourmet. Elle avait déjà dans son collimateur l'une des spécialités d'Arno, les « raviolis au canard en sauce, récita-t-elle, en salivant d'avance, servis avec de fines tranches de canard rôti ».

McCabe ne considérait pas leurs approches divergentes du dîner comme une incompatibilité majeure. Il s'adaptait sans problème à sa passion pour la grande cuisine. Après le dîner, ils avaient prévu de retourner dans son appartement et de regarder un film – *Billy le Menteur* de John Schlesinger, avec Tom Courtenay et Julie Christie, alors jeune et très sexy. C'était un des films préférés de McCabe, depuis l'époque de sa première vie d'étudiant en cinéma à l'université de New York. Il n'avait jamais avoué à Kyra qu'elle lui rappelait Christie dans ce rôle. Elle avait les mêmes cheveux blonds bouclés, les mêmes yeux clairs, les mêmes lèvres pleines, presque boudeuses, sauf que – Dieu merci – Kyra ne faisait quasiment jamais la moue. Cette ressemblance était un des traits qui l'avaient attiré au début. Il se demanda si elle apprécierait la comparaison.

Ils s'arrêtèrent près d'un jeune musicien de rue assis sur le trottoir, le dos appuyé contre la devanture de brique d'une petite bijouterie. Il jouait sur un beau violon patiné. Une pancarte écrite à la main, posée contre le mur, l'identifiait comme EX-ÉTUDIANT DE JUILLIARD. Ils restèrent à l'écouter vingt ou trente secondes. Puis, avant de se remettre en marche, McCabe déposa quelques billets dans l'étui à violon ouvert du jeune homme.

— Tu es de bonne humeur, remarqua Kyra.

— Pourquoi pas ? C'est une belle soirée. Je suis avec une belle femme. Il joue bien et j'aime le morceau. Mozart. *Concerto pour violon...*, précisa

McCabe en fouillant sa mémoire, n'hésitant qu'une seconde avant d'ajouter: *Numéro trois*.

Non qu'il soit expert en musique classique. Il ne connaissait rien en musicologie ni aux différents styles des compositeurs. Il en écoutait seulement à l'occasion. Mais il avait une excellente mémoire. Ils s'éloignèrent, laissant s'éteindre derrière eux les notes douces et voluptueuses du violon.

Au début, en découvrant qu'il était capable de répéter, mot pour mot, de longs passages d'un livre ou d'un rapport d'enquête qu'il avait lus des mois auparavant, Kyra avait été troublée, McCabe le savait. Elle en avait conclu qu'il avait une mémoire photographique, ce qu'il avait réfuté.

— Un truc pareil n'existe pas, lui avait-il dit. Personne n'a jamais pu prouver que le cerveau était capable de « photographier » une image et de la « revoir » ensuite.

— Tu te souviens de tout?

— Seulement si ça m'intéresse. J'ai ce qu'on appelle une mémoire eidétique. Mon cerveau est juste très performant pour classer les informations et les stocker là où il pourra les retrouver facilement.

Remontant toujours Exchange Street, ils passèrent devant une voiture de patrouille noir et blanc garée sur un STATIONNEMENT INTERDIT. Une jeune policière au visage rond était assise au volant. Elle sourit en repérant McCabe en compagnie d'une femme qui était visiblement sa petite amie.

— Hé, inspecteur, comment va? l'interpella-t-elle.

Il lui rendit son sourire.

— On garde un œil sur les délinquants?

— Ouais, si on veut. La routine du vendredi soir. Dans quelques heures, les soulards vont commencer à sortir des bars.

De manière prévisible, le restaurant Arno était bondé et bruyant. Deux ou trois groupes de personnes attendaient près la porte que le chef de rang s'occupe d'eux. Étant arrivés avec quinze minutes d'avance sur l'heure de leur réservation, McCabe et Kyra allèrent patienter au petit bar adjacent, où des escadrons de jeunes cadres, hommes et femmes, intriguaient pour leur carrière. McCabe repéra la forme trapue caractéristique d'un Dalwhinnie parmi les bouteilles alignées derrière le bar. C'était un de ses malts préférés, mais on ne le trouvait pas partout. Il fit signe au barman et commanda un double, sec, pour lui et, sans même avoir à demander, un verre de sancerre pour Kyra. Tournant la tête, il la vit en train de discuter avec un de ses contacts artistiques, Gloria Kelwin, une galeriste qu'il avait déjà rencontrée à plusieurs occasions. McCabe apporta les verres et tendit son vin à Kyra.

— Tiens, bonjour, Michael, ronronna Gloria, se penchant pour effleurer des lèvres la joue de McCabe. Alors, combien de méchants on a attrapés cette semaine ?

Elle parlait d'une façon maniérée qui ne manquait jamais d'irriter McCabe. Sans attendre de réponse, elle reporta son attention sur Kyra. La galerie de Kelwin, North Space, vendait les peintures et les lithographies de Kyra, qui espérait programmer une exposition personnelle. McCabe vit s'animer le visage de son amie tandis qu'elle décrivait avec vivacité une nouvelle série d'études de personnages sur laquelle elle travaillait, de petites huiles de jeunes danseurs saisis dans des poses athlétiques et fluides jusqu'à l'abstraction. À l'observer ainsi à son insu, il la trouvait encore plus attirante. Il finit par décrocher de la conversation, content de se concentrer sur la douce brûlure du scotch au goût de tourbe qui glissait le long de sa gorge, se demandant pour la centième fois comment il s'était débrouillé pour séduire une femme aussi sensible et sensuelle.

Alors qu'il dégustait son scotch, McCabe sentit son téléphone portable vibrer dans sa poche. Il le sortit juste à temps pour voir que l'appel provenait de Maggie Savage. Si une rencontre imprévue avec la propriétaire autoritaire d'une galerie n'allait d'aucune manière leur gâcher la soirée, il savait qu'un appel de Maggie le pouvait. Posant son verre presque vide sur le comptoir, il s'excusa et sortit sur Exchange Street. L'air était rafraîchissant et il y respira l'odeur de la mer. Il s'adossa contre le bâtiment et attendit un moment avant de la rappeler. Puis il composa son numéro.

Maggie occupait le deuxième rang dans la hiérarchie de la brigade des crimes contre les personnes que dirigeait McCabe. Techniquement, en tant que chef de brigade, McCabe n'était pas censé avoir de partenaire, mais il avait biaisé avec le règlement ; ils travaillaient donc en duo depuis son arrivée à Portland, trois ans auparavant. À cette époque, elle n'avait pas hésité à lui exprimer son ressentiment envers lui, la « prétendue star » qui débarquait de la police de New York pour prendre un poste qu'elle pensait avoir mérité. Selon elle, si le département n'avait pas retenu sa candidature, c'était par sexisme pur et simple. Indépendamment du savoir-faire et de l'expérience de McCabe, c'était la première fois qu'ils recrutaient un inspecteur senior qui n'était pas issu de leurs rangs, ce qui renforçait sa conviction. Néanmoins, après plusieurs années à travailler ensemble, McCabe avait fini par gagner son respect – et elle le sien.

Maggie prit l'appel à la première sonnerie.

— Désolée d'interrompre une soirée en ville, McCabe, mais c'est le branle-bas de combat ici.

— Qu'est-ce qu'il y a ?

— On a retrouvé le corps d'une adolescente dans la décharge de ferraille à la sortie de Somerset. Il pourrait bien s'agir de la fille Dubois.

Katie Dubois avait disparu depuis plus d'une semaine.

— D'après mes infos, elle a été salement découpée, poursuivit-elle. Peut-être un truc sexuel. J'en sais rien. C'est toi l'expert criminel.

— Et merde !

Il prit le temps de digérer la nouvelle. Portland n'avait rien à voir avec New York, les meurtres n'y étaient pas aussi courants. Il n'y avait eu que dix-neuf homicides dans tout l'État au cours de l'année précédente. Et seulement deux dans l'agglomération de Portland.

— OK, je suis chez Arno. Tu vois, le nouveau restau sur Exchange ? Passe me prendre. Je vais aller m'excuser auprès de Kyra.

Le niveau sonore à l'intérieur du bar était désormais proche du vacarme et McCabe ne voulait pas crier. Il tapota l'épaule de Kyra et l'emmena dans un coin à peine plus tranquille, près du vestiaire.

— Je dois y aller, dit-il.

— Oh non, dit-elle, la déception se peignant sur son visage. Il nous a fallu des semaines pour avoir cette réservation.

— Quelqu'un a été assassiné. Une adolescente.

Kyra ferma les yeux un instant, puis les rouvrit et acquiesça.

— OK. Vas-y. Je suis sûre que je pourrai me joindre à Gloria.

Elle leva les yeux et l'embrassa sur les lèvres.

— Ne t'inquiète pas, reprit-elle. J'ai ce que je mérite, pour être tombée amoureuse d'un flic.

— On se retrouve à l'appartement ?

Elle hocha la tête, sourit et le quitta pour retourner au bar.

Lorsque McCabe sortit du restaurant, Maggie attendait au coin de la rue dans une Crown Vic banalisée. Il se glissa sur le siège passager.

— Tu as eu des détails ?

— Le corps a été découvert par un sans-abri. Saoul. Peut-être dérangé. À part ça, rien. Pas de pièce d'identité. Pas de portefeuille. Pas de vêtements. Nada. Les agents sur place sont presque sûrs que c'est Dubois.

Ils roulèrent en silence pendant quelques minutes.

— Alors, elle est comment la cuisine chez Arno ? demanda Maggie. Aussi bon que tout le monde le dit ?

— J'en sais rien.

Maggie le scruta avec cet air perspicace qu'il lui connaissait bien. Il avait rarement vu un flic qui ressemblait si peu à un flic.

— J'oubliais, dit-elle. Tu ne te nourris que de scotch et de steaks.

— Le scotch était excellent, mais je ne suis pas allé jusqu'au steak. On n'a même pas eu le temps de se mettre à table. En ce moment, Kyra doit être en train de s'asseoir avec une galeriste sur qui on est tombés au bar.

— Je suis désolée de t'avoir arraché à ta soirée.

— C'est pas ta faute.

Moins de cinq minutes plus tard, McCabe et Savage arrivèrent sur la scène du crime. Deux voitures de police noir et blanc, leurs gyrophares bleus clignotant, bloquaient l'accès à la zone. Maggie se rangea derrière l'une d'elles et ils descendirent de voiture. McCabe prit une lampe-torche et une paire de gants en latex dans le coffre.

La zone était une petite friche industrielle en attente d'un éventuel développement. Une surface d'un hectare peut-être, pas plus. Elle était entourée d'une clôture grillagée qui se détériorait. Des bandes jaunes de scène de crime avaient été tendues sur les ouvertures le long du grillage et sur une trentaine de mètres derrière. Des piles de ferraille rouillée mise au rebut jonchaient le sol. Çà et là, une maigre végétation luttait pour survivre sur le terrain rocailleux. À part ça, il n'y avait que de la saleté, des détritus à la pelle, et un cadavre. L'identité devait encore être confirmée mais, à mesure qu'ils approchaient du corps, McCabe eut la certitude qu'il s'agissait de Katie Dubois.

Même recouverte du teint grisâtre de la mort, on devinait que Katie avait autrefois été jolie. Un visage rond aux joues pleines. Des cheveux blonds mi-longs attachés en queue-de-cheval. Des yeux ouverts et voilés, ne révélant rien d'autre que l'horreur qu'on s'attend à trouver dans le regard de quelqu'un qui va se faire massacrer d'une seconde à l'autre – et il y avait bien eu massacre. Elle avait pratiquement été coupée en deux par une profonde entaille qui allait de la base de son cou jusqu'au-dessus de son nombril. Les lambeaux de peau avaient été remis avec soin à leur place initiale. Des marques de brûlure circulaires étaient visibles sur ses seins et sur ses cuisses, près des parties génitales. Il y en avait peut-être d'autres, dissimulées par la position du corps.

La fille était nue. Elle était allongée sur le dos, genoux fléchis, jambes écartées, un bras replié vers l'arrière comme si elle avait cherché à atteindre quelque chose au-dessus de sa tête. Ou peut-être à s'échapper en dos crawlé. McCabe était sûr qu'elle n'était pas simplement tombée comme ça. Quelqu'un avait arrangé le corps dans cette position.

Il resta plusieurs minutes à scruter le corps. Katie Dubois avait seize ans. Elle avait disparu le mercredi de la semaine précédente. Élève en première au lycée de Portland, vedette de l'équipe de football, elle n'était pas rentrée chez elle après une soirée dehors avec ses amis. Elle avait été vue pour la dernière fois sur le Vieux Port, traînant avec cinq autres adolescents. On avait scotché des avis de disparition avec sa photographie sur les poteaux téléphoniques de toute la ville. Tom Tasco et Eddie Fraser menaient l'enquête. C'étaient des inspecteurs expérimentés, et ils avaient bossé dur sur ce dossier. McCabe avait lu leurs premiers rapports et avait été impressionné par leur minutie.

Aucun des autres adolescents n'avait d'idée sur l'endroit où Katie avait pu aller. Son petit copain, Ronnie Sobel, avait déclaré aux enquêteurs qu'il discutait avec des amis puis qu'à un moment, quand il s'était retourné, Katie n'était plus là. L'une des filles avait dit que cela ne s'était pas vraiment déroulé ainsi. Elle prétendit que Katie et Ronnie se disputaient. Elle pensait que c'était lié à une autre fille avec qui Ronnie serait sorti, mais n'en était pas sûre. Il n'en restait pas moins que, selon elle, quand Ronnie s'était éloigné de Katie, elle était partie furieuse. Depuis lors, la plus grande partie des policiers du département, ainsi que des douzaines d'amis, de membres de la famille et de volontaires, s'étaient lancés à sa recherche. Ils avaient passé la ville au crible. Et aussi les marais de Scarborough tout proches. Beaucoup de gens pensaient qu'elle referait surface du côté du port. Au lieu de cela, elle était réapparue ici.

McCabe sentit une colère familière monter en lui. Dans le Maine, les meurtres étaient généralement des affaires de famille, des maris tuant leur femme, des amis tuant des amis. Assez souvent, ils appelaient eux-mêmes la police dès qu'ils prenaient conscience de leur acte. Mais ce cas-là était différent. Il portait la marque de l'anonymat gratuit et brutal de la grande ville. McCabe se laissa aller un moment à déplorer un univers où un être humain pouvait commettre une telle horreur, en particulier à une adolescente. Puis il chassa ces pensées et laissa le flic en lui reprendre le dessus : il inspecta le corps, examina le sol où gisait la fille, s'efforça de déterminer s'il y avait le moindre détail qui retenait son attention – un détail qui lui permettrait de mieux comprendre ce qui était arrivé à Katie Dubois et de le mettre sur la piste du coupable. Il repéra des marques d'adhésif autour de sa bouche et de liens sur ses poignets, ses chevilles et son cou. Ses yeux ternes ne révélaient aucun signe d'hémorragie, ce qui suggérait que la mutilation, et non la strangulation, était la cause directe de la mort.

Debout là, dans une décharge de Portland, Maine, McCabe eut soudain l'impression d'être de retour à New York. Ce n'était pas comme s'il l'imaginait. Ou comme s'il s'en souvenait. C'était comme s'il y était vraiment. Il pouvait entendre le vacarme de la ville. Sentir sa puanteur. Une centaine de cadavres sanglants défilèrent devant ses yeux. Sa main droite se posa sur la crosse de son arme – une sensation réconfortante. Une fois de plus, Michael McCabe se laissait entraîner dans la chasse. Il savait avec une absolue certitude que c'était sa vocation. Que sa place était là, parmi les tueurs et les victimes. Aussi loin s'enfuirait-il, aussi profondément se cacherait-il, il n'arriverait jamais à laisser la violence derrière lui, ni sa fascination pour elle.

McCabe recula pour s'éloigner du corps de Katie, prenant garde de ne pas trébucher sur Maggie qui prenait des notes, un genou à terre, quelques pas derrière lui. Il se dirigea vers le policier en uniforme qui avait trouvé le corps. Il se souvenait de son nom: Kevin Comisky.

—Kevin, dit-il d'une voix calme, qu'est-ce qu'on a?

—Trois fois rien. Je patrouillais. Une nuit tranquille. Je venais juste de tourner dans Franklin en venant de Marginal quand cet ivrogne a déboulé en courant. Il criait des trucs au sujet d'un meurtre, mais ça n'avait ni queue ni tête, alors je l'ai embarqué dans la voiture – soit dit en passant, il l'a bien empuantie. Je lui ai demandé de me dire où il avait vu ce qu'il prétendait avoir vu. Il s'est débrouillé pour me conduire ici. J'ai vu le corps. J'ai demandé du renfort. Ils m'ont envoyé Kennerly. Et puis ils vous ont prévenus.

McCabe utilisa son portable pour appeler le commissariat de police au 109 Middle Street. Deux techniciens de scène de crime étaient de service. Il leur dit qu'il avait besoin d'eux sur-le-champ à la décharge. Puis il appela la directrice adjointe du service médico-légal, Terri Mirabito. Peuplée de moins de soixante-cinq mille habitants, Portland n'était pas une ville assez grande pour avoir son propre laboratoire médico-légal. Le plus proche se trouvait à Augusta, à plus d'une heure de route; mais Mirabito habitait en ville et, si elle était chez elle, elle pourrait arriver sur place beaucoup plus vite. Elle répondit à la première sonnerie et dit qu'elle venait tout de suite.

—Où est l'ivrogne? demanda McCabe à Comisky après avoir raccroché.

— Toujours dans la voiture, répondit le flic. Il va nous falloir plus qu'un coup de Sopalin et une giclée de Lysol pour que cette odeur disparaisse.

— L'un de vous a-t-il touché à quoi que ce soit ou déplacé le corps ? demanda McCabe aux deux policiers.

Ils répondirent par la négative.

— C'était déjà assez dur de voir le cadavre, avoua l'un d'eux.

— OK. Je viendrai interroger votre ami un peu plus tard ; assurez-vous qu'il n'aille nulle part.

Il se tourna vers Maggie.

— Où sont Tasco et Fraser ? Je croyais que c'était leur affaire.

Il savait qu'il devait paraître irrité, mais tant pis. Un inspecteur ne devrait jamais lâcher son enquête.

— Mike, ils ont bossé dix-huit heures par jour depuis une semaine. Tom est en route de toute façon. Je n'ai pas encore réussi à joindre Eddie.

McCabe hocha la tête.

— Trouve-le.

Il tourna les talons et appela chez lui.

— Allô, Casey, ça va ?

— Bonsoir, papa chéri. Je vais bien, dit la fille de treize ans de McCabe sur un ton artificiellement enjoué. Tu es toujours à ton dîner ?

— On n'a pas été jusqu'au dîner. Je travaille, là.

Il se demanda si Casey connaissait Katie Dubois. Elles jouaient toutes deux au football. Sans doute pas, raisonna-t-il. Casey était encore au collège, en quatrième.

— Je rentrerai tard, reprit-il. C'est quoi, ton programme ?

— J'ai invité des amies. Tu veux parler à Jane ?

— Ah bon ? Qui est là ?

— Gretchen et Whitney.

C'étaient deux des meilleures amies de Casey, qui habitaient tout près de chez eux sur Monjoy.

— J'appelais juste pour te dire que je suis sur une urgence…, reprit McCabe.

— Et que je ne peux pas entrer dans les détails, poursuivit-elle en s'efforçant de prendre un accent anglais aristocratique. Je vais aller prévenir Jane.

— D'accord, dit-il en riant. Va prévenir Jane. Tant que tu ne fais pas de bêtise.

— Papa, je ne suis plus un bébé, tu sais.

— OK. Passe-moi Jane. Je t'embrasse.

— Moi aussi.

McCabe entendit Casey crier :

— Jane, c'est papa ! Papa !

Jane Devaney était une retraitée de soixante ans, ancienne infirmière et professeur d'éducation sexuelle au lycée, que McCabe employait à temps partiel pour s'occuper de Casey. Elle se déplaçait en Harley. Casey trouvait ça incroyablement cool – et McCabe également.

— Bonsoir, Mike, dit la voix de Jane au bout du fil.

— Tout se passe bien ?

— Oh oui, très bien. Les enfants s'amusent. Des trucs de filles. Je suis plongée dans *Supernanny*. Histoire de rester dans la compétition. Vous allez travailler tard, c'est ça ?

— On dirait bien.

— Vous voulez que je reste cette nuit ?

— Ce ne sera pas nécessaire. Je ne sais pas à quelle heure je rentrerai, mais Kyra devrait être là dès qu'elle aura fini de dîner.

— Bon, mais si vous changez d'avis, vous n'avez qu'à me prévenir. Ce n'est pas un problème.

— Merci, Jane. C'est gentil.

McCabe ferma le portable et le remit dans sa poche. Il enfila les gants chirurgicaux qu'il avait pris dans la voiture. Orientant la lampe-torche vers le sol, il se mit à inspecter la zone où gisait le corps de la fille. Bill Jacobi, un technicien expérimenté des scènes de crime, et son partenaire n'allaient pas tarder à arriver, mais McCabe voulait d'abord procéder lui-même à un examen plus approfondi.

McCabe pensait que la fille avait sûrement été tuée ailleurs et qu'on s'était ensuite débarrassé de son cadavre ici. Si c'était le cas, il ne trouverait guère d'indices. Il ne vit pas de traces de sang sur le sol, et celui qui maculait le corps était ancien et desséché. Une teinte verdâtre de décomposition commençait à apparaître sur l'abdomen. Katie Dubois était morte depuis un certain temps. Au moins quarante-huit heures, estima McCabe.

Il doutait de pouvoir trouver des empreintes de pas ou des traces de pneus exploitables sur ce sol dur comme de la pierre, mais il chercha malgré tout, en marchant avec précaution. Il ne décela aucun indice indiquant que le corps aurait été traîné sur la trentaine de mètres qui le séparaient de la rue. Pas d'herbes couchées. Pas non plus de terre collée aux chevilles, aux épaules ou à la tête de la fille. Il en déduisit que l'assassin avait porté Katie jusqu'à l'endroit où il l'avait déposée. Ce n'était pas une prouesse. Avant même qu'elle perde la plus grande partie de son sang, elle ne devait pas peser plus de cinquante kilos. Ce sang avait donc dû tacher les vêtements du tueur. Ils pourraient fournir des preuves, à moins qu'il ne les ait brûlés.

Il examina le cadavre de la fille, centimètre par centimètre. L'incision au milieu de sa poitrine paraissait nette et soignée, comme si elle avait été pratiquée avec un rasoir, peut-être même un scalpel. Les marques de brûlure semblaient récentes et délibérées. Sur le lobe de son oreille droite, il trouva une petite boucle en or à laquelle était suspendue une amulette en forme de cœur. Il pointa la lampe sur l'oreille gauche. Le lobe était déchiré et la boucle d'oreille jumelle, en supposant qu'il y en ait eu une, avait disparu. S'était-elle accrochée quelque part accidentellement ? Peut-être. Avait-elle été arrachée brutalement ? Possible. Prise comme trophée ? C'était le plus probable. À son nombril, il découvrit un piercing constitué d'un demi-cercle argenté avec de petites boules métalliques à chaque extrémité. Juste au-dessus de sa hanche gauche, elle arborait un tatouage bleu qui ressemblait à un caractère chinois, ou japonais. Une ado typique du XXIe siècle.

Les techniciens arrivèrent et se mirent aussitôt à dessiner des schémas et à prendre des photos. McCabe leur désigna la boucle d'oreille et demanda à Bill Jacobi de s'assurer qu'on recherche de manière approfondie des empreintes ou des traces d'ADN. Jacobi lui retourna un regard qui signifiait : « Qu'est-ce que tu crois, que je suis débile ? »

— On dirait que l'autopsie a commencé sans moi.

McCabe se retourna au son de la voix féminine. La directrice adjointe du service médico-légal, Terri Mirabito, se tenait derrière lui, contemplant le corps.

— Je crois que je ne vais pas du tout aimer ça, ajouta-t-elle.

— Content de te voir, Terri, dit McCabe, qui avait travaillé avec elle sur une demi-douzaine d'affaires au cours des trois dernières années et pu apprécier ses compétences.

Après avoir photographié le corps sous différents angles, Mirabito mit un genou à terre pour l'examiner de plus près.

— Depuis combien de temps elle est morte, d'après toi ? demanda McCabe.

— Un bon moment. Elle a passé le stade de la *rigor mortis*. Elle est juste un peu livide.

De ses mains gantées, elle souleva doucement la peau sur le côté gauche du thorax de la jeune fille. McCabe aperçut ce qui ressemblait à des grains de riz à l'intérieur de la coupure. Sauf que du riz n'aurait pas bougé. Des asticots.

— À en juger par l'activité là-dedans, je dirais qu'elle a été tuée il y a quarante-huit à soixante-douze heures. Peut-être un petit peu plus, selon l'endroit où le corps a été conservé.

Terri souleva un peu plus le lambeau de peau.

— Bon Dieu, le fils de pute, tu as vu ça ?

— Quoi ? Qu'est-ce qu'il y a ?

Terri leva les yeux, l'air sombre.

— Son cœur a disparu.

— Comment ça, disparu ?

— Disparu, McCabe. Envolé, si tu préfères !

Terri éclairait l'intérieur de la cage thoracique exposée de la jeune fille avec une petite lampe à haute luminosité.

— Une espèce de taré l'a ouverte, a découpé son sternum avec une scie et lui a retiré le cœur. C'est du travail soigné, je n'aurais pas fait mieux.

Ils gardèrent tous deux le silence un moment.

— Un meurtre rituel ? finit-il par demander.

— Je n'en ai aucune idée. Mais celui qui a fait ça savait s'y prendre, aucun doute.

— Tu penses que c'est un homme ? demanda Maggie.

— Oui.

Terri passa doucement son doigt ganté le long de l'os sectionné.

— Après avoir découpé le sternum, comme tout bon chirurgien, il s'est sans doute servi d'un écarteur pour séparer les côtes et atteindre le cœur. Je ne suis pas sûre que l'autopsie pourra nous en dire plus, mais on trouvera peut-être un indice. Si on peut procéder à l'identification demain matin, je m'y mettrai dans l'après-midi. On n'a rien d'autre de prévu.

On percevait un certain trouble dans la voix d'ordinaire enjouée de Terri.

— Vous voulez vous joindre à la fête, Maggie et toi ?

— Tu n'auras qu'à nous dire l'heure à laquelle tu veux qu'on soit là.

Terri retourna le corps et poursuivit son examen préliminaire. McCabe releva les yeux vers la Crown Vic noir et blanc avec ses gyrophares tournoyants et le slogan de la police de Portland – PROTÉGER UNE

GRANDE CITÉ – inscrit en lettres dorées sur le pare-chocs arrière. Certains jours, pensa-t-il, ils respectaient mieux cette promesse que d'autres. Un homme à l'allure crasseuse, d'âge indéterminé, était adossé contre la portière passager. Un agent en uniforme se tenait à son côté. Convaincu qu'il n'allait plus rien apprendre d'utile près du corps, McCabe marcha à leur rencontre. Après un dernier coup d'œil au cadavre, Maggie l'imita.

— C'est le type qui a trouvé le corps, lui dit le policier. Il dit qu'il serait ravi de nous en dire plus si on pouvait lui proposer un petit whisky en échange.

— Oh, vraiment, répliqua McCabe. Il va falloir qu'on étudie la question alors.

L'homme se redressa contre la voiture. C'était un petit mec malingre. Dans les un mètre soixante. Ses yeux passèrent fébrilement de McCabe à Maggie. De toute évidence, il ne portait pas les flics dans son cœur.

— Vous vous appelez comment ? demanda McCabe.

— Lacey. Dennis Patrick Lacey.

— Vous avez une pièce d'identité, Dennis ?

L'homme tendit à McCabe un permis de conduire du Maine. Il était périmé depuis trois ans. Lacey, lui, en avait cinquante-cinq, mais McCabe lui aurait donné dix ans de plus. Il lui rendit son permis.

— Fan de catch ?

— Hein ?

McCabe désigna le tee-shirt de Lacey, orné de l'effigie d'un catcheur grimaçant, surmonté des lettres WWE.

— Bon Dieu, non. Ils nous refilent ces merdes au refuge. C'est des trucs que plus personne ne veut.

Lacey paraissait assez cohérent. McCabe tourna son regard vers Maggie qui sortit et alluma un mini-magnétophone.

— Inspecteur Margaret Savage, du département de la police de Portland, Maine. Il est 21 h 54, le 17 septembre 2005. Ce qui suit est un entretien enregistré sur un terrain abandonné au bord de Somerset Street, Portland, Maine, entre l'inspecteur principal Michael McCabe, également de la police de Portland, et M. Dennis Lacey, domicilié à... monsieur Lacey, pouvez-vous nous dire où vous habitez ?

— Là où je peux me pieuter.

McCabe commença à prendre la déposition :

— Voulez-vous nous raconter ce que vous avez vu ce soir ?

— J'ai rien du tout à voir avec ça.

— Nous ne pensons pas que c'est le cas, dit McCabe aussi gentiment que possible. Nous avons juste besoin de savoir ce que vous savez pour nous aider à trouver le coupable.

Lacey observa McCabe comme s'il tentait d'évaluer jusqu'à quel point il pouvait lui accorder sa confiance. Il finit par hausser les épaules et se mit à parler :

— Oh, merde, c'était affreux.

McCabe détecta des traces d'accent dans la diction empâtée de l'homme, dont les intonations cadencées lui rappelaient ses propres grands-parents irlandais.

—Les nuits douces comme aujourd'hui, dit Lacey, je me faufile parfois dans la décharge. Juste pour m'asseoir. Regarder les étoiles. Boire quelques coups. Lire un poème ou deux. Quand j'ai les moyens, j'apporte un truc à manger.

—Vous lisez des poèmes ? s'étonna Maggie. Quel genre de poèmes ?

Lacey sortit de sa poche arrière un exemplaire sale et usé d'une édition de poche de Yeats, qu'il tendit à Maggie.

—Je suis marin, dit-il avec une diction presque normale. Un bon marin... enfin, je l'étais. Je ne suis plus si bon maintenant. J'ai passé pas mal de nuits en mer à regarder les étoiles, et j'ai beaucoup lu.

—Vous lisez Yeats ? demanda-t-elle, toujours intriguée.

—Lui et d'autres poètes irlandais. J'aime le son des mots anciens, dit-il. Maintenant, je suis tout seul, vous savez, et les mots sont mes seuls compagnons. Personne ne me dérange ici ni ne vient me dire de fermer ma gueule.

Lacey se mit à réciter, en ne trébuchant que sur quelques mots :

Debout, je veux partir pour l'île d'Innisfree
J'y veux bâtir d'argile et d'osier une hutte,
Installer une ruche, semer neuf rangs de fèves,
Et vivre seul dans le bourdonnement des
abeilles...

Tandis qu'il récitait, les policiers le fixèrent tous, y compris McCabe. Peut-être plus encore que les autres. Lorsque le vieux marin se tut, car la mémoire lui faisait défaut, McCabe attendit un instant avant de réciter le vers suivant du poème de Yeats :

Là-bas je trouverai la paix, la paix viendra doucement…

— Alors vous connaissez aussi le vieux William Butler, hein ? dit Lacey. C'est pas courant pour un flic.

McCabe sourit.

— C'est pas courant pour un marin. Maintenant, pouvez-vous me dire quand vous avez vu la fille ?

— Je ne l'ai pas vue tout de suite. J'avais rien vu. Jusqu'à ce que je me lève pour aller pisser, là-bas contre ce tas de déchets. J'étais en train de remonter ma braguette quand j'ai remarqué un truc un peu plus loin. Je me suis approché, et elle était là. Toute découpée. C'est un truc horrible, vous savez. Horrible.

— Depuis combien de temps étiez-vous là, avant d'aller vous soulager ? demanda McCabe.

— Pas longtemps. Vingt minutes. Peut-être moins.

— Alors vous êtes arrivé ici vers les 20 h 30.

— Ah, ça, je peux pas vous dire. J'ai pas de montre ni rien. Il faisait noir.

— Avez-vous noté un autre détail, n'importe quoi, près du corps ?

— Un détail comme quoi ?

— Comme un couteau ou un rasoir ?

— Non. Rien de tout ça.

— Ou peut-être un bijou ?

— Quel genre de bijou ?

— N'importe lequel. Une boucle d'oreille par exemple ; vous auriez pu penser en tirer quelques dollars.

— Non. J'ai rien vu. Ni rien pris. J'ai juste regretté de ne rien avoir pour la recouvrir. Elle était allongée là, exposée aux yeux de tout le monde.

— Vous ne l'avez pas touchée ?

— Non, je ne l'ai pas touchée ni rien, dit-il, tirant une flasque de whisky de la poche béante de son pantalon. Ça vous embête si je finis ce qui reste ?

Il restait à peine deux centimètres de liquide ambré au fond de la bouteille.

McCabe donna son assentiment d'un hochement de tête. Un petit whisky ne lui aurait pas fait de mal, à lui non plus.

— Il y avait quel genre de voitures garées à côté ? demanda McCabe, désignant d'un geste le virage où s'affairaient les techniciens, à la recherche de marques de pneus et d'autres indices.

— J'ai pas vu de voitures. Il y en a peut-être qui sont passées devant, mais pas qui se sont garées.

— Une qui aurait ralenti ? Ou que vous pourriez identifier ?

— Juste des voitures qui passaient. Impossible de voir quel genre c'était.

— Merci, monsieur Lacey.

Levant les yeux, McCabe remarqua que plusieurs journalistes étaient arrivés, y compris une équipe de la filiale locale de NBC.

— Hé, McCabe ? Vous vous souvenez de moi ? Josie Tenant, de News Center 6. On a entendu que la fille Dubois avait été retrouvée morte ici. Vous pouvez nous livrer quelques mots ?

— Pas pour l'instant, dit McCabe en tournant les talons.

— Allez, McCabe. C'est bien Dubois ou pas ?

Les relations avec les médias n'étaient pas le point fort de McCabe. Il se retourna pour toiser la journaliste.

— Écoutez, Josie, c'est une scène de crime et on n'a pas fini. Je ne sais pas comment vous avez pu être informés si vite, mais ça nous aiderait beaucoup si vous et vos collègues pouviez rester de l'autre côté de Somerset. On est encore en train d'essayer de collecter des indices.

Battant en retraite à contrecœur, Tenant et son cameraman retournèrent près de leur camionnette, bientôt imités par les autres journalistes.

McCabe se tourna vers Comisky, le policier qui était tombé sur Lacey.

— Kevin, vous pourriez emmener M. Lacey au 104 ? Si l'inspecteur Sturgis est dans le coin, voyez avec lui s'il aurait la gentillesse de finir de prendre sa déposition. Sinon, je m'en occuperai à mon retour.

Il ajouta à l'intention de Lacey :

— Assurez-vous de nous laisser un moyen de vous joindre. Voici une carte avec mon numéro de téléphone. On pourrait avoir besoin de vous entendre de nouveau. Vous comprenez ?

— Oui, mon capitaine ! répondit-il en adressant un salut chancelant à McCabe, avant de tituber vers la voiture de Comisky. Le whisky canadien n'est pas si mauvais, vous savez, ajouta-t-il en regardant tristement sa bouteille vide. Il vaut pas l'irlandais, mais il est pas si mal.

Le sans-abri grimpa d'un pas mal assuré à l'arrière du véhicule.

Comisky s'apprêtait à le suivre, lorsque McCabe lui dit à voix basse :

— Fouillez-le pour vérifier s'il n'a pas pris une boucle d'oreille ou autre chose qui puisse provenir d'ici.

Le policier acquiesça, se glissa derrière le volant, mit le contact et descendit les quatre vitres avant de démarrer.

Bill Jacobi et Terri Mirabito finissaient d'examiner la scène du crime. McCabe n'était plus d'aucune utilité ici. Il s'approcha d'un des autres policiers en uniforme.

— Maintenez les journalistes à distance jusqu'à ce qu'on enlève le corps et que la zone soit nettoyée ; et ne vous laissez pas embobiner par leur baratin.

— Ne vous inquiétez pas, inspecteur. Je connais toutes leurs combines.

McCabe et Maggie Savage remontèrent dans la Crown Vic pour effectuer le bref trajet de retour au bureau.

— Tu veux te joindre à Sturgis pour prendre la déposition de Lacey ? demanda McCabe.

— Non. Aucune chance que ce soit lui le tueur. Je suis sûre que Carl en tirera tout ce qu'il peut encore nous dire d'utile. J'espère seulement qu'il n'a pas déjà commencé à lui jouer son numéro de gros méchant flic. Lacey a déjà eu assez de problèmes comme ça.

— Eh bien, c'est très gentil de ta part, Maggie. Peut-être qu'au lieu d'interroger Lacey, on devrait juste lui donner une bouteille de Jameson's et lui demander de nous réciter encore un peu de Yeats.

Maggie ne rit pas.

—Tu sais, McCabe, je t'aime beaucoup, mais parfois tu es vraiment un enfoiré. De toute manière, j'ai appelé la mère et le beau-père de Katie dès que j'ai vu s'approcher la camionnette des infos. Je ne voulais pas qu'ils apprennent la mort de leur fille par News Center 6. Alors je leur ai dit, aussi délicatement que possible, qu'on pensait l'avoir retrouvée et qu'on avait besoin de leur parler une fois encore.

—Comment ils ont pris la nouvelle ?

—Comme on pouvait s'y attendre. La mère s'est mise à pleurer. Elle ne pouvait plus parler. Elle voulait juste savoir si j'étais certaine que c'était bien Katie. Je lui ai dit que oui, et elle a passé le téléphone au beau-père. Ils ont accepté de venir me retrouver dans le centre-ville quand je leur ai expliqué à quel point il était important que l'enquête démarre vite. On verra s'ils peuvent se rappeler un élément nouveau.

—OK. Tu n'auras qu'à me déposer. Je veux réexaminer le dossier de disparition de Katie. Après, j'effectuerai quelques recherches informatiques. Histoire de voir si quelqu'un n'a pas rapporté de cas similaire.

Maggie se rangea sur le bord du trottoir devant le 109, Middle Street, le petit bâtiment du commissariat de police de Portland au bord du Vieux Port. McCabe resta assis à fixer le pare-brise devant lui. Quelques gouttes de pluie s'écrasaient sur la vitre. Quel motif quelqu'un pouvait-il bien avoir pour découper et ôter avec tant de soin et de précision le cœur d'une jeune fille, bon Dieu ? Un dingue obsédé ? Une espèce de collectionneur d'organes pour son armoire à trophées ?

— McCabe ?

Il tourna la tête vers Maggie et acquiesça, presque imperceptiblement.

— Oui, un détail m'est revenu.

— Tu veux m'en parler ? demanda-t-elle.

— Laisse-moi vérifier d'abord. Je veux aussi qu'on organise un rendez-vous avec un ou deux chirurgiens cardiaques du centre médical de Cumberland. Il faut qu'on sache quelles compétences sont requises pour extraire le cœur d'une personne.

— Tu penses que ça pourrait être le début d'une série ? demanda Maggie tandis que McCabe sortait de la voiture.

Il se retourna et se pencha par la vitre ouverte.

— Je ne sais pas. Mais ça y ressemble.

Les rues s'étaient vidées à présent. Se dirigeant vers l'immeuble, McCabe sentit que l'air s'était pas mal rafraîchi, premier signe de l'automne qui approchait et du sombre hiver qui allait suivre.

3

Vendredi, 22 h 30

Deux tasses en partie remplies de café froid accueillirent McCabe à son bureau. Il vérifia ses messages. Il y en avait deux de son patron, le commissaire Bill Fortier. Dans le premier, Fortier l'avertissait avec fair-play que le chef de la police Tom Shockley allait s'intéresser personnellement à ce cas. Dans le second, il demandait à McCabe de fixer une réunion avec ses agents le lendemain matin afin de planifier l'enquête. Enfin, il y avait un message du grand homme en personne, le chef de la police de Portland, Thomas H. Shockley.

« Salut, Mike. C'est Tom Shockley. Il faut qu'on parle de Dubois dès que possible. Je prononce un discours ce soir à l'occasion d'une soirée de charité. Je pourrai éviter la presse jusqu'à demain, mais ensuite j'aurai besoin d'un compte rendu complet. D'ici là, pas un mot aux médias. Je m'en chargerai. Appelle-moi à mon domicile demain matin. Tu as le numéro. »

McCabe savait que Shockley aimait se charger en personne de toutes les déclarations publiques sur les affaires majeures. Il pensait être meilleur à cet exercice que n'importe qui d'autre du département, ce qui était sans doute vrai. Shockley était un politique-né, et McCabe savait combien cela pouvait se révéler utile, même dans une petite ville comme Portland. Néanmoins, cela l'étonnait toujours de constater à quel point Shockley adorait se regarder sur un écran de télévision.

Comme d'habitude, le bureau de McCabe était recouvert d'un fouillis de paperasse, rien d'important et rien en rapport avec l'affaire Dubois. Il fourra tout le tas dans le tiroir gauche de son bureau. Les dossiers importants, portant sur quelques enquêtes en cours, étaient déjà en sécurité dans le tiroir droit, verrouillé celui-ci, en compagnie d'une paire de moufles de ski de Casey.

Il ressortit le dossier sur la disparition de Katie Dubois et le posa sur son bureau. Il l'avait déjà parcouru une fois, mais il voulait le lire plus attentivement à présent qu'il avait la certitude que sa mort était un homicide. S'asseyant à son bureau, son regard se posa sur le visage malicieux de Casey, alors âgée de sept ans, qui lui souriait sur une photo dans un cadre argenté. Que Casey n'ait aujourd'hui que deux ou trois ans d'écart avec la jeune fille retrouvée dans la décharge rendait cette affaire plus personnelle. Pas plus importante, juste plus personnelle.

McCabe ouvrit le dossier. Il tomba sur trois photographies de Katie Dubois vivante. La première était un cliché datant de son dernier anniversaire. Il vérifia sa date de naissance sur la fiche d'informations personnelles. L'anniversaire remontait seulement à deux mois, le 16 juillet. Sur la photo, Katie paraissait encore plus jolie qu'il l'avait imaginé. Elle était assise devant un gros gâteau blanc où étaient plantées deux bougies dont l'une figurait le chiffre 1 et l'autre le 6. Seize ans. Posant pour la photographie, elle avançait exagérément les lèvres, les joues gonflées, prête à souffler sur les bougies. Il se demanda quel vœu elle avait bien pu formuler. Quel qu'il soit, il ne s'était certainement pas réalisé.

La deuxième photo était celle qu'ils avaient distribuée dans toute la ville et transmise aux médias. Un gros plan classique, qui paraissait sortir d'un studio de photographe. La troisième montrait Katie vêtue de la tenue de l'équipe de football du lycée de Portland, sur le terrain, avec sa mère. Elle avait sans doute été prise juste après un match. On distinguait d'autres joueurs et spectateurs en arrière-plan. La mère comme la fille affichaient toutes deux un sourire un peu forcé, comme si on leur avait ordonné : « Souriez ! » La mère de Katie, Joanne Ceglia, paraissait plus jeune que McCabe s'y était attendu. Elle avait sans doute moins de quarante ans, avec des cheveux blond-roux et des taches de rousseur. Il vérifia dans le dossier son nom de jeune fille. O'Leary. Il s'en doutait. Un McCabe reconnaîtra toujours une O'Leary. Elle avait la même forme de visage et de bouche que Katie. Leurs yeux aussi se ressemblaient, mais la joliesse pimpante et énergique de la fille était absente chez la mère.

Il remit les photos dans le dossier et parcourut le formulaire des personnes disparues. Il l'avait déjà lu auparavant, et rien ne lui sauta aux yeux. Katie était la fille unique de Joanne Ceglia. Le père de Katie, Louis Dubois, était un pêcheur qui s'était noyé dix ans auparavant lorsque le chalutier sur lequel il travaillait avait chaviré au large de George Bank, lors d'une tempête de neige. Tous les marins avaient péri, et on n'avait jamais retrouvé le corps de Dubois. Deux ans plus tard, en 1997, Joanne avait épousé Frank Ceglia. Ceglia gagnait bien sa vie comme ouvrier syndiqué dans une tuyauterie. Tom Tasco avait déniché son casier et, dans sa jeunesse, Ceglia avait effectué un bref séjour en prison pour un deal de drogue minable, suivi de deux ans de liberté conditionnelle. Depuis, il semblait filer droit.

McCabe parcourut les comptes rendus d'entretiens et les rapports d'enquête de Tasco et Fraser. Du bon boulot. Ils avaient interrogé des tas de personnes, mis sur le gril le petit ami de Katie, Ronnie Sobel. Ils avaient hardiment suivi toutes les pistes fournies par les appels à la police, et il y en avait eu des douzaines. Mais, malgré leurs efforts, le département n'avait pas avancé d'un pouce pour retrouver Katie ou empêcher son assassinat.

McCabe remit les rapports dans leur chemise. Il alluma son ordinateur et tapa sur Google le nom « Elyse Andersen », obtenant 437 résultats. Il trouva celle qu'il cherchait en page deux. Un article dans l'*Orlando Sentinel,* daté du 2 avril 2002. McCabe se souvenait de l'avoir lu sur un vol entre Orlando et LaGuardia.

Il avait emmené Casey à DisneyWorld pendant ses vacances de printemps, dans l'idée de lui remonter le moral après leur divorce, à lui et à sa mère, Sandy – son prénom était Cassandra, le même que Casey. McCabe n'avait plus pensé à Sandy depuis un bon bout de temps. Le refrain familier, « garce égoïste », lui vint aussitôt à l'esprit. Il présumait que la nouvelle vie de la belle Sandy, remariée à un banquier d'affaires, partageant son temps entre une élégante demeure dans les Hamptons et un neuf-pièces en copropriété sur West End Avenue, lui convenait bien mieux que d'être la femme d'un flic. Pourtant, McCabe se demandait comment elle vivait avec le fait d'avoir fui non seulement un mariage raté, mais aussi son unique enfant. Elle lui avait dit que son banquier ne voulait pas d'enfants à charge. Du moins les enfants de quelqu'un d'autre. Il avait obligé Sandy à choisir entre avoir de l'argent et avoir une fille. Elle avait choisi l'argent, ce qui n'avait pas surpris McCabe. Sandy était comme ça, c'était tout. Et personne n'y pourrait rien changer. Il ne lui gardait pas rancune de ce qu'elle lui avait fait, mais il ne lui pardonnerait jamais son comportement envers Casey.

Le contenu de l'article revint à l'esprit de McCabe dès qu'il se mit à le lire.

> *Une équipe d'ouvriers du bâtiment travaillant pour la compagnie de construction D.J. Puozzoli d'Orlando a exhumé hier les restes décomposés d'une femme nue, qui ont pu ensuite être identifiés comme ceux d'Elyse Andersen, vingt-six ans, domiciliée à Winter Park. La disparition de Mme Andersen, commerciale à l'agence immobilière Mulvaney d'Orlando, avait été signalée trois semaines plus tôt par son mari, Martin Andersen, également domicilié à Winter Park. Une source anonyme au bureau médico-légal du comté d'Orange a révélé au Sentinel que la cause de la mort avait été l'extraction « chirurgicale » du cœur de Mme Andersen…*

McCabe ferma la page. Il se rappelait presque mot pour mot la suite de l'article. La police d'Orlando suivait plusieurs pistes. Il n'était pas fait mention d'autres blessures, mais l'article citait le nom de l'enquêteur principal sur cette affaire, l'inspecteur Aaron Cahill. McCabe fit défiler rapidement le reste des résultats obtenus et trouva un article postérieur. Apparemment, les pistes de l'inspecteur Cahill n'avaient mené nulle part et l'affaire avait été classée. McCabe décida d'attendre les conclusions de l'autopsie afin d'en savoir plus sur la cause de la mort de Katie Dubois et le mode opératoire, avant de contacter l'inspecteur Cahill de la police d'Orlando.

Il imprima l'article et le glissa dans une chemise toute neuve. Puis il ramassa les tasses à café et les emporta dans la petite cuisine au fond du local. Il vida les tasses dans l'évier. Un des agents sous les ordres de McCabe, Jack Batchelder, était en train de préparer du café frais.

— Comment ça va, Mike ? Sale nuit, hein ? Enfin, d'après ce qu'on m'a dit.

Batchelder était un type dans la cinquantaine, obèse et presque chauve. Du point de vue de McCabe, Jack était un flic fini, qui accumulait des heures pour gagner encore quelques années de points de retraite avant de jeter l'éponge.

— Ouais, on ne t'a pas menti, Jack. Il y a eu quoi d'autre ? demanda McCabe.

— Le grabuge habituel du vendredi soir. Quelques querelles domestiques. Un gamin s'est fait tabasser dans une bagarre près du terminal du ferry. Et… ah oui, on a signalé une autre disparition. Une femme du nom de Cassidy. Elle travaille pour une agence de pub, ici, en ville, Beckman & Hawes. Son ex-mari a appelé vers les 20 heures.

McCabe leva les yeux. À peu près à la même heure, Kyra et lui arrivaient chez Arno et Lacey s'introduisait dans la décharge.

— Qui a pris l'appel ?

— Bill et Will. Ils doivent être en train de prendre la déclaration de l'ex.

Les agents Bill Bacon et Will Messing étaient universellement connus par leurs prénoms qui s'accordaient à merveille, depuis que McCabe les avait fait travailler en équipe un an plus tôt.

Carl Sturgis les rejoignit près de l'évier.

— Hé, McCabe ! aboya-t-il de sa voix stridente. Ce sans-abri qu'ils ont ramené, il ne savait que dalle. Il s'était juste faufilé dans la décharge pour boire quelques coups. Il a trouvé le corps. S'est mis à courir partout en gueulant jusqu'à ce qu'il tombe sur Comisky. Fin de l'histoire. Sauf qu'il était dégoûté que je ne lui offre pas un verre. Sacré blagueur. Il a raconté que tu lui avais promis de la bibine. Je lui ai dit que c'était à toi de tenir tes propres promesses. Je veux dire, tu ne lui as pas dit ça, hein ?

— Ne crois pas tout ce qu'on te raconte, dit McCabe, se versant du café.

Il déposa un dollar dans la boîte à côté de la cafetière.

— Où est-il maintenant ?

— J'ai un patrouilleur qui va le déposer près du refuge. Je lui ai demandé de nous communiquer son adresse pour pouvoir le joindre, au cas où. Mais je ne compterais pas dessus.

Le café à la main, McCabe retourna à son bureau et appela Bill Bacon sur son portable. Il pressentait que la nuit allait être encore plus longue que prévu. Bacon répondit.

— Salut, Mike.

— Où vous êtes, les gars ?

— Dans la voiture. Tu es au courant pour notre disparue ? On vient juste de finir avec l'ex-mari. Il prétend être très inquiet. Personnellement, je pense que c'est des conneries. Enfin, on est en route pour l'appartement de la fille.

— Tiens-moi au courant, Bill, et résume-moi l'histoire dans les grandes lignes.

— La femme disparue s'appelle Lucinda Cassidy. Elle a vingt-huit ans. Elle bosse pour une boîte de pub sur Free Street, Beckman & Hawes, énonça Bacon qui semblait lire ses notes. Le genre jeune cadre qui en veut. Elle était censée retrouver son ex-mari chez Tony's à 18 h 30. Un nommé Dave Farrington. Ils ont divorcés depuis moins d'un an. Elle n'est pas là quand il arrive. Il commande un verre et attend. À 19 heures, elle ne s'est toujours pas montrée, ce qui ne lui ressemble pas, d'après lui. Il commande un autre verre et commence à passer des coups de fil. D'abord, il essaie de la joindre. Aucune réponse, ni chez elle, ni sur son portable, ni à son bureau. Alors, après, il cherche le numéro de domicile de son patron et arrive à le joindre. Le patron, le John Beckman de Beckman & Hawes, dit qu'elle n'est pas venue travailler ce matin. Il est furax parce qu'elle a manqué un rendez-vous important, un truc du genre. Il a dit à Farrington avoir pensé qu'elle était malade ou qu'elle avait une urgence familiale, mais qu'elle n'avait pas répondu au téléphone et qu'il ne savait plus quoi penser.

Évidemment, ce connard n'a pas pensé à nous appeler.

— Tu as dit que tu pensais que l'ex racontait des conneries ? Tu crois qu'il a un lien avec la disparition ?

— Je ne dirais pas ça. Enfin, pas encore. Je pense juste que c'est un petit péteux un peu trop imbu de lui-même. Bref, ensuite Farrington appelle la sœur de Cassidy, son ex-belle-sœur. Elle n'a pas eu de nouvelles de Lucinda depuis plusieurs jours. À ce moment-là, il s'inquiète pour de bon. Il appelle le 911 vers 20 heures. Il se renseigne pour savoir si on leur a rapporté des accidents ou si quelqu'un l'aurait emmenée dans un hôpital des environs. La réponse est non. Les urgences nous transmettent alors l'appel. Primo, on va chez Tony's, parler à Farrington qui est encore là, à prendre un autre verre. Puis on l'accompagne à l'appartement de la fille pour voir si, par hasard, elle ne serait pas chez elle mais ne répondrait simplement pas au téléphone. Personne. Du moins, il n'y a pas de lumière et elle ne répond pas à la porte non plus.

— C'est tout ? demanda McCabe.

— Pas tout à fait. Will se procure la description et le numéro d'immatriculation de sa voiture, et il envoie un avis de recherche au cas où elle serait sur la route quelque part. Environ une heure plus tard, on reçoit un appel d'une patrouille dans West Side, celle de Connie Davenport. On a retrouvé la voiture de Cassidy. Une Corolla beige de 1999. Garée sur Vaughan Street, près du vieux cimetière. Une voisine dit à Davenport qu'elle est restée là toute la journée. On apprend que Lucinda fait du jogging.

Elle a l'habitude de courir tous les matins, sur le West End. Farrington nous a dit qu'elle s'entraînait pour un dix kilomètres.

Bill Bacon cessa de parler, et il y eut un silence sur la ligne.

— À quoi tu penses, Billy ?

— Mike, j'ai un mauvais pressentiment sur ce coup-là, finit-il par dire. Je viens juste d'appeler les techniciens pour qu'ils examinent la zone sur Vaughan. Après, je veux qu'ils embarquent la voiture au 109 et qu'ils cherchent des empreintes, du sang, des fibres, la totale.

— Les techniciens vont avoir une nuit chargée.

— Ouais. Comme nous tous, j'imagine. Comme je t'ai dit, on va à l'appartement maintenant. Le proprio nous rejoint là-bas avec une clé. Si elle ne répond toujours pas à la porte, il a dit qu'il nous laisserait entrer. (Une pause.) Je te rappellerai.

— Farrington est toujours avec vous ?

— Non. J'ai demandé à un patrouilleur de le conduire au commissariat pour prendre ses empreintes. On pourra vérifier s'il en a laissé dans l'appartement ou dans la Corolla, mais je parierais qu'il peut prouver avoir déjà été dans les deux.

— J'attendrai votre appel, dit McCabe avant de raccrocher.

Ensuite, McCabe appela le commissaire Bill Fortier chez lui. La femme de Fortier, Millie, répondit. Elle alla le chercher. En fond sonore, McCabe reconnut un match des Sox.

— Ouais, Mike, qu'est-ce qu'il y a ?

McCabe le mit au courant de la suite des événements concernant Katie Dubois et de ce que Bacon lui avait rapporté au sujet de Lucinda Cassidy.

— Tu ne crois pas qu'elle s'est juste enfuie ?

— En abandonnant sa voiture au bord de la rue ? Ça me semble peu probable.

— Tu crois que c'est le même type ? demanda Fortier qui, d'après le son, avait l'air de manger un truc croquant.

— Au niveau du timing, ça ne colle pas, mais qui sait ? Il aurait fallu qu'aussitôt achevée sa première victime, notre gars parte en chasser une autre. La plupart des détraqués ne fonctionnent pas comme ça.

— Ouais, normalement, un meurtre suffit à calmer leurs pulsions pour un moment, non ?

— Normalement, répéta McCabe. Mais tous ces cinglés sadiques ont leurs petites manies à eux. Enfin, pour l'instant, personne n'a assassiné Cassidy, pour autant qu'on sache. Ne l'enterrons pas trop vite.

— Tu penses que je devrais venir ? Réunir tout le monde ce soir ?

— Je préfère que nos agents soient dans la rue ce soir plutôt qu'assis dans une salle de réunion. Si le responsable est bien le même type, il faut qu'on prenne une longueur d'avance. Et puis, on n'a pas encore suffisamment d'éléments ; comme je l'ai dit, Cassidy est peut-être encore vivante.

— D'accord... mais on a intérêt à obtenir des résultats rapidement, ou Shockley va nous en faire voir de toutes les couleurs.

Raccrochant le téléphone, McCabe leva les yeux vers Maggie qui s'était appuyée contre son bureau. C'était une grande bringue – elle mesurait presque un mètre quatre-vingt, toute mince, l'air un peu godiche, mais les yeux brillants et inquisiteurs. McCabe avait toujours trouvé qu'elle ressemblait plus à une prof d'université qu'à un flic.

— Alors ? s'enquit-il.

— Les parents rejettent la faute sur le petit ami, dit-elle. D'après le rapport de Tasco, on l'a vu se disputer avec Katie juste avant qu'elle s'en aille et disparaisse.

— Il a un alibi solide, je me trompe ?

— Non. Il était avec un groupe de cinq autres ados. Ils ont tous témoigné qu'il était resté avec eux au moins deux heures après le départ de Katie, ce qui nous amène aux environs de minuit. Ensuite, il dit qu'il est rentré chez lui se coucher. Sa mère confirme qu'il est rentré vers minuit et demi. Elle était encore debout.

— Et que disent les parents de la fille ?

— Ils ne l'aiment pas beaucoup. Ils considèrent qu'il avait une mauvaise influence sur elle. Le beau-père a dit que Katie était rentrée saoule après plusieurs rendez-vous avec Sobel, et que plus d'une fois elle n'était pas du tout rentrée de la nuit.

— Ils couchaient ensemble ?

— C'est ce que pense la mère. Katie avait une ordonnance pour prendre la pilule, et sa mère lui avait conseillé de toujours avoir des capotes sur elle. « Ne compte pas sur les garçons pour les capotes. » Apparemment, les conseils maternels se résumaient à ça.

— C'est plutôt un bon conseil.

— Ouais, mais ça ne devrait pas se limiter à ça, dit Maggie. Pas pour une ado de seize ans.

— Allez, Mag, tu sais aussi bien que moi que Sobel ne colle pas au profil du meurtrier. On n'acquiert pas l'habileté pour extraire proprement un cœur humain en découpant des grenouilles en cours de biologie. Et puis, s'il l'avait kidnappée, où l'aurait-il planquée pendant une semaine avant de la tuer ? À la maison, sous son lit ?

— Ouais, je sais.

— Où sont les parents à présent ?

— En train de rentrer chez eux. Je leur ai payé un taxi.

Maggie se tut, dans l'attente d'une réaction de McCabe, qui ne vint pas.

— Je remplirai la demande de frais, ajouta-t-elle. J'espère bien être remboursée.

— J'ai dit quelque chose ? Ici, c'est Fortier, l'avare à la cassette. Ce n'est pas moi.

— Garde ton numéro d'innocent pour les autres, McCabe. Fortier a peur de toi. Il t'obéit au doigt et à l'œil.

— Qu'est-ce qui te fait croire que je lui fais peur ?

— Tu es plus intelligent que lui et il le sait. Toujours à sortir de nulle part le petit truc auquel personne n'a pensé. Ça le rend vraiment nerveux. Il croit toujours qu'un de ces jours tu vas le ridiculiser en public. Ou, pire encore, devant Shockley.

— Le taxi, c'était combien ? demanda McCabe.

— Je leur ai donné dix dollars. Je ne m'attends pas à ce que les Ceglia me renvoient la monnaie.

— Dix dollars ! s'exclama McCabe, d'un air faussement alarmé, mais avant que Maggie puisse réagir il ajouta : Bon, envoie ta note de frais. On a plus important : une autre affaire vient de nous tomber dessus.

— Quoi ?

— Une autre femme a disparu.

— Oh, bon Dieu. Déjà ?

McCabe informa Maggie des circonstances de la disparition de Lucinda Cassidy.

— Et on part du principe que c'est le même type ?

Maggie alla chercher sa chaise qu'elle tira jusqu'au bureau de McCabe avant de s'asseoir. Elle sortit un gros paquet de bretzels, en renversa un petit tas sur le bureau, y posa aussi les pieds et se mit à grignoter.

— C'est tout à fait possible. Celui qui a disposé le corps de Katie si artistiquement là-bas dans la décharge cherchait à attirer l'attention. Il est fier de son œuvre. Il voulait qu'on le remarque. J'aimerais éviter au maximum que la presse se déchaîne et le frustrer de ce plaisir.

— Je ne crois pas qu'on y parviendra. On parle d'une adolescente assassinée dans des conditions horribles. Si tu ajoutes à ça la disparition de Cassidy, ils vont tous se précipiter là-dessus.

— Shockley va adorer.

Le téléphone de McCabe se mit à sonner. Il vérifia sa montre. Il était minuit passé. Bill Bacon était à l'autre bout du fil.

— Qu'est-ce que tu as trouvé ?

Il fit signe en silence à Maggie de décrocher l'autre ligne.

—Trois fois rien. C'est un bâtiment avec quatre apparts sur Pine Street. Cassidy habite un deux-pièces au dernier étage. L'endroit est bordélique. Le lit n'est pas fait. Il y avait du rouge à lèvres, du mascara et d'autres trucs de fille qui traînaient partout dans la salle de bains. Genre des collants sur le rail de la douche. Une assiette sale dans l'évier et les restes d'une pizza surgelée dans la poubelle. Sa mallette est sur le canapé du salon avec les feuilles d'un dossier répandues tout autour. Son ordinateur aussi est là-bas. Elle a sans doute dû travailler chez elle hier soir.

—Pour préparer la grande réunion dont Beckman a parlé ?

—Ça y ressemble.

—Autre chose ?

—Ouais. Farrington a dit qu'elle a un chien. Un petit bâtard qu'elle appelle Fritz. Il y a des trucs de chien dans l'appart – un panier dans la chambre, une écuelle dans la cuisine – mais on n'a retrouvé ni la laisse ni le chien. Il a aussi dit qu'elle courait, mais je n'ai pas vu de chaussures de course. À mon avis, elle a pris le chien pour aller courir ce matin et n'est jamais rentrée chez elle. Elle était censée être à son bureau à 8 h 30, alors ça devait être tôt.

—À quelle heure la voisine a-t-elle remarqué la voiture ?

—La première fois, vers 7 heures.

—OK. Envoyez autant de gars que vous pourrez pour fouiller les secteurs où les gens font du jogging, en commençant par le West End, là où on a trouvé la voiture.

Sans qu'on lui demande, Maggie quitta la pièce pour aller passer les coups de fil nécessaires.

— Il y avait des photos de la fille dans son appartement ?

— Oui, plein, et Farrington m'en a donné une. Il en avait toujours une dans son portefeuille.

McCabe demanda à Bacon de les rejoindre dans la Western Promenade avant de raccrocher.

Maggie fut de retour moins de cinq minutes plus tard.

— J'ai réussi à rassembler une demi-douzaine de patrouilleurs et deux agents des autres services. Avec Bill et Will, ça fera dix. Douze avec nous deux. Je crois que ça suffira. Au moins jusqu'à demain matin. Et Tasco et Fraser, ils font quoi ?

— Ils interrogent le voisinage autour de la décharge. Prenons Batchelder. Un peu de marche ne lui fera pas de mal. On laisse Carl ici. Il nous faut une permanence pour répondre au téléphone, et je ne pense pas pouvoir supporter de passer la nuit à écouter Carl se plaindre de la pluie.

Dix minutes plus tard, McCabe et Maggie rejoignirent une douzaine de policiers trempés occupés à passer au peigne fin la Western Promenade de Portland et le voisinage immédiat, à la recherche de la moindre trace de Lucinda Cassidy. Ils s'étaient séparés en équipes. McCabe et Maggie avec Jack Batchelder et l'agent Connie Davenport longeaient le promontoire de la bordure ouest du parc. La pluie avait gagné en intensité, et McCabe savait qu'elle risquait de balayer d'éventuels indices.

Environ un quart d'heure après qu'ils eurent commencé leurs recherches, l'agent Davenport les appela :

— Hé ! Je crois que j'ai trouvé quelque chose ! Regardez ça.

Elle pointait sa lampe-torche sur une casquette de base-ball détrempée des Sea Dogs. La casquette était en partie cachée par des herbes poussant au bord du dénivelé très escarpé du promontoire.

— Ça pourrait être à elle, dit Connie.

Elle posa un genou à terre, se pencha sur la casquette et passa un stylo à bille sous la petite bande Velcro à l'arrière. Elle la glissa dans une pochette plastique. Si cette casquette appartenait bien à Cassidy, il y avait peut-être d'autres indices à proximité. McCabe se pencha au-dessus du promontoire.

— Je descends jeter un coup d'œil.

Il donna à Maggie son arme et son holster. Il préférait prendre cette précaution plutôt que de se tirer dessus par accident, s'il venait à glisser et à dégringoler jusqu'en bas.

— Vous savez, je suis censé être le chef ici, plaisanta-t-il à l'attention des autres. Ce n'est pas à moi de me taper ça normalement.

Personne ne rit.

La seule réponse vint de Jack Batchelder.

— Ne te casse pas une jambe, dit-il. Il fait noir, et la pluie rend cette saloperie glissante.

— Merci, Jack. Je ferai de mon mieux.

McCabe franchit la bordure à reculons et commença à se frayer un chemin pour descendre la berge herbeuse et détrempée. Des filets d'eau ruisselaient près de lui, creusant de minces sillons dans la terre. Il n'avait pas de vêtement de pluie et l'eau pénétrait sa veste légère jusqu'à la peau. Des gouttes coulaient dans le col de sa chemise et lui dégoulinaient dans le dos. Serrant la lampe-torche dans sa main droite, il s'accrochait de la gauche, là où il pouvait. Il descendit la pente de biais, éclairant chaque côté de la berge avec sa lampe, sans savoir au juste ce qu'il cherchait. Il respirait laborieusement, un peu étonné que la descente se révèle aussi ardue. Il se fit la promesse de ralentir sur le scotch et d'aller à la gym au moins trois fois par semaine. Enfin, au moins deux.

À environ cinquante mètres du sommet, une petite pierre en saillie sur laquelle McCabe avait posé le pied se décrocha et, avant qu'il réussisse à s'arrêter, il glissa une bonne dizaine de mètres sur le ventre, plaqué contre la terre rocailleuse et boueuse. Sa chute fut stoppée dans la douleur par la racine d'un arbre. Sa lampe-torche atterrit un mètre à sa droite. Elle était toujours allumée. À environ trois mètres au-delà de la lampe, se reflétant dans le rayon lumineux, deux yeux noirs lui rendirent son regard. Il resta allongé, parfaitement immobile, calmant sa respiration, en surveillant prudemment l'être qui le scrutait. Il entendit les voix des autres qui l'appelaient en criant du haut du promontoire :

— Hé, Mike, tu vas bien ?

— Tu t'es fait mal ?

Il ne leur répondit pas de crainte d'effrayer l'animal ou quoi que ce soit d'autre. Un chat ? Peut-être un gros rat ? De sa main gauche, il ramassa une petite poignée de terre humide et la lança en direction des yeux. Aucune réaction. S'appuyant sur les coudes, il se rapprocha avec précaution de la lampe, sur une trentaine de centimètres. Toujours rien. Il progressa sur trente centimètres de plus. Puis trente autres. Il posa la main sur la lampe-torche et la souleva. Toujours aucun mouvement. Les appels du haut du promontoire se firent plus insistants. Il pointa la lampe droit sur les yeux. Ils étincelèrent dans la lumière. Il distinguait maintenant les contours d'une tête. Un museau blanc. Une truffe noire. Il rampa vers lui. Ne souhaitant pas s'époumoner, il sortit son portable et appela le numéro de Maggie.

—Tu n'as rien ? lui demanda-t-elle.

—Non, ça va, lui répondit-il. J'ai trouvé son chien. Il est mort.

4

Le lent retour à la conscience de Lucinda Cassidy s'accompagna d'une douloureuse pulsation dans son crâne. Elle était vivante. De cela, elle était sûre, mais quant à savoir où elle était, et pourquoi... Elle ouvrit un œil, puis l'autre. Des lumières brillantes juste au-dessus d'elle l'obligèrent à plisser les yeux jusqu'à ce que ses pupilles s'accommodent. Elle était allongée sur un lit équipé de montants métalliques de chaque côté, dans une petite pièce quasiment vide. Presque tout à l'intérieur était blanc, excepté la blouse d'hôpital dont elle était revêtue, imprimée de petites fleurs bleues. Un lit d'hôpital.

Une blouse d'hôpital. Elle supposa donc que c'était là qu'elle devait être : dans un hôpital. Avait-elle eu un accident ? Elle n'arrivait pas à se rappeler. Le mal de tête persistant ne lui facilitait pas la tâche.

La pièce ne ressemblait cependant à aucune des chambres d'hôpital qu'elle avait vues. Il n'y avait ni télévision ni téléphone. Pas de rideau qu'on pouvait tirer pour préserver son intimité. Pas de bouton pour appeler une infirmière. Rien d'autre que le lit, une petite table de nuit, et une unique chaise contre le mur près de la porte. Lucinda tenta de lever la main pour se frotter les yeux et les tempes, afin de soulager la douleur qui pulsait dans son crâne, mais sa main ne bougea pas. Elle tira plus fort et se rendit compte que les bandages qu'elle pensait avoir autour des poignets et des chevilles étaient en réalité des entraves qui l'attachaient au lit. Ses mains comme ses pieds étaient liés par des sangles de toile. Non, ce n'était pas un hôpital, mais une prison. Elle n'était pas une patiente. Quelqu'un la retenait prisonnière. Mais qui ? Et pourquoi ?

Lentement, à mesure qu'elle reprenait ses esprits, la mémoire lui revint. Elle se souvint du brouillard. Elle se souvint d'avoir couru le long de la Western Promenade et rencontré l'homme à la seringue hypodermique, celui qui prétendait s'appeler Harry Potter. Avec un sentiment de désespoir, l'image de Fritz lui traversa l'esprit.

L'homme avait dû l'amener ici – où que ce soit. D'accord, elle savait maintenant *qui*. Le *pourquoi* de son enlèvement, supposa-t-elle, devait être lié au sexe. Ce ne pouvait certainement pas être une demande de rançon. Un trafic de femmes ? Non, ça ne pouvait arriver qu'à une fille de l'Est, pas à une diplômée de Bates occupant un bon poste dans une agence de pub de Nouvelle-Angleterre.

Elle en déduisit que ce Harry Potter allait la violer. La juxtaposition du nom et de l'acte lui sembla ridicule. Être violée par un sorcier adolescent de fiction. Un sorcier adolescent de fiction *britannique*.

« Monsieur l'agent, le responsable de ce méfait est Harry Potter.

— Oh, non, mademoiselle, c'est impossible, c'est un petit gars tellement gentil. »

Ridicule. Terrifiant. Elle se mit à rire, d'une manière un peu hystérique. Elle était certaine qu'il la violerait. Quand le viol est inévitable, il n'y a qu'à se détendre et en profiter. N'est-ce pas ce que disent tous les salauds ? Conneries. Elle se battrait contre ce fils de pute jusqu'au bout. À la moindre occasion, elle n'hésiterait pas une seconde à lui mordre le pénis et à l'arracher avec ses dents. L'idée de lui résister l'aida à se sentir un peu mieux. Était-il possible qu'il l'ait déjà violée pendant qu'elle était dans les pommes ? Elle ne le pensait pas. Même inconsciente, elle l'aurait senti d'une manière ou d'une autre.

Mais s'il la violait, que se passerait-il ensuite ? Elle avait vu son visage. Il ne la laisserait pas partir sur la simple promesse de ne rien dire à personne. Peut-être la garderait-il pour remettre le couvert une autre fois – ou un tas d'autres fois. Néanmoins, comme de tout le reste, on finit par se lasser du viol. Alors il la tuerait. Un couteau ? Un revolver ? Il avait une seringue. Les mots « injection létale » s'imposèrent dans son esprit.

Elle n'avait jamais imaginé que sa vie s'achèverait de cette manière. Elle se mit à pleurer. Non à gros sanglots, mais doucement, en silence. C'était le genre de mauvais tour qui arrivait aux autres. Pas à des gens sûrs d'eux, comme elle.

— Je ne le laisserai pas faire.

Elle répéta les mots à voix haute, comme un rituel pour renforcer sa conviction.

— Je ne le laisserai pas faire.

Elle ignorait comment l'en empêcher, mais il devait bien y avoir un moyen. Était-ce du déni ? Confronté à sa mort imminente, la première réaction de tout un chacun n'est-elle pas toujours le déni ? Quelle est la suite de cette fameuse litanie ? La peur ? La colère ? L'acceptation ? Elle ne se rappelait pas. Eh bien, si c'était la peur, elle venait juste de sauter au stade suivant. Parce qu'à présent, elle crevait de trouille.

Combien de temps était-elle restée inconsciente ? Des heures ? Des jours ? Lorsqu'elle ne s'était pas montrée au bureau, Charlie Roberts ou John Beckman avait dû essayer d'appeler à son appartement, sur son portable. Ils savaient qu'elle n'était pas du genre à ne pas venir travailler, sans explication, surtout avec un rendez-vous important prévu. Un employé de Beckman & Hawes avait-il prévenu la police ? Elle l'ignorait. Elle avait peut-être déjà manqué le dîner avec David. Elle mourait de faim. David, lui, aurait tenté de la joindre, non ? David aurait signalé sa disparition ? David était un tel enfoiré ; il avait peut-être pensé qu'elle lui posait un lapin et serait parti de chez Tony's vexé comme un pou. Pourquoi s'était-elle mariée avec lui, d'abord ? Pour le sexe, sans doute. Il était très bon au lit. Mais c'était stupide. Personne ne se marie plus pour le sexe à notre époque.

Des gens étaient-ils en ce moment même en train de regarder des comptes rendus de son kidnapping à la télévision ? Elle imagina des photos d'elle apparaissant à l'écran. « Une femme de Portland, Lucinda Cassidy, a disparu aujourd'hui. Mlle Cassidy portait un short de jogging bleu et un haut blanc. » Non, ils ne pouvaient pas connaître ces détails... Elle se rappela l'histoire de cette fille, il y avait plusieurs années de cela, qui avait disparu à la sortie d'un club. Une espèce de cinglé l'avait tuée, avant de l'enterrer à Scarborough. Et bien sûr, la semaine précédente, il y avait cette footballeuse de l'équipe du lycée qui s'était évanouie dans la nature. Ils ne l'avaient pas encore retrouvée, morte ou vivante.

Lucinda se souvint d'avoir ressenti une indignation légitime, assise en sécurité devant sa télé, en écoutant les reportages sur ces femmes disparues. Elle était loin alors d'avoir saisi l'horrible réalité – cette peur qui la tenaillait et ne la lâcherait plus. Lucinda ferma les yeux et tenta de résister à la panique qui l'envahissait.

« Contrôle-toi, se supplia-t-elle presque elle-même. Ne te laisse pas aller. La seule manière de t'en sortir, c'est de rester calme et lucide. » Elle s'efforça de respirer lentement et profondément, comme Rebecca le lui avait appris à son cours de yoga. Elle tenta de s'imaginer dans un endroit différent. Elle se concentra afin de ralentir les battements de son cœur. Elle écouta. Il n'y avait aucun bruit, sinon un vrombissement lointain, peut-être un système d'air conditionné.

Elle parcourut à nouveau la pièce du regard, étudiant les détails. C'était une pièce étroite, sans fenêtre, qui mesurait dans les quatre mètres carrés. Les murs et le plafond étaient blancs. Ils semblaient recouverts d'une sorte de revêtement acoustique. Pleine d'espoir, Lucinda supposa que ce revêtement était destiné à insonoriser la pièce. Ce qui signifiait qu'il y avait quelqu'un à l'extérieur qui n'était pas censé entendre ce qui s'y passait. Qui n'était pas censé l'entendre si elle criait. Il y avait une porte qui semblait lourde et solide. Sans doute de l'acier ou un autre métal. Elle était munie d'une poignée argentée avec un bouton de verrouillage. Au-dessus de la poignée se trouvait une serrure à pêne dormant. Elle supposa qu'elle était fermée, mais la porte était trop éloignée pour qu'elle en soit sûre.

Puis elle prit conscience d'un autre bruit. Une respiration qui n'était pas la sienne. Une respiration lente et presque indistincte derrière le lit. Oui, c'était bien une respiration. Elle demeura paralysée, craignant de dire un mot. Finalement, elle recommença à pleurer.

— Qui êtes-vous? pleurnicha-t-elle. Qu'est-ce que vous me voulez?

Son visage – le visage de l'homme de la promenade – entra dans son champ de vision. Il tenait une seringue. Il frotta son bras avec un coton imbibé d'alcool.

— Je suis désolé, Lucinda, mais je ne suis pas encore tout à fait prêt à m'occuper de toi.

Il la replongea dans les ténèbres.

5

Samedi, 4h30

L'aube était sur le point de se lever lorsque McCabe, couvert de boue et d'égratignures, le corps perclus de douleurs, tourna dans le parking situé derrière le grand bâtiment victorien blanc sur l'Eastern Promenade. Il gara sur l'emplacement numéro trois la T-Bird 1957 rouge cerise qu'il avait amoureusement restaurée. La première année de leur mariage, McCabe et Sandy avaient économisé sur tout pour acheter cette voiture. Il resta assis une minute, tout endolori, les mains posées sur le volant, sans savoir pourquoi cette époque lui revenait à l'esprit. Ces jours insouciants avaient depuis longtemps disparu. Sandy et lui adoraient se balader avec le toit ouvert aux alentours de la plage de Westhampton le samedi après-midi. Des types qui gagnaient vingt fois plus qu'eux deux réunis – courtiers, *traders*, producteurs télé – ralentissaient en passant devant la voiture à l'arrêt, examinant sous tous les angles, d'un regard admiratif, à la fois la T-Bird vintage et la femme de McCabe. Il eut un sourire amer à ce souvenir. Michael McCabe, vingt-quatre ans. Un mec qui ne se prenait pas pour de la merde. Une bagnole qui en jetait. Une femme sexy. Une période bénie.

Puis la période bénie était arrivée à son terme. Il avait toujours trouvé drôle – douloureux, mais drôle – que, le jour où Sandy avait fini par partir avec un de ces types, c'était la voiture qu'elle avait voulu garder. Pas la fille qu'ils avaient conçue sur une couverture dans les dunes de Westhampton une nuit de week-end au clair de lune. Connaissant sa femme, elle aurait même été capable de négocier la garde de la voiture au tribunal si son avocat l'avait écoutée. « Voyons. Je t'échange une décapotable de quarante ans contre une petite fille. C'est un marché équitable. C'est à prendre ou à laisser... — Eh bien, va te faire foutre, Sandy. J'ai obtenu les deux, et non, tu ne peux pas les récupérer. »

McCabe ouvrit sa portière et descendit avec précaution. La pluie avait cessé. Levant les yeux au ciel, il vit des étoiles à l'est au-dessus de la baie et les premières lueurs rougeâtres à l'horizon. Il monta les trois volées de marches jusqu'à l'appartement de quatre pièces qu'il partageait avec Casey et, autant que possible, avec Kyra.

Il ôta ses chaussures boueuses, les laissa sur le palier et entra. Il ouvrit la porte de la chambre de

Casey. S'agenouillant près de son lit, il observa son visage endormi. « T'ai-je menti ? lui demanda-t-il en silence. T'ai-je encouragée à croire que tu étais en sécurité dans un monde où personne ne l'est ? » Bien sûr que oui, mais c'était un mensonge par amour. Casey découvrirait bien assez tôt la dureté de la vie. Il ne pouvait qu'espérer qu'elle ne l'apprendrait pas d'une manière aussi brutale que Katie Dubois. Il écarta une mèche de cheveux noirs de ses yeux et lui donna un baiser si léger qu'il était sûr de ne pas la réveiller.

Ses paupières frémirent, se soulevèrent et ses yeux bleus – tellement semblables à ceux de Sandy – se fixèrent sur lui. Elle baignait dans la vague lueur précédant l'aube de cette matinée d'automne.

— Qu'est-ce qui s'est passé ? demanda-t-elle. Tu as vraiment l'air dans un sale état.

— La nuit a été dure, chuchota-t-il. Désolé de t'avoir réveillée.

— J'étais presque réveillée, de toute façon. Tu vas bien ?

— Tu devrais voir la tête de l'autre gars.

— Tu t'es battu ?

Elle se redressa sur les coudes pour mieux le voir.

— Non, je plaisante. Rendors-toi. Je te raconterai dans la matinée.

Elle regarda par la fenêtre la mince bande rouge qui s'élargissait à l'est.

— C'est déjà presque le matin.

— Tu as encore largement le temps de dormir.

Il l'embrassa une nouvelle fois. Elle posa ses bras autour de son cou et le tira vers lui pour l'enlacer.

— Doucement, dit-il, tu vas te mettre de la boue partout.

— C'est bon, fit-elle en le relâchant. Kyra est ici. Jane est rentrée chez elle.

Il sourit.

— Bonne nuit, ma chérie. Je te verrai dans la matinée.

Il se dirigea vers sa chambre.

La voix ensommeillée de Kyra se fit entendre du lit.

— Je suis contente que tu sois rentré. Je commençais à m'inquiéter.

— Tout le monde est insomniaque dans cette maison ? Un homme ne peut pas se faufiler en douce dans sa propre chambre sans provoquer tout un drame ?

Elle alluma la lampe de chevet en cuivre.

— Tu n'as pas l'air si bien que ça.

— Oh, je suis juste tombé d'une falaise.

— En faisant ton devoir ? Ou juste pour t'amuser ?

Il enleva sa veste déchirée, la laissa tomber sur le sol et s'affala dans le rocking-chair dans un coin de la pièce.

— On a trouvé la fille Dubois.

— Je sais. C'était aux infos du soir.

— Ils ont donné des précisions ?

— Pas vraiment. Juste qu'elle avait été assassinée et peut-être violée.

Allongée sur le flanc, soutenant sa tête d'une main, Kyra le regardait. Elle n'était couverte que d'un mince drap de coton qui révélait les courbes de son long corps souple et, en dépit de sa fatigue,

McCabe s'aperçut qu'il avait envie d'elle. Ou, plus exactement, qu'il avait besoin d'elle.

— Tu ferais mieux de prendre une douche, dit-elle, devinant son désir. Je ne fais jamais l'amour avec un mec qui a l'air d'avoir perdu un combat de catch dans la boue.

Elle se glissa hors du lit, toute nue, et s'avança vers lui.

— Là, laisse-moi t'aider, dit-elle.

Elle le tira pour l'aider à se mettre debout et déboutonna sa chemise déchirée. Il la laissa le déshabiller, les bras tendus comme un enfant afin qu'elle puisse lui ôter sa chemise. Elle descendit la braguette de son pantalon et le laissa choir sur le sol en entraînant son caleçon. Il dégagea ses pieds. Aguicheuse, elle fit glisser ses doigts de haut en bas sur son sexe érigé. Il tendit les bras vers elle.

— Pas question, dit-elle en reculant. Pas avant que tu sois propre.

Ils allèrent ensemble sous la douche. L'eau chaude les aspergea et picota la peau écorchée et rougie sur son torse et ses bras. Elle lava d'une main douce le corps de McCabe, puis ses cheveux, sans omettre de remarquer, comme toujours, qu'il avait plus de cheveux gris que la fois précédente. Puis ce fut à son tour de la laver. Ensuite, ils restèrent simplement sous l'eau chaude à se caresser.

Une fois qu'ils se furent séchés, McCabe s'allongea sur le dos dans le lit et Kyra lui grimpa dessus. Il la pénétra et ils firent l'amour, doucement, tendrement, silencieusement, pendant ce qui leur parut un long moment. Puis il s'endormit en regardant les motifs horizontaux d'ombre et de lumière jouer sur le sol et les murs tandis que le soleil d'un nouveau matin se levait en brillant à travers les lattes des stores de bois.

Il se réveilla vers 7 h 30. Ses contusions se rappelèrent à son bon souvenir, et il fut déçu que l'autre côté du lit soit vide. Kyra avait dû se lever tôt et se rendre à son atelier. Elle lui manquait. Il n'avait pas encore eu son content d'elle. Il repoussa les draps. Il était toujours nu et l'air matinal qui s'infiltrait entre les stores par les fenêtres ouvertes rafraîchit agréablement sa peau écorchée. Il attrapa un vieux pantalon de jogging rouge qui traînait par terre, derrière le rocking-chair, et l'enfila. Les mots CIRCUIT DE ST BARNABAS qui en ornaient une jambe représentaient le dernier vestige de sa carrière peu mémorable de coureur de demi-fond dans l'équipe de son université. Il s'approcha de la fenêtre et tira sur le cordon pour ouvrir les stores au maximum. Il resta debout à contempler Casco Bay et les îles. Ce panorama, ainsi que le fait qu'il était situé à moins d'un kilomètre et demi du commissariat de police, étaient les deux raisons principales qui l'avaient motivé à payer plus qu'il ne pouvait normalement se permettre pour le quatre-pièces, lorsqu'il avait accepté, trois ans plus tôt, de diriger la brigade criminelle de la police de Portland.

C'était un de ces matins dorés de septembre, pas le genre qu'il aurait choisi pour enquêter sur un meurtre ou assister à une autopsie. Un air frais et une brise agréable. Il regarda le ferry en aval de la baie se diriger en ahanant vers Portland et un petit voilier, son spinnaker rayé de jaune et rouge gonflé par le vent, traverser de gauche à droite son champ de vision. Distraitement, il toucha la vieille cicatrice qui zébrait son abdomen sur vingt centimètres, un souvenir de l'époque où il était un bleu et portait encore l'uniforme. Il s'était montré imprudent lors d'une interpellation, et un adolescent camé jusqu'aux yeux l'avait lacéré avec une lame de cran d'arrêt de dix centimètres. Il n'avait pas vu le coup venir, mais n'avait pas descendu le garçon pour autant. Il en était fier. Il l'avait remis à la justice. Il était fier de cela aussi, mais il s'était juré d'être plus prudent à l'avenir.

On frappa un coup à la porte de la chambre.

— Ouais, dit-il.

Casey entra et s'affala sur le lit.

— Tu avais l'air drôlement mal en point quand tu es rentré cette nuit.

— J'étais drôlement mal en point.

Elle installa la dépouille déguenillée de Bunny, une peluche qu'elle avait depuis qu'elle était bébé, sur ses genoux. Il ne restait plus guère du lapin qu'une loque pelucheuse avec des oreilles, mais elle refusait de l'abandonner.

McCabe s'allongea près d'elle.

— Tu as passé une bonne nuit ? demanda-t-il.

— Ça va. Gretchen et Whitney sont restées jusqu'à 23 heures. On s'est juste amusées jusqu'à ce que la mère de Whitney vienne les chercher. Kyra est arrivée vers 22 h 30. Elle est partie ?

— Je pense qu'elle est allée à l'atelier.

— Tu vas te marier avec Kyra ? demanda Casey, l'air on ne peut plus sérieux, tout en tripotant les oreilles de sa peluche.

— Je ne sais pas. Peut-être, mais pas tout de suite.

Il n'avait aucune idée d'où cette conversation allait le mener.

— Et toi, tu en penserais quoi ? demanda-t-il à son tour.

— C'est important ?

— Ce que ça te ferait ? Oui. C'est très important.

— J'en sais rien. J'aime bien Kyra. Ça ferait d'elle ma mère ?

— Ta belle-mère.

— Tu crois que je ressemble à maman ? Je veux dire, ma vraie maman ?

— Oui. Ta mère est une femme très belle. Tu le seras aussi.

Il baissa les yeux et fut surpris de voir que Casey tenait entre les mains une photo de Sandy. Sur la photo, Sandy, vêtue d'un short en jean coupé et d'un haut de bikini, était adossée contre la T-Bird. Les cheveux noirs. Les yeux d'un bleu métallique. Le visage photogénique.

— Où as-tu trouvé ça ?

Il n'avait pas vu cette photo depuis des années.

— Je l'avais, dit-elle. Je l'ai apportée avec moi de New York.

— Vraiment ? fit McCabe qui l'apprenait. Tu en as d'autres ?

— Une ou deux. Celle-là, c'est la mieux.

Ils restèrent assis en silence un moment, ni l'un ni l'autre ne sachant quoi dire ensuite.

— Tu as envie de voir ta mère ? finit-il par demander avec une réticence certaine.

Il y eut un autre silence – plus long cette fois.

— Non. Pas pour l'instant. Pourquoi tu es rentré si tard cette nuit ?

— On enquêtait sur un meurtre.

McCabe se demanda ce qu'il devait lui en dire et décida de lui donner une version expurgée. Elle en entendrait de toute façon parler aux infos tôt ou tard.

— Une jeune fille a été assassinée, dit-il, pas tellement plus vieille que toi.

— Elle a été assassinée ? fit Casey d'un ton choqué.

Elle avait du mal à croire qu'une chose pareille puisse arriver à quelqu'un de son âge.

— C'est horrible. Est-ce que c'était la joueuse de football, celle sur les affiches qu'ils ont placardées dans toute la ville ?

— Oui, acquiesça-t-il.

— Mon Dieu, elle a vraiment été assassinée ?

Casey tritura Bunny de plus belle, lui tira les oreilles, sans rien dire de plus pendant une minute, puis en répétant une ou deux fois le mot « assassinée » à voix basse pour le rendre réel. Elle finit par demander :

— Et tu sais qui a fait ça ?

— Pas encore.

— Mais tu vas les attraper ?

— Oui.

Il se remit en position assise à côté d'elle, l'attira sur ses genoux et la serra fort contre lui.

— C'est horrible, mais il y a des gens horribles sur terre. C'est pour ça que je fais ce travail. C'est pour ça aussi que tu ne dois jamais parler à des inconnus. On va l'attraper. Allez... on est censés passer un moment agréable. Habillons-nous ; je t'emmène au Porthole manger une omelette au fromage. Après, je retournerai au travail. Jane ira te chercher après le football.

— D'accord, dit Casey en souriant.

Elle adorait monter à l'arrière de la Harley. Elle se précipita dans le couloir jusqu'à sa chambre pour s'habiller.

La regardant s'éloigner, McCabe reconnut la sensation d'angoisse qui commençait à lui nouer l'estomac. Une crainte aussi réelle, aussi dure qu'un poing. La crainte qu'un jour, peut-être proche, il ne serait plus capable de protéger cette enfant qu'il aimait et pour laquelle il accepterait si volontiers de sacrifier sa propre vie.

6

Samedi, 9 heures

Aussitôt après avoir déposé Casey à l'appartement, McCabe mit le cap sur Middle Street. Il voulait vérifier où en étaient les enquêtes sur les deux affaires, au cas où il y aurait eu des progrès pendant les quelques heures où il s'était absenté. Cela ne lui prit pas longtemps. En gros, il n'y avait rien de neuf. Un e-mail de Terri Mirabito l'informait que l'autopsie de Katie Dubois était programmée à 15 heures. Maggie était en copie. Il cliqua sur « Répondre à tous » et écrivit à Terri qu'ils seraient là tous les deux. Il écouta deux messages téléphoniques de Bill Fortier qui paraissait nerveux. Avant de le rappeler, il composa le numéro du domicile de Tom Shockley.

— Tom. C'est Mike McCabe.

— Mike. J'ai appris pour la fille Cassidy.

Au ton de sa voix, Shockley semblait agité et excité. McCabe lui résuma les deux cas. Le chef de la police avait déjà appris la plupart des informations par d'autres sources.

— Je parle à la presse à 11 heures. Je veux que tu sois là.

— Chef, les conférences de presse, ce n'est pas vraiment mon truc.

Shockley n'était pas d'humeur à se laisser dissuader.

— Mike, je te demande juste d'y consacrer une heure. La presse doit être informée.

Connaissant Shockley, McCabe s'attendait déjà à un vrai cirque.

— Peut-être bien, mais je pense qu'on ne devrait pas leur livrer trop de détails. D'abord parce qu'on donnerait au tueur ce qu'il désire : de la publicité et de l'attention. Ensuite parce que ça pourrait donner des idées à des copieurs.

— McCabe, on vient juste d'assassiner de manière horrible une jeune fille innocente. Le même jour, une autre jeune femme est kidnappée. Le public a le droit de savoir ce qui se passe. Ce qu'on met en place pour attraper le tueur. Les médias s'attendent à ce que tu sois présent aux points presse, et moi aussi. D'ordinaire, on n'est pas confrontés à ça à Portland – enfin, rarement –, mais c'est une des raisons pour lesquelles je t'ai obtenu ce poste, contre l'avis des syndicats et les résistances du département. Ne t'inquiète pas. C'est moi qui parlerai la plupart du temps. Ton rôle se bornera à être là et à avoir l'air professionnel.

McCabe garda le silence un moment, les yeux rivés sur la photo de Casey sur son bureau.

— Mike, tu m'entends ?

— À quelle heure commencent les réjouissances ?

— 11 heures. Devant la mairie.

— D'accord. Accordez-moi juste une faveur, chef. Un homicide comme celui-là va faire sortir tous les cinglés du bois. Alors ne donnons pas trop de détails.

La connaissance de ces détails était justement ce dont la police se servait pour distinguer les véritables informateurs des mythomanes.

— OK, dit Shockley. Si on ne mentionnait pas la boucle d'oreille ou la manière dont le corps était présenté, ça t'irait ?

— Et si on ne mentionnait pas non plus que le cœur a été prélevé ? C'est le plus important.

Shockley ne répondit pas. Il savait que les précisions sur le cœur de Katie allaient mettre les médias dans tous leurs états. McCabe se dit que son chef rechignait à ne pas s'en servir.

— D'accord, finit-il par accorder. On ne dira rien sur le cœur.

— C'est la bonne décision, dit McCabe. Je serai là. Maggie aussi.

— Très bien, dit Shockley avant de raccrocher.

McCabe fixa d'un regard furieux le combiné muet du téléphone dans sa main. Il savait que ce n'était pas l'obligation d'assister à une conférence de presse qui lui tapait sur les nerfs. C'était son devoir. Ça faisait partie du jeu. Ce qui l'insupportait vraiment, c'était le sentiment qu'au fond Shockley voyait le meurtre de Katie Dubois comme une opportunité de générer de gros titres qui le mettraient en valeur ; de gros titres qui pourraient même lui fournir l'impulsion pour la campagne de candidature au poste de gouverneur que la rumeur lui prêtait. En particulier si c'était Mike McCabe, le flic venu d'ailleurs, le flic que Shockley avait engagé malgré les objections de nombreuses personnes du département, qui résolvait le cas. Voilà ce qui l'insupportait vraiment.

McCabe s'efforça de ne plus penser à la conférence de presse de Shockley. Il pressa le bouton pour allumer son ordinateur et chercha sur Internet « Centre médical de Cumberland », « Portland » et « chirurgie cardiaque ». Sur le site officiel du Cumberland, il apprit que leur unité cardiaque, le centre cardiaque Levenson, était le joyau de l'hôpital, élu parmi les cent meilleurs centres de soins cardiaques des États-Unis trois années d'affilée. En creusant un peu plus, il apprit que l'unité cardiaque était dirigée par le docteur Philip Spencer, apparemment leur superstar de la chirurgie.

Il lança une recherche au nom de Spencer et aussitôt sa biographie s'afficha à l'écran. Diplômé de médecine à l'université de Tufts, 1988. Internat en chirurgie cardio-thoracique à l'hôpital Bellevue, New York, de 1988 à 1992. Spécialisation dans les procédures de transplantation cardiaque au Brigham de Boston de 1992 à 1996. Arrivé dans le Maine en 1996, neuf ans plus tôt, pour créer le programme de transplantation au Cumberland.

La liste des distinctions honorifiques reçues par Spencer occupait plusieurs paragraphes. De toute évidence, si quelqu'un savait comment ôter un cœur humain – et quelles autres personnes dans le Maine en avaient les capacités –, Spencer était cet homme.

Il appela le bureau de Spencer au Cumberland, mais le docteur était absent. À la surprise de McCabe, le numéro de son domicile était dans l'annuaire. Il vivait dans le West End, près de l'hôpital. McCabe essaya le numéro. Une femme répondit.

— Madame Spencer ?

— Oui ?

— Inspecteur Michael McCabe à l'appareil, de la police de Portland. Est-ce que le docteur Spencer est chez vous ?

— Non, je crains que non. Je crois qu'il est parti courir.

— Pouvez-vous lui demander de me rappeler quand il rentrera ?

— Puis-je vous demander à quel sujet ? Nous avons déjà donné pour le Fonds des orphelins, précisa-t-elle avec une voix et une façon de parler très aristocratiques.

— Ce n'est pas au sujet d'une donation, madame Spencer. Nous enquêtons sur un homicide, et l'aide du docteur Spencer pourrait nous être utile.

— Oh, je vois. C'est à propos de cette pauvre fille, n'est-ce pas ? Avez-vous déjà un suspect ?

— Madame Spencer, je suis sûr que vous comprendrez que je ne suis pas libre de divulguer les éléments de mon enquête.

— Bien sûr. Je dirai à Philip de vous appeler.

McCabe donna son numéro de portable à la femme de Spencer. Levant les yeux, il vit Tom Tasco et Eddie Fraser près de son bureau. Ils avaient l'air crevés. En temps normal, Eddie débordait d'énergie nerveuse. Il ne tenait pas en place. Or, là, il restait immobile.

— On a peut-être un témoin, dit Tasco.

McCabe raccrocha le téléphone.

— Allez-y.

— Eddie et moi, on passait voir tous les entrepôts commerciaux de la zone, au cas où quelqu'un aurait vu ou entendu quoi que ce soit, dit Tasco. Il y a une compagnie de déménagement et de stockage de l'autre côté de Somerset. Les transports Richard A. Morgan.

— Je connais l'endroit.

— Ils ont un gardien de nuit. Un étudiant à l'USM, il s'appelle Mark Shevack.

— Depuis combien de temps travaille-t-il là-bas ?

— À peu près un an, répondit Fraser. Il a pris ce boulot quand il a commencé ses cours à l'université en septembre dernier. À mon avis, il passe le plus clair de son temps à roupiller ou à écouter son iPod, mais de temps en temps il doit effectuer sa tournée et vérifier des trucs. Il a dit qu'il pensait avoir vu une voiture s'arrêter et se ranger sur Somerset, près de l'endroit où la victime a été trouvée.

— Quand ?

— Jeudi, vers minuit.

— Ça colle avec l'estimation de l'heure du décès, mais ça voudrait dire qu'elle serait restée là presque vingt-quatre heures avant que quelqu'un la remarque.

— Il n'y a pas grand monde qui passe là-bas.

— Est-ce que Shevack a pu voir correctement la voiture ?

— Pas vraiment, dit Tasco. Il a dit que c'était un 4 x 4 de couleur sombre, mais il n'a pas pu préciser quel modèle. Ce pourrait être une marque européenne – il semblait plus arrondi qu'un Jeep ou un Explorer. Il n'a pas pu distinguer non plus la couleur ni la plaque. Il dit que la nuit était très sombre et qu'il n'y a pas fait très attention. Son boulot se limite à surveiller l'entrepôt. Il l'a seulement remarquée parce que les voitures ne s'arrêtent pas souvent sur Somerset. Et presque jamais à cette heure-là.

— C'est tout ?

— Non. Il y avait aussi une caméra de sécurité, dit Fraser.

— C'est une bonne nouvelle.

— Oui et non. Malheureusement, elle reste pointée sur la zone de l'entrepôt ; mais, dans un coin du cadre, en fond, elle a filmé ce qui pourrait être un bout de voiture.

— Pourrait être ?

— Ouais. L'enregistrement est horodaté, mais l'image est super floue. Tout ce qu'on peut voir, c'est une tache en forme de voiture s'arrêter là où l'a indiqué Shevack à 23 h 48. Une tache de forme humaine sort de la tache en forme de voiture et va à l'arrière ; là, pour autant qu'on puisse deviner, elle décharge ce qui pourrait être le corps et le transporte dans la décharge. Puis la tache de forme humaine revient sans la tache qui pourrait être le corps, monte dans la voiture et s'en va. Il est 23 h 59.

— Onze minutes ?

McCabe s'interrogea sur la durée que représentaient onze minutes. C'était trop long pour se contenter de transporter le corps là où il avait été abandonné, le disposer à son goût et revenir. Alors qu'avait-il bien pu fabriquer pendant onze minutes ? Admirer son œuvre ? Se masturber ? Ce salaud ne manquait pas d'assurance.

Eddie Fraser tentait d'attirer son attention.

— Mike, ça doit être notre type. À coup sûr. Starbucks essaie en ce moment d'améliorer l'image par ordinateur. Viens, allons voir où il en est.

McCabe et les deux inspecteurs descendirent d'un étage pour rejoindre le box minuscule où travaillait le petit surdoué de la police de Portland devant un ordinateur beaucoup plus sophistiqué que celui de McCabe. C'était un garçon somalien nommé Aden Yusuf Hassan. Lorsqu'il avait commencé à travailler pour le département quelques années plus tôt, il avait aussitôt été surnommé Starbucks par les autres flics, bien plus à cause de son addiction au café fort que pour sa ressemblance avec le personnage de Melville dans *Moby Dick*.

Starbucks était arrivé à Portland en 2000, à l'âge de quinze ans, avec la première vague de réfugiés soudanais et somaliens qui fuyaient le génocide dans leurs pays respectifs. Shockley l'avait embauché à mi-temps alors qu'il était encore au lycée, mince tentative velléitaire pour améliorer la diversité raciale dans le département. Le gamin n'avait jamais touché un ordinateur dans son pays d'origine, mais il apprenait vite. C'était un informaticien-né – l'un des meilleurs que McCabe n'avait jamais vus. Il était capable d'assimiler seul les bases d'un programme complexe en quelques heures, de le maîtriser en quelques jours. Sans aucun doute, il était le meilleur informaticien du département, peut-être même de la ville. Starbucks était assis, courbé devant un moniteur à écran plat, le visage brun foncé grimaçant de concentration.

Il tourna les yeux lorsque McCabe et les autres approchèrent. Un grand sourire illumina son visage.

— J'ai de bonnes nouvelles, inspecteurs !

Il s'était exprimé avec emphase, en criant presque le mot « inspecteurs », avec seulement une trace résiduelle d'accent somalien, sa seule langue jusqu'à l'âge de quatorze ans.

— J'ai identifié la voiture, c'est bien un 4 x 4. Peut-être un Lexus. Peut-être un BMW. Modèle de 2002, ou de 2003.

Starbucks fit courir son index à l'arrière de la tache qui, grâce à ses efforts, ressemblait maintenant plus à une voiture.

— Vous voyez ? La forme de l'arrière du toit ? Maintenant regardez.

Un second 4 x 4, plus net, apparut sur l'écran à côté de l'image encore floue de la caméra de sécurité.

— Voici un 4 x 4 Lexus de 2002. Même position. Même angle. Vous voyez que la forme est la même.

La silhouette des deux véhicules paraissait presque identique. Puis la photo du Lexus fut remplacée par une autre, très similaire.

— À présent, voici un BMW, dit Starbucks.

De nouveau, on notait une ressemblance avec le 4 x 4 flou. Pas tout à fait aussi nette. Sans détacher ses yeux de l'écran, McCabe dit :

— Eddie, vous pouvez vérifier avec les cartes grises tous les 4 x 4 Lexus enregistrés dans le Maine entre 2001 et 2006 ? Vérifiez les BMW aussi pendant que vous y êtes, et élargissez au New Hampshire. Ensuite, voyez si vous pouvez croiser leurs propriétaires avec une base de données de médecins diplômés. Cherchez parmi les chirurgiens et les légistes. Peut-être les biologistes, ou les profs de biologie. Éliminez tous ceux qui ont plus de soixante ans. Notre homme n'est pas si vieux. Starbucks, tu peux essayer de nous en apprendre plus sur le gars qui sort de la voiture ?

Starbucks fit avancer l'enregistrement image par image, à la recherche d'un cliché de l'homme susceptible de leur fournir un indice supplémentaire. McCabe ne quittait pas l'écran des yeux. Juste au moment où la tache en forme d'homme atteignait l'arrière du véhicule, il s'immobilisa et se tourna vers la route, peut-être pour s'assurer qu'il n'était pas surveillé, mais à aucun moment il ne regarda la caméra en face. Au mieux, il apparaissait légèrement de profil, entre un quart et un tiers. Néanmoins, c'était mieux que rien.

Les doigts de Starbucks s'affairèrent sur le clavier, et l'image sur l'écran se mit à ressembler plus à un homme qu'à une vague tache.

— Starbucks, dit McCabe, garde une trace de tout ce que tu fais exactement pour améliorer cette image. Si jamais l'enregistrement est accepté comme preuve au tribunal, il faudra que tu sois capable de reproduire et de justifier tout le processus, étape par étape.

— Pas de problème, inspecteur. Je prends des notes, et j'enregistre toutes les étapes sur un CD non effaçable. Par contre, savoir si ça nous apprendra quoi que ce soit sur le méchant, c'est moins sûr.

McCabe et Starbucks savaient l'un comme l'autre que, même si l'enregistrement les conduisait au tueur, il ne suffirait pas à lui seul à identifier formellement l'homme ou à prouver que c'était lui. Il leur fallait plus.

Le jeune Somalien zooma, isolant la portion du cadre où l'on voyait la forme humaine à proximité de la voiture.

— Comme on connaît la hauteur de la voiture et celle de la clôture, on peut en déduire que l'homme est assez grand. Par simple triangulation, je l'estime à plus d'un mètre quatre-vingt-cinq, ou quatre-vingt-sept au maximum.

— Mais encore ?

— La plus grande partie de son visage est cachée, et la source est de qualité médiocre. Mais il a les épaules larges, il semble de type caucasien et porte une casquette de base-ball. Même de cet angle, on voit qu'il a un visage assez allongé. Peut-être un gros nez, mais c'est moins sûr.

— Un grand docteur blanc avec une casquette. Bon, ça réduit un peu le champ de nos recherches, dit Tasco.

Starbucks se remit à jouer du clavier et McCabe regarda de nouveau l'écran. L'informaticien fit défiler l'enregistrement jusqu'à la scène où la silhouette humaine levait le hayon et délestait le

4 x 4 de son fardeau. Starbucks avança encore et stoppa de nouveau. Cette fois, le grand docteur blanc transportait son trophée dans ses bras à l'intérieur de la décharge, avec beaucoup de soin, tel un jeune marié portant son épouse pour franchir le seuil de leur maison. Au beau milieu d'une ville pleine d'animation. Clairement, ce type n'avait pas peur de prendre des risques. Peut-être cela accroissait-il son excitation.

Starbucks fit avancer et reculer la scène à plusieurs reprises, avant de s'arrêter finalement sur l'instantané qui leur offrait l'image la plus nette du fardeau. Il semblait être enveloppé dans un tissu de couleur pâle. Starbucks agrandit la photo.

— Bon, d'après la forme, ça pourrait être Katie, dit McCabe. Ou peut-être juste un tas d'ordures balancé par un type trop fainéant pour le porter jusqu'à Riverside.

— Drôle de forme pour des déchets, dit Tasco. D'ailleurs, l'équipe de Jacobi n'a rien trouvé là-bas qui ait une forme semblable, même de loin.

— Juste Katie.

— Ouais, juste Katie.

Ils firent défiler la partie de l'enregistrement où la voiture était garée. Durant les onze minutes, deux autres voitures passèrent, mais rien d'autre de notable ne se produisit.

— Lançons un appel à témoins là-dessus, dit McCabe. Si on peut retrouver l'un ou l'autre de ces gens qui passent, ils se souviendront peut-être d'un détail au sujet de la voiture garée.

— Je continuerai à travailler là-dessus, dit Starbucks. En modifiant les pixels séparément, je crois que je peux améliorer la définition. Ça nous donnera une meilleure idée de l'apparence de ce type. Ou de ce qu'il portait. Mais, comme je l'ai dit, la source est de qualité médiocre.

McCabe consulta sa montre. C'était presque l'heure de la conférence de presse de Shockley.

— OK, les gars, je vous reverrai plus tard. Là, je dois assister à la prestation de chef de notre cher G.O.

Le « G.O. » était le surnom que l'équipe avait donné au chef Shockley, *alias* le « Génial Organisateur ».

7

Samedi, 11 heures

La conférence de presse débuta à l'heure prévue sur le large escalier de granit de l'hôtel de ville centenaire de Portland. Comme McCabe s'y attendait, l'événement était parfaitement mis en scène. Des équipes de cameramen et des reporters des télévisions locales, ainsi que des journalistes de tous les principaux quotidiens du Maine, étaient massés au bas des marches, levant les yeux vers Shockley. Parmi eux, McCabe reconnut le visage du correspondant local d'un tabloïd de New York. Il y en avait probablement d'autres.

Shockley était flanqué du maire et de plusieurs membres du conseil municipal. Près d'une centaine de simples curieux se trouvaient également présents. Shockley avait revêtu son uniforme pour l'occasion. McCabe et Maggie Savage s'étaient positionnés en retrait derrière lui, légèrement sur sa droite. Au moins, se dit ironiquement McCabe, il n'y avait pas de musiciens à disposition pour ouvrir le bal par une marche militaire d'allégeance au chef. C'était sans doute simplement que Shockley n'y avait pas pensé.

— Comme la plupart d'entre vous le savent déjà, un meurtre d'une grande brutalité a été commis dans notre ville au cours des dernières quarante-huit heures.

Tandis que Shockley commençait à parler, McCabe scruta la foule. Le seul bénéfice réel de ce genre de cirque était qu'il pouvait attirer « une personne intéressante ». Un par un, il mémorisa les visages. Il ne les oublierait pas.

— Une très jeune femme, poursuivit Shockley, qui était encore au lycée, a été tuée et sans doute violée. Son corps a été abandonné dans un terrain vague au bord de Somerset Street. Je peux vous garantir que ce crime ne restera pas impuni. Toutes les ressources de ce département sont mobilisées dans l'unique objectif de trouver le ou les tueurs. Notre enquête est déjà bien avancée ; elle est menée par l'inspecteur principal Mike McCabe, anciennement l'un des tout meilleurs inspecteurs criminels de New York – Shockley désigna élégamment McCabe d'un geste du bras et McCabe hocha élégamment la tête en retour –, qui dirige dorénavant notre brigade criminelle. Vous pouvez être assurés que lui et son équipe ne négligeront aucune piste dans leurs efforts pour appréhender le ou les tueurs de Katie Dubois. À présent, je vais répondre à vos questions.

Une demi-douzaine de journalistes agitèrent la main. Luke McGuire, du *Press Herald*, se vit confier la première question.

— Chef, pouvez-vous nous dire si vous avez déjà des pistes et, le cas échéant, dans quelle direction s'orientent vos recherches ?

— Merci, Luke. Oui, nous avons déjà plusieurs pistes sur lesquelles nous sommes actuellement en train d'enquêter…

McCabe et Maggie échangèrent un regard. À quelles pistes au juste se référait Shockley ? Il n'était pas au courant pour la vidéo.

— … mais je suis sûr que vous comprenez tous que nous ne pouvons pas encore les révéler au public.

Toni Taylor, une femme séduisante dans la quarantaine, reporter pour l'antenne locale de la chaîne ABC, prit le relais.

— Chef, nous avons appris qu'une autre femme a été portée disparue hier. Existe-t-il un lien entre les deux ? Que pouvez-vous nous dire à ce sujet ?

— Oui, c'est exact, Toni. On nous a signalé la disparition d'une femme d'affaires de notre ville, Lucinda Cassidy, hier soir, à peu près au même moment où le corps de Katie Dubois a été découvert. À ce stade, nous n'avons pas d'autre raison, à part la coïncidence horaire, de penser que les deux cas sont liés.

Le petit jeu des questions et réponses, selon la tactique convenue, se poursuivit pendant environ dix minutes. McCabe commençait à s'impatienter. Il avait hâte de repartir travailler. Puis on donna la parole à un reporter que McCabe ne reconnut pas.

— Chef, vous avez loué les qualités de l'inspecteur McCabe. Peut-il nous en dire plus sur sa carrière et son expérience passée ?

McCabe examina l'homme, se demandant s'il savait quelque chose. Avant qu'il puisse ouvrir la bouche, Shockley saisit la question au vol avec la délicatesse d'un bloqueur en première ligue de base-ball.

— Permettez-moi de répondre, Charlie.

Donc, le journaliste s'appelait Charlie, et Shockley semblait le connaître.

— L'inspecteur McCabe est un homme modeste qui, je crois, aurait des réticences à étaler ses propres succès, alors je me contenterai de citer quelques-uns des plus remarquables. En seulement dix petites années, Michael McCabe a gravi les échelons, de patrouilleur novice à chef du service des homicides du district de Midtown North, à New York, l'un des postes les plus importants de la police criminelle de ce pays.

À mesure que Shockley continuait, McCabe sentait ses doigts de pied se rétracter dans ses chaussures. Il eut l'impression de rougir et espérait qu'on ne le voyait pas se renfrogner. Maggie lui lança un regard amusé.

— Pendant ses trois ans à Midtown North, poursuivit Shockley, McCabe a été crédité de l'élucidation de plus de soixante meurtres, avec un taux de condamnations de plus de quatre-vingt-dix pour cent, l'un des meilleurs de toute l'histoire de la police new-yorkaise. Au nombre des inculpés, on trouve plusieurs chefs de gang et caïds de la drogue, ainsi que, ce qui nous importe particulièrement dans les circonstances présentes, au moins deux tueurs en série notoires.

Shockley continua de parler un moment, et McCabe fut soulagé que Charlie ne demande pas d'autre précision. Il ne semblait rien savoir de TwoTimes. McCabe n'avait pas besoin que toute cette histoire revienne le hanter maintenant.

Il se remit à scruter les visages dans la foule. L'un d'eux se détacha, une femme à l'allure exotique d'une quarantaine d'années, qui portait des vêtements de marque, mais sans ostentation. Aux yeux de McCabe, elle paraissait anxieuse, sur les nerfs. Ses doigts n'arrêtaient pas d'ouvrir et de refermer le fermoir en métal de son sac à main en cuir. Ses yeux clignaient fréquemment. Tandis que Shockley parlait, elle semblait fixer son attention sur McCabe mais, telle une écolière timide, elle détourna les yeux à l'instant même où il regarda dans sa direction. Cela se produisit à deux ou trois reprises, aussi McCabe supputa-t-il qu'elle n'était pas qu'une simple passante, une curieuse attirée par les caméras. Elle voulait lui parler. Il devait découvrir qui elle était et ce qu'elle faisait là.

Elle avait dû sentir qu'il l'avait repérée car, avant même que Shockley finisse de parler, elle fit brusquement volte-face et s'en alla d'un pas pressé. Il la regarda traverser Congress Street et commencer à descendre Exchange. Il tergiversa, peut-être trop longtemps, puis, se remémorant les paroles de son frère Tommy – *Tu as de bonnes intui-*

tions, Mike. Suis-les –, il s'élança en courant sur les marches bondées de l'hôtel de ville, les descendant deux par deux.

Il entendait toujours la voix de Shockley dans son dos.

— Merci à vous, mesdames et messieurs. Comme vous pouvez le constater, on dirait que l'inspecteur McCabe a hâte de reprendre son enquête.

Des rires appréciateurs s'élevèrent de la foule.

Esquivant les voitures qui roulaient sur la chaussée, manquant se faire renverser par un vieux pick-up Chevy, McCabe traversa Congress Street et s'engouffra dans Exchange. Trop tard. Il ne la vit nulle part. Il descendit la rue au pas de course, regardant à gauche et à droite, vérifiant les entrées d'immeuble, une boutique de vêtements de créateur, un petit traiteur chinois. Peut-être s'était-elle glissée dans un des magasins. Il épia à travers les vitrines. Elle ne pouvait pas être partie bien loin. De l'autre côté de la rue, un vieil immeuble de brique hébergeait les bureaux du *Press Herald*. Il savait qu'un gardien surveillait les entrées à son bureau, près de la porte. Il pénétra dans l'immeuble, brandissant son insigne à la vue de tous. Il bouscula deux hommes et une femme qui en sortaient.

— Désolé. Désolé. Excusez-moi.

Il contourna une femme en train de se faire enregistrer auprès de la sécurité.

— Excusez-moi, demanda-t-il au garde, est-ce que vous avez vu entrer une femme séduisante, bien habillée, cheveux bruns, la quarantaine ?

Le garde avait l'air ahuri.

— Est-ce que vous l'avez vue entrer ici ? Il y a une minute à peine ?

Le garde haussa les épaules et secoua la tête sans dire un mot.

— On pourchasse un suspect, McCabe ?

La voix provenait de l'escalier situé derrière le poste de sécurité. Elle appartenait à Preston Summerville, l'un des rédacteurs du journal.

— On dirait que vous l'avez perdue. Une femme bien habillée, aux cheveux bruns ?

L'instinct aiguisé de reporter de Summerville prenait le dessus.

— Vous l'avez vue entrer ? demanda McCabe juste au moment où Josie Tenant faisait irruption par la porte d'entrée, un cameraman dans son sillage.

— Hé, McCabe, qu'est-ce qui se passe ?

McCabe soupira. Il se sentait dans la peau d'un chasseur pourchassant un renard, avec des chiens à ses trousses. Or voilà que les chiens rattrapaient le chasseur, mais que le renard prenait la poudre d'escampette. Ce n'était pas censé marcher de cette manière, si ?

— Désolé, dit Summerville. Je n'ai pas vraiment fait attention.

McCabe sortit par la porte qui donnait sur le parking. Il parcourut du regard les voitures garées là, mais il savait que c'était fini. Si elle était sortie par ici, elle était déjà loin. Si ce n'était pas le cas, et qu'elle ait continué sur Exchange Street, elle était loin aussi.

8

Samedi, 15 heures

À 15 heures, McCabe et Maggie Savage étaient tous deux présents dans la salle des autopsies du laboratoire de médecine légale de l'État du Maine, sur Hospital Road à Augusta. Terri Mirabito entra, vêtue de la tenue bleue de rigueur, en enfilant une paire de gants chirurgicaux.

—Bonjour tout le monde, les interpella-t-elle. On peut y aller?

Terri était petite, peut-être un mètre cinquante-six ou cinquante-sept, un peu potelée mais indéniablement ravissante, avec son visage rond et radieux et sa tignasse de cheveux noirs bouclés. Avant de connaître Kyra, McCabe avait sérieusement envisagé de l'inviter à sortir avec lui – même s'il craignait que la conversation dans un dîner entre un flic de la criminelle et une experte médico-légale tourne vite au macabre.

Il l'observa en silence se saisir du dossier de la défunte, établi par son assistant Jose Guerrera, et se mettre à le lire tout haut.

— 17 septembre 2005. Cas numéro 106-97-4482. Katherine Dubois. Femme de type caucasien. Seize ans. Date de naissance: 16 juillet 1989. Le corps a été identifié formellement par la mère de la défunte, Joanne Ceglia, domiciliée au 324 Dexter Street, à Portland, Maine. Taille: 1,61 mètre. Poids: 45,2 kilogrammes.

Elle continua à passer en revue les données préliminaires, en profita pour enregistrer quelques observations additionnelles dans le dossier. Elle vérifia les photographies que Guerrera avait prises un peu plus tôt et les trouva convenables.

Puis Terri procéda à un examen approfondi du corps qu'avait jadis habité Katie Dubois. Elle dénombra neuf brûlures circulaires au second degré, toutes d'environ deux centimètres de diamètre, qui semblaient avoir été infligées au hasard, six sur la poitrine, trois à l'intérieur des cuisses.

— A-t-elle été brûlée avant ou après le décès ? demanda McCabe.

— Avant, dit Terri. Les tissus ne rougissent pas comme ça après la mort.

Pourquoi diable l'avait-il brûlée ? se demanda McCabe. Pourquoi avait-il ressenti la nécessité de lui infliger ça aussi ? L'avait-il punie pour avoir tenté de lui résister ? Allongée sur la table d'autopsie, Katie paraissait si menue, son corps à peine formé si enfantin, si vulnérable dans la mort, que McCabe avait du mal à imaginer qu'elle ait eu d'autre choix que lui obéir, terrorisée.

McCabe observa attentivement Terri pendant qu'elle travaillait. Elle fredonnait à voix basse un vieil air des Beatles, « *Hey Jude* », l'esprit ailleurs. Elle examina soigneusement chaque millimètre, à la recherche de poils ou de fibres qui n'appartiendraient pas à Katie, de tout ce qui pourrait leur fournir un indice de qui l'accompagnait, ou de l'endroit où la jeune fille avait été emmenée. Elle ne releva rien. Terri vérifia les ongles des mains et des pieds, en quête de traces de peau ou de cheveux qu'elle aurait pu arracher à son assaillant en se débattant. Tout en suivant ses progrès, McCabe remarqua que les ongles des orteils de Katie étaient vernis d'un assortiment de couleurs vives, chacun d'une couleur différente, avec un Smiley dessiné sur le gros orteil; quelqu'un, sans doute Guerrera, y avait accroché une étiquette identifiant Katie comme le cas n° 106-97-4482. McCabe n'avait pas vu le vernis à ongles dans la pénombre de la décharge et se reprocha son manque d'attention. De nouveau, Terri fit chou blanc.

— Propre jusqu'au bout des ongles, murmura-t-elle, plus pour elle-même qu'à l'attention des policiers.

Terri effectua ensuite des prélèvements dans les orifices vaginal et anal de Katie, espérant y trouver des traces de sperme. Alors même qu'il avait assisté à des douzaines d'autopsies de femmes victimes d'agression sexuelle, cette fois, pour la première fois, McCabe eut l'impression de ne pas être à sa place. Il imagina le corps de Casey étalé de cette manière sur une table d'autopsie d'acier immaculé, exposé sous des lumières crues au regard de flics anonymes et de médecins aux gestes invasifs. Il s'efforça de chasser cette image de son esprit. Il se devait d'être là, pour lui, pour cette fille – et, d'une certaine manière, pour Casey aussi. Terri reprit la parole, pour l'enregistrement du rapport.

— Présence de graves contusions vaginales et anales, indiquant un rapport sexuel brutal, ou peut-être l'usage d'un godemiché ou d'un autre corps étranger. Le sujet a pu être violé à de multiples reprises avant le décès.

Guerrera vint annoncer que la recherche de sperme dans les prélèvements s'était révélée négative.

— Soit il a mis un préservatif, soit il prend son pied en faisant joujou avec des gadgets.

Il parlait avec un léger accent castillan qui semblait quelque peu déplacé dans la pièce froide et stérile.

Terri leva les yeux vers McCabe.

— Ça va ? demanda-t-elle. Tu n'as pas l'air dans ton assiette.

— Ouais, ça va, répondit-il sans plus de précisions.

Terri se remit au travail sans un mot. Elle examina l'incision pratiquée dans l'abdomen de Katie. Elle ôta avec précaution le petit piercing qui ornait son nombril. Puis, traçant deux diagonales qui descendaient des épaules jusqu'à l'ouverture déjà pratiquée dans la poitrine et l'abdomen de Katie, elle la découpa au scalpel. Elle poursuivit ses incisions au-delà du nombril, jusqu'au pubis. Elle rouvrit le sternum déjà découpé et se mit à enlever, examiner et peser chaque organe de la jeune fille, excepté, bien sûr, son cœur manquant. Le cadavre ainsi ouvert, l'odeur de chair en décomposition assaillit les narines de McCabe qui sentit monter la nausée. Pour McCabe, comme à chaque autopsie, c'était le moment où le cadavre perdait sa connexion avec le règne du vivant, son identité humaine se transformant une fois pour toutes en simple souvenir. L'esprit du policier laissa partir Katie et se concentra aussitôt sur les prochaines étapes de l'enquête sur l'affaire Dubois. Au même moment, il se surprit à se demander si Lucinda Cassidy était toujours en vie et, le cas échéant, comment diable il allait pouvoir la retrouver avant qu'elle finisse elle aussi sur une table similaire.

Une heure plus tard, l'autopsie était terminée. Ôtant ses gants, Terri accompagna Maggie et McCabe à la porte. Elle le regarda.

— Comme je l'ai dit la nuit dernière, quelqu'un a opéré de manière chirurgicale pour enlever le cœur de la fille. J'insiste sur « chirurgicale ». En soi, extraire un cœur n'est pas une procédure complexe, surtout si on se moque que le patient – *la victime* – meure…

— Comment peut-on extraire le cœur d'une personne sans qu'elle meure ? demanda Maggie.

— On le fait tout le temps, dit Terri.

— Comment ça ? fit Maggie, sincèrement embrouillée.

— Ça s'appelle une transplantation, une greffe si vous voulez. On enlève le cœur malade d'une personne et on le remplace par un cœur sain. Dans la plupart des cas, le patient qui reçoit le cœur peut reprendre une vie presque normale. Du moins pendant un certain temps.

Une greffe. McCabe n'y avait pas pensé. Il trouva l'idée intrigante. Il interrogea Terri.

— Tu crois qu'il y aurait une possibilité, même mince ? Qu'on ait pris le cœur de Katie pour réaliser une greffe ?

— Bien sûr, en théorie, on ne peut pas l'exclure, mais ça me semble peu probable. Il y a un manque de cœurs disponibles pour les greffes, c'est un fait. Beaucoup de gens sont morts alors qu'ils étaient sur liste d'attente. Mais, pour réussir une transplantation, il faut disposer d'une salle d'opération moderne, et je n'imagine pas un centre médical qui accepterait le cœur d'un donneur sans savoir exactement d'où et de qui il provient. Ce n'est simplement pas envisageable.

« Cela dit, reprit Terri, cette extraction a été effectuée avec habileté. L'incision était nette, très probablement réalisée au scalpel. Je parierais que le sternum a été découpé avec une scie chirurgicale de type Stryker, comme celle que j'utilise pour les autopsies. Difficile de s'en procurer une, à part dans un hôpital, ou un endroit similaire. De toute façon, je dirais que vous devriez – j'insiste sur « devriez » – chercher un assassin qui aurait suivi une formation médicale. Probablement, mais pas nécessairement, en chirurgie. Ou alors en médecine légale. C'est la meilleure piste que je peux vous donner. Katie Dubois était vivante, son cœur battait encore, quand le chirurgien – je vais l'appeler comme ça – a commencé à opérer. C'est l'extraction du cœur qui a provoqué la mort immédiate. Ce que j'aimerais bien savoir maintenant, c'est si elle était sous anesthésie ou bien en état de mort cérébrale au moment où le cœur a été enlevé.

— Et sinon ?

— Sinon, elle a dû horriblement souffrir.

C'est peut-être justement ça qui fait prendre son pied à notre gars, pensa McCabe.

— Et vos tests toxicologiques vont nous éclairer ? demanda-t-il.

— Je vous préviendrai dès que je les aurai. Ça va prendre un moment, mais j'essaierai de convaincre le labo d'aller au plus vite.

9

Samedi, 18 heures

Alors qu'ils étaient sur le trajet du retour, le téléphone portable de McCabe sonna.

— Inspecteur McCabe ? C'est le docteur Spencer. Phil Spencer. Ma femme a dit que vous aviez appelé ?

— Oui, docteur Spencer. J'espérais que vous pourriez me consacrer une petite demi-heure.

— Hattie m'a dit que vouliez me parler de la fille Dubois, dit Spencer qui reprit sans attendre de réponse : Je ne vois pas bien en quoi je peux vous aider, mais je suis évidemment à votre disposition pour en parler. J'ai un bureau à l'hôpital, au centre cardiaque Levenson. C'est un des luxes qu'on me permet. Si vous pouvez passer là-bas dans une heure, disons vers 19 heures, je pourrai vous consacrer un peu de temps. Mais je dois vous prévenir que je devrai peut-être m'éclipser en pleine conversation. J'attends une récolte.

— Une récolte ?

— Oui. On récolte un cœur. Pour une greffe. Ou, plus exactement, un chirurgien du New Hampshire est en train d'en récolter un.

— Extraire un cœur, vous appelez ça « récolter » ?

McCabe trouvait l'expression un peu sinistre.

— Oui. « Recouvrement d'organe » est sans doute plus politiquement correct, mais je dis « récolter » depuis quinze ans, alors ça m'étonnerait que je change maintenant. Enfin bref, dès qu'on m'annoncera que le cœur est en route, je n'aurai plus beaucoup de temps pour discuter.

McCabe consulta sa montre. 18 h 5. Il pouvait y être à 19 heures s'il se rendait directement à l'hôpital.

— Alors d'accord pour 19 heures, dit-il.

C'était une fin de journée chaude et agréable, aussi conduisait-il avec le toit de la Bird ouvert, profitant au mieux du coucher de soleil. Comme il n'y avait guère de trafic, il appuya sur l'accélérateur, passant de quatre-vingt-quinze à près de cent-quatre-vingts kilomètres à l'heure. Il atteignit la sortie de Congress Street qui menait à l'hôpital en avance sur l'horaire.

Il gara la Bird sur le parking bondé des visiteurs et se dirigea vers l'hôpital. Une énorme porte à tambour menait dans le hall principal. Repérant un bureau d'information tenu par des bénévoles âgés, McCabe fit la queue derrière un troupeau d'autres visiteurs et patienta en étudiant les allées et venues de cette humanité blessée. Une vieille femme, les jambes enveloppées de bandages, clopinait péniblement vers un banc où elle s'assit lourdement. Une jeune fille d'à peine quinze ans, peut-être aussi jeune que Casey, se déplaçait en fauteuil roulant, une expression hébétée sur le visage, un bébé dans les bras. Une infirmière poussait la chaise vers la sortie. Un couple d'âge moyen, les parents de la fille, supposa McCabe, marchaient derrière. Des étudiants et des internes en blouse blanche passaient en toute hâte parmi eux, l'air préoccupé, stéthoscope fourré dans la poche, badge épinglé sur le torse.

Finalement, une vieille dame arborant un halo cotonneux de cheveux blancs s'adressa à lui en souriant derrière le bureau.

— Puis-je vous aider, monsieur ?

— Je viens voir le docteur Spencer. Philip Spencer.

— Oui, bien sûr, dit-elle d'un ton suggérant qu'elle tenait Spencer en haute estime. Le bureau du docteur Spencer se trouve dans le centre cardiaque Levenson, aile Harmon. Vous avez rendez-vous ?

— Inspecteur principal Michael McCabe, annonça-t-il en montrant son insigne. Oui, il m'attend.

Elle téléphona pour annoncer l'arrivée de McCabe. Elle hocha la tête, apparemment à l'intention de la personne qui se trouvait à l'autre bout du fil, puis releva les yeux.

— Au fond du hall, tournez à gauche, et ensuite la première à droite. Prenez l'ascenseur jusqu'au septième étage. Après, c'est indiqué.

McCabe trouva sans difficulté le bureau de Spencer. À 19 heures, un samedi soir, aucune assistante n'occupait l'accueil juste devant, mais la porte de Spencer était ouverte. McCabe tendit la tête dans l'encadrement et toqua doucement. Philip Spencer était au téléphone. Avec un sourire, il fit signe à McCabe d'entrer et lui indiqua un fauteuil à oreilles de l'autre côté de son bureau en acajou. Couvrant de la main le combiné, il chuchota :

— J'en ai pour une minute.

McCabe acquiesça et s'assit. L'ameublement de la pièce était classique et cossu. Le confort standard pour les cadres supérieurs en tout genre, y compris, selon toute apparence, le genre médical.

Spencer paraissait plus jeune que McCabe s'y attendait, et assez bel homme pour jouer le docteur dans une série télévisée aussi bien que dans la vie réelle. Il était grand, mince, ses cheveux noirs commençaient à grisonner. Son visage et ses manières dénotaient un milieu et une éducation purement WASP. Sa peau très bronzée laissait supposer qu'il passait beaucoup de temps en plein air, ou dans des salons de bronzage, mais McCabe ne pensait pas qu'il était le genre d'homme à fréquenter les salons de bronzage. Il était en tenue de chirurgien.

McCabe parcourut la pièce des yeux. Rien ne paraissait déplacé. Les objets sur le bureau de Spencer étaient méticuleusement disposés. Les revues médicales sur la table basse étaient empilées par ordre chronologique, aucune ne dépassant de la pile. Sur un mur étaient alignées des photographies de Spencer, parfois seul, parfois avec d'autres. Sur plusieurs d'entre elles il portait sa tenue de chirurgien, comme aujourd'hui, posant avec des gens qui devaient être des patients reconnaissants, supposa McCabe, heureux de quitter l'hôpital en vie, un cœur tout neuf battant dans leur poitrine, une nouvelle vie s'ouvrant devant eux, du moins pour un temps. Sur une photo, Spencer, habillé en smoking, posait aux côtés de l'ex-président George H. W. Bush, de Barbara Bush et de la sénatrice du Maine, Olympia Snowe. Derrière eux, une bannière indiquait que la photo avait été prise à l'occasion du vingtième anniversaire du centre cardiaque Levenson.

La plus intéressante des photos, aux yeux de McCabe, montrait Spencer, plus jeune d'une dizaine d'années, vêtu d'un équipement d'escalade, posant devant l'objectif avec un groupe de trois autres hommes à peu près du même âge. Une pancarte écrite à la main devant eux proclamait : SOMMET DENALI. ALT. : 6 200 MÈTRES. ON L'A FAIT ! Trois des alpinistes souriaient fièrement sur la photo, mais le visage de Spencer était tourné. En deuxième position à partir de la gauche, il avait les yeux fixés sur l'homme qui se tenait à côté de lui. McCabe trouva que l'expression de Spencer avait quelque chose de spécial. Mais il n'aurait pas su dire quoi au juste.

Il examina le reste des photos encadrées au mur. Curieusement, il n'y avait pas de cliché de la femme du docteur. Aucun de vacances en famille, ni des enfants de Spencer, si ce dernier en avait.

McCabe détourna les yeux des photos et regarda par la fenêtre, au-delà de la tête de Spencer. Dans le lointain, il apercevait la silhouette triangulaire caractéristique du mont Washington qui se dessinait dans les derniers rayons du soleil couchant.

— Assez spectaculaire, comme vue, n'est-ce pas ? dit Spencer, raccrochant le téléphone. C'est un des avantages d'être au dernier étage.

Il rangea quelques papiers dans une pochette, alluma sa lampe de bureau et s'adossa dans son fauteuil. La lumière accentuait les ombres autour des yeux profondément enfoncés, presque noirs de Spencer qui examinait McCabe.

— Excusez-moi de vous avoir fait attendre, dit-il. Bon, en quoi puis-je vous aider, inspecteur ?

— Que savez-vous au sujet de la mort de Katie Dubois ?

— En gros, ce que j'ai lu dans le journal la semaine dernière, après sa disparition. Katie Dubois était une lycéenne de seize ans de Portland. Elle était très sportive. Une jolie blonde. Elle a disparu après une sortie nocturne dans le quartier du Vieux Port. Hier soir, Tom Shockley m'a dit qu'elle avait été assassinée.

McCabe se raidit.

— D'où connaissez-vous Shockley ?

— Nous allons aux mêmes soirées. C'est là qu'on s'est vus hier soir. À une soirée caritative au profit des enfants cancéreux au club Pemaquid.

Le Pemaquid était un club huppé de la ville où se rassemblaient les gens particulièrement riches et bien introduits de Portland, dans une élégante maison géorgienne de brique rouge dans le quartier du West Side. McCabe doutait que beaucoup de policiers figurent parmi ses membres.

— Que vous a-t-il dit d'autre ?

— Rien d'essentiel. Nous buvions un verre ensemble au bar quand il a reçu un appel au sujet du meurtre. Je n'ai pu entendre que sa partie de la conversation, alors je lui ai demandé ce qui se passait. Il a dit qu'on avait retrouvé le corps de la fille dans cette décharge sur Somerset. Nue. Dépecée. Peut-être violée. Après, il a repris son portable, il vous a appelé et laissé un message. Il a dit que vous seriez en charge de l'enquête et qu'il avait toute confiance en vous. Voilà. C'est tout ce que je sais.

—Avez-vous regardé la conférence de presse de Shockley ce matin ?

—Non, désolé.

—Ce que je m'apprête à vous dire est confidentiel.

—Je comprends.

—Katie Dubois est morte parce que son cœur a été extrait de son corps.

Tout en parlant, McCabe observa les réactions sur le visage de Spencer. Tout ce qu'il y déchiffra, ce fut une légère curiosité.

—L'extraction du cœur était la cause de la mort ? Elle n'a pas été réalisée *post mortem* ?

—Non.

McCabe raconta à Spencer la plus grande partie de ce que lui avait dit Terri Mirabito sur la cause et les circonstances de la mort de Katie, en se gardant de mentionner les traces de liens et les marques de brûlure. Ainsi que le viol.

—Le docteur Mirabito a raison. Extraire un cœur ne présente pas de grande difficulté. Pas si vous disposez des bons instruments – un scalpel, une scie alternative pour découper le sternum, un écarteur pour les côtes. N'importe quel chirurgien en est capable, en tout cas n'importe quel chirurgien cardiaque.

—À votre avis, pourquoi le meurtrier – qui qu'il soit – aurait pu vouloir extraire son cœur ?

—Mon avis ? Je n'en ai pas la moindre idée. Nous savons tous les deux qu'il y a toutes sortes de cinglés dehors. J'imagine qu'il doit y en avoir aussi parmi les médecins. C'était sans doute pour des raisons sexuelles, non ? D'après sa photo, Katie était une fille attirante. Les gens assouvissent parfois leurs fantasmes sexuels de manière bizarre, mais la psychiatrie n'est pas vraiment mon domaine.

— Vous êtes un chirurgien spécialisé dans la greffe cardiaque, c'est bien ça ? demanda McCabe. Extraire des cœurs, c'est votre métier.

— Pas tout à fait. Je dirige le programme de transplantation ici au Cumberland. Notre but est de fournir à des gens de nouveaux cœurs et, dans chaque cas, de sauver une vie. Voilà ce qui dépend de moi. La récolte – l'extraction de l'organe –, c'est le plus souvent la tâche de quelqu'un d'autre.

— Quel effet ça fait ? Extraire un cœur d'un être humain vivant ? Pour un chirurgien cardiaque, est-ce que c'est une opération banale dans une journée de travail, ou bien est-ce que quelqu'un pourrait y prendre son pied ?

— Vous voulez dire sexuellement ?

— Oui.

— Je n'en sais rien. Je peux seulement vous dire que ce n'est jamais une opération de routine. Même quand vous savez que le cœur va servir à sauver une autre vie. D'un côté, le cœur n'est jamais qu'un muscle qui fonctionne comme une petite pompe. Il pèse moins de cinq cents grammes. Il est juste un peu plus gros que votre poing. Et pourtant il bat cent mille fois par jour. Il pompe plus de sept mille litres de sang. Et, à moins qu'on fasse tout ce qu'il faut pour le bousiller, il continuera dans la plupart des cas à fonctionner chaque jour pendant soixante-dix, quatre-vingts, voire quatre-vingt-dix ans, souvent sans qu'il soit nécessaire d'effectuer la moindre révision. Montrez-moi une autre machine capable d'égaler de telles performances, dit Spencer, dont l'enthousiasme semblait sincère.

— Vous avez dit « d'un côté ». Quel est l'autre côté ?

— L'autre côté est spirituel. Les anciens croyaient que le cœur était le siège de l'âme. Certains d'entre nous le croient encore. Quand j'extrais un cœur, je le tiens parfois dans ma main pendant une minute ou deux, sachant qu'il va redonner la vie à un patient mourant. C'est une sensation extraordinaire. Aujourd'hui, même si la définition légale de la mort est la mort cérébrale, certaines personnes croient encore que l'âme réside, en partie du moins, dans le cœur.

— Vous le croyez ?

Spencer sourit.

— Ça, inspecteur, c'est mon secret.

— Vous allez pratiquer une greffe ce soir ?

— Oui. J'attends un cœur qui va être extrait dans un hôpital du New Hampshire dans la soirée. Quand il arrivera ici, je le mettrai dans le corps d'un professeur de lycée de quarante-cinq ans, qui a une femme et deux enfants. Sans cette greffe, il mourrait avant la fin de l'année.

— Pensez-vous que Katie Dubois aurait pu être tuée afin de récolter son cœur pour une greffe ?

Spencer regarda McCabe dans les yeux.

— Vous voulez dire dans le cadre d'une sorte de marché noir des organes ?

— Oui.

— La réponse est non.

— Pourquoi pas ?

— C'est infaisable.

— Vous avez dit vous-même qu'extraire un cœur n'était pas difficile.

— Ça ne l'est pas. N'importe quel chirurgien ou médecin légiste raisonnablement bien formé peut s'en acquitter facilement. Récolter le cœur n'est pas un problème.

— Où est le problème alors ?

— Il y a beaucoup de problèmes. Pour commencer, il n'existe aucun centre de transplantation dans ce pays qui accepterait de recevoir un cœur sans savoir précisément d'où il provient et dans quelles circonstances le donneur est mort, ou sans qu'intervienne une organisation appelée United Network for Organ Sharing[1], qui travaille à travers diverses organisations régionales de dons d'organes.

— C'est par là que vous passez pour vous procurer les cœurs ?

Spencer paraissait détendu, dans son élément.

— C'est par là qu'on *doit* passer. Il n'y a pas le choix. Les organisations de dons d'organes ont le monopole. Il y en a plus d'une vingtaine aux États-Unis. Elles se partagent le pays par zones géographiques. Le Cumberland est le seul hôpital du Maine à réaliser des transplantations, et tous nos cœurs passent par la banque d'organes de Nouvelle-Angleterre, à Newton, dans le Massachusetts.

— Comment ça marche ?

— Quand un cœur devient disponible, par exemple si quelqu'un est grièvement blessé dans un accident de voiture, il est transporté à l'hôpital le plus proche, qui le plus souvent ne dispose pas

1. « Réseau uni pour la partage d'organes ».

de centre de transplantation. Beaucoup de critères entrent alors en jeu. Il faut que le patient meure, ou soit déclaré en état de mort cérébrale. Il faut aussi que le cœur soit sain. Et que l'équipe de traumatologie de l'hôpital obtienne la permission de la famille de la victime de récolter ses organes, bien sûr. Si toutes ces conditions sont réunies, alors l'hôpital informe la banque d'organes de Nouvelle-Angleterre et s'apprête à récolter tous les organes utilisables, y compris le cœur.

— Qui décide à qui va le cœur ?

— Chaque jour, la banque d'organes de Nouvelle-Angleterre tient à jour une liste de patients approuvés pour la greffe en attente de cœur ou, dans certains cas, pour une greffe combinée cœur-poumons. Ceux qui risquent de mourir le plus tôt sont les premiers sur la liste. La localisation géographique est un autre critère. Il n'est pas souhaitable que le cœur voyage plus que nécessaire. Les temps de transit jouent contre la réussite d'une greffe. Une fois qu'on a tout réglé, le cœur est offert au patient prioritaire, avec le bon groupe sanguin et des tissus compatibles, situé dans le centre de transplantation le plus proche. Aujourd'hui, à l'heure qu'il est, on dénombre plus de deux mille cinq cents patients aux États-Unis en attente d'un cœur. La plupart d'entre eux vont mourir avant d'en recevoir un.

— Une situation idéale pour créer un marché noir, vous ne pensez pas ?

— Pour les vendeurs, sûr.

— Et pour les acheteurs aussi, dit McCabe. Vous avez dit vous-même que beaucoup de gens meurent en attendant un cœur. Certains d'entre eux ne seraient-ils pas prêts à payer une somme substantielle pour avoir une chance de passer en priorité ?

Spencer observa McCabe en silence pendant une minute.

— Sans aucun doute, oui, dit-il après mûre réflexion, mais qui va réaliser la greffe, et où ? Un centre de transplantation reconnu serait fou d'envisager une intervention pareille. Idem pour un chirurgien qualifié. L'opération ne peut en aucun cas être pratiquée par un chirurgien seul, quelles que soient son habileté ou son expérience, et on ne peut pas l'effectuer sur une table de cuisine. Quand je transplante un cœur, il y a dix à douze spécialistes pour m'assister dans la salle d'opération. Ils surveillent tous la procédure d'un œil critique. Et on dispose d'un tas d'équipements sophistiqués. Le plus important est la machine cœur-poumons. Elle permet au sang du patient de circuler et d'être oxygéné, elle le garde en vie entre le moment où le cœur malade est enlevé et celui où le cœur sain est transplanté et commence à battre.

— Vous avez besoin de quoi d'autre ?

— Quoi d'autre ? répéta Spencer en haussant les épaules. Un laboratoire d'analyses pour effectuer les examens pré et postopératoires. Une banque du sang bien fournie. Un endroit équipé pour la convalescence postopératoire et des soins particuliers, pour au moins quelques jours. Vous avez besoin d'appareils de contrôle. Vous avez besoin de quelqu'un pour prescrire et administrer des médicaments antirejet et surveiller le patient, au cas où il manifeste des symptômes d'infection dus à une déficience du système immunitaire. Vous devez absolument respecter un protocole post-opératoire draconien. Je n'arrive tout simplement pas à imaginer comment un chirurgien crapuleux pourrait accomplir tout ça par ses propres moyens.

— Combien de temps un cœur est-il viable après avoir été récolté ?

— Pas longtemps. Quatre ou cinq heures. Au New Hampshire, notre cœur sera placé dans une solution saline gelée, à l'intérieur d'une banale glacière de pique-nique, mis dans un hélicoptère et transporté directement ici. Pendant le transfert, nous ôterons le cœur malade de notre patient et le brancherons à la machine cœur-poumons jusqu'à ce qu'il reçoive le nouveau cœur. Tout ça nécessite une coordination très serrée.

Quatre ou cinq heures. Terri Mirabito estimait que la mort de Katie datait de quarante-huit à soixante-douze heures avant que Lacey la découvre dans la décharge. Étant donné que son corps avait été trouvé vendredi vers 20 heures, une transplantation aurait dû avoir lieu entre 20 heures le mardi et 20 heures le mercredi. Vingt-quatre heures. La fenêtre de tir était large.

— Combien de temps prend l'opération de transplantation ?

— Ça dépend de sa complexité. Je dirais entre quatre heures et une journée entière.

McCabe résista à la tentation d'interroger Spencer sur son emploi du temps entre le mardi et le mercredi soir. Ou le jeudi, à l'heure où l'on s'était débarrassé du cadavre. Il ne disposait d'aucune preuve indiquant que le meurtre de Katie Dubois était autre chose qu'une agression gratuite commise par un pervers sadique. McCabe trouvait l'attitude de Spencer arrogante mais, hormis le fait qu'il était chirurgien cardiaque, rien ne permettait de le soupçonner.

— Combien d'autres chirurgiens pratiquent ici au Cumberland ? Combien d'autres chirurgiens cardiaques ?

— Nous sommes douze à travailler dans l'unité cardiaque. Il y en a à peu près une centaine d'autres dans d'autres spécialités, ou qui pratiquent de la chirurgie générale. Je ne connais pas leur nombre exact.

— Combien pratiquent des greffes ?

— Moi et deux autres. James Puccio et Walter Codman.

— Pouvez-vous me fournir une liste des noms des autres chirurgiens, avec leurs coordonnées ? Ou dois-je me la procurer auprès d'un des administrateurs de l'hôpital ?

— Inspecteur, je doute fortement qu'un chirurgien de l'équipe de cet hôpital mène une double vie et se transforme en tueur sadique d'adolescentes. Nous sommes extrêmement pointilleux sur les personnes que nous engageons.

— Je comprends votre sentiment, docteur, mais les indices dont nous disposons laissent penser que nous avons affaire à un chirurgien, et cet hôpital est un des endroits où l'on en trouve. En particulier des chirurgiens qui portent un intérêt particulier aux cœurs. Je vais faire les mêmes vérifications auprès des autres hôpitaux.

Spencer pinça les lèvres.

— Très bien, dit-il après un moment. Je vais demander à mon assistante de vous envoyer une liste de noms.

— Merci. J'aimerais aussi disposer de leur CV.

— Désolé. Je vous donnerai les noms, mais rien de plus. Pas de CV ni d'autre information personnelle. Nous sommes tenus à des principes de confidentialité. Si vous voulez en savoir plus, vous devrez parler individuellement à chacun des docteurs.

Tandis que Spencer parlait, une image traversa l'esprit de McCabe : Lucinda Cassidy, attachée sur une table d'opération, et Philip Spencer penché sur elle, sur le point de la dépecer.

— Docteur Spencer, la montre joue contre nous dans cette affaire, dit-il. Plus nous perdrons de temps à discuter avec votre équipe, plus la piste se refroidira. Ça nous ferait gagner un temps considérable si vous acceptiez de nous aider.

— Désolé. C'est non.

— Je peux obtenir un mandat du tribunal, si je n'ai pas d'autre choix.

McCabe se demanda si le chirurgien savait qu'il bluffait. Obtenir un mandat de n'importe quel juge l'autorisant à fouiller dans les données personnelles de plus d'une centaine de médecins respectés serait particulièrement compliqué.

— Alors c'est ainsi que vous allez devoir procéder. Je ne vous donnerai pas accès à ces données. Vous pouvez toujours essayer auprès des ressources humaines, mais je ne pense pas que vous aurez plus de chance.

Il pensa au meurtre d'Elyse Anderson.

— Un de vos chirurgiens serait-il arrivé de Floride au cours des deux dernières années ? D'Orlando, peut-être ?

— Vous commencez à m'ennuyer, inspecteur.

Spencer perdait patience. McCabe décida de laisser tomber cette question, du moins dans l'immédiat, et d'essayer une autre tactique. Posant une fois encore les yeux sur la photo du Denali, il fut de nouveau frappé par l'expression de Spencer. Que cachait-elle ?

— Je vois que vous pratiquez l'alpinisme, fit-il remarquer.

— J'ai effectué quelques ascensions, en effet. Le Denali, comme vous pouvez le voir. Le Logan au Canada, El Pico de Orizaba au Mexique, le Katahdin ici dans le Maine.

Spencer était-il soulagé de changer de sujet ? McCabe n'en était pas sûr.

— Les autres personnes sur la photo sont des amis à vous ?

— De vieux amis. Nous nous sommes tous connus à la fac de médecine. Nous avons fait nos internats ensemble. Tous, sauf un, en chirurgie cardiaque, puis en chirurgie de la transplantation. À l'époque, nous nous étions baptisés, avec un peu d'arrogance, je l'avoue, la société Asclépios.

— Asclépios ?

— Oui. D'après le dieu grec de la médecine. Asclépios était un médecin si doué qu'il pouvait réellement ramener les morts à la vie. C'est ce que nous pensions accomplir en réalisant des greffes du cœur. Ramener les morts à la vie.

McCabe se souvenait de la légende, une réminiscence de ses cours de lettres classiques à St Barnabas. Au lieu d'être satisfait du guérisseur, Zeus, jaloux de son talent pour conférer l'immortalité, entra dans une fureur terrible contre Asclépios et le tua sur-le-champ. Il le brûla en lui envoyant un éclair, tel un Tony Soprano antique.

— Et vous ? demanda Spencer.

— Quoi, moi ?

— Vous faites de l'escalade ?

McCabe se rappela sa glissade boueuse sur la berge de la Western Promenade.

— Non, ce n'est vraiment pas mon truc, dit-il. Je n'ai même jamais envisagé de pratiquer cette activité.

— Vous devriez peut-être.

— Je ne vois pas pourquoi.

— Eh bien, je pourrais vous débiter tout un galimatias sur les bénéfices de l'exercice pour la santé, mais j'ai toujours pensé que la meilleure réponse à donner pour expliquer ce qui motive quelqu'un à gravir une montagne est celle de George Mallory. Mallory était un alpiniste anglais qui a tenté une ascension de l'Everest en 1924. Il voulait être le premier homme à atteindre le sommet. Quand des gens lui demandaient pourquoi il tenait tant à réaliser une ascension que la plupart jugeaient impossible, certains même suicidaire, il répondait : « Parce que c'est là. »

— C'est ce qui vous motive dans l'escalade ? Parce que c'est là ?

— C'est la motivation de tout véritable alpiniste. L'escalade est une activité physique très astreignante.

Et parfois dangereuse. Ça n'a rien d'amusant, au sens habituel du mot. Elle me force à repousser mes limites plus loin que je l'aurais cru possible. À m'éprouver. À découvrir jusqu'où je peux aller. Pour moi, comme pour mes semblables, repousser les limites de ses capacités est ce qui donne à la vie la peine d'être vécue. C'est extrêmement grisant. Qu'il s'agisse d'être suspendu dans le vide au-dessus d'un précipice de six mille mètres, ou d'ôter un cœur humain pour le remplacer par un autre dans une salle d'opération. C'est ce côté grisant qui m'a conduit à la transplantation cardiaque.

Le mot « risque-tout » surgit spontanément à l'esprit de McCabe qui se demanda une nouvelle fois où Spencer se trouvait au moment du crime.

— J'en déduis que Mallory a échoué, dit McCabe. Ce sont Edmund Hillary et Tenzing Norgay qui ont conquis l'Everest les premiers.

— Oui. Trente ans plus tard, en 1953. Un apiculteur néo-zélandais et un sherpa népalais. Mallory a tenté l'ascension et en est mort. L'équipement dont il disposait en 1924 n'était pas à la hauteur de la tâche. L'Everest est plus facile à gravir aujourd'hui grâce à l'équipement moderne. Pas facile, mais plus abordable. Pardonnez ma curiosité, mais pratiquez-vous une activité qui vous permette de tester vos propres limites ? Pour voir de quoi vous êtes capable ? Parce que c'est là ?

McCabe haussa les épaules.

— Je poursuis des meurtriers. Comme l'Everest, ils sont là – et les arrêter est parfois un sacré défi.

Spencer sourit.

—Vous plaisantez, mais je suis sérieux. Vous savez, je vais dans le parc national d'Acadia dans quelques semaines pour un entraînement sur la piste du Précipice. C'est une ascension plutôt facile, mais avec quelques passages délicats. Des parois verticales qui peuvent être dures à négocier pour un débutant. Aimeriez-vous essayer ?

Surpris par l'invitation, McCabe se demanda ce qu'elle cachait.

—Je ne pense pas.

—Pourquoi pas ? Vous avez l'air plutôt en forme. Je sais que vous ne manquez pas de courage. Tom Shockley m'a dit que vous vous étiez précipité dans les tours jumelles le 11 septembre et que vous aviez sauvé la vie de quelqu'un.

—Tom Shockley parle trop.

McCabe n'était pas vraiment étonné que Spencer connaisse Shockley. Portland était une petite ville. Il supposa qu'il ne devait pas s'étonner non plus de l'indiscrétion de Shockley. C'était dans la nature du bonhomme.

—De toute manière, je n'avais rien planifié. Comme une ascension de l'Everest, ou du Denali. Il se trouve que j'assistais à une réunion au commissariat de Centre Street ce matin-là. C'est à environ cinq minutes en voiture des tours. Quand le premier avion s'est écrasé, nous y sommes tous allés pour voir si nous pouvions aider.

—Mais vous, vous êtes entré dans la tour.

—Seulement parce que c'était là qu'on avait besoin d'aide. Écoutez, docteur Spencer, je suis flic. Ce que j'ai fait, beaucoup d'autres flics l'ont fait aussi. J'ai juste eu plus de chance que d'autres.

J'en suis sorti vivant. Ce n'était pas pour m'amuser. Ou pour m'éprouver, au sens où vous l'entendez... Pour être franc, je dois vous dire que je n'apprécie pas que Shockley en parle à tort et à travers. À vous ou à qui que ce soit d'autre.

—Comment était-il au courant?

—Ce n'est pas par moi qu'il l'a su.

—Intéressant.

—Si vous le dites. Est-ce que Shockley vous a communiqué d'autres éléments?

—Juste que vous étiez un enquêteur criminel d'élite à New York qui sortait d'un divorce éprouvant. Que vous étiez venu à Portland parce que vous souhaitiez élever votre fille dans un environnement plus sain et moins dangereux.

Le biper de Spencer se déclencha. Il regarda l'écran.

—Inspecteur, désolé, mais je dois vous abandonner. Ils ont commencé à récolter le cœur.

Il ajouta en se levant:

—Je serais tout disposé à lire le rapport d'autopsie du docteur Mirabito et à discuter avec elle pour déterminer si les blessures corporelles sont compatibles avec la procédure d'extraction. D'après votre description, je suspecte que c'est le cas. Quant à savoir s'il existerait ou non un marché noir pour les greffes cardiaques, ce que je ne crois pas possible, il vaudrait mieux que vous parliez à notre coordinatrice pour les transplantations au Cumberland. Elle pourra vous en apprendre beaucoup plus sur la logistique que moi.

Spencer posa sa main sur le coude de McCabe et le guida vers la porte. Ils passèrent devant la photo prise au Denali. La regardant de plus près, McCabe fut plus encore qu'avant frappé par un détail dans l'expression de Spencer, dans son attitude. Mais il n'arrivait toujours pas à mettre le doigt dessus.

— Ce fut un plaisir de vous rencontrer, inspecteur. Bonne chance pour attraper la personne qui a mutilé cette fille. Faites-moi savoir si je puis encore vous aider d'une manière ou d'une autre.

McCabe interrompit Spencer qui le congédiait.

— Juste une dernière question, dit-il.

— D'accord, mais faites vite, dit Spencer en se dirigeant vers les ascenseurs.

McCabe le suivit.

— Sur la photo prise au Denali, qui sont vos trois compagnons ?

— Je vous l'ai dit, de vieux amis de la fac de médecine. Pourquoi voulez-vous le savoir ?

— Et ce sont tous des chirurgiens spécialisés dans la transplantation ?

— C'est ça. Écoutez, je vous ai dit que ce meurtre n'avait rien à voir avec une greffe cardiaque.

Spencer appuya sur le bouton pour descendre, plus fort qu'il n'en avait besoin.

— Mais ces hommes sont bien des chirurgiens spécialisés, n'est-ce pas ?

— Oui, deux d'entre eux, même si ça ne vous regarde pas.

— Pas le troisième ?

— Non. Il est mort.

L'ascenseur arriva. McCabe suivit Spencer à l'intérieur. Spencer pressa le bouton du cinquième étage pour lui et celui du rez-de-chaussée pour McCabe.

— Comment s'appellent les deux qui sont encore en vie ?

— Oh, bon Dieu, votre question est ridicule.

— Répondez-moi, alors.

Les portes s'ouvrirent au cinquième et Spencer sortit de l'ascenseur. McCabe le suivit. Spencer s'arrêta et se retourna pour le regarder en face.

— Vous n'irez pas plus loin.

— Comment s'appellent-ils ? Je pourrai le découvrir par moi-même. Ça me demandera juste plus de temps.

Spencer garda le silence une bonne minute. Il se contenta de fixer McCabe avec un air dégoûté, comme s'il avait ingurgité un aliment peu ragoûtant.

— L'homme sur la gauche, à côté de moi, s'appelle DeWitt Holland. Il exerce à l'hôpital Brigham de Boston. Celui tout à droite s'appelle Matthew Wilcox, vous pourrez le trouver à l'UNC de Chapel Hill.

— Et celui qui est mort ? Celui que vous regardez sur la photo ?

— Il s'appelait Lucas Kane, dit Spencer, dont l'attitude parut s'adoucir. Une perte tragique, vraiment tragique. Par certains côtés, Lucas était le plus doué d'entre nous.

— Comment est-il mort ?

— Lucas a été assassiné, il y a quatre ans environ. Maintenant, si vous voulez bien m'excuser.

Spencer tourna les talons et s'éloigna.

— Juste une dernière question, docteur Spencer, l'interpella McCabe, qui ne put s'empêcher de penser à Columbo, incarné par Peter Falk. Où étiez-vous jeudi dernier, vers minuit ?

Spencer fit volte-face.
— Chez moi, au lit.
— Votre femme était avec vous ?
— Oui. Il se trouve que nous dormons ensemble.
McCabe descendit seul au rez-de-chaussée. Il croisa une nuée de gens dans le hall sans leur prêter attention. Il sortit de l'immeuble et se dirigea vers la Bird. Un troupeau de fumeurs, principalement des membres du personnel hospitalier, s'étaient regroupés au coin du parking pour tirer sur leurs cigarettes. McCabe fut tenté d'essayer de leur en taxer une. Pendant des années, il avait été un gros fumeur – deux paquets par jour – et l'odeur du tabac lui donnait toujours envie. Il ne s'était arrêté qu'après la naissance de Casey.

10

Samedi, 20 h 30

Il était presque 20 h 30 lorsque McCabe arriva chez lui. Il trimballait un sac en plastique rempli de plats surgelés et se demandait si, de son côté, Casey avait réussi à dégoter de quoi manger. Avant même qu'il ait pu sortir ses clés de sa poche, la porte s'ouvrit. Kyra se tenait de l'autre côté, une expression inquiète sur le visage.
— Il y a un problème ? demanda-t-il.
— Ta femme a appelé, dit-elle simplement.

— Ma femme ?

— Ton ex-femme, si tu préfères.

Elle lui prit le sac de provisions des mains et fila dans la cuisine.

— Tu te souviens quand même ? reprit-elle de l'autre pièce. Cassandra ? La beauté fatale sur la photo que Casey m'a montrée.

Kyra rangea la nourriture dans le freezer, sortit un grand verre de cristal taillé et lui versa trois doigts de scotch. Elle rangea la bouteille, puis hésita, la ressortit et s'en servit une goutte qu'elle dilua avec de la glace et un peu d'eau.

— Oh, réagit-il enfin, cette ex-femme-là. Elle a dit ce qu'elle voulait ?

— Elle va débarquer à Portland. Elle veut voir Casey.

Il garda le silence un moment, le temps de digérer l'information.

— Quand ça ?

— À la fin de la semaine.

— Casey est au courant ?

— Oui. C'est elle qui a répondu. Elles ont discuté un peu.

Kyra lui tendit son verre, s'assit sur le canapé et sirota le sien. Il ne l'avait jamais vue boire un alcool fort auparavant.

— Comment a-t-elle réagi ? demanda-t-il.

— D'après ce que j'ai pu entendre, Casey l'a rembarrée sèchement. Elle lui a dit qu'elle ne voulait pas la voir. Elle avait l'air calme. Elle a raccroché au bout d'une ou deux minutes. Je lui ai demandé qui c'était. Elle me l'a dit.

— Elle va bien ?

— Je ne sais pas. Le sentiment d'abandon n'est jamais facile à surmonter.

McCabe s'assit sur le large fauteuil face à la fenêtre et baissa les yeux sur un gigantesque bateau de croisière blanc qui s'éloignait du port de Portland en scintillant de mille feux. Kyra se débarrassa de ses sandales et étira ses jambes sur le canapé. Elle paraissait chez elle.

— Et où est Casey ? demanda-t-il.

— Je lui ai préparé à dîner et je l'ai conduite chez Sarah Palfrey. Elles sont censées regarder la télé et réviser leurs leçons ensemble. Surtout, je me suis dit que ça te laisserait un peu de temps pour analyser ce que tu ressens avant que vous en discutiez ensemble.

Un brusque accès de colère envahit McCabe.

— Je sais très bien ce que je ressens, dit-il. Sandy n'a aucun droit de débarquer comme ça dans la vie de Casey. Pas après trois ans de silence.

— Tu ne m'as jamais beaucoup parlé de ta relation avec Sandy.

— Tu ne me l'as jamais demandé.

— Maintenant, je te le demande.

McCabe soupira. La colère reflua. Il n'aimait pas parler de l'échec de son premier mariage, mais cela aiderait peut-être – et Kyra avait sans doute le droit d'en savoir plus. Il prit une grande inspiration, retint son souffle un instant, expira lentement, puis se mit à parler.

— Ma relation avec Sandy était en tout point l'opposé de ce qui se passe entre nous. Elle était fondée sur le désir, pas l'amour. C'était vrai au début, et encore plus vrai à la fin. Pendant les dernières années, il n'y avait plus rien entre Sandy et moi, à part le sexe. Ça n'arrêtait jamais. Elle réussissait toujours à m'exciter, et elle adorait le prouver. Ma vie affective s'était focalisée sur Casey – et mon boulot, j'imagine. Quand je commence à m'impliquer dans une enquête, je n'arrive tout simplement plus à me la sortir de la tête. Ça me consume. Sandy ne le supportait pas. Elle détestait ça.

McCabe fit tourner le scotch dans le verre Waterford. Un cadeau de mariage de sa sœur Fran. Un service de quatre verres. Sandy en avait emporté deux dans sa nouvelle vie. Il en avait cassé un dans le déménagement à Portland. C'était le dernier.

Kyra le regarda terminer son verre.

— Et tu ne l'aimais pas, même au début ?

— Si, je croyais l'aimer. Mais Sandy n'en avait cure : elle s'aimait déjà suffisamment pour nous deux. À la fin, tout ce que je pouvais ressentir pour elle s'est atrophié.

— Pourquoi ne pas vous être séparés plus tôt ? Tu aurais pu demander le divorce.

— Je me suis posé la question.

— Qu'est-ce qui t'en a empêché ?

— La peur de perdre Casey. Dans la plupart des procédures de divorce, c'est la mère qui récupère la garde de l'enfant. Le père n'a qu'un droit de visite. Et c'était hors de question pour moi. Je suis tombé raide dingue de ma fille à l'instant même où elle est née, et je la voulais avec moi.

McCabe se leva de son fauteuil et alla à la cuisine se servir un autre scotch. Il montra la bouteille.

— Tu en veux un autre ?

— Pas pour moi. Et je ne suis pas sûre que tu doives t'en resservir un.

— C'est bon, fit-il.

Il versa le scotch et retourna à la fenêtre.

— Au final, Sandy a réglé le problème à ma place. Elle a commencé à me tromper avec un banquier plein aux as. De fait, ce n'était pas la première fois. Mais c'est le premier qui lui a proposé le mariage. Elle est partie et n'a plus jamais regardé en arrière.

— Donc tu as obtenu Casey. La solution idéale, c'est ça ?

— Pas tout à fait idéale. À l'époque, je pensais que Sandy voudrait voir sa fille de temps en temps. Tu vois, un jour par semaine, un week-end par mois, pendant les vacances scolaires, ce genre d'arrangement.

— Et ça n'a pas été le cas ?

— Non. Rien de tout ça. C'est tout juste si elle se donnait la peine d'appeler. Elle était toujours trop occupée par son shopping. Ou sa pédicure. Ou je ne sais quelle activité futile à laquelle elle s'adonnait. Casey avait dix ans, elle était fragile émotionnellement, et voilà que sa propre mère lui faisait comprendre qu'elle n'était pas assez importante à ses yeux pour traverser la ville en taxi ou décrocher son téléphone pour lui parler. J'ai trouvé ça impardonnable à l'époque. Et je le pense toujours.

— Tu as déjà abordé le sujet avec Sandy ?

— J'ai essayé. Je n'ai peut-être pas suffisamment insisté, mais j'ai essayé. Malheureusement, chaque conversation avec Sandy finissait toujours par en revenir à elle. À quel point elle était débordée par sa nouvelle vie. Sa difficulté à s'adapter à un nouveau mari. Qu'elle n'était pas sûre d'être prête, émotionnellement, à être de nouveau mère. Sandy n'arrêtait jamais. Je pourrais te répéter ces conversations mot pour mot. Chaque fois, on en arrivait à un point où je ne pouvais plus supporter de l'écouter se plaindre et où je raccrochais, furieux. Après, il me fallait des semaines pour rassembler l'énergie de réessayer.

— Il n'y a plus eu de contact entre vous depuis trois ans ?

— Non. Juste quelques coûteux cadeaux de Noël et d'anniversaire. Elle n'a même pas joint de carte au dernier. Le paquet est juste arrivé, comme ça. On en a déduit qu'il venait de Sandy parce qu'on ne voyait personne d'autre lui envoyer un cadeau de chez Tiffany's.

Il avait de nouveau haussé la voix, la colère resurgissant comme une vieille connaissance.

McCabe se dirigea vers la cuisine pour se servir un nouveau scotch. Puis il décida de s'abstenir. La dernière chose dont Casey aurait besoin, si elle souhaitait aborder le sujet avec lui, serait qu'il n'ait plus toute sa lucidité. Il rinça le verre Waterford, l'essuya et le posa sur une étagère en hauteur, là où il ne risquait pas d'être renversé par accident. Puis il alla se rasseoir près de la fenêtre.

— Tu sais, quand on m'a proposé ce boulot à Portland, j'ai dit aux gens – et je m'en suis convaincu aussi – que vivre dans une plus petite ville serait plus sain pour Casey. Que mon travail serait moins prenant. Que je pourrais passer plus de temps à assumer mon rôle de père. Tout ça était vrai, mais j'ai aussi voulu cette distance pour aider Casey à relativiser la négligence de Sandy. J'ai pensé que, pour elle, le fait d'habiter à plus de cinq cents kilomètres amortirait l'impact d'avoir une mère qui ne se souciait même pas de savoir comment elle allait.

— Tu crois que ça a marché ?

— Pas vraiment. Si Casey m'a montré la photo de Sandy ce matin, c'est que de toute évidence elle y pense encore. Je lui ai demandé si elle avait envie de revoir Sandy. Elle m'a dit que non. Et puis elle m'a demandé si on allait se marier, toi et moi. Elle voulait savoir si ça ferait de toi sa mère.

— Et tu lui as dit quoi ?

— Que ça pourrait arriver un jour, mais qu'on n'en était pas encore là.

— C'était la bonne réponse.

— Tu en es sûre ?

— Oui. Pour l'instant, en tout cas. Laisse-moi te poser une autre question. Tu vas peut-être trouver ça blessant, et tu peux toujours me dire de la fermer et de m'occuper de ce qui me regarde… mais puisque tu as commencé à parler de mariage entre nous, je crois que ça me concerne aussi. Tu viens de dire que, si tu as mis des distances avec Sandy en déménageant à Portland, c'était pour le bien de Casey. Est-ce que ce n'était pas aussi, au moins en partie, pour ton bien à toi ?

Il n'était pas sûr de savoir où cette discussion le menait.

— Comment ça ?

— Après le divorce, n'y a-t-il pas eu une petite partie de toi qui s'est réjouie de la situation ? Une partie qui s'est dit : « Chouette ! J'ai eu ce que je voulais. Je vais garder cette belle petite fille et

Sandy ne l'aura pas. Je serai le seul bénéficiaire de tout l'amour de Casey, Sandy n'en aura rien » ? En prenant tes cliques et tes claques pour aller t'installer à six heures de là, ne voulais-tu pas t'assurer que tout cela reste en l'état ?

— Non.

— Non ?

— Non. Absolument pas, dit McCabe d'un ton calme. Si je suis heureux que Casey vive avec moi et pas avec Sandy ? Ça, sans aucun doute. Mais si tu me demandes si je suis content que ma fille de treize ans se sente abandonnée par sa propre mère et, par conséquent, se sente plus dépendante de moi, la réponse est non. Ni à l'époque, ni maintenant, ni plus tard.

— Soit, mais alors tu devrais te réjouir des efforts de Sandy pour recréer un lien avec sa fille, non ? Il me semble que Casey a le droit d'apprendre à connaître sa mère. Tu as dit toi-même que c'était peut-être la demande qu'elle formulait en te montrant la photo. C'est quand même une drôle de coïncidence que Sandy ait appelé le même jour. Je me rends bien compte que, si elles se revoient, ça ne rattrapera pas ce qui s'est passé, mais tu ne penses pas que ce serait un bon début ?

McCabe regarda Kyra dans les yeux sans rien dire. Elle avait peut-être raison – sans doute même. Cependant, pour l'instant, il avait encore trop de colère en lui, il avait été trop blessé pour l'admettre.

Finalement, Kyra se leva.

— OK. Je vais rentrer chez moi. La mère de Sarah a dit qu'elle ramènerait Casey à la maison. Quand elle rentrera, essaie de ne pas réagir sur un mode purement affectif. Réfléchis bien à ce que tu lui diras sur Sandy, sur ce que ça implique pour Casey et pour ta propre relation avec ta fille… Pas juste maintenant, mais sur le long terme.

Elle se pencha et embrassa McCabe sur les lèvres. Puis elle s'en alla.

McCabe composa le numéro de téléphone de Sandy à New York. Elle décrocha à la seconde sonnerie. Il était un peu surpris de la trouver chez elle un samedi soir.

— Salut, McCabe, dit-elle. Je pensais bien avoir de tes nouvelles.

Elle parlait de cette voix rauque et capiteuse qu'il connaissait si bien et qu'il avait jadis trouvée irrésistible. Elle lui évoquait une Lauren Bacall jeune s'adossant contre la porte dans *Le Port de l'angoisse* : « Tu sais comment siffler, n'est-ce pas, Steve ? Tu serres juste les lèvres et tu souffles. »

— Comment vas-tu, Sandy ?

— Très bien, merci, et toi ?

— Tout baigne, merci.

— Que puis-je pour toi, McCabe ? Je veux dire, maintenant qu'on s'est assurés qu'on allait bien pour les deux. C'est bien le cas, n'est-ce pas ?

— Pas exactement. Je ne pense pas que tu devrais venir à Portland. En tout cas, pas dans l'immédiat. Casey n'a pas envie de te voir et moi non plus. En plus, je suis sur une grosse affaire.

— Je sais. On en parle même dans les journaux de New York. Ça fait les gros titres du *News* et du *Post*. MEURTRE DANS LE MAINE. UNE ADOLESCENTE VIOLÉE ET MUTILÉE. Plutôt gothique. Ton patron a le sens de la formule. J'ai pensé que Casey serait peut-être plus en sûreté à Manhattan. Tout ce qu'on a ici, c'est notre lot habituel de cinglés locaux.

— Comme je te l'ai dit, Casey ne veut pas te voir.

— C'est ce qu'elle t'a dit ?

— Oui. Avant même que tu appelles.

— Eh bien, dans ce cas, on va avoir un problème, McCabe. Au cas où tu l'aurais oublié, je suis la mère de Casey, et j'ai l'intention de passer un peu de temps avec ma fille sans plus attendre.

— Ta fille ? Tu as le culot de l'appeler comme ça après l'avoir laissée tomber parce que ton banquier plein aux as ne voulait pas « élever les enfants des autres ». Ce sont bien ses paroles, n'est-ce pas, Sandy ? « Élever les enfants des autres. » Tu me connais, j'ai une très bonne mémoire.

— Ne laissons pas cette discussion dégénérer, McCabe. En tant que mère de Casey, j'ai tout à fait le droit de la voir et de passer du temps avec elle. Je ne voudrais pas devoir aller au tribunal pour défendre ce droit, mais je le ferai, et grâce à Peter – mon « banquier », comme tu l'appelles de manière si charmante –, je peux me payer les meilleurs avocats. Alors, si ça ne te gêne pas trop, préviens Casey que je passerai la prendre vendredi et que je l'emmènerai à Boston pour le week-end. Elle et moi avons beaucoup de temps à rattraper.

McCabe raccrocha le téléphone, se versa un autre scotch, puis vida le verre dans l'évier. Il décrocha de nouveau le téléphone et appela Bobby.

Estelle répondit.

— Résidence McCabe.

Il aurait dû être habitué à l'accueil d'Estelle avec sa voix stridente. Elle travaillait pour le frère de McCabe depuis une bonne dizaine d'années. Mais il ne s'y était jamais fait.

— Salut, Estelle.

— Michael, très cher, comment allez-vous ?

Sa voix perçante prit d'assaut ses tympans.

— Je vais bien. Et vous ?

— À part mes problèmes de vésicule biliaire, pas trop mal.

McCabe décida de ne pas s'appesantir sur sa vésicule biliaire.

— Bobby est là ?

— Je vais voir s'il est disponible.

Bobby était un avocat de tout premier ordre spécialisé dans les préjudices personnels, et le frère aîné de McCabe. Son seul frère depuis que Tommy avait été tué.

— Qu'est-ce qui se passe, Mike ?

Bobby allait toujours droit au but. Il y eut un moment de silence.

— Sandy a appelé.

— OK, Sandy a appelé.

— Elle veut venir à Portland et voir Casey.

— Un souhait assez normal chez la mère d'un enfant. Je suis surpris qu'elle n'ait pas appelé plus tôt.

— Je voulais juste savoir s'il existait un moyen de l'en empêcher.

Bobby ne s'occupait pas de divorce, mais il était coriace, malin, et il avait toujours les bonnes réponses.

— L'empêcher ? Je ne crois pas. Enfin, pas légalement. On parle de droit de visite, là. Pas de garde. Je me trompe ?

Bon Dieu. Droit de garde. McCabe n'avait même pas envisagé cette possibilité.

— La garde n'a pas été évoquée, dit-il.

— Eh bien, il me semble qu'aucun juge un peu sensé n'essaierait d'empêcher une mère de voir son enfant. Que dit le jugement du divorce sur les droits de visite de Sandy ?

— La phrase exacte est « contacts raisonnables, prévus dans des délais raisonnables ». Mais il faut garder en tête que Sandy n'a jamais contesté les termes du divorce.

— OK, alors maintenant, au bout de trois ans, ton ex-femme veut renouer avec sa fille. Je ne vois pas vraiment ça comme un mal pour Casey. Aucun juge des affaires familiales n'y trouvera à redire. Ce serait différent si elle pouvait représenter une menace physique pour Casey.

— Les menaces émotionnelles ne comptent pas ?

— Peut-être, si on pouvait prouver que la mère est psychotique, mais même dans ce cas il faudrait probablement établir un risque raisonnable de danger physique.

— Prouver qu'elle est égoïste, narcissique et indifférente aux autres ne suffit pas, hein ?

— Je crains que non. Un week-end de visite est un « contact raisonnable » et elle t'a prévenu dans un « délai raisonnable ». Si j'étais toi, je le prendrais juste comme le signe positif que Sandy veut revoir Casey, et basta. Je pense que ce serait bien que

Casey commence à mieux connaître sa mère, avec tous ses défauts.

— Et si elle décide de demander la garde ?

— Tu verras bien quand ça arrivera.

— Je pourrais peut-être simplement lui tirer deux balles dans les rotules, à cette garce.

— Fais gaffe à ce que tu dis, ducon. Si quelqu'un entendait un porte-flingue comme toi ne serait-ce que chuchoter des menaces pareilles, non seulement tu perdrais Casey mais tu perdrais aussi ton boulot. À propos, puisqu'on parle de mères, on fêtera Thanksgiving chez moi cette année. Maman devient trop vieille pour organiser ça toute seule. Je compte sur votre présence, à toi et Casey. Tu peux emmener ton amie si tu veux. C'est quoi son nom, déjà ?

— Kyra. Elle s'appelle Kyra. Tâche de t'en souvenir. Bon, on essaiera de venir. Comment va maman ?

— Couci-couça. Elle devient un peu étourdie. Je pense sans arrêt à l'Alzheimer de tante Joy et je me demande si c'est dans nos gènes. Ce serait bizarre dans ton cas. Genre, qu'est-ce qu'on obtient quand on croise une mémoire photographique avec la maladie d'Alzheimer ?

— Dis-le-moi.

— Je ne sais pas. Peut-être quelqu'un qui n'oublie jamais tout ce dont il ne se souvient plus ? Laisse tomber. Ce n'est pas drôle. Bon, alors vous viendrez ?

— Disons que ça dépendra si je n'ai pas trop de cadavres d'ados sur les bras.

— Ouais, j'en ai entendu parler. Ce salaud lui a vraiment découpé le cœur ?

— Bon Dieu de bon Dieu. Tu as entendu ça aux infos ?

— Ouais. Ton patron se répand en interviews. « Nous ferons notre maximum pour mettre hors d'état de nuire le ou les tueurs », ânonna Bobby, livrant une imitation passable du numéro de Shockley devant les caméras. J'en déduis que tu essayais de passer l'histoire du cœur sous silence.

— J'essayais, oui. Même si je ne sais pas si ça a une réelle importance.

— Bon, on a des invités pour le dîner. Embrasse Casey pour moi et aussi… euh… comment tu as dit qu'elle s'appelait déjà ?

— Au revoir, ducon.

11

Dimanche, 7 h 30

Maggie s'arrêta devant le bureau de McCabe. Elle portait un jean noir, un tee-shirt noir et des baskets montantes elles aussi noires, ainsi qu'un holster de la même couleur. Elle avait des cernes sous les yeux.

— Tu vas bien ? demanda McCabe.

— Je suis sortie tard hier soir. Pas beaucoup dormi.

— Un nouveau petit ami ?

— Ouais, dit-elle. (Un silence.) Peut-être. (Un autre silence.) Ça se pourrait. (Elle haussa les épaules.) Un type sympa, mais c'était seulement notre deuxième rendez-vous.

— Sortir avec une femme qui porte un revolver ne le dérange pas ?

— Apparemment non, dit-elle. À la différence de Ryan, je crois qu'il est assez sûr de lui pour accepter la situation. Sinon, j'ai eu un appel de Terri Mirabito. On devra patienter encore un peu avant d'avoir le rapport toxicologique définitif, mais les premières analyses n'ont décelé aucune trace d'anesthésique dans le sang de Katie. Ni d'aucune autre drogue, d'ailleurs. Juste un peu d'alcool. Si ça se confirme, et c'est ce que Terri pense, Katie était pleinement consciente et son cœur battait quand notre ami le taré a commencé à la mutiler.

McCabe grimaça.

— Merde, fit-il.

— C'est aussi mon sentiment.

— Le taux d'alcool ?

— Très faible. Apparemment, elle en a consommé lors de leur dernier repas. Il l'a nourrie au caviar beluga et au champagne juste avant de la tuer. Ils en ont retrouvé dans son estomac.

— Une petite fête d'adieu ?

— Je suppose. Ils sont aussi presque certains qu'il a eu des rapports sexuels avec elle à de multiples reprises, par-devant et par-derrière.

— Autre chose ?

— Rien de très important. Il faudra demander à Terri quand elle sera moins énervée. Pour le moment, elle est très remontée.

Il imagina Katie, battue et violée, forcée d'avaler du caviar et du champagne en prélude à sa mise à mort. Il avait du mal à ne pas partager la colère de Terri.

— Je vais appeler un flic à Orlando, déclara-t-il à Maggie. C'est ce détail que j'ai mentionné dans la voiture. Je te retrouve dans la salle de réunion dans un quart d'heure.

McCabe avait organisé une réunion avec tous les enquêteurs travaillant sur les deux affaires.

— J'y serai.

Il appela la police d'Orlando, en Floride, juste après le départ de Maggie.

— Inspecteur principal Cahill, s'il vous plaît, demanda-t-il à la voix à l'autre bout du fil. Aaron Cahill.

McCabe se demanda après coup si Cahill était encore flic, s'il était toujours en poste à Orlando et s'il y avait une chance qu'il soit venu travailler aussi tôt un dimanche matin. Si ce n'était pas le cas, il essaierait d'obtenir un numéro de portable. Mis en attente, il patienta, les doigts tambourinant sur la surface de son bureau. Il contempla la photo de Casey.

— Cahill à l'appareil, tonna une voix grave à la Johnny Cash avec des traces d'accent du Sud.

Cahill était venu travailler.

— Inspecteur principal Michael McCabe, de la police de Portland.

— Deux zéro sept ? C'est l'indicatif du Maine ou de l'Oregon ?

La ressemblance avec la voix de Johnny Cash était étonnante. McCabe s'attendait presque à entendre Cahill entonner le refrain de « *I Walk the Line* ».

— Maine.

— Que puis-je pour vous ?

— Elyse Andersen ?

— Vous voulez savoir quoi ?

— On en a une autre sur les bras.

— Sérieux ? Le même mode opératoire ? Que savez-vous sur l'affaire Andersen ?

— Le mode opératoire n'est pas tout à fait identique, mais semble assez proche. Tout ce que j'en sais, je l'ai lu dans le compte rendu du *Sentinel.*

— Qui disait ?

— Le cadavre de votre victime a été déterré accidentellement par des ouvriers du bâtiment environ trois semaines après sa mort. Cet aspect-là du mode opératoire diffère de notre cas. Notre corps a été abandonné dans une décharge au beau milieu de la ville. En revanche, la cause de la mort est identique : extraction du cœur de la fille, et dans les deux cas, l'examen médical a révélé que la personne qui a enlevé le cœur savait comment opérer.

— Oui, le médecin légiste était fortement convaincu que le cœur avait été enlevé par un spécialiste.

— Exactement ce que notre médecin légiste a dit.

— OK, dit Cahill, parlons-en, mais juste pour être sûr que vous êtes bien la personne que vous prétendez, je vais vous rappeler.

— Vous n'avez pas d'identifiant de l'appel ?

— Si, mais pour ce que j'en sais, n'importe qui pourrait accéder à un téléphone de la police de Portland.

— Alors rappelez-moi au commissariat. Demandez l'inspecteur principal Michael McCabe. Vous voulez le numéro du standard ?

— Je le trouverai.

McCabe raccrocha et attendit. Moins d'une minute plus tard, son téléphone sonna.

— Cahill ?

— Ouais, c'est moi. Parlez-moi de votre affaire.

McCabe résuma brièvement les circonstances de la découverte du corps de Katie Dubois et les premières constatations de Terri Mirabito.

— Ça pourrait bien être le même type, dit Cahill, mais pourquoi aurait-il enterré la victime dans un cas et l'aurait-il balancée en pleine ville dans l'autre ? Par fainéantise ?

— Non. Notre corps n'a pas juste été laissé là. Je pense qu'il l'a exposé à notre attention. Peut-être pour nous provoquer. Je crois qu'il aime prendre des risques, que ça l'excite.

— Eh bien, cet aspect-là est sacrément différent. Notre type a fait tout son possible pour dissimuler le corps. C'est un coup de chance qu'on soit tombé dessus. Elle était enterrée dans une zone boisée d'Orlando, une pinède qui devait laisser place à un nouveau terrain de golf. Si l'aménagement avait eu lieu comme prévu, on ne l'aurait jamais retrouvée. À l'heure qu'il est, elle serait enterrée six pieds sous terre sous le neuvième trou, probablement pour toujours.

— Ça me rappelle la rumeur sur le cadavre de Jimmy Hoffa qu'on aurait planqué sous la ligne des cinquante mètres au Giants Stadium.

— C'est un peu l'idée, dit Cahill.

— Alors comment vous êtes tombés dessus ?

— Les architectes ont modifié les plans. Ils ont décidé de construire le club-house là, à la place initiale du neuvième trou.

— Alors ils ont creusé, juste là ?

— C'est ça. La pelleteuse a ramené un gros tas de terre boueuse et, au beau milieu, il y avait Elyse Andersen. Enfin, ce qu'il en restait. Le conducteur de la machine ne l'a pas remarquée tout de suite et a versé toute la pelletée dans une remorque de camion. Il a fini par apercevoir un des ouvriers qui lui faisait de grands gestes en montrant le camion.

— Ils ont dû avoir un sacré choc.

— J'imagine ; mais au moins ils étaient assez futés pour comprendre que c'était du sérieux et nous appeler tout de suite. Elle était encore à peu près en un seul morceau quand on l'a trouvée, à l'exception du cœur évidemment. Elle était morte depuis trois semaines, trois semaines et demie. Nue. En état de décomposition avancée. On aurait pu ne pas se rendre compte que le cœur avait été enlevé, mais le sternum avait été découpé avec une scie chirurgicale et écarté. (Il marqua une pause.) Vos gars ont interrogé le VICAP[1] pour chercher d'autres cas où le cœur aurait disparu ?

— On attend leur rapport, ça ne devrait pas tarder.

1. VICAP (Programme d'appréhension des criminels violents) : base de données répertoriant les crimes violents créée par le FBI en 1985 et mise à la disposition des autres services de police depuis 2005. *(N.d.T.)*

— On n'a rien trouvé qui corresponde à l'époque, mais si c'est bien le même type, Andersen était peut-être sa première victime.

— Vous êtes tombé sur elle accidentellement. Il pourrait y en avoir eu des douzaines auparavant, jamais retrouvées, et qui ne le seront jamais, dit McCabe. À moins qu'on mette la main sur ce salaud et qu'il nous mène à elles.

— Donc, s'il s'agit du même cinglé – et ce n'est qu'une hypothèse –, il aurait soudain changé de mode opératoire et l'aurait balancée à la vue de tous. Pour quelle raison ?

— Je ne sais pas. Il aime le risque. Il fonctionne peut-être comme un junkie : il lui en faut toujours plus pour prendre son pied. Se contenter de les tuer et de les mutiler ne lui suffit plus. Il faut qu'il nous provoque avec elles maintenant.

— Alors comment on le trouve ? demanda Cahill.

— S'il a hâte de se faire remarquer, c'est peut-être lui qui va nous trouver. J'imagine que vous avez enquêté dans les hôpitaux de la région sur les chirurgiens, les cardiologues, les médecins légistes, les infirmiers formés à l'extraction d'organes, et ainsi de suite.

— Pendant des semaines. Mes gars ont effectué plus de six cents interrogatoires. La moindre personne dont on pouvait penser qu'elle était susceptible d'avoir la compétence ou l'accès aux instruments pour pratiquer cette opération. Tout ce qu'on en a tiré, c'est un gros zéro pointé. Nada. Rien de rien.

— Bon, pourriez-vous vérifier si un de vos chirurgiens locaux a déménagé dans le Maine depuis ? Ou le New Hampshire ? Ou même le Massachusetts ?

— On peut jeter un œil.

— Parlez-moi d'Elyse Andersen. Comment le type lui a-t-il mis la main dessus ?

— Pas par hasard. Il l'avait dans son collimateur. C'était une agente immobilière du coin. Il l'a piégée assez simplement. Je suis surpris que ça n'arrive pas plus souvent d'ailleurs. Un inconnu appelle à son bureau. Il veut parler à Andersen. Une de ses collègues demande de la part de qui. Il lui dit s'appeler Harry Lime.

— Harry Lime ? Vous plaisantez.

— Ouais, je sais. Comme le personnage du *Troisième Homme*. Apparemment, la femme n'est pas cinéphile et le nom ne lui dit rien. Bref, notre prétendu Harry Lime se présente comme un acheteur potentiel et dit qu'on lui a spécifiquement recommandé Andersen. Il veut qu'elle lui fasse visiter une maison. Alors l'employée transfère l'appel. Des notes retrouvées sur le bureau d'Andersen indiquent que le type lui a aussi dit s'appeler Harry Lime. Il prétend chercher une maison pour un budget de huit cent mille à un million de dollars. Il lui demande de lui montrer une maison bien précise dans un nouveau quartier. Elle accepte de le rencontrer là-bas. Elle n'est jamais revenue du rendez-vous. La maison était fermée. Pas de traces d'effraction. Aucune empreinte nulle part, même pas les siennes. On a retrouvé la voiture d'Andersen dans l'allée, mais rangée sur le côté droit. Comme s'il y avait eu une autre voiture déjà garée là à son arrivée. À mon avis, dès qu'ils sont entrés à l'intérieur, il lui a sauté dessus, l'a assommée ou ligotée, puis l'a transportée dans sa voiture avant de partir.

— Il a pris de sacrés risques. N'importe qui aurait pu le voir. J'en déduis que ce n'était pas le cas.

— Non. Toutes les maisons autour de celle qu'elle était censée lui faire visiter étaient vides. C'était en pleine journée, il n'y avait pas âme qui vive, dit Cahill.

— Bon, cet aspect au moins colle avec celui de balancer un corps au beau milieu de la ville un jeudi soir à 23 heures. Je suppose que vous aviez mené des recherches pour la retrouver bien avant que le corps soit découvert ?

— On a tout passé au crible. On a même mis plusieurs centaines de gardes nationaux sur le coup. Ils n'ont rien trouvé.

— Avez-vous vérifié si Harry Lime aurait pu être son vrai nom ?

— On a vérifié. Les immatriculations nous ont dégoté six Harry Lime. Deux à L.A. Un à Chicago. Un à New York. Un en Géorgie. Et un ici, en Floride. Ça n'a rien donné. On pense qu'il voulait nous narguer avec ce nom.

— Et quand aviez-vous commencé les recherches ? demanda McCabe.

— Aussitôt après sa disparition, plus d'un mois avant qu'on la retrouve.

— Et elle était morte depuis trois à quatre semaines quand vous l'avez retrouvée. Ce qui veut dire qu'il l'a gardée, mais pour quoi ? Il a mis une semaine avant de la tuer ?

— Vu le type d'insectes qu'ils ont trouvés dans son cadavre, sachant qu'elle était enterrée à environ un mètre cinquante de profondeur, c'est ce que les médecins légistes en ont déduit, oui, mais ce n'est qu'une estimation. Vous savez aussi bien que moi qu'on ne peut pas le déterminer avec exactitude, surtout quand on ne dispose plus que de restes décomposés.

— Même avec cette réserve, on retrouve à peu près le même schéma temporel.

Une semaine. Il se demanda si c'était le délai maximal dont ils disposaient pour retrouver Lucinda Cassidy vivante. Une semaine. C'est court.

— Et le coup de fil ? reprit McCabe.

— Il provenait d'une cabine téléphonique située devant un 7-Eleven. Personne là-bas ne se souvenait d'avoir vu quelqu'un l'utiliser à l'heure où l'appel a été passé.

— Y a-t-il d'autres éléments que je devrais connaître au sujet d'Elyse Andersen ?

— Qu'est-ce que vous voulez savoir ?

— Comment était-elle ? J'ai vu sa photo dans le *Sentinel*. C'était une belle femme, non ?

— Ça oui. Vingt-six ans. Blonde. Elle participait à des compétitions de triathlon. Elle s'entraînait pour une épreuve à laquelle elle devait concourir.

— Intéressant, dit McCabe. Dubois était jeune, blonde, et c'était une athlète elle aussi. Elle jouait au football au lycée. Elle avait bon espoir de passer en équipe pro cette année.

— Ça pourrait être une coïncidence.

— Peut-être. Ou peut-être qu'il aime les blondes avec des muscles fermes et un cœur sain.

McCabe parla à Cahill de la disparition de Lucinda Cassidy. Une blonde sportive, qui s'entraînait pour un dix kilomètres. Andersen. Dubois. Cassidy. Trois jeunes blondes. Trois athlètes. Simple coïncidence? McCabe ne le croyait pas. Cahill non plus.

— Je vais vous envoyer par e-mail le dossier, mais vous devez me promettre de me tenir au courant. Surtout si vous trouvez quoi que ce soit. Je rouvrirai ce dossier dans la minute si je pense que vous pouvez nous dégoter une nouvelle piste.

— Marché conclu.

Tous les agents de McCabe, plus quelques autres détachés d'autres brigades, s'étaient entassés dans la petite salle de réunion du troisième étage. Certains étaient adossés au mur, d'autres assis. La plupart sirotaient du café dans des gobelets en carton, mangeaient des bagels ou des *doughnuts*, et discutaient de tout et de rien quand McCabe entra. Le dos voûté, Bill Fortier se tenait en bout de table, silencieux, l'air préoccupé. Tom Tasco lisait les articles du *Press Herald* consacrés au meurtre de Dubois. Un agent épiait par-dessus son épaule. Une photo de McCabe s'étalait en première page, avec celles de Shockley et de Katie Dubois. Le photographe l'avait pris par surprise, pendant la conférence de presse, alors qu'il fronçait les sourcils d'un air interrogatif. Il paraissait regarder au loin, aussi McCabe supposa-t-il que le cliché l'avait saisi juste au moment où il avait vu la femme mystérieuse s'en aller. Maggie, rencognée dans sa chaise, ses longues jambes posées sur le bord de la table, lança pour plaisanter:

— Belle photo, McCabe. Non seulement tu as l'air de vouloir choper le méchant, mais on dirait aussi que tu vas le bouffer à ton petit déjeuner.

— Ouais, Mike, tu devrais apprendre à sourire à l'appareil, ajouta Bill Bacon.

Sans relever, McCabe se versa du café à la fontaine située juste à côté de la porte avant d'aller s'asseoir.

Fortier prit la parole :

— OK, commençons avec Dubois. Quelles pistes on a ? De quelles pistes parlait Shockley ?

— Shockley disait ça pour enfumer les médias, Bill, dit Tom Tasco. Le seul indice qu'on pourrait à la rigueur qualifier de piste, c'est un enregistrement de vidéosurveillance qui montre un véhicule arrivant au bon endroit à ce qu'on pense être le bon moment.

Il informa les autres de ce qu'avait enregistré la caméra de sécurité de l'entreprise de déménagement et de ce que Starbucks en avait tiré.

— J'ai les fichiers de l'immatriculation.

Eddie Fraser secouait des listings d'imprimante d'une main tout en mangeant un doughnut nappé de chocolat de l'autre – il avait des morceaux de chocolat tout autour de la bouche.

— Ça n'a pas traîné, remarqua McCabe.

— C'est parce qu'on est bons, répondit Fraser. Comme convenu, on a couvert tout le Maine, tout le New Hampshire, et le Massachusetts jusqu'au nord de Boston, au cas où. On a la liste de tous les praticiens propriétaires de 4 x 4 Lexus ou BMW récents. On a aussi répertorié les profs de biologie, vu qu'ils savent ouvrir des grenouilles et des souris, sinon des gens. On est arrivés à quatre cent quatre-vingt-dix noms.

— Dans ce cas-là, pourquoi ne pas ajouter les bouchers ? demanda Will Messing. Ils découpent des animaux tous les jours.

Les autres le regardèrent comme s'il débarquait d'une autre planète.

— Les bouchers ? fit Maggie. Tu veux parler des bouchers qui travaillent dans les supermarchés ? Tu crois qu'un boucher pourrait avoir fait ça ?

— Pourquoi pas ? Ils sont capables de découper de la viande, et pourquoi un boucher ne serait-il pas un malade mental ?

— Il y a une sacrée différence entre un chirurgien et un boucher, dit Tom Tasco.

— Fais travailler ton imagination, insista Messing. Mon beau-frère est boucher. Tu devrais le voir s'attaquer à un gigot d'agneau. Un véritable artiste.

— Oh, Will, bon Dieu, on parle d'une adolescente, là, pas d'un gigot d'agneau, intervint Carl Sturgis.

— Tu veux qu'on suspecte ton beau-frère, c'est ça ? rigola Tasco.

— Je crois qu'on s'écarte un peu du sujet, dit Maggie.

— OK, OK, fit Messing en haussant les épaules. J'essayais juste de ne pas réfléchir avec des œillères.

— Bon, reprit Eddie Fraser, apparemment, on va devoir séparer les cas probables et possibles des impossibles et des improbables. On a déjà commencé les vérifications, mais, avec quatre cent quatre-vingt-dix noms, on va avoir besoin d'aide.

— Bien, vous devriez pouvoir en écarter un bon nombre sur-le-champ, dit McCabe. Bill, tu peux nous assigner quelques agents et patrouilleurs supplémentaires pour aider Tom et Eddie à vérifier la liste ?

Fortier acquiesça.

— Pas de problème. Autre chose ?

— Oui, dit Tasco. On réinterroge les amis d'école de Katie. Et aussi ses coéquipières de l'équipe de foot. On veut vérifier si l'un d'entre eux se souviendrait d'un détail qu'il n'aurait pas voulu nous confier quand ils pensaient encore que Katie était vivante. Parfois, les gamins préfèrent ne pas révéler à la police des choses dont ils pensent que leurs amis ne voudraient pas qu'elle le sache.

— Désolée, dit Maggie, mais pour moi cette hypothèse ne tient pas la route. Je ne crois pas que les gamins avec qui elle était aient quelque chose à voir là-dedans. À mon avis, leur parler ne nous apprendra rien. Alors commençons plutôt avec ce qu'on sait. On a une lycéenne de seize ans. Pas une sainte-nitouche, mais pas non plus une gamine mauvaise ou incontrôlable. Une bonne athlète, une élève correcte. Bon, le mercredi soir, elle sort traîner dans le Vieux Port avec un groupe d'amis. Elle se dispute avec son petit copain et s'en va furieuse. Les autres s'imaginent qu'elle est juste partie se calmer et qu'ils la retrouveront plus tard…

— Ce qui ne se produira jamais.

— Alors se dirige-t-elle vers chez elle ? poursuivit Maggie. On n'en sait rien. Si c'est le cas, comment compte-t-elle rentrer ? On n'en sait rien. Elle n'a pas de voiture, et Jack a vérifié auprès de toutes les compagnies de taxis de la ville, sans résultat. Sa maison est à cinq ou six kilomètres. C'est faisable à pied, mais c'est quand même une sacrée trotte. Et puis elle n'est jamais arrivée là-bas. Alors qu'est-ce qui lui est arrivé, bon Dieu ?

— Quelqu'un l'a chopée dans la rue, l'a poussée dans sa voiture et a mis les bouts, dit Tasco.

— Dans le Vieux Port, c'est peu probable, dit McCabe. Trop de monde dehors. Peut-être plus loin, ou peut-être qu'on l'a prise en stop.

— Seulement si elle connaissait le gars, dit Maggie. Sa mère était formelle : elle ne serait jamais montée dans une voiture avec un étranger, en supposant bien sûr que sa mère sache de quoi sa fille était capable.

— Ses parents t'ont dit qu'ils étaient chez eux à partir de 18 heures, donc ils l'auraient entendue si elle était arrivée ? demanda Fortier.

— Oui. On n'a pas de raison de mettre leur parole en doute.

— OK, dit McCabe, supposons qu'elle connaissait le type, au moins suffisamment pour accepter de faire un bout de chemin avec lui. Alors quelle personne dans son entourage aurait aussi les qualifications de notre cinglé ? Son médecin, peut-être ?

— La mère de Katie m'a donné le nom de leur généraliste, dit Maggie. C'est une doctoresse du centre médical familial sur India. Le docteur Annabelle Blum. On n'a pas encore eu l'occasion de l'interroger.

— OK, dit McCabe, éliminons le docteur Blum. Au moins pour l'instant. Et un professeur de biologie à son lycée ?

— Le lycée de Portland a trois enseignants en biologie, dit Fraser. Le chef du département est une femme de soixante et un ans aux cheveux gris nommée Angela Kovaleski. Katie était dans sa classe l'année dernière. Elle a eu B de moyenne. Le deuxième enseignant est plus jeune, mais c'est encore une femme…

— On dirait qu'on exclut toutes les femmes de notre liste de suspects, interrompit Sturgis. Est-on certain que le tueur n'est pas une femme ?

— Pas certain, précisa McCabe, mais les sadiques sexuels sont presque toujours des hommes. À moins qu'on ait une bonne raison de penser le contraire, je dirais qu'on cherche un homme.

— Le troisième prof de biologie est un homme, continua Fraser. Il s'appelle Tobin Kenney. On ne l'a pas encore interrogé. Il a moins de trente ans. C'est sa troisième année dans ce lycée. Il vient de Norway…

— La ville ou le pays ? demanda McCabe.

Norway, dans le Maine, se trouvait à environ quatre-vingts kilomètres au nord-ouest de Portland, vingt-cinq kilomètres seulement après la ville de Poland[1].

— La ville, répondit Fraser. Encore un détail. Il est aussi l'entraîneur adjoint de l'équipe de foot féminine.

— D'accord, dit Maggie. Ça veut dire que Katie le connaissait. Elle lui faisait sans doute confiance.

— Elle était dans l'équipe ? demanda Fortier.

1. Norway signifie « Norvège » en anglais, et Poland « Pologne ». *(N.d.T.)*

— Oh que oui, dit Tom Tasco. La meilleure joueuse de première qu'ils aient eue l'année dernière. Kenney la connaissait, c'est sûr, et il a potentiellement les aptitudes pour être notre cinglé.

— Il est sur ta liste de 4 x 4 ? demanda McCabe.

— Non, dit Fraser après avoir vérifié la liste alphabétique de noms. On ne sait pas ce qu'il conduit.

— Ça ne l'exclut pas pour autant, dit Maggie. Ça non.

Même si elle avait parlé d'un ton égal, McCabe sentit l'excitation de Maggie dans sa voix. Comme un chien de chasse qui flaire un début de piste et piaffe d'impatience qu'on le libère pour la suivre. Il connaissait bien ce sentiment, lui aussi. Jusque-là, la piste semblait bien mince, mais peut-être la chasse les mènerait-elle quelque part.

— OK, dit McCabe. Maggie et moi allons mettre la main sur M. Kenney un peu plus tard dans la journée.

— Autre chose ? demanda Fortier.

— Oui, encore deux points, dit McCabe. D'abord, Maggie a récupéré le rapport d'autopsie.

Maggie parla d'une voix posée :

— Terri Mirabito dit qu'il n'y avait aucune trace de drogue anesthésiante dans le corps de Katie quand on l'a mutilée. Elle était tout à fait consciente. Sans doute attachée et bâillonnée quand le salaud a commencé à la découper.

Autour de la table, tout le monde se crispa, mais personne ne dit un mot. Fortier brisa le silence :

— Vous avez dit qu'il y avait deux points. C'est quoi, le deuxième ?

— J'ai parlé à un inspecteur d'Orlando, en Floride. On dirait bien que Katie n'est pas la première victime de notre ami.

McCabe leur résuma sa conversation avec Aaron Cahill. Il leur apprit que, à l'instar de Katie Dubois et Lucinda Cassidy, Elyse Andersen était jeune, blonde et athlétique.

— Je ne crois pas beaucoup aux coïncidences. Je pense que si on trouve le tueur de Katie, on trouvera Lucinda – mais on n'a pas beaucoup de temps. Il a tué Katie à peine une semaine après l'avoir enlevée. Idem pour Andersen. Cassidy a disparu vendredi. Faites le calcul.

« D'abord, vérifions les recoupements possibles entre Katie et Lucinda. Où elles s'entraînaient. Où elles achetaient leurs vêtements. Où elles allaient manger une pizza. Les médecins qu'elles consultaient. Les gens qui ont pu entrer en contact avec les deux. Tout ce qu'elles pourraient avoir en commun.

« Et puis, vu qu'on ignore combien de corps mutilés il a pu enterrer, je veux qu'on vérifie tous les avis de disparitions concernant des jeunes femmes blondes et athlétiques, disons entre quinze et trente ans, signalées depuis 2002. Jake, tu t'occupes de ça. Regarde d'abord nos propres dossiers. Ensuite, tu vérifieras tous les autres secteurs de Nouvelle-Angleterre. Vois aussi ce qu'a le FBI via le VICAP, et le RMCP[1].

— Dubois était de Portland, dit Maggie. Cassidy aussi. Si c'est le même type qui a tué Andersen,

---

1. RMCP: Gendarmerie royale du Canada, disposant d'un service consacré aux enfants disparus. *(N.d.T.)*

il a peut-être quitté la Floride pour venir dans le nord. Alors consultons les dossiers des ressources humaines des hôpitaux, s'ils ont des chirurgiens, y compris des internes, qui ont déménagé de Floride et se sont installés ici les trois ou quatre dernières années. On pourra ensuite élargir la recherche aux autres médecins.

— Ça peut poser des problèmes de confidentialité, dit McCabe. On va peut-être avoir besoin de mandats pour accéder à leurs dossiers personnels. J'ai déjà eu une prise de bec avec le docteur Spencer du Cumberland à ce sujet.

— Shockley peut nous aider à les obtenir, dit Fortier. Je vais établir une liste de médecins et d'hôpitaux et lui demander de nous trouver un juge qui délivrera les mandats. Sinon, qu'est-ce qu'on a sur Cassidy ?

Fortier était sur le point de partir.

— On avance à plein régime, dit Bill Bacon. On a des équipes qui fouillent tout autour de l'endroit. Will, moi et deux équipes d'autres unités, on a passé au peigne fin le voisinage et l'hôpital, au cas où quelqu'un l'aurait vue pendant son jogging. Son employeur, Beckman & Hawes, a offert une récompense de dix mille dollars pour toute information qui nous aiderait à la retrouver.

— Morte ou vive ? demanda Fortier.

— Ils n'ont pas précisé. Une dernier point. On ignore si elle avait une relation en ce moment. Son ex-mari et sa sœur disent que non, mais il est toujours possible qu'elle ait vu quelqu'un jeudi soir ou vendredi matin. Bill Jacobi est en train de mettre sa voiture et son appartement sens dessus dessous, à la recherche d'indices de la présence d'un petit ami ou autre. La casquette de base-ball et la dépouille de son chien ont été envoyées au labo pour des analyses d'ADN. Il y avait du sang sur les crocs du chien…

— Ce qui signifie que le cinglé a été mordu, dit McCabe.

— C'est ce qu'on pense. On aura les résultats ADN du sang dans deux jours. Tout ce qu'il nous manque, c'est un suspect pour les comparer.

Le biper de Fortier sonna. Il le regarda.

— Oh, bon Dieu, Shockley est là.

— Et il veut te voir *immédiatement*? dit McCabe, insistant sur le mot « immédiatement » dans une imitation presque parfaite du personnage public de Shockley.

— C'est tout alors ?

Fortier se leva et parcourut du regard les visages autour de la table.

— Je sais que vous vous cassez tous le cul. Continuez comme ça. On ne va pas compter nos heures sup. Mike, tu as dit que tu voulais prendre en charge les deux dossiers. S'il s'agit du même criminel, c'est logique. De toute manière, le G.O. a dit que la décision t'appartenait.

Fortier rassembla ses notes et sortit.

12

Une fois encore, Lucinda entama le long voyage de remontée vers la conscience. Elle avait l'esprit vaporeux, les idées floues. La migraine était de retour, une pulsation constante sous son crâne, quoique plus atténuée et moins aiguë qu'auparavant. Elle laissa vagabonder ses pensées, en une sorte de fugue, dans les pièces de son appartement. Le soleil brillait à travers les fenêtres géantes orientées plein sud, illuminant un million de grains de poussière. Fritz, sur le dos, les pattes en l'air, se trémoussait de plaisir dans la zone où les rayons chauffaient le sol. Son ordinateur l'attendait où elle l'avait laissé, ouvert sur le canapé. Elle tendit la main vers lui. Sa main refusa de bouger. *Bizarre*, pensa-t-elle, avant de réessayer. Mais elle refusait toujours de se mouvoir. Alors seulement, dans un brusque accès de lucidité, elle se rappela où elle était. Elle ouvrit les yeux. La pièce était sombre, plus que sombre. Elle était plongée dans une obscurité quasi totale. Il devait savoir qu'elle avait peur du noir, qu'elle laissait toujours une petite lumière allumée, même pour dormir. Il devait le savoir.

La panique se manifesta comme un être vivant, enflant dans son corps et lui remontant dans la gorge, d'où elle s'échappa en un long cri, incontrôlé et incontrôlable. Elle se débattit violemment dans ses entraves, tirant et poussant en haut et en bas, à gauche et à droite, jusqu'à ce qu'elle sente que ses poignets et ses chevilles se mettaient à saigner. Rien n'y fit. Elle avait beau crier à pleins poumons, lutter de toutes ses forces, l'obscurité se refermait sur elle comme le couvercle d'un cercueil.

13

Dimanche, 10 h 30

Quand McCabe retourna à son bureau, le téléphone sonnait.

— Inspecteur McCabe ? demanda une femme âgée, avec une voix rauque de fumeuse.

— C'est moi. Que puis-je pour vous ?

— C'est au sujet de la fille qui a été assassinée. Je l'ai peut-être aperçue.

— Puis-je avoir votre nom et votre adresse ?

Maggie était à son bureau ; il lui fit signe d'écouter l'appel.

— Annie Rafferty. J'habite au 22 Hackett. Un peu en dehors de Cumberland, dans l'East Side.

— Je connais. Vous pouvez me dire ce que vous croyez avoir vu ?

— Je sais ce que j'ai vu. Je suis vieille – j'ai soixante-quatorze ans, soixante-quinze en novembre –, mais j'ai encore une bonne vue. Ce qui se passe, c'est que je ne dors plus aussi bien qu'avant. J'ai ces douleurs dans les jambes. Quand elles me font trop mal, je sors du lit, je m'assieds et je regarde par la fenêtre. Eh bien, l'autre nuit – la nuit où la fille a disparu –, j'étais assise là-bas en attendant que mes douleurs s'en aillent. La porte d'entrée de la maison de l'autre côté de la rue s'est ouverte et cette fille qui ressemble à celle qu'ils ont montrée à la télé… eh bien, elle était dans l'entrée, elle n'arrêtait pas de hurler après quelqu'un. Ensuite, elle est partie, elle avait l'air furieuse. Je l'ai bien vue, et je vous dis que c'était la fille Dubois.

— Vous vous rappelez à propos de quoi elle criait ?

— Oh, vous savez, c'était surtout des gros mots. Je ne suis pas prude, et il m'est arrivé d'insulter plus d'un pauvre type de mon temps, mais je ne voudrais pas répéter ce que je l'ai entendue crier. Même à un flic irlandais qui a déjà dû en entendre d'autres. Mais pendant tout ce temps, elle était là, dans cette minijupe ultracourte qui laissait voir ses jolies petites fesses, à jurer comme un marin.

— Vous rappelez-vous l'heure qu'il était ?

— Vers les 23 h 30. Il était 23 h 15 à la pendule quand je me suis levée, et ce n'était pas bien longtemps après.

— Qui habite dans cette maison, de l'autre côté de la rue ?

— Eh bien, c'est ce qui m'a le plus surpris. C'est ce gentil jeune homme. Toujours très poli. Quand il neige, il dégage les marches de mon perron, il m'aide à porter mes courses...

— Madame Rafferty, vous pouvez me donner son nom ?

— Il est professeur là-bas au lycée.

— Son nom, s'il vous plaît ?

— Oui... son nom. Kenney. Tobin Kenney.

— Tiens, tiens ! souffla Maggie à voix basse.

Elle sourit et leva les pouces à l'intention de McCabe.

— Vous permettez qu'on passe vous voir, madame Rafferty ?

— Annie.

— Quoi ?

— Appelez-moi Annie.

— D'accord, Annie. Et s'il vous plaît, n'allez nulle part et ne parlez de cette conversation à personne avant qu'on soit arrivés.

Hackett n'était pas une longue rue ; elle longeait deux pâtés de maisons sur le flanc nord de Munjoy Hill. Des deux côtés s'alignaient de petites maisons à charpente de bois construites aux alentours de 1900 pour les familles de marchands et de commerçants. Comme la plus grande partie de ce quartier, Hackett Street avait connu des temps difficiles dans les années soixante et soixante-dix, lorsqu'une génération de familles plus jeunes avait fui le centre-ville pour aller s'installer dans les banlieues en plein développement de Portland. La plupart des maisons avaient été divisées en petits appartements. D'autres s'étaient simplement détériorées. Cependant, après des décennies de lente décadence, un nouvel embourgeoisement prenait racine, et certaines des maisons étaient restaurées par de jeunes colons urbains. Lorsque McCabe et Maggie s'arrêtèrent devant le domicile d'Annie Rafferty, ils constatèrent néanmoins que ce n'était pas son cas. La maison avait depuis longtemps abandonné toute prétention d'appartenance à la classe moyenne, et personne ne semblait y remédier. Le revêtement vert foncé, sans doute posé plus de quarante ans avant, s'abîmait. Les moulures avaient désespérément besoin d'une couche de peinture. Les rideaux de dentelle, autrefois blancs, avaient viré au gris sale.

Maggie appuya sur la sonnette. Tandis qu'ils attendaient devant la porte, ils remarquèrent que la maison de Tobin Kenney se trouvait juste en face, de l'autre côté de la rue, et que la voiture garée dans l'allée était une Subaru. Elle sonna de nouveau. Enfin, Annie Rafferty vint leur ouvrir la porte, vêtue d'un peignoir en polyester bleu foncé, orné de grosses fleurs roses et de taches. Vu la manière dont le tissu mince enveloppait son corps osseux, McCabe devina qu'elle ne portait rien dessous. Cependant, si Mme Rafferty ne s'était pas donné la peine de se changer pour les recevoir, elle n'avait pas lésiné sur le maquillage. Son rouge à lèvres rouge vif semblait fraîchement appliqué. Du fard rose faisait briller ses joues creuses. Ses cheveux filasse étaient teints d'une nuance de rouge que McCabe n'avait encore jamais vue – du moins sur une tête humaine. Elle exhalait une odeur de mégots de cigarettes.

— Madame Rafferty ? demanda McCabe.

— Vous devez être l'inspecteur McCabe, dit-elle. Vous ne seriez pas le garçon de Tessie McCabe, par hasard ? De Windham ?

— Non, désolé. Je suis le fils de Rosie McCabe. Du Bronx.

Rafferty jeta un regard à Maggie avant de poser à nouveau les yeux vers McCabe.

— J'avais cru comprendre que vous viendriez seul, dit-elle en lui adressant un clin d'œil. Dommage.

Malgré lui, McCabe rougit. Puis, se sentant un peu ridicule, il présenta Maggie.

— Voici ma partenaire, l'inspecteur Maggie Savage.

Maggie hocha la tête. Elle n'avait pas l'air contente. McCabe en déduisit qu'elle devait être en train d'imaginer comment un jury réagirait face à l'aguicheuse Mme Rafferty à la barre des témoins. Bon, au moins, elle ne porterait pas le peignoir moulant.

— Pouvons-nous entrer ?

— C'est pour ça que vous êtes venus, non ? Mais je vous ai déjà tout dit au téléphone.

Elle tourna les talons et se dirigea vers la salle à manger.

McCabe et Maggie lui emboîtèrent le pas. La salle à manger sentait elle aussi le tabac froid. Mme Rafferty fit signe aux deux inspecteurs de s'asseoir sur un canapé vert usé, qui rappela à McCabe celui que ses parents avaient acheté dans un magasin discount sur Bruckner Boulevard dans les années soixante-dix. Il se demanda si celui de sa mère paraîtrait aussi miteux si deux flics lui rendaient visite aujourd'hui. Il était sûr en tout cas qu'il n'aurait pas l'air aussi sale.

La pièce était remplie de vieilleries. Des piles de vieux journaux et magazines étaient entassées contre les murs. Des babioles et des souvenirs de vacances datant de plusieurs décennies recouvraient chaque surface disponible. McCabe remarqua une photographie encadrée sur le mur. Deux hommes obèses faisaient griller des steaks sur un barbecue de jardin en prenant la pose devant l'objectif.

— Celui sur la gauche, c'est mon mari, Dennis, dit Mme Rafferty. Il est tombé raide mort, d'une crise cardiaque juste quelques semaines après que cette photo a été prise. En 1985.

— Je suis désolé, dit McCabe.

— Ne le soyez pas, répondit-elle. Dennis n'était qu'un sale fils de pute. Il me foutait sur la gueule à la moindre occasion. Je me dis que Dieu a eu la bonté de m'épargner un sacré paquet de cocards et de fractures quand il a envoyé cet infarctus à Dennis. Alors, reprit-elle, qu'est-ce que vous voulez savoir d'autre ?

— J'aimerais regarder à la fenêtre par laquelle vous avez vu Katie Dubois, si ça ne vous dérange pas.

— Non, pas du tout. Si le bazar qu'il y a dans la chambre ne vous gêne pas.

Tous trois montèrent l'escalier qui menait à une petite chambre donnant sur la rue. Mme Rafferty avait raison au sujet du désordre. Le lit était défait. Des vêtements s'empilaient sur la chaise près de la fenêtre. La vieille femme ramassa les habits et les balança sur le lit. McCabe s'assit devant la fenêtre. Il avait une vue imprenable sur la maison et le porche d'en face. Certes, mesurant moins d'un mètre soixante, Annie Rafferty n'avait pas pu bénéficier de la même vue sur la maison de Kenney que McCabe avec ses un mètre quatre-vingt-trois. Il se tassa sur lui-même pour se mettre à peu près au niveau de Mme Rafferty. Même à cette hauteur, il avait une vue dégagée sur les marches du perron de Tobin Kenney. Il aurait été facile pour la veuve de distinguer le visage de Katie Dubois quand elle s'était retournée, même dans l'obscurité. À moins, bien sûr, que la jeune fille ne se soit trouvée en contre-jour à cause de la lumière provenant de la maison de Kenney derrière elle. C'était envisageable. Un avocat de la défense pouvait essayer d'exploiter cette hypothèse. De toute manière, même si le témoignage de Mme Rafferty était inattaquable, cela ne faisait pas pour autant de Kenney un assassin. Tout ce que la vieille femme avait vu, c'était une jeune fille en train de sortir de chez lui, en colère mais vivante. McCabe eut l'impression que la piste de Kenney se refroidissait quelque peu. Maggie demanda à Mme Rafferty si elle était disposée à venir au commissariat de police pour leur répéter son histoire dans le cadre d'une déposition officielle. Elle accepta. Ils s'accordèrent sur un rendez-vous. Puis ils partirent.

14

Dimanche, 11 h 30

Après avoir quitté la maison d'Annie Rafferty, les deux inspecteurs traversèrent directement la rue. Personne ne répondit lorsqu'ils sonnèrent à la porte d'entrée, aussi se rendirent-ils à l'arrière de la maison où ils trouvèrent Tobin Kenney sur une échelle, occupé à vernir la coque d'un vieux voilier en bois maintenu par un échafaudage.

Comme beaucoup d'hommes jeunes qui perdaient leurs cheveux, Kenney se rasait la tête afin de paraître cool plutôt que chauve. McCabe lui donnait vingt-huit ans, peut-être vingt-neuf ; il était mince et musclé, avec un ventre plat sans le moindre signe de bedaine naissante. Il portait des lunettes rondes à armature métallique. Son jean était déchiré aux genoux et taché de vernis. Son tee-shirt gris arborait l'image d'un ballon de football, avec la mention UVM. INVAINCUS DEPUIS 1974. McCabe se demanda si c'était le genre de type qu'une adolescente trouverait sexy.

— Un record impressionnant, dit Maggy en désignant le tee-shirt, pendant que Kenney descendait de l'échelle.

— Oh, ça, dit ce dernier en souriant. C'est une blague de l'université du Vermont : 1974, c'est l'année où ils ont abandonné le football. Je suppose que vous êtes de la police, c'est ça ?

McCabe ignora la question.

— C'est un sacré beau bateau que vous avez là, dit-il.

— Ça oui, dit Kenney. C'est un sloop Alden de 1934. Une pièce rare. Ils n'en construisent plus des comme ça.

— C'est à vous ?

— J'aimerais bien. Mais je n'aurai jamais les moyens de me payer un bateau pareil. Les riches achètent ces voiliers et engagent des gens comme moi pour les réparer. Vous ne m'avez pas répondu : vous êtes de la police ?

— Exact, dit Maggie. Je suis l'inspecteur Margaret Savage, de la police de Portland, dit-elle en brandissant son insigne. Et voici l'inspecteur principal Michael McCabe. Si vous êtes bien Tobin Kenney, nous aimerions nous entretenir avec vous.

— Ouais, c'est moi. J'imagine que vous voulez me parler de Katie ? Bon Dieu, c'est horrible ce qui est arrivé.

Il s'éloigna de l'échafaudage qui soutenait le bateau, traversa la petite cour et grimpa trois marches qui menaient sur la véranda de bois à l'arrière de la maison. Maggie et McCabe le suivirent.

— Quelqu'un veut une bière ? Ou un thé glacé ? Vous n'avez sans doute pas le droit de boire de l'alcool si vous êtes en service.

— Non merci, ça va, dit McCabe.

Maggie s'assit à une petite table ronde de patio près de la porte de la cuisine. McCabe s'appuya contre la balustrade de la véranda. Kenney paraissait nerveux, mais cela n'avait rien d'étrange. Les gens interrogés par la police dans le cadre d'une enquête criminelle étaient généralement nerveux, même quand ils n'avaient rien à cacher. Kenney ressortit de la cuisine. Il sirotait une bouteille de bière, un sachet de chips à la main. Il s'installa sur la chaise à côté de Maggie.

— Bon, que voulez-vous savoir ?

— Parlez-nous de Katie, dit McCabe. Tout ce qui vous revient en tête, même si ça vous semble sans importance. Nous allons enregistrer la conversation.

— Ah oui ? Pourquoi ça ? demanda Kenney.

— Disons simplement qu'on n'est pas très bons pour prendre des notes.

Maggie posa le petit magnétophone numérique sur la table et le mit en marche.

— C'est bon. La prise de notes n'est pas mon fort non plus.

Il focalisa son attention sur Maggie plutôt que sur McCabe. Peut-être la trouvait-il attirante, ou peut-être seulement moins menaçante.

— Qu'est-ce que je peux vous dire sur Katie ? fit-il en haussant les épaules. C'était une gentille gosse. Intelligente. Très bonne footballeuse. J'imagine que vous êtes au courant, je suis entraîneur assistant de l'équipe féminine de football. J'ai rencontré Katie en entraînant les secondes lors de ma première année à Portland. Pour son âge, c'était une des meilleures joueuses que j'avais vues. Petite, mais rapide. Très habile. Si ce n'était pas arrivé, elle aurait eu une bonne chance de passer en pro cette année. Il y avait déjà des écoles de division I qui s'intéressaient à elle, alors qu'elle joue encore en cadet. *Jouait* en cadet, se corrigea-t-il.

— Vous avez joué à l'université du Vermont ? demanda Maggie.

— Ouais. Trois ans dans l'équipe de la fac. En équipe seconde, la plupart du temps. Je n'étais pas mauvais, mais rien d'exceptionnel.

— Katie était-elle appréciée des autres joueuses ?

— Je crois, oui. Elle ne se comportait jamais comme une star. Elle était très aimable. Jolie fille. Beau sourire. Elle avait toujours l'air joyeuse. Sauf sur le terrain. Là, elle devenait totalement différente.

— Comment ça ? demanda McCabe.

— C'était une joueuse agressive, une gagnante, qui ne supportait pas de perdre. Elle cherchait toujours à se dépasser, plus que les autres joueuses – et plus que ce que lui demandaient ses entraîneurs. Comme si elle essayait de se prouver quelque chose. Vous savez, j'ai encore du mal à croire qu'elle soit morte. Bordel, qui a bien pu commettre un truc pareil ?

— Quelqu'un de mauvais, dit McCabe.

Il se tut et observa Kenney en laissant le silence s'installer pour voir s'il provoquait une réaction. Mais Kenney se contentait de siroter sa bière, regardant tour à tour les deux inspecteurs dans l'attente de la prochaine question. Finalement, McCabe demanda :

— Avez-vous déjà vu quelqu'un traîner pendant les entraînements ? Un homme ? Quelqu'un qui vous aurait semblé suspect ?

— Vous savez, quand elle a disparu, j'y ai réfléchi. De temps en temps, on a la visite de chasseurs de talents qui recrutent pour des équipes universitaires. La plupart nous sont familiers, mais il y en a eu quelques-uns cette année que je ne connaissais pas.

— Y en a-t-il un qui semblait s'intéresser spécialement à Katie ? Suffisamment en tout cas pour l'aborder, lui parler ? demanda Maggie.

— Bien sûr. Ils voulaient tous parler à Katie. Lui vendre leur fac. Comme je vous l'ai dit, c'était de loin notre meilleure joueuse, même si elle n'était que cadet.

— Et vous, vous leur parliez d'habitude ? demanda Maggie.

— Ils sont censés nous informer de leurs démarches. Mais parfois, ils ne le font pas. Maintenant que vous en parlez, un jour, après l'entraînement, la semaine de sa disparition, j'ai vu Katie parler à un type que je n'ai pas reconnu.

— Qu'avait-il de particulier ?

— Juste qu'elle semblait très excitée. Elle hochait la tête et souriait beaucoup. Après le départ du type, je lui ai demandé qui c'était. Elle m'a répondu qu'il était recruteur pour une fac du Sud. Ça m'a un peu surpris. Nos joueuses – même les bonnes comme Katie – n'intéressent en général pas beaucoup en dehors de la Nouvelle-Angleterre. Elle ne m'a pas dit comment il s'appelait.

— Vous vous souvenez quelle université il représentait ?

— Ouais, fit Kenney, pensif. J'essaie de me rappeler ce qu'elle a dit. L'université de Floride-Sud... ou Floride-Ouest...

De nouveau la Floride.

— Vous pouvez nous décrire cet homme ? demanda McCabe.

— Je ne l'ai pas bien regardé. Je ne l'ai vu presque que de dos.

— Et sa taille ?

— Grand. Je dirais au moins un mètre quatre-vingt-cinq. Une carrure d'athlète. Baraqué, les épaules larges.

— Les cheveux ?

— Eh bien, il en avait. Pas comme moi, ajouta Kenney en leur souriant. Noirs, je dirais. Il portait une casquette, alors c'est dur d'être plus précis. Ses cheveux étaient coupés à ras sur la nuque. Très classique. Ils ont discuté un petit moment, ensuite il est retourné à sa voiture et il est parti.

— Quel genre de voiture ?

— Alors ça...

Kenney se tut un instant, puis cela lui revint.

— Un 4 x 4. Le genre cher.

— La couleur ?

— Foncée. Vert, je crois.

— Vous avez vu les plaques ?

— Je ne les ai même pas aperçues.

— Comment était-il habillé ?

Kenney ferma les yeux, comme s'il essayait de revivre la scène en esprit.

— Des bottes de cow-boy, finit-il par dire, des bottes style western noires. Il n'y a pas beaucoup de gens qui en portent dans le Maine. Un jean, je crois. Un polo noir à manches longues. Une casquette de base-ball.

McCabe avait du mal à imaginer Spencer avec des bottes de cow-boy, et il n'était pas large d'épaules.

— Y a-t-il un autre détail qui vous revient ?

— Juste que j'ai dit à Katie de ne plus parler à des recruteurs, surtout des hommes, sans qu'un de ses entraîneurs soit au courant. Ce n'était pas très malin, d'ailleurs.

— Comment a-t-elle réagi ?

— Elle a levé les yeux au ciel, ou tout comme. Les gosses pensent toujours qu'il ne peut rien leur arriver de mal.

— Savez-vous si le lycée a prévu quelque chose suite à l'annonce de sa mort ? demanda Maggie.

— Pas encore. À mon avis, le proviseur va décréter un jour de deuil pour permettre aux élèves qui le souhaitent d'assister au service funéraire prévu par la famille. C'est ce que je ferais.

— Quand avez-vous vu Katie pour la dernière fois ?

— Le jour où elle a disparu. Le mercredi d'il y a quinze jours. À l'entraînement.

La réponse semblait assez sincère. Sans le témoignage d'Annie Rafferty, McCabe aurait pu croire qu'il était sincère. Bien sûr, il savait aussi que Rafferty avait très bien pu tout inventer.

Une vieille femme fatiguée, peut-être assoupie, à la fenêtre de sa chambre ? Aucun avocat un peu compétent ne laisserait passer cela : il suggérerait aussitôt que Rafferty était endormie et avait rêvé la scène. Même si la vieille dame était bien réveillée et disait la vérité, comment allaient-ils prouver que la fille qu'elle avait vue sur le porche de la maison de Kenney était Katie ? McCabe devait creuser plus avant. Pousser Kenney lui-même à leur fournir des éléments pour corroborer leur version.

— Vous enseignez la biologie ? demanda-t-il.

— Oui, en première et terminale. Mais je n'ai jamais eu Katie dans ma classe.

Il parlait en se dirigeant vers la cuisine.

Lorsqu'il revint avec une autre bière, Maggie dit :

— J'imagine que vous avez pratiqué pas mal de dissections ?

Kenney lui lança un regard étonné.

— Des dissections ? Bien sûr. Des grenouilles par milliers. Parfois des fœtus de cochon. Parfois des animaux un peu plus gros. Pourquoi ?

McCabe voulait voir ce qui arriverait s'il lui mettait un peu la pression.

— Assez habile avec un scalpel, alors ? demanda-t-il.

Si Kenney était le tueur, la question pouvait l'ébranler, peut-être lui laisser penser qu'ils étaient après lui.

— Mais de quoi vous me parlez, là ? demanda Kenney.

— Vous voulez peut-être nous le dire, Tobin ? fit McCabe.

— Whoo. Attendez une minute. Ne nous emballons pas. Vous êtes en train de me dire que je suis suspect ?

— Suspect ? Personne n'a encore parlé de suspect, dit Maggie. On est juste en train de discuter. On vérifie les alibis des gens qui connaissaient Katie. Ceux en qui elle avait confiance.

— Je suis mis en examen, ou un truc du genre ?

— Allons, Tobin, détendez-vous, dit Maggie d'une voix apaisante. Comme je vous l'ai dit, c'est juste un entretien, une petite discussion. C'est tout.

— Alors peut-être pouvez-vous nous dire ce qui s'est vraiment passé cette nuit-là, dit McCabe, prenant le relais.

— Quelle nuit ? demanda Kenney qui paraissait inquiet, sur la défensive.

— Eh bien la nuit où Katie a disparu, bien sûr.

Les yeux de Kenney passèrent d'un inspecteur à l'autre. Il garda le silence. McCabe se dit qu'il envisageait sans doute de prendre un conseil juridique, ce qui mettrait un terme immédiat à l'interrogatoire. Mais, s'il était innocent, il continuerait à leur parler, juste pour le leur prouver.

— Vous avez une petite amie, Tobin ?

— Non... si. Enfin, pas vraiment. Il y a cette femme que je vois de temps en temps, dit Tobin. Mais je ne vois pas le rapport avec tout ça.

— Vous étiez avec elle cette nuit-là ?

— La nuit où Katie a été tuée ?

— Non. Pas la nuit où on l'a tuée, dit McCabe qui se pencha vers Kenney, forçant le jeune homme à lever les yeux vers lui. On parlera de cette nuit-là après.

Il parlait doucement, calmement, d'ami à ami. Conscient de la présence du magnétophone et de sa petite lumière verte, il ne laissait passer aucune tonalité menaçante dans sa voix. Toute la menace était concentrée dans son regard qu'il pointait sur Kenney.

— Pourquoi ne pas juste nous parler de la nuit où elle a disparu ? Où vous étiez. Ce que vous faisiez.

Évitant le regard de McCabe, Kenney repoussa sa chaise de quelques centimètres et détourna les yeux vers le bateau dans la cour.

— Mon Dieu, je n'en sais rien. (Un silence.) Laissez-moi réfléchir. Non. Attendez. (Un silence.) Je me souviens de ce que je faisais. Oui, c'est ça, dit Kenney. Je suis allé au cinéma, ce soir-là.

— Au cinéma ? demanda Maggie, avec juste ce qu'il fallait d'incrédulité dans la voix.

— Oui. Au cinéma.

— Seul ?

— Oui. Seul… mais je peux prouver que j'y étais. Je suis tombé sur des gens que je connaissais. Une autre prof du lycée, Ellen Bodine, et son mari. Je dois sans doute encore avoir le ticket quelque part.

Kenney semblait soulagé par sa réponse, comme s'il venait de résoudre un problème ardu et que tout allait désormais s'arranger.

— Vous avez vu quoi ? demanda McCabe.

— Comme film ? *De l'ombre à la lumière*, répondit-il sans trace d'hésitation.

— Et vous avez aimé ? demanda Maggie. Tout le monde dit que c'est super.

Le décalage de la question désarçonna Kenney, ce qui était l'objectif de Maggie, comme le savait McCabe.

— Russell Crowe joue bien ? poursuivit Maggie. Et Renee Zellweger ?

— Ouais. C'est bien, dit Kenney. Ils sont bons.

Ses yeux passaient d'un policier à l'autre.

— À quelle heure était la séance ? demanda McCabe.

— Je ne sais plus. Ça a dû commencer vers 19 heures, 19 h 15.

— Alors ça s'est fini vers 21 heures ?

— Oui, par là.

Une goutte de sueur coula sur un des verres de lunettes de Kenney. Il les ôta, tira sur un pan sec de son tee-shirt et les essuya.

— Et qu'avez-vous fait ensuite ? demanda Maggie.

— Je suis rentré chez moi. J'ai mangé un morceau. J'avais acheté une pizza chez Torrelli's, sur India Street. J'ai corrigé des copies pendant un moment.

— Toujours seul, pendant tout ce temps ?

— Oui, bien sûr.

— Et après ? demanda McCabe.

— Je suis allé me coucher.

— Seul ?

Kenney regarda McCabe, mais ne répondit rien.

— Vous êtes allé vous coucher seul ? insista McCabe.

— Oui, seul.

McCabe décida alors de tenter sa chance. Si Kenney décidait de se taire et d'appeler un avocat, alors tant pis.

—Vous savez, Tobin. Je n'aime vraiment pas que les gens me racontent des bobards. Je n'aime vraiment… *vraiment* pas ça.

Kenney soutint son regard.

—Je ne raconte de bobards à personne.

—Moi, je crois que si. Et vous savez quoi ? Je pense que je peux le prouver.

Une lueur de peur passa dans les yeux de Tobin.

—Prouver quoi ? Vous ne pouvez rien prouver.

—Vous n'étiez pas seul ce soir-là, n'est-ce pas, Tobin ? J'ai un témoin qui prétend le contraire. Un témoin qui est prêt à en jurer. Vous avez peut-être commencé par corriger des copies seul, mais un peu plus tard une personne est venue frapper à votre porte. Je me trompe, Tobin ? Et cette personne n'était autre que Katie Dubois ? C'est bien ça, Tobin ?

McCabe répétait le prénom de Kenney avec insistance, en le lui assenant comme un boxeur balancerait de petits directs au visage de son adversaire. C'était une technique qu'il avait apprise depuis un bail. Parfois cela marchait, parfois non.

—Tobin ? Vous m'écoutez, Tobin ?

Kenney gardait le silence. Il était visiblement effrayé. Il ne dit rien pendant une minute. Finalement, il demanda d'une voix faible :

—Quel genre de témoin ?

—Un témoin qui a vu et entendu Katie Dubois sortir de cette maison le soir où elle a disparu. Alors maintenant, vous allez lâcher le morceau et nous raconter ce qui s'est passé, Tobin ?

Kenney restait assis, figé, à l'exception du battement nerveux de ses cils.

— Katie était peut-être un peu bouleversée en arrivant ? dit McCabe, reprenant le feu roulant de ses questions. Elle vous a peut-être raconté que son petit copain la trompait ? Vous vous êtes peut-être dit qu'elle avait besoin d'un peu de réconfort ? C'est ce qui s'est passé, Tobin ? Hé, il n'y a rien de mal à ça. Vous êtes un type sympa, n'est-ce pas, Tobin ? Réconforter les jolies jeunes filles de seize ans, c'est pile dans vos cordes, non ? Un peu de réconfort ? Et après peut-être un petit câlin ?

McCabe abandonna alors son ton badin pour durcir sa voix, qui devint glaciale.

— Qui sait ? Un petit câlin peut très vite se transformer en partie de jambes en l'air. Pas vrai, Tobin ? Ce n'est pas ce qui s'est passé ? Tu l'as baisée, et après tu l'as tuée ?

En pensée, McCabe se représenta Kenney, les bras passés autour de Katie Dubois. Il l'embrassait, ses mains descendant le long de son dos, se glissant sous sa jupe, baissant sa culotte – mais ce n'était déjà plus Katie que Kenney embrassait et caressait. C'était Casey, et il dut fermer les yeux pour chasser cette image de son esprit.

— C'est faux ! s'écria Kenney, d'une voix presque hystérique. Je n'ai pas baisé avec elle ! Je ne l'ai pas tuée ! Ce n'est pas comme ça que ça s'est passé !

Maggie demanda d'une voix douce :

— Ce n'est pas comme ça que *quoi* s'est passé, Tobin ?

— Oh, je parie que tu es un sacré obsédé, hein, Tobin ? dit McCabe, d'une voix calme, le regard lourd de menaces. Le genre de type qui pense avec sa queue plutôt qu'avec sa tête ? Bon, alors maintenant arrête les conneries et dis-nous ce qui s'est vraiment passé ce soir-là.

— Oui. Non, murmura Kenney, sa voix réduite à un souffle.

— Regardez-moi, Tobin, dit Maggie, aussi délicate qu'une mère, son visage tout près du sien. Si vous nous racontez ce qui s'est passé, nous pouvons vous aider. Sinon, on ne pourra rien pour vous.

— Oui, elle est venue, dit Kenney, mais non, non et non, je ne l'ai pas tuée.

— Tu ne l'as pas tuée ?

— Non, je ne l'ai pas tuée. Je ne l'ai pas tuée.

— Tu ne l'as pas tuée ? répéta McCabe, en approchant son visage tout contre le sien. Tu l'as juste baisée, c'est ça ? Tu l'as baisée pour la réconforter ? Tu l'as baisée pour qu'elle se sente mieux après s'être fait cocufier par son copain ? C'est ça qui s'est passé, hein, Tobin ? Hé, Tobin, tu sais aussi bien que moi que baiser une élève de seize ans peut valoir à un prof un sacré tas d'emmerdes. Tu as paniqué ? C'est ça qui s'est passé, hein, Tobin ? Tu l'as baisée et ensuite tu l'as tuée parce que tu as paniqué ?

— Je ne l'ai pas baisée, gémit Kenney d'une voix faible, et je ne l'ai pas tuée non plus.

Il se balançait d'avant en arrière, les bras serrés autour de son torse.

— Alors pourquoi ne pas nous dire exactement ce qui s'est passé, Tobin ? Parce que je te promets qu'on finira par le découvrir, d'une façon ou d'une autre, et quand on le saura, on ne te loupera pas.

— Je ne l'ai pas tuée. Je n'ai tué personne. Je n'ai jamais tué personne. Elle est venue, elle m'a taillé une pipe et après elle est partie, c'est tout ! Seulement une pipe !

McCabe était sur le point de reprendre la parole, mais Maggie attira son attention. Elle lui lança un regard qui signifiait : « Laisse-le souffler. » McCabe acquiesça et se rendit au bout de la véranda. Il s'appuya contre la balustrade en bois et attendit. Kenney se balançait toujours d'avant en arrière, les bras serrés.

Maggie lui adressa la parole en douceur :

— Tobin ? Pourquoi ne pas nous dire simplement ce qui est arrivé ce soir-là ?

Kenney leva les yeux en direction de McCabe.

— Ne faites pas attention à lui, le rassura Maggie. Regardez-moi. Droit dans les yeux. Il ne vous posera plus de questions. Dites-moi juste ce qui s'est passé entre vous et Katie pour qu'on en finisse, qu'on vous laisse tranquille et que vous puissiez aller vous reposer.

L'entraîneur assistant de l'équipe féminine de football resta assis sans rien dire pendant ce qui parut un très long moment. Enfin il se mit à parler, d'une voix blanche, monocorde, dénuée de toute émotion :

— Après le cinéma, j'ai acheté une pizza chez Torrelli's, comme je vous l'ai dit. Je suis rentré à la maison vers 22 heures. J'ai pris une bière dans le frigo et j'ai mangé deux parts de pizza. J'avais un tas de copies à corriger. D'habitude, je les corrige sur le canapé. J'ai posé les copies déjà notées sur la table basse, et celles qui me restaient à lire sur le canapé. C'est comme ça que je m'organise.

« Quelques minutes à peine après que j'ai commencé à travailler, on a sonné à la porte. C'était Katie. Elle m'a demandé si elle pouvait entrer et me parler. Elle avait l'air un peu bizarre, comme si elle venait de pleurer. Comme si elle avait subi un stress. Alors je l'ai invitée à entrer. Je lui ai demandé de quoi il s'agissait. Elle a vu que je buvais de la bière et m'a demandé si elle pouvait en avoir une. Je lui ai dit qu'elle était trop jeune, qu'on pourrait avoir des problèmes tous les deux. Alors elle m'a pris la main et m'a dit : "Allez, monsieur Kenney." Elle m'a vraiment appelé M. Kenney. "S'il vous plaît, je ne le dirai à personne."

« Là, j'aurais dû la mettre sur-le-champ dans ma voiture et la reconduire directement chez elle, mais je ne l'ai pas fait. Je me sentais seul, et une partie de moi voulait qu'elle reste. Alors, comme un idiot, je suis allé lui chercher une bière. Elle en a bu une gorgée, et on s'est assis sur le canapé où je corrigeais les copies. Elle portait cette minijupe ultracourte, qui remontait en laissant voir son entrejambe. Elle m'a demandé si je la trouvais jolie. J'ai dit oui, qu'elle était très jolie. Puis elle m'a demandé si je la trouvais sexy. Je n'ai pas répondu – mais je ne me suis pas levé non plus. Alors elle a enchaîné : "Si j'étais votre petite amie, vous coucheriez dans mon dos avec d'autres filles ?" Je lui ai répondu : "Non, je ne ferais pas ça." Et aussitôt : "Allez, lève-toi, je vais te ramener chez toi."

« Mais elle ne s'est pas levée. Elle s'est allongée en posant sa tête sur mes cuisses. Elle a pris mes mains et les a plaquées sur ses seins, et je me suis dit : "Bon Dieu, qu'est-ce qui m'arrive ?"

« Elle m'a demandé à nouveau si je la trouvais sexy. Mais là, je bandais comme un malade, et je savais qu'elle le sentait parce qu'elle avait la tête posée dessus. Bon Dieu, j'avais terriblement envie d'elle, mais je savais que je ne devais pas. Alors je lui ai demandé ce qui s'était passé avec Ronnie Sobel. C'est son petit copain. Elle a répliqué que Ronnie était un enfoiré, qu'elle se foutait complètement de lui, et m'a redemandé si je la trouvais sexy. J'ai dit que oui, elle était sexy, mais que j'étais professeur, qu'elle était une élève, et qu'on ne devrait même pas avoir de telles conversations ; mais à ce moment-là elle s'est retournée sur le ventre et quand j'ai baissé les yeux elle ouvrait ma braguette...

« Écoutez, Margaret, c'est bien votre prénom ? Je sais que je dois avoir l'air d'un salaud. Votre collègue, là, pense que je suis pire encore. Il a peut-être raison. J'ai vingt-six ans et elle en avait seize. Pire encore, je suis son entraîneur, donc son professeur, et elle était là en train d'ouvrir ma braguette. J'avais cette terrible érection, j'étais sur le point d'exploser. Alors elle m'a pris dans sa bouche et boum ! En quoi ? Dix secondes, pas plus, c'était fini. J'en ai mis partout, sur son visage, sur mon pantalon et sur le canapé, et, croyez-le ou non, Margaret, je me suis senti comme le type le plus minable de la Terre. Et vous voulez tout savoir ? C'est encore ce que je ressens. Mais je ne l'ai pas baisée et je ne l'ai pas tuée.

Kenney se tut et resta assis sans bouger, le regard dans le vague.

— Que s'est-il passé ensuite ? demanda Maggie.

Kenney la regarda.

— Elle est partie.

— Juste comme ça ?

— Non. Après ça, je me suis dit : "Merde, qu'est-ce que j'ai fait ?" Je me suis levé et je lui ai donné une serviette pour qu'elle se nettoie. Et je lui ai dit de monter dans ma voiture, que j'allais la ramener chez elle. Elle a dit qu'elle voulait passer la nuit ici. Je lui ai dit que c'était impossible. Alors elle s'est énervée, et on s'est disputés un moment à ce sujet. Et puis elle est sortie en claquant la porte et elle est restée devant chez moi, à me crier dessus que j'étais un pauvre minable. Qu'elle venait juste de me tailler une pipe d'enfer, et que je n'étais même pas foutu de l'accueillir une nuit chez moi. Elle m'a traité de tous les noms, puis elle m'a dit d'aller me faire foutre.

« Et elle est partie, conclut Kenney en levant les yeux. Juste comme ça, elle n'était plus là. Elle a disparu dans la nuit, c'est la stricte vérité. Je ne l'ai pas tuée et je ne l'ai pas baisée. Ça ressemble peut-être à du Bill Clinton – "Je n'ai pas fait l'amour à cette femme" – mais c'est la vérité. »

— Pourquoi n'êtes-vous pas venu nous trouver quand on a signalé sa disparition ? demanda Maggie.

— J'ai dû décrocher ce putain de téléphone une bonne centaine de fois, mais impossible d'aller plus loin. Je savais que ça me coûterait mon boulot, et puis j'imagine que je me suis convaincu qu'elle avait juste fugué, qu'elle finirait par rentrer chez elle. C'était assez stupide, je vous l'accorde, mais qui aurait pu prévoir qu'elle allait disparaître dans la nature et se faire tuer ? Si je l'avais juste forcée à monter dans ma voiture pour la ramener chez elle, rien de tout ça ne lui serait arrivé.

Maggie crut à sa version. Et, en dépit de sa colère, McCabe également.

— On va m'arrêter ? Agression sexuelle sur mineure ?

— Vous avez fait une énorme connerie, Tobin, dit McCabe. Dans le Maine, toute relation sexuelle entre un professeur et un élève de moins de dix-huit ans est un crime. Peu importe qui l'a provoquée. Si vous coopérez à fond, que vous faites acte de contrition, la justice vous laissera peut-être dehors avec une peine de sursis. Peut-être pas. Dans tous les cas, vous feriez mieux de commencer à vous chercher une autre activité. Une autre vie. Car vous ne travaillerez plus jamais avec des mineurs. Plus jamais.

Plus tard, dans la voiture, avant de démarrer, McCabe resta assis à réfléchir.

— Pourquoi a-t-il tout déballé, à ton avis ? demanda-t-il à Maggie. Il aurait été plus facile pour lui de nier en bloc toute l'histoire.

— La culpabilité.

— Tu crois ?

— Certaine. Lui-même n'est qu'un gamin. Et il n'est sans doute pas mauvais. Il se sentait déjà coupable pour la fellation. Alors quand on a retrouvé Katie morte, ça n'a pu qu'empirer. Tu l'as entendu. Il s'adressait des reproches. Il fallait qu'il se confie à quelqu'un. Alors il a avoué. Mais le problème reste entier : qu'est-ce qu'on fait maintenant ?

— Je ne sais pas. On essaie de mettre la main sur un type de Floride avec des bottes de cow-boy et un 4 x 4 de luxe. S'il vient vraiment de Floride. Je vais voir si Cahill peut effectuer une recherche croisée docteur et 4 x 4 là-bas. On devrait aussi envoyer des gars réinterroger les filles de l'équipe de foot. Au cas où l'une d'entre elles se souviendrait de lui. Peut-être a-t-il parlé à d'autres gamines. Ou peut-être certaines d'entre elles l'ont-elles vu parler à Katie.

15

Dimanche, 18 heures

Sur une impulsion, McCabe prit le volant de la Bird pour se rendre dans le West Side. Il faisait encore clair, et un dimanche, en fin d'après-midi, moins de dix minutes suffisaient pour traverser la ville de bout en bout. Parcourir la même distance à New York lui aurait pris une heure. Il conduisit vers l'ouest sur Spring Street, longea Mercy, le plus petit hôpital de Portland, sur sa droite, ralentit en passant devant le 24 Trinity Street, puis tourna au carrefour suivant. McCabe gara la Bird à un endroit où elle ne serait pas visible, puis revint sur ses pas. La maison de Philip et Harriet Spencer était une grande propriété entourée par une grille de fer forgé très bien entretenue, sans la moindre trace de rouille.

Un simple coup d'œil à la maison et au terrain lui apprit que, si Spencer était impliqué d'une manière ou d'une autre dans le meurtre de Katie Dubois, l'argent n'était pas le mobile. La demeure elle-même était une bâtisse de brique rouge centenaire de style géorgien, avec un toit de tuiles et des volets noirs. Élégante et de proportions classiques, elle avait été bâtie par un architecte peu innovateur, mais au goût sûr. La porte d'entrée en chêne massif était polie, d'un brun lustré. Elle semblait capable de décourager les efforts de n'importe quel visiteur importun, à moins qu'il ne soit équipé d'un bélier.

McCabe actionna la sonnette dont le carillon résonna à l'intérieur. Il n'avait pas prévu cette visite et se surprit à espérer que Spencer ne soit pas chez lui. Il voulait parler à la femme du chirurgien. À défaut, espérait-il, il se ferait au moins une idée de son train de vie. En attendant, le regard de McCabe se reporta sur le terrain luxuriant.

Chaque parcelle de ce jardin soigné, presque secret, avait été méticuleusement conçue et plantée. Même en ce frais après-midi de la fin septembre, les parterres de plantes vivaces formaient une parade de couleurs estivales. Des massifs de marguerites rivalisaient avec des asters, roses trémières, digitales et autres échinacées pourpres. Les noms des plantes et des fleurs lui rappelèrent un autre dimanche passé à parcourir en compagnie de Casey les allées du jardin botanique de New York, dans le Bronx. Même les noms latins restaient gravés à jamais dans sa mémoire. McCabe sonna à nouveau. Toujours pas de réponse.

Il se dirigea sur la gauche de la porte d'entrée. Là, deux grandes fenêtres étaient ouvertes, sans doute pour aérer la pièce grâce aux courants d'air frais de ce début de soirée, laissant penser que quelqu'un était bien présent. McCabe jeta un coup d'œil dans la pièce. Elle était meublée comme une bibliothèque informelle ou un salon. À l'intérieur, près de la fenêtre, le supplément dominical du *New York Times* traînait sur une petite desserte en merisier, ouvert à la page des mots croisés à moitié complétés au stylo. Des bibliothèques encastrées recouvraient les deux murs opposés. Plissant les yeux, McCabe déchiffra quelques-uns des titres de livres. Sur la gauche, de la fiction récente, des mémoires, des livres de jardinage dont les jaquettes brillantes conféraient une touche de couleur vive à la pièce à dominante brune. Les étagères de droite présentaient un plus sombre aspect, des livres aux couvertures sobres et académiques, grises ou vertes. McCabe ne parvenait pas à lire les titres, mais supposa qu'il s'agissait d'ouvrages médicaux. Les livres de Philip. Philip, la superstar de la chirurgie. L'homme qui gravissait des montagnes et greffait des cœurs. Pour se mettre à l'épreuve. Pour voir jusqu'où il pouvait repousser ses limites. *Quand j'extrais un cœur, je le tiens parfois dans ma main pendant une minute ou deux, sachant qu'il va redonner la vie à un patient mourant. C'est une sensation extraordinaire.*

Toujours pas de réponse à la porte. McCabe abandonna et fit le tour de la maison par la droite. Une Porsche Boxster noire était garée dans l'allée de gravier blanc et rose. Un coffre minuscule. Impossible de transporter un corps là-dedans, pas même un corps menu comme celui de Katie. Au-delà de la Porsche, à l'arrière de la maison, il découvrit un bâtiment distinct de grande taille, sans doute une ancienne remise à carrioles qui devait aujourd'hui servir de garage. Chacune des deux vastes portes coulissantes comportait une rangée de vitres.

Il s'avança derrière la maison. Il examina les alentours, ne vit personne et décida d'aller jeter un coup d'œil dans le bâtiment. Les fenêtres étaient un peu plus hautes et crasseuses qu'il l'avait d'abord pensé. Il dut se dresser sur la pointe des pieds et mettre ses mains en visière pour bloquer la réflexion de la lumière. L'intérieur était étonnamment sombre. Et assez vaste pour y ranger trois voitures, mais il ne vit qu'un véhicule. Un 4 x 4 Lexus. De 2002 ? 2003 ? Impossible à dire, ni de distinguer sa couleur d'ailleurs.

— Que cherchez-vous ?

McCabe se détourna de la fenêtre. Une femme blonde, grande et dégingandée, une paire d'énormes cisailles à la main, le regardait. Elle semblait prête à s'en servir. Le *Press Herald* adorerait ça. UN INSPECTEUR DE LA POLICE DE PORTLAND TAILLADÉ À MORT PAR UNE FEMME AU FOYER IRASCIBLE. Même dans son sweat-shirt trop large et son vieux jean de jardinage, c'était le genre de femme dont la diction comme l'attitude dénotaient la vieille famille fortunée.

— Vous êtes Harriet Spencer ? demanda-t-il.

— C'est moi. Qui êtes-vous, et que cherchez-vous dans mon garage ?

McCabe brandit son insigne.

—Inspecteur principal Michael McCabe. Nous nous sommes parlé brièvement au téléphone hier, et en fait c'est vous que je cherchais.

—Dans le garage ?

—Eh bien, j'ai sonné à la porte d'entrée, mais personne n'a répondu. Alors j'ai pensé que vous pourriez être là.

—En temps normal, je traîne rarement dans le garage, inspecteur.

—Je n'en doute pas, madame Spencer. Je m'apprêtais aussi à faire le tour de la propriété.

—Bon, maintenant que vous m'avez trouvée, que puis-je pour vous ?

—Je me demandais si vous accepteriez de répondre à quelques questions.

—Si c'est au sujet de ce meurtre, je ne vois pas très bien comment je pourrais vous aider. Est-ce que mon mari vous a rappelé ?

—Oui. Nous nous sommes parlé hier après-midi. Pourrait-on aller à l'intérieur ? Ça ne devrait pas prendre plus de quelques minutes.

Harriet Spencer réfléchit un petit moment, avant de convier McCabe à la suivre par une porte arrière de la maison qui menait directement du jardin à la cuisine. Elle l'invita à s'asseoir à une table campagnarde de chêne rouge.

—Voulez-vous du café, ou une boisson fraîche ?

—Seulement si vous en prenez, dit-il.

—C'est le cas. Si je vous ai remarqué près du garage, c'est justement parce que je rentrais me préparer un café.

Pendant qu'elle dosait le café et l'eau, il examina la vaste cuisine. S'il s'était attendu à une décoration sortie de l'*Architectural Digest,* il aurait été cruellement déçu. Ici, pas de réfrigérateur de marque Sub-Zero ni de cuisinière Viking. Les appareils ménagers et le décor étaient simples et fonctionnels, les placards en bois à l'ancienne, peints en blanc et vitrés. Une ouverture sur un côté donnait sur un office. McCabe supposa que la cuisine n'avait pas été refaite depuis les années qui avaient suivi la Seconde Guerre mondiale. Les Spencer, semblait-il, n'étaient pas le genre de personnes qui envisageaient la cuisine comme un sport de compétition. Seuls les nouveaux riches jouaient à ces jeux. Mme Spencer tendit à McCabe une grande tasse et une cuiller. Elle posa un petit pot de lait et du sucre sur la table, puis s'assit.

— Je suis une personne réservée, inspecteur, alors je vous préviens tout de suite, je peux très bien décider de ne pas répondre à vos questions.

— C'est tout à fait votre droit, madame Spencer, mais toute information que vous pourriez nous confier pourrait se révéler utile. Combien de voitures possédez-vous, vous et votre mari ?

D'après son expression, ce n'était pas le genre de question à laquelle elle s'attendait.

— Trois. Pourquoi ça vous intéresse ?

— La Porsche dans l'allée ?

— Oui. C'est le joujou de Philip.

— Le Lexus dans le garage ?

— C'est le mien.

— Et la troisième ?

— Philip a une BMW qu'il conduit quand il n'est pas en train de se pavaner avec sa Porsche. Mais je vous repose la question : pourquoi ça vous intéresse ?

— Est-ce qu'il arrive au docteur Spencer de vous emprunter la Lexus ?

— À l'occasion, quand il a besoin de transporter quelque chose.

Comme les dépouilles d'adolescentes mortes ou de joggeuses kidnappées, pensa McCabe.

— Il prend la BMW pour aller au travail ?

— Seulement quand il a un rendez-vous en dehors de l'hôpital ; ou bien s'il pleut. Sinon, il y va à pied.

— Vous rappelez-vous s'il s'est servi du Lexus jeudi ou vendredi dernier ?

— Je ne sais plus. C'est possible. Ah non. En fait, je l'avais prêté à un ami. Du mercredi matin au vendredi. J'ai rendu visite à ma mère à Blue Hill. Elle est assez malade, et j'essaie d'aller la voir aussi souvent que possible. J'ai pris la BMW de Philip. Pour les longs trajets, je la préfère au 4 x 4.

La photographie sur le mur du bureau de Spencer revint à l'esprit de McCabe, et il sut enfin ce qui le turlupinait.

— Connaissez-vous un homme appelé Lucas Kane ? demanda-t-il.

Elle lui lança un regard étrange.

— Comment diable connaissez-vous ce nom ?

— Votre mari l'a mentionné.

— C'est quelqu'un que j'ai connu, il y a très longtemps. Quand j'étais petite. Ses parents avaient une résidence d'été pas très loin de chez nous.

— À Blue Hill ?

— Non, mais tout près.

— Vous l'avez bien connu ?

— Non. Ce sont nos parents qui étaient amis. J'ai perdu Lucas de vue après le lycée. Et puis, huit ans plus tard, il est réapparu dans la classe de Philip, à la fac de médecine. Je les ai présentés et ils sont devenus bons amis. Ils ont fait leur internat de chirurgie ensemble à New York.

— Kane était chirurgien ?

Harriet Spencer scruta le visage de McCabe avant de répondre.

— Non. Lucas n'a jamais exercé. Il a été radié.

— Pourquoi ?

— Vous allez devoir le découvrir par vos propres moyens. Mais c'est votre métier, inspecteur, n'est-ce pas ? Ça ne devrait pas être trop dur.

— Vous considériez Kane comme un ami ?

— Un ami ? fit-elle, esquissant un bref sourire qui n'échappa pas à McCabe. Non, je n'aurais jamais dit ça de Lucas.

— À quand remonte votre dernière rencontre ?

— Je n'ai pas vu Lucas Kane depuis plus de quinze ans.

— Où est-il à présent ?

— Il est mort. Assassiné. En Floride. Je crois qu'il vivait là-bas.

La Floride, de nouveau.

— Êtes-vous allée à ses funérailles ?

— Philip, oui. Moi non, ça ne me disait rien.

— Pourquoi ?

— Je pense que ça ne vous regarde pas, inspecteur.

— Quel ami ?

— Je vous demande pardon ?

— Vous avez dit avoir prêté le Lexus à un ami. La semaine dernière. Quel ami ?

— Bon, d'accord, alors soit vous me dites pourquoi vous posez ces questions, soit j'arrête tout de suite cette conversation, et vous n'aurez plus qu'à vous lever et à sortir de ma maison.

— Madame Spencer, avez-vous déjà entendu parler d'un certain Harry Lime ?

— Non.

McCabe se tut et se concentra sur son souvenir de la photo du Denali. Philip Spencer et Lucas Kane. Qu'y avait-il entre eux ? De l'admiration ? De l'affection ? Non. C'était plus que ça. Pour finir, la question sortit d'elle-même :

— Madame Spencer, votre mari et Lucas Kane étaient-ils amants ?

— C'est fini, inspecteur. Il est temps pour vous de partir. Je n'apprécie pas du tout d'être interrogée comme une vulgaire criminelle. Si vous avez d'autres questions à poser, vous devrez vous adresser à mon avocat.

— L'étaient-ils ? Amants, je veux dire ?

— Sortez.

Harriet Spencer se leva, se dirigea vers la porte de la cuisine et l'ouvrit.

— Sortez immédiatement, dit-elle, et ne revenez pas.

McCabe obéit et quitta la maison. Tout en descendant les deux marches, il regarda le garage et l'idée de s'y faufiler en douce lui traversa l'esprit. Il voulait examiner de plus près le Lexus. Il savait que c'était une idée stupide. Il n'avait pas de mandat et il était fort peu probable que Harriet Spencer l'autorise à effectuer une fouille. Si on le surprenait, tout ce qu'il pourrait découvrir ne serait pas juridiquement recevable.

Pouvait-il obtenir un mandat ? Peut-être. Le Lexus correspondait au véhicule enregistré sur la vidéo de Starbucks. Philip Spencer avait la bonne taille et les compétences nécessaires pour prélever le cœur de Katie Dubois. Harriet Spencer était absente entre le mercredi et le vendredi. Le Lexus était ici. Elle l'avait prêté à un ami, selon ses dires. Et les agissements de Philip Spencer pendant les heures décisives demeuraient inconnus.

— Où étiez-vous jeudi dernier, vers minuit ?

— Chez moi, au lit.

— Votre femme était avec vous ?

— Oui. Il se trouve que nous dormons ensemble.

Un mensonge délibéré. Un chirurgien cardiaque, assez jeune et assez grand, possédant un 4 x 4 Lexus. Était-ce suffisant ? Probablement pas. Tasco et Fraser avaient à peine commencé à éplucher la liste des praticiens propriétaires de 4 x 4 Lexus ou BMW. Sans compter ceux dont les femmes en avaient un. Il y en avait peut-être des douzaines assez jeunes et grands, qui n'avaient pas non plus d'alibi. Et pourtant il voulait que les techniciens de scènes de crime examinent le véhicule des Spencer, à la recherche d'indices de la présence de Katie. Ou de Lucinda. Ou des deux. Il voulait aussi qu'on passe la maison au peigne fin. Il avait l'intuition que cet homme ne lui disait pas tout.

16

Dimanche, 19 heures

Harriet Spencer – Hattie pour ses amis – resta debout devant la porte de la cuisine. À travers le double vitrage, elle observa McCabe descendre les marches, s'arrêter pour regarder le garage, puis effectuer un demi-tour et emprunter l'allée de gravier qui menait vers l'avant de la maison, avant de le perdre de vue. Harriet se précipita dans le couloir sombre qui débouchait sur la salle à manger, la pièce que Philip aimait appeler la salle de réception, où elle se posta à une fenêtre pour épier l'inspecteur qui franchit le portail. L'après-midi ensoleillé touchait à sa fin, et un soleil crépusculaire, très bas à l'ouest, baignait la rue d'une lueur rouge orangé, allongeant les ombres, tandis que l'inspecteur tournait à droite et s'éloignait. Pendant une ou deux minutes, après qu'il eut disparu de son champ de vision, Hattie demeura à la fenêtre à contempler la rue, aussi immobile que possible, respirant à peine, comme si un seul geste, le moindre mouvement, pouvait bouleverser l'ordre des choses. Un ordre qui, une fois bouleversé, serait perdu à jamais.

Finalement, dans l'obscurité croissante, toujours vêtue de sa tenue de jardinage, elle se dirigea vers le placard à boissons en noyer qui se dressait contre le mur opposé. Elle en sortit un grand verre à pied en cristal et une bouteille de Tanqueray. Elle remplit le verre presque à ras bord et quitta la pièce.

Tout en sirotant le gin tiède, Hattie emprunta le large escalier qui s'élevait du hall central en une courbe gracieuse vers le palier du premier étage et les chambres au-delà. Elle marcha jusqu'au bout d'un long couloir, entra dans la grande chambre principale et, sans allumer la lumière, s'assit dans un fauteuil crapaud recouvert de soie rayée près de la fenêtre. Elle remarqua que le lit n'était pas fait. Les draps froissés tassés au bout du lit à baldaquin *king-size*, la mince couverture d'été tombée par terre... Était-ce encore un autre signe du désordre croissant ? Cela en valait-il la peine ? Tous ces mensonges ? Ces secrets ? Oui, se dit-elle, cela en valait la peine. Hattie sirota son gin et regarda par la fenêtre. Une mouche bourdonnait au plafond. Une voiture passa dans la rue en dessous. La chambre s'obscurcissait.

L'idée que ses sentiments pour Philip aient pu un jour s'apparenter à de l'amour lui semblait désormais lointaine, étrangère. Elle se remémora leur rencontre, en dernière année à Brown, dans une salle de lecture de la bibliothèque Rockefeller. Ils s'étaient assis l'un en face de l'autre trois soirs d'affilée avant qu'il lui demande si elle accepterait de prendre un café avec lui. Un jeune homme tellement sérieux. Un beau garçon, plongé dans ses études avec intensité, toujours en train d'analyser, de disséquer. Très intelligent. Très arrogant aussi, mais sans que cela nuise à son charme.

Des scènes de leurs noces, tel un vieux film en Super-8 saccadé et rayé, défilèrent dans l'esprit de Hattie. Le grand mariage sur la pelouse du pavillon de Blue Hill. Des amies de Brown et de l'école Dana

Hall dans leurs pimpantes robes d'été. Le visage de Philip en très gros plan, souriant et attentif. Un baiser. Un toast. Un bouquet qui volait dans les airs. Philip complètement ivre roulant comme un fou sur les petits chemins de campagne tortueux au volant de cette incroyable voiture. La Lotus jaune, empruntée à son oncle Bish, le riche et insouciant frère cadet de sa mère.

Avance rapide : deux ans plus tard, dans leur minuscule deux-pièces de Back Bay, meublé grâce au magasin de l'Armée du Salut de Southie ainsi qu'à leurs expéditions nocturnes dans les rues de Beacon Hill où ils récupéraient des encombrants déposés aux carrefours.

La scène se fondit en une autre, à l'éclairage plus doux. Hattie les revoit, tous les deux nus debout à côté du lit. Elle se moque de Philip qui, pour une fois, s'amuse en mimant le comte Dracula venu lui sucer le sang. Elle lui échappe et se retourne pour replier le couvre-lit jaune, un cadeau de sa mère, afin d'éviter qu'il soit taché. Philip finit par l'agripper. Ils s'affalent ensemble sur les draps, mus par l'hilarité autant que le désir, et font l'amour. D'abord une fois, puis une autre. Philip lui faisait bien *l'amour* à l'époque, non ? Il ne se contentait pas d'éjaculer en elle ?

Nouvelle avance rapide : trois ans plus tard, à la fête de remise des diplômes. Le même petit appartement bondé où se pressaient les amis de la fac de médecine de Philip, le vin et la bière coulant à flots. On fumait un peu d'herbe aussi. Ils célébraient la fin de quatre années d'études éreintantes et l'obtention de leur diplôme. Lucas était là. Tard dans la soirée, lorsqu'ils étaient tous éméchés, Lucas la poussa dans un coin et l'embrassa, sa langue forçant sa bouche. Elle était mariée. Il s'en fichait. Il pensait toujours que tout lui était dû. Même les épouses de ses amis. Même la femme de son meilleur ami. Le séduisant et talentueux Lucas. Tout le monde s'accordait à dire qu'il était brillantissime, destiné à un grand avenir. Déjà, à cette époque, il abusait des drogues, des gens aussi. Lui ne se contentait pas de fumer un joint de temps en temps, comme ils se le permettaient tous. Non, Lucas était beaucoup plus aventureux, beaucoup plus inventif. Il repoussait sans cesse les limites. En sa compagnie, on avait constamment l'impression qu'un événement allait se produire. C'était ce qui avait attiré Philip chez lui. Et c'est aussi ce qui avait attiré Hattie. L'irruption de Lucas dans leur existence avait été à la fois un début et une fin. Cela les avait changés tous les deux.

Après la fac de Tufts, Lucas et Philip, auxquels se joignirent DeWitt Holland et Matthew Wilcox, déposèrent leur candidature et furent acceptés en internat à l'hôpital Bellevue de New York. Quatre amis, la société Asclépios, réunis pour quatre années de plus. Philip et elle eurent de la veine et se virent octroyer un appartement à loyer réduit réservé aux internes mariés dans l'un des gratte-ciel de la NYU, juste au sud de Washington Square. Lucas habitait plus loin, dans l'East Side, une de ces artères baptisées d'une lettre au lieu d'un chiffre, l'avenue A ou l'avenue B – elle n'arrivait pas à se rappeler laquelle. La zone avait déjà entamé sa lente transformation de quartier pauvre en enclave bobo.

Ce furent des années de solitude. Philip passait la plupart de son temps à l'hôpital, travaillant jusqu'à l'épuisement et dormant quelques heures à peine avant d'y retourner. Lorsqu'il n'était pas de garde, il passait le plus clair de son temps avec Lucas. Tous deux fumant de la dope dans le petit studio malpropre de Lucas, au quatrième étage sans ascenseur. Elle se demanda combien de patients ils avaient ouverts, ces jeunes chirurgiens brillants, tous deux défoncés, alors qu'ils n'auraient pas dû avoir le droit d'opérer. Elle se demanda combien ils en avaient peut-être tué.

De son fauteuil, Hattie vit un couple de cardinaux sur une branche du grand érable juste devant leur chambre, à peine éclairés par les dernières lueurs du soleil couchant. Le mâle lissait son plumage rougeoyant. La femelle, d'un brun terne, picorait tranquillement de son côté, à la recherche d'insectes. Hattie n'en avait jamais vu aussi tard dans la journée. Ils finirent par s'envoler.

Elle se souvint de sa dernière rencontre avec Lucas à New York, avant qu'il s'en aille. Il y avait plus de quinze ans, au cours de l'hiver 1989, la ville était âpre et glaciale, recouverte d'une couche de neige boueuse. Le restaurant où ils s'étaient donné rendez-vous venait tout juste d'ouvrir – un de ces dizaines de bars à sushis qui poussaient comme des champignons dans l'East Village. Hattie était arrivée la première, sortant tout droit du bureau, et était parvenue à annexer une table de quatre. L'endroit était bondé et, parce qu'elle se sentait embarrassée de faire patienter les serveurs en attendant les autres, elle avait descendu deux grands gin-tonic. Enfin,

Philip et Lucas avaient débarqué en titubant et en riant bruyamment. Lucas avait amené un nouvel ami. Un garçon avec un prénom hispanique, Carlos ou Eduardo, elle ne savait plus. Il était danseur de corps de ballet dans l'une des compagnies de danse les plus réputées du pays – la compagnie Joffrey, d'après son souvenir. Il avait une magnifique peau brune, exactement de la même couleur que le canapé en cuir du bureau de son père. Elle finit son deuxième gin et ils commandèrent du saké. Le saké était tiède et délicieux, il descendait tout seul, aussi en réclamèrent-ils encore. Lucas frimait pour la galerie, commandant et engloutissant des morceaux de sushi ésotériques qui n'apparaissaient même pas sur le menu. Des trucs à l'aspect dégoûtant, pensa alors Hattie, guère plus appétissants selon elle que des sangsues ou des limaces – et Philip était là, feignant d'apprécier chaque bouchée, alors qu'elle était sûre qu'il détestait ça encore plus qu'elle.

Ensuite, ils s'étaient tous rendus à l'appartement de Lucas. Elle se rappelait avoir grimpé les quatre escaliers raides et étroits. Les couloirs empestaient les poubelles et la pourriture. Arrivés en haut, ils déboulèrent dans le studio, une pièce minuscule, recouverte d'une vilaine moquette marron sale et dont le plâtre des murs s'écaillait. Un énorme lit *king-size* dominait la pièce. Hattie se demanda comment ils avaient bien pu se débrouiller pour monter un monstre pareil jusqu'ici. Deux petites fenêtres crasseuses donnaient sur un puits d'aération. À part le lit, l'ameublement se réduisait à un fauteuil tapissé de vinyle vert élimé, une petite table de nuit et deux lampes. Le faible éclairage provenait pour l'essentiel d'une lampe de plafond.

— Attention ! s'exclama Lucas, visiblement saoul, en plongeant sur le matelas, agrippant au passage Carlos ou Eduardo qui gloussait, de sorte qu'il lui tombe dessus. Prenez garde aux terrains de jeu d'Eton ! Là où la guerre des sexes est souvent déclarée et remportée.

Lucas se mit à embrasser le garçon, mais ce dernier s'écarta.

— Je veux boire un verre, réclama-t-il d'une voix éméchée.

— Pas avant que tu te sois mis à poil, dit Lucas.

Hattie s'adossa à la porte pour regarder le garçon se déshabiller. Il avait un beau corps de danseur, musclé et élancé. Il prit la pose pour Lucas.

— Et maintenant, je peux avoir mon verre ? demanda-t-il d'un air aguicheur.

C'était le premier homme de couleur qu'elle voyait nu. Son pénis était très sombre, non circoncis. Elle réalisa qu'elle s'attendait à ce qu'il soit énorme, mais ce n'était pas le cas – il était juste un peu plus grand que celui de Philip. Malgré cela, la vue de ce corps l'excita d'une manière inédite.

Lucas se leva et ouvrit une paire de battants à claire-voie, révélant une minuscule cuisine à quelques dizaines de centimètres du lit – plus un placard qu'une kitchenette. Des piles de vaisselle sale s'entassaient dans le petit évier. Il sortit une bouteille de vodka et un verre d'un placard et les tendit au garçon qui s'en versa un peu, s'allongea sur le lit et se mit à boire. Puis Lucas commença à son tour à ôter ses vêtements.

Hattie se dit qu'elle ferait mieux de partir. Malgré tout, elle resta là, le dos contre la porte, regardant Lucas jusqu'à ce que lui aussi se retrouve nu. Elle jeta un coup d'œil à Philip. Il était assis sur le fauteuil de vinyle et l'observait en train de regarder Lucas. Elle sentit la nervosité la gagner. Lucas ouvrit un tiroir de la table de nuit et sortit un joint d'un petit sac en plastique. Il l'alluma, en tira une longue bouffée, se leva, s'avança vers Hattie et le lui tendit. Elle en tira une bouffée, retint la fumée dans ses poumons et le lui rendit. Puis Lucas lui prit la main et la posa sur son sexe. Elle se mit alors à le caresser et il durcit. Elle expira la fumée en disant :

— Je ne savais pas que tu aimais encore les filles, Lucas.

— Avec toi, Hattie, je crois que je pourrais beaucoup aimer ça.

Elle sentit un frisson – ou plutôt un courant électrique – la parcourir.

— Et puis, Philip et moi, on partage tout, ajouta Lucas.

Lucas la dévisageait de son regard extraordinairement pénétrant. Il était grand, comme Philip, mais son visage dégageait plus d'intensité, et son corps était plus musclé.

— Moi y compris ?

— Tout spécialement toi.

— Tu as déjà baisé avec Philip ? demanda-t-elle.

— Bien sûr, dit-il. Plein de fois, et ce n'est pas fini. Nous avons ça en commun, toi et moi.

Elle tourna de nouveau les yeux vers Philip. Il y prenait du plaisir. Tout ça l'excitait, le salaud.

— Tu vas te déshabiller, toi aussi? l'interrogea-t-elle.

— Non. Je vais te regarder te déshabiller.

Le garçon sur le lit fit la moue.

— Oh, Lucas, tu es d'un ennui. Tu n'as rien de plus intéressant que de l'herbe? Et pourquoi tu t'amuses avec cette fille? Tu ne m'aimes pas?

— Mais si, dit Lucas, bien sûr que je t'aime, et j'ai un truc bien meilleur que l'herbe pour toi. Je les ai rapportées tout spécialement de l'hôpital.

— C'est quoi?

— Tu verras, c'est spécial.

— Eh bien, passe-le-moi.

Il tendit au garçon quelques pilules blanches qu'il avait prises dans une petite boîte vert-de-gris sur la table de nuit. Eduardo ou Carlos en avala deux qu'il fit descendre avec de la vodka.

— Philip, tu ne crois pas que tu devrais me ramener à la maison?

Elle était toujours adossée contre la porte, toujours revêtue de sa grosse parka rouge, mais ne faisait pas le geste de partir.

— Oh, je ne crois pas, Hattie.

— Mais je suis ta femme.

— Oui, je sais… et une gentille fille bien élevée de Nouvelle-Angleterre. Mais, tu ne vois pas? C'est ce qui rend tout ça intéressant. Je vais te partager avec mon meilleur ami. Je vais te voir dans une toute nouvelle perspective.

Une nouvelle perspective? Oui. Pourquoi pas une nouvelle perspective? Alors, mue autant par la colère qu'elle sentait monter en elle contre Philip que par l'attirance qu'elle avait toujours ressentie pour Lucas, Hattie ouvrit la fermeture éclair de son blouson.

Philip et Lucas regardèrent tous deux Hattie se déshabiller. Eduardo ou Carlos avait juste l'air de s'ennuyer. Elle ne s'essaya pas à un strip-tease sexy. Elle ôta simplement ses vêtements et les plia soigneusement, les posant sur le sol dans un coin de la pièce. Quand elle fut nue elle aussi, elle marcha jusqu'au bord du lit, se mit à genoux et prit le sexe de Lucas dans sa bouche. Elle le suça jusqu'à ce qu'il bande de nouveau. Elle entendait la respiration bruyante de Philip derrière elle.

Elle leva les yeux vers Lucas.

— Tu as des capotes ? demanda-t-elle. Je ne ferai rien de plus sans capote. Pas avec ton passé.

Sans dire un mot, il sortit un préservatif de la même boîte vert-de-gris dont il avait extrait les pilules.

— La boîte magique de Lucas, dit-elle en souriant.

Elle lui enfila le préservatif, puis Lucas la fit monter sur le lit et mit à son tour la tête entre ses jambes. À petits coups délicats, il fit entrer et ressortir sa langue, comme celle d'un serpent. La respiration de Hattie s'accéléra.

— La langue magique de Lucas, gémit-elle doucement.

Ensuite, elle le fit pénétrer profondément en elle. Alors même qu'elle sentait l'orgasme approcher, elle demeura consciente du regard de Philip sur elle, qui la scrutait, l'explorait, sans détourner les yeux un seul instant. Ses hanches bougeaient comme s'il était lui aussi le réceptacle de ses propres coups de boutoir, comme s'il sentait lui aussi le plaisir monter, descendre, puis remonter à nouveau vers l'orgasme.

Une fois qu'ils eurent joui tous les deux, Hattie resta étendue quelques minutes à penser à ce qu'elle venait de faire et aux motifs de sa conduite. Elle finit par se relever et s'approcha du fauteuil de Philip qui n'avait cessé de l'observer.

De la même voix égale qu'elle avait prise pour annoncer sa décision d'accepter la présidence de la Junior League, l'association féminine bénévole, elle lui dit :

— Philip, je veux que tu saches que c'était, de très loin, la meilleure baise que j'aie jamais connue.

Puis elle se rhabilla et quitta l'appartement – seule.

Elle était partie depuis longtemps déjà lorsque le nommé Eduardo ou Carlos fut pris de convulsions et dut être transporté aux urgences. Lucas, complètement défoncé, se débrouilla on ne sait comment pour porter le garçon, toujours nu et gigotant, l'aider à descendre les quatre volées de marches et le mettre dans un taxi pour Bellevue. À son crédit, elle devait sans doute lui accorder qu'il n'avait jamais dit un mot sur leur présence, à elle et à Philip, dans l'appartement. Ni sur ce qu'ils avaient fait. Le garçon n'était pas mort, mais n'en était pas passé loin. Dans les semaines qui suivirent, il y eut une enquête officielle. Hattie n'en connaissait pas les détails, mais elle savait que, s'il n'y eut pas de procédure légale à son encontre, Lucas fut radié de l'ordre des médecins et perdit le droit d'exercer. Après cet épisode, il disparut de leurs vies. Philip ne reparla plus jamais de lui et n'évoqua plus jamais cette fameuse nuit. Hattie, elle aussi, enterra cette histoire. Elle se dit qu'elle ne reverrait plus jamais Lucas et en fut satisfaite. Puis, quelques années plus tard, Philip lui annonça que Lucas était mort.

Hattie entendit la porte de l'entrée s'ouvrir et se refermer. Philip. Les lumières du rez-de-chaussée s'allumèrent. Elle regarda son verre. Elle avait fini son gin. Elle en voulait un autre, mais n'avait pas envie de voir Philip, or elle savait qu'elle ne pourrait pas l'éviter si elle descendait. À la place, elle posa le verre sur le manteau de la cheminée de la chambre à coucher, ôta sa tenue de jardinage, empila les vêtements dans un coin de son armoire et s'enferma dans la salle de bains. Elle fit couler la douche. Elle contempla son corps nu dans la glace en pied. Toujours mince. Encore attirante. Du moins si l'on occultait la cicatrice là où son sein gauche se trouvait autrefois. L'unique sein restant semblait si petit, si esseulé, si orphelin. Le cancer avait été stoppé quatre ans plus tôt, une mastectomie complète, sur l'insistance de Philip. Elle avait accepté, malgré les recommandations moins draconiennes de son propre médecin. « C'est la voie la plus sûre », lui avait assuré Philip. Philip l'oracle autoproclamé. Philip le mari prévenant. Philip le roi des découpeurs. « Le meilleur moyen d'être certain qu'on a tout enlevé. »

Après l'opération, furieuse contre elle-même et contre Philip, elle avait refusé la chirurgie reconstructive. Après tout, Philip était la seule personne à la voir nue, et il était important pour elle qu'il ne prenne plus jamais de plaisir à contempler son corps. Qu'il n'oublie jamais ce qu'il lui avait fait subir.

Hattie entra sous la douche et laissa l'eau, aussi chaude qu'elle pouvait le supporter, couler sur son corps. Elle se frotta encore et encore avec le luffa jusqu'à ce que sa peau soit à vif. Puis elle se sécha, brossa ses cheveux et revêtit un jean propre et un nouveau sweat-shirt.

Elle descendit au rez-de-chaussée. Philip était assis dans son antre, en train de lire. L'ignorant, Hattie traversa la salle à manger et se versa un autre verre de gin. Puis elle se rendit dans la cuisine pour prendre des glaçons qu'elle fit tomber dans son verre.

—Je prendrais bien un whisky, entendit-elle Philip l'interpeller. Le single malt. Sans glace.

Elle lui prépara son verre et le lui apporta. Elle s'assit dans le petit fauteuil club en cuir en face de lui et but une gorgée de gin. Philip n'interrompit pas sa lecture. Le bruit le plus fort dans la pièce était le tic-tac de la vieille horloge massive en noyer que Hattie avait héritée de son grand-père. Tout en sirotant, elle sentit la tension se relâcher, sensation familière et signal réconfortant que le gin remplissait enfin son office. Elle ramassa le *Times* avec sa grille de mots croisés à moitié complétée, puis le reposa.

—L'inspecteur McCabe est venu ici aujourd'hui, dit-elle.

—Ah bon? Qu'est-ce qu'il voulait?

—J'étais dans le jardin et je l'ai surpris en train d'épier dans le garage. Alors il est entré et m'a posé des questions.

—À quel sujet?

— Principalement, pour savoir qui conduisait quelle voiture. Il m'a aussi interrogée sur Lucas.

— Qu'est-ce que tu lui as dit ?

— Qu'on connaissait Lucas il y a des années. Qu'il était mort. Qu'il avait été assassiné.

Philip resta un moment pensif.

— Ne t'inquiète pas, dit-il. Tout va bien.

17

Depuis combien de temps était-elle ici dans le noir ? Des heures ? Des jours ? Des semaines ? Plus longtemps encore ? Sans aucun moyen de mesurer le passage du temps, Lucinda n'en avait aucune idée. À une ou deux reprises, elle avait essayé de compter. « Mille… Deux mille… Trois mille… » Chaque fois, elle avait abandonné à cinq ou six mille, et oublié pourquoi elle comptait.

Sa gorge était desséchée. La faim lui nouait l'estomac. Elle se rappela avoir lu qu'un être humain pouvait survivre plusieurs semaines sans nourriture, mais seulement trois ou quatre jours sans eau. Elle souffrait d'une soif atroce. Elle avait l'impression d'avoir un gros morceau de fourrure dans sa bouche, à la place de la langue, même si elle ne pensait pas être totalement déshydratée. Même maintenant, elle pouvait encore pleurer. Elle avait senti plus d'une fois des larmes s'échapper de ses paupières et couler sur ses joues. Elle avait tenté d'attraper ses larmes avec sa langue pour humidifier sa bouche, mais n'y était jamais parvenue.

18

Lundi, 8 heures

À cette heure-ci, un lundi matin, Middle Street bourdonnait de travailleurs en route vers leurs différentes ruches. McCabe dut se frayer un chemin à travers un trio d'avocats en costumes rayés, qui occupaient toute la largeur du trottoir. Les avocats et les agents de change étaient pratiquement les seules personnes dans le Maine qui portaient encore des costards au bureau. Une jolie blonde en jean serré, un attaché-case à la main, apparemment en chemin vers le bureau, elle aussi, lui sourit. Un gros labrador brun se dandinait à son côté.

McCabe entra au numéro 109 et grimpa les marches deux à deux. L'endroit débordait déjà d'activité. Tom Tasco le salua avec emphase. McCabe s'arrêta.

— Comment vous vous en sortez, avec les médecins ? demanda-t-il.

— Trois équipes bossent à plein temps dessus. On a parlé à soixante-deux chirurgiens au cours des dernières vingt-quatre heures. On devrait en voir plus aujourd'hui.

— Quelque chose d'intéressant ?

— Pas encore de suspects, mais si un jour tu as besoin d'un quadruple pontage, préviens-moi. J'ai un paquet de contacts.

Maggie était au téléphone, les pieds posés sur son bureau, comme à son habitude. Une note de taille disproportionnée provenant du service de Shockley attendait McCabe sur son bureau. *Le chef veut vous voir. Tout de suite !!! Deirdre.* Il ne lui manquait plus que ça – une autre couche de foutaises de la part du G.O. Il brandit la note devant le visage de Maggie, toujours au téléphone, avec un geste qui signifiait « Tu sais de quoi il s'agit ? ». Elle haussa les épaules et fit non de la tête.

Il se dirigea vers le bureau en coin de Shockley. Quel que soit le problème, autant s'en débarrasser tout de suite. La porte était ouverte. Deirdre lui dit d'entrer directement. Il trouva Shockley en plein mode baratin, le col déboutonné, la cravate défaite. Il débitait son numéro devant une audience toute conquise. Le maire de Portland, Gary Short[1], qui mesurait près d'un mètre quatre-vingt-quinze, et Will Hayley, un pilier du conseil municipal depuis des lustres, étaient tous deux assis sur son grand canapé en cuir. Dans une ville où les maires étaient choisis parmi le conseil sur une base annuelle, Short n'avait pas plus d'influence que Hayley, et Shockley avait plus de pouvoir que chacun d'eux sur les questions de sécurité publique.

— Assieds-toi, Mike, dit Shockley en désignant la chaise devant son bureau. Tu connais Gary et Will ?

McCabe resta debout et salua les deux hommes d'un hochement de tête.

— On s'est rencontrés. C'est quoi, le problème, chef ? J'ai une matinée chargée.

Short et Hayley échangèrent un regard et décidèrent qu'il valait mieux ne pas assister à ce qui

1. *Short* signifie « petit » en anglais. *(N.d.T.)*

s'annonçait comme un savon, supposa McCabe. Ils ramassèrent leurs affaires.

— Vous avez beaucoup de trucs à vous dire, les gars, dit Hayley. On vous laisse.

Le maire ferma la porte derrière les deux hommes.

— J'ai reçu un coup de fil fâcheux ce matin, dit Shockley, du docteur Spencer. Il n'est pas content. Apparemment, sa femme t'a surpris hier en train de fouiner dans leur propriété. Ensuite, selon lui, tu l'aurais interrogée « comme une vulgaire criminelle », je cite, fermez les guillemets.

— Je ne suis pas sûr que « comme une vulgaire criminelle » soit l'expression appropriée, mais oui, j'étais là-bas, et oui, je lui ai parlé. J'ai aussi parlé à Spencer. La veille, à l'hôpital. Et alors ?

— McCabe, Phil Spencer est un des hommes les plus en vue de notre communauté, sans oublier un des meilleurs chirurgiens cardiaques de Nouvelle-Angleterre. Il connaît beaucoup de monde, et il a un tas de relations qui peuvent influer sur ce département. J'apprécierais vraiment que tu n'agisses pas avec lui comme un chien dans un jeu de quilles. Je croyais que tu avais plus de jugeote que ça.

McCabe garda le silence une bonne minute, soupesant sa réponse.

— Est-ce à moi qu'on a confié la direction de l'enquête ?

— Je te demande pardon ?

— Est-ce à moi qu'on a confié cette enquête, oui ou non ? Parce que si la réponse est oui, il y a deux ou trois points qu'on ferait mieux de tirer au clair avant d'aller plus loin.

Shockley jaugea McCabe du regard avec précaution, à la manière dont un cobra jaugerait une mangouste. Personne ne lui parlait de cette manière.

— Et quels seraient ces « deux ou trois points » ?

— Premier point, aussi longtemps que j'ai la charge de cette enquête, j'irai où les faits – et mes intuitions – me mèneront. S'il se trouve qu'ils mènent, je cite, à « un des hommes les plus en vue de notre communauté », fermez les guillemets, il en sera ainsi. Deuxième point, il semble que vous ayez eu une conversation privée avec le docteur Spencer au Pemaquid vendredi soir. Vous avez parlé de ma vie privée et vous avez révélé des informations confidentielles sur l'enquête en cours à un homme qui, étant donné son activité professionnelle, pourrait devenir un suspect. Enfin, pour couronner le tout, il a fallu que vous ouvriez votre grande gueule devant la presse au sujet de l'extraction du cœur de Katie. On était d'accord pour passer ça sous silence. C'est un détail que votre public chéri n'avait pas besoin de savoir.

Tom Shockley se leva, posa les deux mains sur son bureau et se pencha vers McCabe, son visage blafard tournant au rouge écarlate.

— Premièrement, Philip Spencer n'est pas un suspect. Je ne doute pas une seconde que tout ce que je lui dis reste et restera confidentiel. Deuxièmement, je ne doute pas une seconde non plus qu'il n'a rien à voir avec ce meurtre. Troisièmement, et je crois l'avoir déjà dit auparavant, le public a le droit d'être informé sur un des crimes les plus horribles que la ville ait jamais connus.

— En ce qui concerne Spencer, il n'a peut-être rien à voir avec notre histoire. On n'en sait rien. Mais, en tant qu'inspecteur en charge de l'enquête, c'est à moi de décider comment la mener. C'est mon boulot, pas le vôtre. Quant au droit du public à savoir, en révélant ces détails, vous avez seulement rendu la tâche de nos hommes plus difficile : ils auront plus de mal à éliminer les barjos. Vous savez, les demeurés qui nous appellent tous les jours avec des infos ou des confessions bidon ? Chef, vous venez peut-être tout simplement de doubler notre charge de travail. Au nom de mes agents et de moi-même, merci beaucoup.

Shockley s'efforçait de contrôler sa rage.

— Un mot de plus, McCabe. Un seul mot de plus et tu es viré. Pigé ?

— Vous voulez mon insigne, Tom ? Le voici. Prenez-le. Allez élucider le meurtre tout seul.

McCabe sortit le portefeuille qui renfermait son insigne et le balança sur le bureau de Shockley, en se demandant s'il allait le prendre au mot. Se demandant lui-même s'il ne faisait que bluffer. Puis il enfonça le clou.

— Mais réfléchissez bien, chef, pensez aux articles passionnants qui tomberont quand vous essaierez d'expliquer à la presse pourquoi votre inspecteur vedette s'est fait débarquer du jour au lendemain. Le même inspecteur que vous vous vantiez partout d'avoir engagé. Je suis sûr que les journalistes trouveront encore plus d'intérêt à détailler la manière dont le chef de la police a fait foirer l'enquête.

McCabe se tut. Cette confrontation bouillonnait sous la surface depuis un certain temps déjà. Cela faisait du bien de tout lâcher.

— Vous savez, Tom, je n'ai jamais tenu moi-même de conférence de presse, mais je pense que le public a le droit de savoir. Vous ne croyez pas ? Je vois déjà les gros titres : « L'ex-flic de New York démissionne de la police du Maine. Il accuse son chef de protéger un suspect et d'entraver l'enquête. » Une belle manchette intéressante, qui ne porterait sans doute pas à conséquence... Sauf si le chef en question se prépare à entrer en campagne pour être élu gouverneur. Bien sûr, vous n'envisagez pas de vous porter candidat au poste de gouverneur, n'est-ce pas, Tom ?

— Ça va, McCabe, j'ai compris, dit-il en lui balançant son insigne. Maintenant fous-moi le camp.

McCabe se tourna vers la porte. Pour le moment, il avait coincé Shockley. Mais une fois l'affaire résolue, les compteurs seraient remis à zéro.

— Au revoir, Tom, dit-il d'une voix douce en sortant du bureau. Passez une bonne journée.

— Va te faire foutre, lui lança Shockley.

19

Lundi, 8h30

Maggie l'attendait à son bureau.

—Allons faire un tour, partenaire.

Elle lui prit le bras et le guida vers l'ascenseur. Ils montèrent dans une Crown Vic du département et se faufilèrent dans l'ersatz de trafic de Portland.

—Où on va? demanda McCabe.

—Eh bien, hier soir je suis passée à la veillée funéraire de Katie Dubois, tu vois, pour présenter mes condoléances à Frank et Joanne. Je me suis dit que l'un de nous devait être présent. Je voulais aussi découvrir si Katie avait parlé à quelqu'un d'un ami avec des bottes de cow-boy. Il y avait une foultitude de gens là-bas. Des voisins. De la famille. Une bonne centaine de jeunes du lycée. Tout un tas de professeurs.

—Le cercueil était ouvert?

—Non, Dieu merci. Ça m'aurait rendue malade de la voir toute pomponnée par un employé des pompes funèbres. De toute manière, je n'ai pas vraiment pu poser beaucoup de questions, les gens étaient tous retournés; mais je me suis débrouillée pour demander à Joanne si Katie avait déjà évoqué avoir été contactée par un entraîneur de foot venu de Floride.

—Et?

—Et elle m'a regardée bizarrement et m'a dit qu'en effet Katie leur avait parlé d'un contact en rapport avec la Floride. Joanne ne souhaitait pas en parler à la veillée, avec tous ces gens autour. Elle a dit qu'elle préférait qu'on fasse un saut chez elle ce matin.

— C'est donc là qu'on va maintenant ?

— Excellent déduction, McCabe. Vous ferez un bon inspecteur un de ces jours. À propos, les funérailles ont lieu cet après-midi. À 14 heures. On devrait y aller.

— J'en avais l'intention. Et puisqu'on parle de M. Bottes de Cow-Boy, que donne l'interrogatoire des coéquipières de Katie ? L'une d'elles l'a aperçu ?

— Jusqu'ici, aucune ne se souvient d'avoir vu quelqu'un qui ressemble à la description donnée par Kenney. J'ai encore quelques gamines à voir.

— Et sur la voiture, du neuf ?

— Rien de plus que ce que Kenney nous a dit. Qu'elle était probablement vert foncé.

McCabe acquiesça. Puis il ouvrit son portable et appela le centre de communication de la police de Portland, qui disposait d'un accès quasi instantané à une banque de données sur les véhicules motorisés. Il demanda à la femme qui prit l'appel de quelle couleur était le 4 x 4 de Harriet Spencer. Il patienta tandis qu'elle vérifiait l'information.

— Il a été enregistré de couleur verte.

— Vert foncé ou clair ?

— Ça dit juste vert.

McCabe la remercia.

La maison de Frank et Joanne Ceglia sur Dexter Street était un petit pavillon jaune de style colonial. Il paraissait propre et bien entretenu, même si la tondeuse avait une ou deux semaines de retard.

Maggie gara la Crown Vic devant la maison et marcha jusqu'à la porte qui s'ouvrit avant même qu'elle ait eu le temps d'appuyer sur la sonnette. Joanne Ceglia, déjà habillée pour les funérailles d'une robe de lin noire et d'une courte veste noire, apparut en compagnie d'un homme vêtu d'un col clérical. Elle avait les yeux rougis.

— Oh, Maggie, vous êtes là.

Elle esquissa un faible sourire.

— Maggie, voici le père Wozniak. C'est lui qui dira la messe pour Katie aujourd'hui. Il était sur le point de partir. Père, voici l'inspecteur Maggie Savage.

Les deux policiers, le prêtre et la femme s'immobilisèrent un instant en formation incertaine sur les marches du perron, hésitant à entrer ou à sortir. Pour finir, McCabe tendit la main.

— Madame Ceglia, je suis Michael McCabe, le partenaire de Maggie.

— Son partenaire dans le crime ? demanda le prêtre, un sourire étudié sur les lèvres.

Tout le monde eut un rire gêné, et le prêtre s'en alla en disant :

— Je vous verrai tout à l'heure à l'église, Joanne.

Elle le salua d'un petit geste de la main avant d'inviter McCabe et Maggie à entrer.

— Je suis désolée de ne pas avoir pu vous parler hier soir. Il y avait tellement de monde. Je peux vous offrir du café, un Coca ?

— Non merci.

Ils examinèrent les lieux. La pièce était remplie de plats de nourriture, tous recouverts de cellophane.

— C'est pour après, dit Joanne. Beaucoup de gens vont passer ici. Ça paraît bizarre. Organiser une réception parce que son enfant est mort. À manger, à boire, des gens… Pourtant, c'est ce à quoi tout le monde s'attend.

Maggie commença à poser les questions. C'était son témoin.

— Joanne, vous m'avez dit que Katie avait mentionné un recruteur venu de Floride ? Il est censé lui avoir parlé la semaine où elle a disparu.

— Oui, c'est exact. Elle était tellement excitée. Elle a parlé du voyage tous frais payés, d'une bourse qui prendrait tout en charge, de partir du Maine, de poursuivre ses études au soleil. Tout ça. Hier, en mettant de l'ordre dans ses affaires, j'ai trouvé ça.

Elle tendit à Maggie une carte de visite. La tenant par les coins, Maggie l'examina, la retourna, puis la passa à McCabe.

UNIVERSITÉ DE FLORIDE DE L'OUEST, disait la carte. HARRY LIME, ASSISTANT DE DIRECTION SPORTIF. Un logo représentait un homme coiffé d'un casque troyen. McCabe sortit son portable et composa le numéro de téléphone figurant sur la carte.

— Vous avez contacté un numéro non attribué de l'entreprise Florida Power and Light. Pour obtenir de l'aide, tapez zéro.

Il pressa la touche zéro.

— Florida Power and Light. À qui souhaitez-vous parler ?

— Harry Lime, s'il vous plaît. L-I-M-E.

Un silence.

— Désolé. Je ne trouve personne à ce nom.

— Merci.

McCabe appela ensuite les renseignements et demanda le numéro du département sportif de l'université de Floride de l'Ouest. Même résultat.

— Regarde au dos de la carte, dit Maggie.

McCabe, tenant toujours la carte par les bords, la retourna. Les mots étaient tracés au crayon, disposés en colonne :

Lime
Katie Lime
Katherine Dubois Lime
Kate Lime

L'écriture était ronde et féminine. De petites fleurs étaient dessinées entre les mots.

— Il y avait autre chose ? Un numéro de téléphone ? Des e-mails ? N'importe quoi ?

— Vos hommes ont emporté son ordinateur samedi matin à l'aube, alors je ne peux pas savoir, dit Joanne. Les numéros de téléphone, elle les gardait dans son portable. Elle avait le téléphone avec elle quand elle a disparu, je ne peux pas vérifier.

— Son numéro, c'était quoi ? demanda McCabe.

— C'est le 207-555-6754.

McCabe le composa. Il entendit sonner, puis : « Salut, c'est Katie. Laissez un message. » Il raccrocha.

— Vous pensez que ce recruteur est la personne qui a tué Katie ? demanda Joanne Ceglia.

— On ne peut pas en être sûrs. Mais c'est une possibilité, Joanne, dit Maggie.

— Vous allez l'arrêter ?

— Oui, dit McCabe, on va l'arrêter.

— Vous permettez qu'on fouille sa chambre ? demanda Maggie.

— Faites comme bon vous semble, mais vos hommes l'ont déjà retournée de fond en comble plusieurs fois sans rien trouver. Je ne sais pas pourquoi ils n'ont pas mis la main sur cette carte. Peut-être qu'elle ne signifiait rien pour eux.

Du travail bâclé, pensa McCabe. En cherchant des indices, les experts de la police scientifique auraient dû prendre la carte.

Les deux policiers se dirigèrent vers la chambre de la jeune fille et la passèrent de nouveau au crible. Trente minutes plus tard, ils se résignèrent à admettre qu'ils ne trouveraient rien de plus à Dexter Street et rentrèrent au 109.

— Parle-moi de son téléphone portable, demanda McCabe à Maggie.

— Tasco a vérifié auprès de la compagnie. On a tous les appels sortants et entrants du portable, en remontant à deux semaines avant le vendredi de sa disparition.

— Rien ?

— Rien de significatif. Les appels passés étaient à ses amis, pour la plupart. Deux ou trois à des magasins du coin. Les messages archivés étaient principalement de ses copines. Quelques-uns de Ronnie Sobel. L'un était assez sexuel. Après sa disparition, il n'y a plus eu la moindre réponse. Certains ont laissé des messages : Frank, Joanne et quelques amies.

Ils roulèrent à travers Deering Oaks Park, avec ses arbres massifs deux fois séculaires, et tournèrent vers le sud sur State Street en direction de Spring. McCabe parla de sa visite de la veille chez les Spencer.

— Spencer est le chef du service de chirurgie cardiaque au Cumberland ?

— Oui, et un bon copain de Shockley. Il a appelé le G.O. ce matin pour se plaindre de ma venue chez lui, de mes questions à sa femme. Shockley m'a dit de lui foutre la paix. C'était le motif de sa note de service « viens-me-voir-tout-de-suite ».

Maggie lui lança un coup d'œil.

— J'espère que tu n'as pas pété les plombs avec lui.

— En gros, je lui ai dit d'aller se faire foutre.

— Mince, juste quand je commençais à t'apprécier.

— La bonne nouvelle, c'est que la brigade criminelle va peut-être bientôt avoir à sa tête sa première inspectrice en chef. Même si rien ne se passera avant que cette affaire soit bouclée. Si Spencer est notre coupable, je serai un héros. Si ce n'est pas lui, mais que j'arrête le coupable, qui que ce soit, je serai quand même un héros. D'une manière ou d'une autre, intouchable. Par contre, si on ne le chope pas, ou si quelqu'un d'autre l'arrête, je suis viré. Je l'aurai peut-être mérité.

— Tu crois avoir assez d'éléments pour un mandat ?

— Ça m'étonnerait. À moins qu'on arrive à se dénicher un gentil juge très flexible. Un qui n'émarge pas au club Pemaquid. Je verrai ça avec Burt Lund. Il pourra peut-être nous aider.

20

Lundi, 11 heures

— Déjà entendu parler du docteur Philip Spencer ? demanda McCabe en regardant Burt Lund installer son large postérieur sur une des petites chaises de bistrot du JavaHut. Procureur pour le ministère public, Lund avait une réputation de bouledogue – un bouledogue bien dodu. Une fois qu'il avait planté ses crocs, il ne lâchait plus le morceau, disait-on, quoi qu'il arrive.

— Le chirurgien cardiaque ? Bien sûr, j'en ai entendu parler. Mais je ne l'ai jamais rencontré.

Lund observa les alentours. Ils étaient quasiment seuls dans le café.

— C'est plutôt un gros bonnet, non ?

— On dirait, oui. Il est copain avec Shockley. Il traîne au club Pemaquid. Il y a une photo de lui avec Bush senior et Olympia Snowe sur le mur de son bureau.

— C'est ton suspect ?

— C'est peut-être une intuition risquée, mais ouais.

— Qu'est-ce qui te fait penser que Spencer s'amuse à découper des petites filles ?

McCabe parla à Lund du 4 x 4 apparaissant sur la bande de surveillance vidéo, revenant près du terrain d'entraînement de Katie Dubois et enfin dans le garage des Spencer.

— C'est tout ? Sa femme conduit un Lexus ? Même sans pinailler sur le degré de précision de votre manipulation vidéo et des souvenirs de l'entraîneur, j'espère bien que tu as d'autres éléments que ça.

— Oui. L'autopsie de Terri a indiqué que le cœur de Dubois avait presque sans aucun doute été prélevé par un chirurgien cardiaque. Spencer est un des meilleurs. Il n'a pas d'alibi pour les heures concernées et il cadre avec la description fournie par Kenney…

— De dos… et de loin.

— Il a aussi la même taille que le type sur la vidéo.

— C'est sacrément mince, McCabe. Il doit y avoir des millions de docteurs propriétaires de 4 x 4.

— Quatre cent quatre-vingt-dix. On est en train de les passer en revue.

— Spencer a des antécédents de déviances sexuelles ?

— Pas à ma connaissance, mais ce type dégage de drôles de vibrations. Pas exactement sexuelles, mais pas innocentes non plus. Quand j'étais dans son bureau, il m'a décrit ce qu'on ressentait en tenant un cœur humain dans sa main. C'était bizarre, comme si ça l'excitait. Et j'ai aussi le sentiment qu'il marche à voile et à vapeur.

— Quel rapport ?

— Sans doute aucun.

Chacun d'eux sirota en silence son café dans son gobelet de carton. McCabe finit par lâcher :

— Je veux un mandat.

— Pour chercher quoi ? Même si Spencer est ton gars, qu'est-ce que tu penses trouver chez lui qu'il conserverait ?

— Des trophées. Les tueurs en série en gardent souvent. Il manquait une boucle à l'oreille gauche de Dubois. En supposant qu'il n'en était pas à sa première victime, ce dont m'a convaincu une discussion que j'ai eue avec un flic de Floride, Spencer pourrait bien planquer une petite collection.

Lund ne dit rien, se contentant de hocher la tête d'un air pensif.

McCabe poursuivit :

— Je voudrais qu'on examine le Lexus pour trouver une trace de la victime. Des empreintes, ou quoi que ce soit qui puisse nous livrer de l'ADN. Cheveux, sang, tout ce qui pourrait rester à l'arrière.

— Il l'aura nettoyé.

— Difficile de dissimuler des traces de sang au Luminol. On peut frotter tant qu'on veut.

— C'est juste. Cela dit, tu n'as pas obligatoirement besoin d'un mandat pour fouiller le 4 x 4.

— Sauf qu'il est sous clé dans le garage des Spencer.

— D'accord.

— Tu crois que j'ai suffisamment d'éléments pour établir la « cause probable » ?

— La connexion avec Spencer est plutôt mince. J'espérais que tu aurais mieux. Même si ce n'est pas le seul point qui m'inquiète.

— Quoi ?

— Laisser savoir à Spencer qu'on s'intéresse à lui. Si le type était un inconnu, il n'y aurait pas de problème, mais ce n'est pas le cas. Tu sais aussi bien que moi qu'à la minute même où tu débarqueras chez les Spencer avec un mandat, il fera un barouf du diable. Il appellera aussitôt tous ses copains influents, et un avocat qui ne sera pas un commis d'office. Quand on s'attaque à quelqu'un d'aussi puissant que Spencer, mieux vaut avoir des preuves en béton armé, ou le type s'en tire.

— Comme O. J. Simpson ?

— C'est un exemple, oui, et comparé aux preuves qu'ils avaient contre lui, tu n'as que des cacahuètes. Attendons que tu aies dégoté un peu plus consistant.

— On ne peut pas se permettre d'attendre.

— Ah oui ? Pourquoi ça ?

— Lucinda Cassidy.

— Quel est le problème ?

— Je t'ai dit que j'avais discuté avec un flic de Floride ? Une femme nommée Elyse Andersen a été assassinée à Orlando en 2002. Le meurtrier d'Andersen a utilisé le même pseudonyme, Harry Lime, et le même mode opératoire que le type qui a dépecé Katie Dubois.

— Ça pourrait être un imitateur, non ?

— Je ne crois pas. Les flics d'Orlando n'ont jamais révélé le pseudonyme.

— D'accord.

— Dans les deux cas, le tueur a gardé ses victimes en vie pendant à peu près une semaine avant de jouer du scalpel sur elles. Lucinda Cassidy a disparu vendredi matin. Si c'est le même type et qu'il suit le même schéma...

— L'opération chirurgicale est programmée pour dans quatre jours.

— Plus ou moins.

Lund prit un air pensif.

— Malheureusement, il n'y a quasiment rien qui incrimine Spencer.

— Pour l'instant, c'est mon seul suspect.

— OK, mets-moi tout ça noir sur blanc. On va l'apporter au juge Washburn. Paula ne traîne pas au club Pemaquid et elle n'est pas du genre à se laisser impressionner par le statut social de Spencer. Je crois qu'elle signera.

Washburn était une des juges du district les plus âgées, proche de la retraite. McCabe ne l'avait jamais rencontrée ; elle avait la réputation d'être « dure mais juste » et de ne « pas supporter les imbéciles ». Il espérait qu'elle serait le bon choix.

Lorsqu'il revint à Middle Street, Starbucks avait déjà chargé le disque dur de Katie sur son ordinateur.

— J'ai un peu avancé, annonça-t-il.

Maggie et McCabe regardèrent l'écran par-dessus son épaule.

— Je n'ai pas eu de problème pour accéder à ses données. Elle se servait toujours du même mot de passe, FOOTBALLEUSE07. J'ai vérifié tous ses e-mails : reçus, envoyés et sauvegardés sur Gmail et RoadRunner. Rien ne m'a tapé dans l'œil, mais vous voudrez peut-être les passer en revue.

Il tendit un CD à McCabe.

— Et dans son carnet d'adresses, demanda Maggie, est-ce que tu as trouvé le nom de Harry Lime ?

— Lime ? L-I-M-E ? demanda-t-il en vérifiant la liste. Non. Je ne vois rien de ce genre. Sinon, il y avait dans ses favoris quelques sites Internet qui vous intéresseront peut-être.

— Comme quoi ?

— D'abord, elle avait sa page personnelle sur un site social appelé OurPlace. Elle s'en servait pour communiquer avec son réseau d'amis sur le Net. Comme beaucoup de gamins.

McCabe avait une vague connaissance du site. Il se demanda si Casey y était inscrite. Accéder aux contacts de Katie sur Internet les aiderait à élargir le cercle de suspects potentiels – ou peut-être à le réduire.

— Le site est accessible aux prédateurs ? demanda-t-il.

— Je pense, oui, dit Starbucks. Ils prétendent offrir un max de garanties sur la protection et la confidentialité, mais les contrôles ne sont pas si rigoureux. La société est en train de nous fournir la liste de ses contacts. Elle était aussi inscrite sur un site de rencontres appelé CoupdeCœur.com. Vous le connaissez ? N'importe qui recherchant de jolies jeunes filles peut y trouver des photos, un profil et prendre contact assez facilement. Je connais pas mal de gens qui l'utilisent. Moi y compris. J'ai rencontré plusieurs jeunes femmes très sympas.

McCabe imagina le jeune Somalien en train de surfer sur des sites de rencontres sur Internet. Bizarre. Il n'avait jamais pensé que Starbucks puisse avoir une vie sociale.

— Comment une personne animée de mauvaises intentions pourrait-elle y accéder ?

— Rien de plus simple, dit Maggie. Il suffit de s'enregistrer sous un nom bidon avec une adresse e-mail bidon, et on peut contacter n'importe quelle cible ayant l'air attirante. Échanger des e-mails, des photos, prendre rendez-vous. Tout ce qu'on veut.

— Est-ce qu'une trace de tous les contacts est conservée ?

— Le site est censé s'en occuper, oui, dit Starbucks. Comme je te l'ai dit, on essaie d'obtenir la liste, mais ils ont eux aussi des contraintes de confidentialité, alors on va probablement devoir attendre qu'ils aient pu régler ce problème.

McCabe retourna à son bureau, espérant pouvoir réunir assez d'indices pour justifier un mandat qui les autoriserait à fouiller le Lexus de Harriet Spencer et la maison du 24 Trinity Street. Lund appela juste au moment où il finissait d'écrire.

— Malheureusement, dit-il, la juge Washburn n'est pas en ville ; elle ne reviendra que demain en fin d'après-midi.

— Merde. Ça nous fait perdre vingt-quatre heures. Tu vois quelqu'un d'autre à qui on pourrait demander ?

— J'y ai réfléchi, mais je pense que Washburn est notre meilleure chance d'obtenir ce mandat. À mon avis, on devrait attendre.

Cette perspective ne plaisait pas à McCabe, mais il y consentit à contrecœur.

— D'ici là, tu as une déclaration écrite que tu pourrais signer sous serment ? demanda Lund.

— Elle est prête.

— Passe à mon bureau pour que je puisse y jeter un œil, voir si j'ai besoin d'y apporter des modifications.

Avant d'aller voir Lund, McCabe appela Aaron Cahill.

— Comment va, McCabe ? tonna la voix grave du policier d'Orlando au téléphone, presque réconfortante. Vous avez résolu votre histoire de cœur ?

— Tout indique qu'on court après le même cinglé, Aaron. On a retrouvé une carte de visite au nom de Harry Lime dans le tiroir de la commode de notre victime.

— Eh bien, racontez-moi tout. Est-ce que la carte dit ce que Harry fait dans la vie ? À part dépecer des jolies filles, je veux dire ?

— Assistant de direction sportif, université de Floride de l'Ouest.

— J'imagine que la carte est une fausse ?

— Ouais. Aucun Lime ne travaille à l'université. Le numéro de téléphone imprimé sur la carte est celui d'une ligne dont on ne se sert plus à la Florida Power and Light.

— Hum. L'université est juste au nord, à Pensacola. Pas loin de là où vit ma maman. Faxez-moi une copie de la carte. Je vais aller fouiner dans le coin, voir ce que je peux dégoter. Autre chose à me dire ?

McCabe rapporta à Cahill ses conversations avec Tobin Kenney et Joanne Ceglia.

— On n'a pas grand-chose pour démarrer, ajouta-t-il.

— Vous avez au moins une identification partielle.

— De dos.

— C'est plus que ce qu'on a jamais eu. Rien d'autre ?

— Si. Lime conduisait un 4 x 4, sans doute vert foncé. Le même type de véhicule qu'on a sur la vidéo, près de l'endroit où le corps a été abandonné. On s'intéresse à un chirurgien cardiaque du coin qui possède un véhicule similaire. J'essaie d'obtenir un mandat pour y accéder. Jusqu'ici, c'est tout.

— On dirait que vous faites des progrès.

— Espérons que c'est le cas. Vous êtes très occupé sinon ?

— Qui, moi ? Fichtre non, dit Cahill d'une voix sarcastique. On se contente de tuer le temps en attendant le prochain ouragan qui devrait nous tomber dessus la semaine prochaine. Je vais vous dire, McCabe, l'été a été infernal ici, et d'après les prévisions le pire est encore à venir.

— Ouais, j'ai entendu ça.

— Vous avez bien reçu les dossiers que je vous ai envoyés ?

— Ils sont juste là, sur mon bureau. Je n'ai pas encore trouvé le temps de les parcourir. Je ferai ça ce soir à la maison. On n'a qu'à se reparler dans un ou deux jours.

— OK, je dois y aller. Tenez-moi informé.

Cahill raccrocha.

21

Lundi, 13 h 30

Si Katie Dubois était morte d'une cause ordinaire de décès des adolescents – maladie ou accident, overdose d'alcool ou de drogue –, ses funérailles seraient passées inaperçues. En l'occurrence, elles se classèrent parmi les événements médiatiques majeurs de l'année dans le Maine; les journalistes et les notables de la ville s'y pressèrent en masse.

Les inspecteurs Maggie Savage et Michael McCabe arrivèrent tôt à la cathédrale de l'Immaculée Conception, une massive église de brique rouge de style néogothique dotée d'une flèche qui culminait à soixante mètres de hauteur, couronnée d'une croix dorée.

Comme convenu entre eux, Maggie prit position à l'extérieur de la porte principale, s'efforçant de passer inaperçue derrière la foule de journalistes et de photographes. Elle était équipée d'un appareil photo digital SRL que Starbucks lui avait confié, assez sophistiqué pour ressembler à du matériel professionnel. Sa tâche consistait à photographier les visages de toutes les personnes qui entraient ou sortaient de l'église. La multitude de boutons dont il était équipé l'avait d'abord déconcertée quand Starbucks lui avait tendu l'appareil. Mais il avait tout réglé en mode automatique et lui avait dit de se contenter de cadrer et d'appuyer sur le bouton. Jusque-là, elle s'en sortait.

McCabe entra dans l'église. Il y était déjà venu plusieurs fois auparavant pour assister aux concerts de Noël avec Casey, et aussi avec Kyra l'année dernière. Chaque fois, le décor lumineux et majestueux, tout de blanc et d'or, avait brièvement séduit McCabe et il s'était imaginé revenir à la religion dont il s'était détourné vingt ans auparavant – ce qui n'avait aucune chance de se produire, il le savait. Il se réfugia seul dans un coin tranquille pour observer le visage des arrivants. Il se sentait emprunté dans son unique costume, un costume rayé gris foncé qu'il avait jadis trouvé élégant. Il ne l'avait pas remis depuis son départ de New York et n'était parvenu à boutonner le pantalon qu'en rentrant le ventre.

L'orgue jouait un morceau triste. L'assistance occupa progressivement les bancs et remplit bientôt le moindre espace de la vaste cathédrale. Le maire, Short le mal nommé, s'assit aux premiers rangs, juste derrière la famille de Katie. Les membres du conseil municipal arrivèrent en groupe, tous vêtus de costumes foncés. Le chef Shockley apparut en uniforme de gala, flanqué de Bill Fortier. McCabe fut surpris de voir Terri Mirabito – qui ne le remarqua pas. Il ne l'avait jamais vue à des funérailles auparavant.

Partout, il y avait des professeurs et des groupes d'adolescents, dont beaucoup pleuraient ostensiblement. McCabe reconnut le petit ami de Katie, Ronnie Sobel, dont il avait vu la photo dans le dossier criminel. Tobin Kenney arriva seul et s'assit à l'écart. Une jeune femme assise en compagnie de quelques lycéens, une autre prof, supposa McCabe, fit signe à Kenney de la rejoindre en désignant du doigt une place libre à côté d'elle. Il secoua la tête et demeura où il était. Elle haussa les épaules et détourna le regard.

McCabe observait les visages des gens à mesure qu'ils entraient et prenaient place, étudiant ceux qui lui étaient inconnus, s'efforçant de les mémoriser. Il se demanda si le tueur était parmi eux. Aucun moyen de le savoir.

Le révérend Leo F. Conroy, docteur en théologie et évêque du Maine, présidait la cérémonie. Il accueillit le cercueil de Katie à la porte de l'église. McCabe était sûr que l'élégante boîte d'acajou avait coûté aux Ceglia plus qu'ils n'en avaient les moyens. Les gens payaient toujours trop cher lorsqu'ils enterraient leurs enfants. L'évêque aspergea le cercueil d'eau bénite et entonna les paroles du *De profundis*.

Puis les porteurs, six camarades de classe de Katie, transportèrent le cercueil et le déposèrent au pied de l'autel. Ce fut à ce moment précis que McCabe vit le visage de la femme. Elle était adossée contre le mur d'en face, le visage à moitié plongé dans l'ombre. Il la regarda jusqu'à en être sûr. Oui, c'était bien la femme qu'il avait poursuivie sur Exchange Street et qui l'avait semé.

Elle dut sentir son regard sur elle car elle se tourna, rivant ses yeux droit sur les siens. Il hocha la tête, presque imperceptiblement. Elle lui rendit son salut. Il regarda alentour et ne vit personne lui prêter attention. Il se dirigea vers elle. L'assistance se levait pour chanter une hymne. La femme le regarda approcher sans essayer de s'enfuir. L'hymne s'acheva et une voix en provenance de l'autel résonna dans la cathédrale silencieuse :

— *Car si nous croyons que Jésus est mort et ressuscité, il en ira de même pour ceux qui reposent à ses côtés, que Dieu emportera avec lui.*

McCabe arriva à la hauteur de la femme.

— Qui êtes-vous ?

— Je ne peux pas vous parler ici.

Elle s'exprimait avec un accent – français, estima-t-il.

— Alors où ?

— Je vous contacterai. N'essayez pas de me suivre, s'il vous plaît.

— Qu'est-ce qui me garantit que vous m'appellerez ?

— Rien. Vous allez devoir me faire confiance.

— Quel est votre nom ? demanda-t-il.

Mais elle s'en allait déjà et n'entendit pas sa question. Il eut d'abord le réflexe de la suivre, puis s'arrêta. Il attendrait son appel.

McCabe continua de scruter les visages de l'assistance. Mais même s'il avait su où regarder, il n'aurait pas vu l'homme grand aux cheveux noirs qui l'observait d'une petite ouverture pratiquée au-dessus de l'autel, une main frottant mécaniquement de la pointe d'un scalpel le dos de l'autre, la lame tranchante coupant une douzaine de poils noirs.

— *Prions.*

22

Lundi, 16 heures

La Floride resurgissait à chaque tournant de l'enquête de McCabe. Elyse Andersen. Assassinée en Floride par Harry Lime. Le recruteur de foot de l'université de Floride de l'Ouest. De nouveau Harry Lime. Puis Lucas Kane, l'ami de Spencer à la fac de médecine, et peut-être son amant, lui aussi assassiné en Floride. Mais par qui ? Harry Lime ? Philip Spencer ?

— *Madame Spencer, votre mari et Lucas Kane étaient-ils amants ?*

— *Sortez.*

McCabe alluma son ordinateur, puis entra le nom « Lucas Kane » et les mots « meurtre » et « Floride » sur le moteur de recherche Google. Il y avait des milliers d'occurrences. La première était un gros titre du *Miami Herald* : LE FILS RÉPUDIÉ D'UN CÉLÈBRE MAESTRO TROUVÉ MORT DANS UN APPARTEMENT DE SOUTH BEACH. Il apparut que le père de Lucas Kane était le pianiste classique Maurice Kane. Au moment du meurtre, le père et le fils ne s'étaient apparemment ni vus ni parlé depuis des années.

L'assassinat occupait une bonne place dans le *Miami Herald*, un long article signé d'une journaliste criminelle nommée Melody Bollinger. McCabe lut le papier en entier. À la fin des années quatre-vingt-dix, Kane était devenu une figure connue de South Beach. L'article ne disait rien de sa profession, ni d'une quelconque activité légale. Il gagnait sa vie, apparemment très bien, en fournissant des drogues, principalement de la coke et de la meth, ainsi que de jeunes corps chaleureux, aussi bien mâles que femelles, aux flambeurs de New York et Los Angeles. Il habitait dans un appartement face à l'océan, conduisait une BMW 740 et était un habitué des clubs de South Beach. On le voyait souvent mêlé à la jet-set gay dans les fêtes données par de riches célébrités, y compris, d'après Bollinger, Gianni Versace.

Mais Kane devait avoir fichu quelqu'un en rogne. En mars 2001, on lui avait collé un calibre 12 sous le menton avant de transformer sa mâchoire et son visage en viande hachée. Son corps fut retrouvé nu et attaché à une chaise renversée dans son appartement. Personne n'admit avoir entendu les coups de feu. Quatre ou cinq heures après l'exécution, le compagnon de Kane, un culturiste nommé Duane Pollard qui vivait à ses crochets, avait découvert le corps sans vie et appelé la police.

L'identification visuelle du visage était impossible, mais les mensurations du cadavre collaient – un mètre quatre-vingt-dix pour quatre-vingt-dix kilos – et l'on trouva des empreintes digitales qui correspondaient un peu partout dans l'appartement et la BMW. L'identification fut officiellement confirmée par des analyses ADN. On ne trouva aucun autre indice sur la scène du crime. Pollard, le petit ami, avait un alibi en béton. La police de Miami Beach chercha d'autres pistes et finit par conclure que le meurtre était lié à une histoire de drogue. Un inspecteur nommé Stan Allard émit l'hypothèse que les barons de la drogue locaux avaient éliminé Kane afin de se débarrasser d'un concurrent qui commençait à leur causer du tort. McCabe eut l'impression que les enquêteurs se réjouissaient de la mort de Kane. Ils lâchèrent l'affaire au bout de quelques semaines. Le père âgé, Maurice Kane, qui souffrait semblait-il d'une grave insuffisance cardiaque, n'effectua pas le moindre commentaire sur la mort de son fils.

McCabe appela la police de Miami Beach et demanda à parler à l'inspecteur Stan Allard.

—Je suis désolée, il n'y a pas d'inspecteur Stan Allard ici.

— Pouvez-vous me mettre en contact avec quelqu'un aux homicides ?

Une voix masculine le prit en ligne.

— Inspecteur Sessions.

— Inspecteur principal Michael McCabe à l'appareil, police de Portland, Maine.

— Que puis-je pour vous ?

— Je cherche un dénommé Stan Allard qui a travaillé à la brigade des homicides de Miami Beach il y a quelques années. Fait-il toujours partie de votre département ?

— Vous pouvez répéter votre nom ?

— Je m'appelle McCabe, Mike McCabe. Je suis inspecteur à la police de Portland, dans le Maine.

— Que voulez-vous à Allard ?

— Je veux juste lui parler.

— Eh bien, vous allez avoir du mal.

— Pourquoi ça ?

— Stan Allard n'a plus parlé à grand monde depuis quatre ans.

— Vous voulez dire qu'il est mort ?

— Ils en étaient à peu près sûrs, je crois, avant de l'enterrer.

Sessions avait l'air de trouver ça drôle.

— Écoutez, j'enquête sur un meurtre qui pourrait avoir un lien avec une affaire sur laquelle Allard avait travaillé.

— De quoi s'agit-il ?

— Le meurtre d'un certain Lucas Kane. Savez-vous qui était le partenaire d'Allard à l'époque ?

Il y eut un long silence à l'autre bout du fil. Pour finir, Sessions reprit la parole.

— Ouais, c'était moi. On travaillait ensemble. Comment Kane apparaît-il dans votre affaire ? demanda-t-il après une autre pause.

D'instinct, McCabe se méfia de Sessions. Il décida de rester vague.

— Un vieux pote de Kane est peut-être impliqué dans un meurtre ici.

— Impliqué comment ?

— On n'est encore sûr de rien.

Ils tournèrent autour du pot un moment. Aucun d'eux ne voulait être le premier à livrer une information substantielle. Sessions lâcha le premier.

— OK, que voulez-vous savoir au sujet de Kane ?

— J'ai lu les comptes rendus de la presse sur le meurtre de Kane. Ils laissent penser qu'à votre avis, c'était un règlement de compte mafieux.

— C'était l'option par défaut. On n'a trouvé aucune piste exploitable. Personne n'a rien entendu, ni ne savait quoi que ce soit. Tout ce qu'on avait, c'était un cadavre attaché à une chaise avec le visage en charpie. Il ne restait même plus de dents en assez bon état pour une identification à partir des radios dentaires.

— Comment avez-vous su que c'était Kane ?

— Pas trop dur. La taille, le poids et les cheveux étaient les mêmes. Les empreintes du corps étaient identiques aux empreintes qu'on a trouvées partout dans l'appartement et dans sa voiture. Le petit ami de Kane, qui vivait avec lui, l'a identifié lui aussi. Il a dit que c'était bien le corps de Kane. Poils, grains de beauté et cicatrices étaient à la bonne place. Il a même blagué sur la bite du type. « Je n'oublie jamais un pénis », qu'il a dit.

— Alors vous êtes sûrs d'avoir identifié le corps de Kane ?

— Ouais. On en a eu la confirmation avec l'ADN. Et puis on n'a plus vu de Lucas Kane se pavaner dans les clubs et sur la plage. On est sûrs de notre coup.

— Que savez-vous du passé de Kane ?

— Pas grand-chose. Son père était un musicien connu. Ils n'avaient presque rien en commun. Kane est descendu de New York à la fin des années quatre-vingt, à l'époque où la scène gay battait son plein à South Beach.

— De quoi vivait-il ? Il avait de l'argent de côté ?

— Pas à ce qu'on sache, mais à l'époque South Beach ne manquait pas d'opportunités pour un beau garçon comme Kane. Il a vécu du sexe pendant un temps. Et puis il a étendu ses activités. Il a fini comme maquereau et dealer haut de gamme.

— Vous avez pu croiser les empreintes trouvées dans l'appartement avec un dossier du FBI ?

— Pas pour Kane. Apparemment, on ne lui avait jamais pris ses empreintes. Il ne s'était jamais fait arrêter.

— C'est surprenant.

— Ça m'a surpris, oui. Vu son mode de vie, j'avais imaginé que Kane avait déjà été interpellé, mais non, même pas par nous.

— Il y avait d'autres empreintes dans la pièce ?

— Pas mal d'empreintes partielles. La plupart étaient celles du petit ami.

— Duane Pollard ?

— Comment vous le connaissez ?

— J'ai lu son nom dans les journaux. Parlez-moi de Pollard.

— C'était le garde du corps de Kane et son homme de main aussi bien que son amant. Un ancien marine. Un vrai gorille. Il aimait tabasser les gens.

— Un gorille gay ?

— Ouais.

— C'est pas commun.

— Ça arrive.

— Des chances que ce soit lui le tueur ? Une dispute d'amoureux ?

— Non. Six personnes au moins ont vu Pollard dans un club de South Beach, le Groove, cette nuit-là. Ils ont confirmé qu'il y était resté pendant le créneau horaire du meurtre. Au moins deux d'entre eux ont baisé avec lui.

— Il y a eu un enterrement ?

— Ouais. Plutôt discret, organisé par Pollard et quelques copains de baise de la bande. Le père de Kane est venu lui aussi. Plus quelques vieux amis.

— Ça devait être sympa. Seriez-vous tombés par hasard sur le nom de Harry Lime au cours de l'enquête ?

— Lime ? Non, jamais entendu parler de lui.

— Et Allard ? De quoi est-il mort ?

— Il s'est suicidé.

McCabe sentit son estomac se nouer. Sessions poursuivit :

— C'est arrivé quelques mois plus tard, le dossier était déjà classé. On travaillait sur d'autres trucs.

— Qu'est-ce qui s'est passé ?

— Il a enfoncé le canon de son arme de service dans sa bouche et appuyé sur la détente. Dans un motel sordide au bord de la plage.

— Aucun rapport avec l'affaire Kane ?

— Je ne pense pas. Laissez tomber. Ce n'était pas que mon partenaire, c'était mon ami, et je n'ai pas très envie de discuter de trucs qui ne vous regardent pas. Si vous voulez en savoir plus, déposez une demande officielle auprès du département.

McCabe envisagea de harceler Sessions pour qu'il parle un peu plus de la mort de Stan Allard, mais il ne voyait pas en quoi cela l'aiderait à trouver le meurtrier de Katie Dubois, ou Lucinda Cassidy, alors il laissa tomber et raccrocha. Il regarda de nouveau la signature des articles du *Herald* sur son ordinateur. Melody Bollinger. Il l'enregistra à titre d'information.

23

Même dans le noir, Lucinda pouvait sentir sa présence. Elle était allongée, totalement immobile, retenant sa respiration. Elle savait qu'il était là, mais où ? Et pourquoi ? Elle tendait l'oreille en se concentrant de son mieux, mais n'entendait pas un bruit.

Soudain, à l'improviste, deux mains touchèrent son visage. Son cœur bondit. Ses muscles se contractèrent. Elle étouffa un cri en sentant les mains descendre lentement le long de son cou, puis sur son corps, le sondant et l'explorant. Pourtant, elle avait peur de bouger, peur de parler. Elle le sentit desserrer et ôter les lanières, l'une après l'autre, qui immobilisaient ses mains. Il lui prit les poignets, les fit tourner et les massa à tour de rôle. Puis ses mains descendirent sur ses jambes. Il détacha ses chevilles, puis fit circuler le sang dans ses pieds comme il l'avait fait pour ses mains.

Il lui enleva sa blouse et se mit à la nettoyer avec un linge chaud et humide parfumé à la lavande. Elle sentait la chaleur de son corps, le mouvement de l'air de sa respiration.

— Lucinda, murmura-t-il, je crois qu'il est temps pour toi et moi d'apprendre à nous connaître un peu mieux.

Se raidissant, elle pressa ses jambes l'une contre l'autre et serra les poings, se préparant à affronter l'inévitable.

24

Lundi, 20 heures

Le message était dans la boîte aux lettres lorsque McCabe rentra chez lui vers 20 heures. Il ne le remarqua pas tout de suite, caché parmi le tas de factures, de bons d'achat et de prospectus publicitaires qu'il laissait dans la boîte. C'était une simple enveloppe blanche, avec les mots INSPECTEUR MCCABE, 134 EASTERN PROM. tracés au crayon en lettres capitales, comme par une main d'enfant. Elle ne comportait ni timbre, ni cachet de la poste, ni adresse d'expéditeur. Il décida d'attendre d'être en haut avant de l'ouvrir. Le braillement de la musique provenant de la chambre de Casey l'assaillit dès qu'il entra dans l'appartement.

— Bonsoir, je t'aime ! s'écria-t-il de l'entrée, mais tu veux bien me baisser ce truc ?

Il n'y eut pas de réponse, ni verbale de sa fille ni aucune réduction des décibels. Il se rendit directement à la cuisine, balança les bons d'achat dans la poubelle, sortit une bouteille de Geary's du frigo, l'ouvrit et en but une longue gorgée. Il était d'une humeur massacrante, en colère contre Sandy, contre Shockley et contre le monde entier. Au moins, la fraîcheur de la bière lui fit-elle du bien.

McCabe reprit le couloir et s'appuya contre le chambranle de la porte ouverte de Casey. Elle était affalée sur le ventre, en diagonale sur son lit, les pieds sur l'oreiller et la tête dépassant de l'autre côté, en train de lire ce qui ressemblait à un manuel de science ouvert sur le sol. Il ne voyait pas comment, dans cette position, elle arrivait à distinguer les mots sur la page, mais ça n'avait pas l'air de lui poser problème. Elle n'avait pratiquement que des A à l'école.

— Salut ma chérie, je suis rentré, appela-t-il de la porte, criant pour être entendu par-dessus la musique.

Casey leva les yeux puis, comme si sa présence lui était indifférente, les reporta aussitôt sur son livre. McCabe s'approcha de sa chaîne hi-fi et l'éteignit. Le silence envahit la pièce. Casey leva de nouveau les yeux.

— Ce n'est pas pour ça que je t'ai acheté un iPod ? dit-il. Pour ne pas subir ce boucan ?

— C'est pas du boucan, c'est Propaganda.

— Quoi ?

— Propaganda. Ceux qui chantent. Ils sont géniaux.

— Tu m'en diras tant. Le iPod, s'il te plaît.

Sans un mot, elle descendit du lit en roulant sur elle-même, marcha jusqu'à son bureau, prit le iPod, mit les écouteurs et reprit sa position sur le lit. McCabe battit en retraite dans le salon.

Il posa les factures sur le petit bureau dans le coin de la pièce, en haut de la pile de leurs consœurs non ouvertes. Il s'affala dans son fauteuil, posant les pieds sur la table basse en verre. Toujours plus de factures que d'argent. Combien de temps pourrait-il encore se permettre d'être flic ? Dans quelques années, il y aurait l'université à payer en plus de tout ce qu'il ne pouvait déjà pas se permettre. Il pourrait vendre l'appartement. Déménager dans un endroit plus petit, plus éloigné du bord de mer. Revenir en arrière. Rétrograder. Sandy avait peut-être eu raison de le laisser tomber pour un type riche. Son banquier paierait peut-être l'université… L'idée le déprima.

Peut-être ferait-il mieux de quitter la police une fois le dossier Dubois résolu. De toute manière, Shockley pouvait très bien le virer à cause de sa grande gueule une fois qu'il n'aurait plus à en payer le prix politique. Un type qu'il connaissait à l'université de New York, aujourd'hui directeur général d'une importante compagnie de biotechnologie à Boston, lui avait parlé un jour d'un poste dans la sécurité d'entreprise. Le salaire qu'il avait mentionné était bien plus élevé que ce qu'il touchait actuellement. Il n'était cependant pas sûr que cela en vaille la peine. Il pouvait peut-être devenir détective privé, à la Spade & Archer ? Savage & McCabe ? Il pouvait se livrer à une imitation passable de Bogart, mais il passerait sans doute l'essentiel de ses nuits à épier les motels de passe, gagnant sa vie sur le dos des maris et des femmes volages. Non, pas détective.

Merde ! Il devait arrêter de cogiter. Il était toujours flic. C'était une vocation à laquelle il croyait. Sortir dans la rue et arrêter les truands. Puis espérer qu'on les mette le plus longtemps possible sous les verrous. Un métier simple et honorable. Il l'aimait ainsi. C'est la raison pour laquelle il avait laissé tomber l'école de cinéma et son rêve de devenir un jour réalisateur, pour accomplir le rêve plus simple de devenir flic.

Il pressa la bouteille de bière glacée contre son front, dans l'espoir de prévenir la migraine qu'il sentait pointer. Il ferma les yeux. Des images de New York revinrent le hanter. Des images de son frère Tommy. Le grand frère. Le père de substitution. La figure héroïque aux pieds d'argile. Tommy des Narcotiques. Tommy le flic corrompu. Des images du dealer nommé TwoTimes. « On peut me baiser une fois, mais personne ne me baise jamais deux fois. »

TwoTimes avait tué Tommy. Ils avaient chopé le petit salaud, mais il s'en était sorti. Sans même avoir besoin de négocier. Il était sorti libre du tribunal grâce à un alibi bidon et avait aussitôt repris son trafic. « J'ai un alibi, monsieur le juge. J'étais au pieu avec ma fiancée quand le flic s'est fait descendre, avait dit TwoTimes. Ouais, elle peut confirmer.

Sa maman était là, et elle peut vous le confirmer aussi. »

« Ouais, monsieur le juge, avait dit la fiancée, c'est la vérité. Il faisait l'amour avec moi tout ce temps-là, alors il a pas pu tuer le type. Je le jure. »

« Ouais, monsieur le juge, avait confirmé la mère. TwoTimes s'envoyait en l'air avec ma petite fille. Il lui en faisait voir de toutes les couleurs. Alors il a pas pu flinguer ce flic. Non, monsieur. C'est pas possible. »

Ce n'étaient que des conneries, mais ce tueur de flic était sorti libre. Dans le temps, il en aurait sans doute été autrement. S'il avait encore été en vie, le père de McCabe, un capitaine à la retraite bardé de décorations, leur aurait raconté. Pour commencer, il n'aurait jamais été jusqu'au procès. Officiellement, un suspect présumé tué par balle alors qu'il tentait de résister à son arrestation. Il n'y aurait pas eu de questions, ni de réponses à donner. Une solution simple à un problème simple – et honorable. Mais son père était mort à présent, Tommy aussi, et les solutions simples n'étaient plus aussi simples.

McCabe émergea de sa rêverie. Casey traversait le salon en direction de la cuisine.

— Tu n'es pas censé porter ton arme à la maison, dit-elle en le regardant à peine. C'est une mauvaise influence sur un enfant impressionnable.

— Tu as raison, dit-il.

Il se leva, se rendit dans sa chambre et mit le .45 dans une armoire fermée à clé, où il rangeait aussi son fusil. Il se sentait nu sans le pistolet.

Il entendit la porte du réfrigérateur s'ouvrir et se refermer. Puis Casey apparut à la porte de sa chambre, une canette de Coca à la main.

— Je ne vais pas la voir. C'est ce que je lui ai dit, mais elle a dit qu'elle viendrait quand même.

— Elle a rappelé ?

— Oui. Juste après mon retour du foot.

— Casey, il va peut-être falloir que tu la voies. Il se peut qu'on n'ait pas le choix. Tu as pensé aux raisons pour lesquelles tu ne veux pas la voir ?

— Je ne sais pas. Je ne veux pas, c'est tout. C'est vraiment une garce, tu sais.

Casey retourna dans sa propre chambre.

McCabe la suivit et resta dans l'encadrement de sa porte.

— En fait, tu ne la connais pas très bien. Peut-être que si tu la connaissais un peu mieux, tu l'apprécierais plus.

— Je ne crois pas, et je ne comprends même pas comment tu peux dire un truc pareil.

Il ne le savait pas non plus. Il voulait juste rendre l'inévitable rencontre plus acceptable aux yeux de sa fille. Il voulait aussi en finir avec cette discussion, mais Casey poursuivit :

— Je ne te comprends pas. Tu la hais autant que moi, mais tu fais semblant, comme si c'était juste une mère normale, alors qu'on sait tous les deux que c'est des conneries. Alors arrête d'essayer de me la vendre. Je n'achète pas.

Elle ferma la porte, laissant McCabe à l'extérieur, les yeux fixés sur le panneau de bois.

Il aurait voulu lui crier à travers la porte qu'il n'essayait pas de lui vendre quoi que ce soit, et sûrement pas Sandy. Même si cela paraissait vraiment stupide : crier à travers la porte pour parler à une ado de treize ans – une ado de treize ans qui parlait parfois comme si elle en avait trente. Alors il ne fit rien. Il se contenta de retourner dans la cuisine, de prendre une autre bière, de récupérer l'enveloppe qu'on avait déposée à son intention dans la boîte aux lettres et d'aller se rasseoir dans le gros fauteuil.

À l'intérieur se trouvait une simple feuille de papier quadrillé, peut-être arrachée d'un carnet de notes. Le message était écrit au crayon, dans les mêmes caractères majuscules que sur l'enveloppe. Il supposa que l'auteur tentait de dissimuler son écriture. Il en déduisit que c'était elle, la femme d'Exchange Street et de l'église. *McCabe,* disait le message, *RDV mardi soir à 21 heures. C'est au sujet du meurtre. Prenez votre voiture rouge. Venez seul.* Le mot « seul » était souligné deux fois. *Prenez l'autoroute vers le nord jusqu'à la sortie pour Gray. Suivez Gray Road sur dix kilomètres. Tournez à droite sur Holder's Farm Road. Roulez deux kilomètres et rangez-vous sur le bas-côté. Faites clignoter vos phares deux fois pour indiquer que vous n'avez pas été suivi. On vous surveille. Une fois là-bas, attendez. Je viendrai jusqu'à votre voiture.*

Le message n'était pas signé. Il ne savait toujours pas qui était la femme mystérieuse, ni même si le message provenait vraiment d'elle. La personne qui l'avait écrit savait néanmoins où il habitait et quel type de voiture il conduisait. Il étudia les différentes options. Un, ce pouvait être un vrai rendez-vous avec quelqu'un qui craignait d'être vu en sa compagnie. Deux, ce pouvait être une farce pour l'envoyer sur une fausse piste. Ou trois, ce pouvait être quelqu'un qui l'attirait dans un guet-apens. La troisième possibilité, la plus dangereuse, lui paraissait aussi la moins probable. Il n'était pas suffisamment près de sa proie pour que quiconque, y compris Spencer, se sente menacé au point de l'éliminer.

McCabe alla à la cuisine et sortit d'un tiroir un sac en plastique à glissière. Il déposa le message à l'intérieur. Il y ferait rechercher d'éventuelles empreintes, autres que les siennes.

Il entendit des pas monter l'escalier qui menait à leur appartement. Il n'attendait personne. Il distingua le bruit d'une clé dans la serrure. Soudain en alerte, McCabe porta par réflexe la main à sa hanche, où devait se trouver son arme, qui n'y était pas – *merde*. Il se faufila derrière la porte, de façon à ne pas être vu lorsqu'elle s'ouvrirait. Il retint sa respiration. La porte s'ouvrit. Une odeur familière. Il expira.

Kyra se tenait dans le couloir de l'entrée, les bras chargés d'une demi-douzaine de sacs en plastique remplis de victuailles. Elle lui sourit.

— Salut, mon beau.

— Je ne savais pas que tu venais. Je croyais que tu devais rester au studio « la moitié de la nuit », je cite.

— Tu veux que je parte ? Je peux cuisiner un délicieux dîner pour quelqu'un d'autre, tu sais. J'imagine que vous n'avez mangé ni l'un ni l'autre.

McCabe avait oublié jusqu'à l'idée de dîner.

— Ah oui, manger.

— McCabe, tu es père. Tu es censé veiller à ce que ton enfant se nourrisse correctement.

— Hé, elle a tout un paquet de cookies aux pépites de chocolat qui traîne par terre là-bas dans sa chambre.

— Eh bien, me voilà rassurée alors.

Kyra tenta de contourner McCabe pour se rendre dans la cuisine. Il lui bloqua le passage, la soulagea de ses paquets, les déposa sur le sol, l'enlaça et déposa un baiser sur sa nuque. Il l'embrassa en remontant tout doucement jusqu'à ses lèvres.

— Je meurs de faim, murmura-t-il.

— Moi aussi, dit-elle en le repoussant, mais tu vas devoir te contenter de cuisses de poulet.

Elle ramassa les sacs et mit le cap sur la cuisine. Elle se retourna.

— Tu auras peut-être aussi droit aux miennes plus tard. Si tu as de la chance.

McCabe adorait regarder Kyra cuisiner. Virtuose accomplie, elle se déplaçait dans la pièce comme dans son habitat naturel, avec aisance, sans un geste superflu. Le simple fait de couper des échalotes devenait une véritable performance artistique, les doigts de Kyra manipulant les légumes et le couteau bien aiguisé à une vitesse étonnante. Il se versa un single malt Macallan et lui servit un pouilly fumé bien frais. Ils trinquèrent et sirotèrent leurs verres.

— Préviens Casey qu'on mangera dans vingt minutes.

Il se leva de son tabouret et alla délivrer le message. Puis il revint et se réinstalla.

— Ça va ? demanda Kyra.

— Ouais, ça va. Elle boude un peu en ce moment. L'idée de revoir Sandy ne la ravit pas.

— C'est normal. Je réagirais pareil, après trois ans.

McCabe se leva, alla se poster derrière Kyra et se mit à lui masser les muscles des épaules et à lui caresser la nuque.

— D'accord, c'est très bon, mais soit je cuisine, soit tu me tripotes. Les deux à la fois, c'est impossible.

— Tu es sûre…

— Oui, sinon, je vais me couper un doigt.

— Ce que je voulais dire, c'est : tu es sûre que la bonne réponse était qu'on ne se marierait pas ?

Elle posa le couteau et se retourna.

— Pourquoi tu remets ça sur le tapis ?

— Parce que je t'aime.

— Je t'aime aussi… mais j'ai l'impression que le moment que tu choisis pour aborder le sujet est plus en rapport avec toi et Casey, ou même toi et Sandy, qu'avec toi et moi. Que dans ton esprit tordu, tu penses offrir à Casey une mère de substitution qui soulagerait la pression.

McCabe se demanda si Kyra avait vu juste. Peut-être. Il recula et alla se resservir un scotch.

— Attendons que cette visite de Sandy soit passée, dit Kyra. On pourra en reparler après.

Cette nuit-là, après qu'ils eurent fait l'amour, il rêva de TwoTimes.

Il rêva qu'il grimpait l'escalier de l'immeuble de Merced Street. Des volées de planches pourries se succédaient autour du puits central. Ses deux mains agrippaient un Glock 17. Il montait les marches plaqué contre le mur. Pas de lumière. Pas de renfort. Un noir d'encre. Pourtant, on ne sait comment, il parvenait à voir dans l'obscurité. Une puanteur de chair en putréfaction se faisait plus forte à chaque nouveau palier. Son pied heurta une substance molle.

— Hé, gamin, fais gaffe où tu mets les pieds.

Il baissa les yeux. Son frère Tommy, étalé sur les marches, le regardait. Avec ce grand sourire auquel personne ne pouvait résister. Même si Tommy était mort, même si son sourire était gâché par deux plaies béantes, là où les balles étaient sorties après lui avoir traversé l'arrière du crâne, charriant avec elles des débris de cervelle et lui arrachant l'œil droit – les yeux si bleus de Tommy des Narcotiques.

Baissant le regard une nouvelle fois, McCabe vit que le défunt Tommy, pas si défunt, tenait une fille dans chaque bras. Leur voisine, Ellie Pearlman, à sa droite. La voix de son père retentit : « Tommy, qu'est-ce que tu fiches encore avec cette Juive ? » À sa gauche se trouvait Mag O'Connell, la chemise défaite, le soutien-gorge dégrafé, qui ne tenait plus que par une bretelle. Puis Ellie Pearlman disparut et Tommy se retrouva derrière Mag, une main posée en coupe sous chacun de ses généreux seins blancs et doux, aux larges tétons roses. Tommy faisait saillir les seins de Mag afin que le McCabe de dix ans puisse les admirer. « Hé, Mikey, je parie que tu n'en as jamais vu des comme ça. » Il secoua la tête. Non, il n'en avait jamais vu. « Tu veux les toucher ? » Il hésita un instant avant de tendre la main et de tâter la chair douce et souple de Mag.

McCabe baissa les yeux. Tommy était de nouveau mort, Mag avait disparu. Il enjamba le corps et reprit son ascension. Tout en haut, il vit TwoTimes, une cigarette sombre, de la couleur d'un cigare, au coin des lèvres. « Je te le dis comme je l'ai dit à ton frère : on peut me baiser une fois, mais personne ne m'a jamais baisé deux fois. »

À côté de TwoTimes se trouvait un gros homme blanc au visage replet. « Monsieur le juge, nous déclarons le trafiquant de drogue, maquereau et tueur de flic TwoTimes non coupable. »

« Non coupable, répéta TwoTimes. Je te l'avais dit, superflic, personne ne baise TwoTimes deux fois. »

Puis TwoTimes plongea la main sous sa ceinture et en sortit un petit pistolet d'acier chromé, un .22, brillant comme un pistolet de cow-boy version jouet pour enfants. TwoTimes tira. Le projectile siffla en passant près de l'oreille gauche de McCabe avant d'aller se loger dans le plâtre du mur. McCabe visa et tira avant que TwoTimes ait pu faire feu à nouveau. Le tir du Glock, bien plus bruyant que celui du .22, résonna dans la cage d'escalier. McCabe regarda le projectile de 9 mm, visible comme une balle de dessin animé, traverser les six mètres qui séparaient l'extrémité du canon de la tête de TwoTimes. Elle pénétra pile au bout de son large nez plat.

McCabe grimpa les dernières marches. TwoTimes était parti. À présent, Sandy se tenait face à lui, vêtue d'une chemise de nuit en soie translucide, son corps nu brillant en dessous, blanc comme le clair de lune, lui faisant signe de sa main tendue.

« Allez, monte, McCabe. » De nouveau, Sandy était la jeune Lauren Bacall.

McCabe tendit le bras vers elle, mais sa main tenait encore le Glock. L'arme cogna contre son corps. Il pressa la détente et l'image de Sandy éclata en mille morceaux, fragments d'un miroir cassé qu'il ne pourrait jamais plus reconstituer.

Il se réveilla en sursaut, trempé de sueur. Il tourna les yeux vers Kyra, allongée à côté de lui, qui dormait toujours. Il pensa à la réveiller, mais, quel que soit le sentiment dominant de ce cauchemar, il savait qu'il ne concernait pas Kyra. Alors il se contenta de rester allongé, les yeux ouverts dans le noir, à respirer lentement, profondément, jusqu'à ce que ses mauvais rêves s'en aillent.

25

Mardi, 6h30

Kyra et McCabe étaient allongés côte à côte, jambe contre jambe, se tenant la main, dans le lit *queen-size*.

— Parle-moi de TwoTimes, dit-elle.

Il lui jeta un bref coup d'œil, un pli se formant à la base de son nez.

— Je t'en ai déjà parlé.

— Mais je crois que tu ne m'as pas tout dit.

— Qu'est-ce que tu veux savoir ?

— Je veux savoir pourquoi tu as ces cauchemars où tu murmures son nom dans ton sommeil. Son nom, celui de ton frère, et Sandy aussi.

McCabe fixa en silence le plafond de la chambre, suivant des yeux le parcours d'une fissure dans le plâtre qu'il avait rebouchée une bonne dizaine de fois déjà mais qui réapparaissait sans cesse.

— Il faut que je m'occupe de cette fissure, dit-il.

— Écoute, McCabe, tu dis que tu m'aimes. Tu dis même que tu veux m'épouser. Si c'est la vérité, si tu veux que je devienne ta femme, et pas seulement un corps douillet bien confortable, je dois tout savoir.

— Tu sais déjà l'essentiel, dit-il. TwoTimes était un petit dealer de crack du South Bronx, du menu fretin. Juste un gamin, vraiment. Il avait dix-neuf ans quand je lui ai tiré cette balle dans le crâne. Il était à la tête d'un réseau de revendeurs de rue, d'autres gosses, tous mineurs, certains n'avaient même pas plus de dix ou onze ans. L'idée, c'était que, si les gosses se faisaient choper, ils ne risquaient que la maison de redressement.

— Et Tommy était flic aux narcotiques ?

— Ouais, Tommy le Narco. Un vrai pro. J'ai laissé tomber l'université et je suis entré à John Jay pour suivre ses pas. Tommy connaissait bien le milieu de la drogue. Il avait réussi plusieurs grosses prises. Ce que j'ignorais, et que j'aurais dû remarquer, c'est qu'à l'époque où TwoTimes est apparu, Tommy avait changé.

— Changé ?

— Il était passé de l'autre côté. Il empochait de l'argent d'une demi-douzaine de dealers dans le

Bronx. La plupart d'entre eux plus puissants que TwoTimes.

— Tu ne m'avais jamais dit ça.

— Ce n'est pas un sujet que j'aime aborder. Bref, TwoTimes commençait à prendre la grosse tête. Il essayait d'étendre son territoire en marchant sur les plates-bandes de types qui n'apprécient pas trop qu'on les bouscule. Alors ils ont appelé leur protecteur pour se débarrasser de TwoTimes.

— Tommy ?

— Ouais, Tommy. Tu veux du café ? Je peux nous préparer un café.

— Non, merci. Pas avant que tu m'aies tout raconté.

McCabe soupira.

— Le problème, c'est que Tommy était devenu gourmand. Il ne voulait pas éliminer TwoTimes parce qu'il pensait y perdre une coquette source de revenus. Alors, à la place, il a décidé d'aller lui parler pour le convaincre de calmer le jeu. Tommy s'imaginait toujours qu'il pouvait convaincre n'importe qui de faire ce qu'il voulait. Bref, il s'est rendu à l'endroit où vivait TwoTimes, un appartement minable sur Merced Street, et lui a dit qu'il devait arrêter d'importuner les gros dealers. La réponse de TwoTimes était du genre : « De quoi tu parles ? Tu bosses pour moi. » Tommy lui a alors expliqué qu'il bossait aussi pour un certain nombre d'autres clients, et que si TwoTimes n'arrêtait pas de les gêner dans leur business, il allait devoir l'arrêter.

— Il lui a vraiment dit ça ?

— Ouais, mais TwoTimes était trop futé pour gober ça. Il savait que Tommy n'allait jamais arrêter un type susceptible de témoigner devant un tribunal qu'il lui graissait la patte depuis plus de deux ans. À la place, il s'est imaginé que Tommy allait le descendre. Alors, pendant que Tommy parlait encore, TwoTimes a sorti son petit .22 à la con et lui a logé deux balles dans la tête. Il l'a tué sur-le-champ.

— Comment as-tu découvert tout ça ?

— J'ai eu connaissance d'éléments au procès. Et d'autres du partenaire de Tommy. Le reste, je l'ai su de la bouche même de TwoTimes juste avant de le descendre.

— Et que s'est-il passé après qu'il a tué Tommy ?

— Le procès le plus aberrant que j'aie jamais vu de ma vie. Je veux dire, le procureur savait que TwoTimes était un délinquant. Ils avaient retrouvé le sang de Tommy partout dans l'appartement. Ils avaient le flingue…

— Des empreintes ?

— Pas sur l'arme. Il l'avait nettoyée, dit McCabe avant de se taire un instant. Habille-toi, reprit-il. Allons dehors. J'ai besoin de prendre l'air.

— Tu me raconteras la suite ?

— Oui, je te raconterai la suite.

Moins d'une minute plus tard, McCabe avait enfilé un jean et un sweat-shirt trop grand, assez large pour dissimuler son .45. Pendant que Kyra s'habillait, il alla réveiller Casey pour lui dire qu'il était temps de sortir du lit et de se préparer pour l'école. Elle trouverait des céréales pour le petit déjeuner. Eux sortaient, mais seraient de retour avant qu'elle s'en aille.

Kyra et McCabe pénétrèrent dans le parc de l'Eastern Promenade et descendirent la colline vers la lumière matinale et l'eau. Ils traversèrent les voies étroites du chemin de fer, puis bifurquèrent vers le nord en suivant la piste de jogging vers Back Bay. Quelques coureurs passèrent. À part cela, ils étaient les seuls promeneurs.

— Je ne voulais pas parler de ces histoires dans l'appartement. Casey aurait pu m'entendre à travers la paroi. Elle a des oreilles d'aigle. Et ce n'est pas de son âge.

— C'est un regard d'aigle. À ce que je sache, les aigles ne sont pas spécialement réputés pour leur ouïe.

— Oui, je sais. C'est juste que je n'ai pas réussi à trouver l'animal approprié. Des oreilles de lapin, ça irait ? plaisanta-t-il.

Kyra ne sourit pas. Elle ne se laissait pas prendre à son badinage.

— Revenons au sujet, dit-elle.

— Tu as raison. Où j'en étais ?

— Le procès le plus aberrant que tu aies jamais vu de ta vie.

— Ah oui. L'avocat de TwoTimes l'a fait venir à la barre et il a sorti cet alibi bidon, comme quoi il aurait été en train de baiser avec sa copine au moment où Tommy s'était fait buter ; la copine en question et la mère de la copine ont juré leurs grands dieux que c'était vrai.

— Il s'en est tiré grâce à ça ?

— Il s'en est tiré grâce au doute raisonnable. Personne ne niait que Tommy ait été tué dans l'appartement de TwoTimes ou qu'il l'ait été avec son arme, mais il n'y avait pas de témoin. Il y avait bien cette petite fille de douze ans qui vivait au fond du couloir : elle avait dit aux policiers qu'elle avait entendu les quatre coups de feu et vu TwoTimes sortir de l'appartement par l'escalier de secours, mais elle ne voulait pas répéter son histoire devant un tribunal. Un des vendeurs de crack de TwoTimes avait sans doute fait pression sur elle.

— Alors il est sorti libre, et toi, même si tu allais le regretter jusqu'à la fin de tes jours, tu es allé le voir chez lui et tu l'as tué… Pourquoi, pour venger la mort de ton frère ?

— C'est ce que les gens des Affaires internes ont essayé de prouver, mais ce n'est pas la manière dont ça s'est passé. D'ailleurs, je ne le regrette pas vraiment.

— Alors comment ça s'est passé ?

— Ce qui a surtout posé problème aux Affaires internes, c'est que j'étais de la criminelle de Midtown North et pas des narcotiques du South Bronx. Je n'avais aucune raison de m'intéresser à ce dossier, surtout après la relaxe de TwoTimes.

— Mais tu n'as pas pu t'en empêcher ?

— Non.

— Je peux te demander pourquoi, et ce que tu espérais accomplir ? En supposant bien sûr que tu dis la vérité en affirmant ne pas avoir été là-bas pour tuer ce type.

— J'aurais pu. J'en ai eu la tentation, mais ce n'est pas le cas. Je savais qu'il ne pourrait plus être jugé pour le meurtre, mais je voulais le voir admettre non seulement qu'il avait tué Tommy mais aussi qu'il dealait. Qu'il gagnait sa vie en vendant du crack à des gosses. Je portais un micro. Je voulais la vérité. Je voulais qu'il aille en taule... Je voulais peut-être aussi le cogner un peu, admit McCabe après un silence.

— Que s'est-il passé ?

— Je suis monté dans ce trou à rats où il habitait, et je l'ai trouvé chez lui. Il a tout de suite deviné que j'étais flic, ce qui n'était pas trop difficile, mais il ne savait pas que j'étais le frère de Tommy. Je lui ai posé la question, et il m'a raconté ce qui s'était passé – comment il avait flingué ce narco avant de se tirer. Il savait qu'on ne pourrait pas le juger une deuxième fois pour ce meurtre, ce qui le faisait bien marrer. Alors j'imagine que j'ai craqué : je lui ai dit qui j'étais. Il a tout de suite pigé. Je veux dire, si un type aussi noir que TwoTimes pouvait blanchir d'un coup, c'est ce qui se serait passé. Il a aussitôt pris son arme. Il l'a sortie de sa ceinture et a tiré, mais la balle m'a manqué et s'est plantée dans le mur. Je suis plus précis. Ma balle a fait un trou dans sa tête. Et c'est la fin de l'histoire.

— Il y a eu une enquête ?

— Bien sûr, il y en a toujours une dans ce genre de cas.

— Et tu as été mis hors de cause ?

— J'ai été mis hors de cause. Le méchant avait une arme, et il a tiré le premier. On entendait distinctement les deux coups de feu sur l'enregistrement. D'abord le petit bruit de son .22, et juste après celui plus fort du 9 mm. Vu les circonstances, j'avais répliqué de manière appropriée. Malheureusement, trop de doutes persistaient sur la raison de ma présence là-bas pour que je puisse espérer poursuivre ma carrière comme inspecteur à New York. C'est en partie la raison pour laquelle j'ai pris le poste ici. Et pour laquelle je t'ai rencontrée.

— Casey est l'autre raison ?

— Oui.

Ils marchèrent un moment sans rien dire. Finalement, Kyra demanda :

— Tu l'aurais tué de toute manière ? Même s'il n'avait pas sorti une arme ?

— Je ne sais pas. Peut-être. J'en avais envie, c'est indéniable, mais il n'aurait pas fait long feu dans ce monde de toute façon. C'était un petit connard arrogant, et il y avait au moins une demi-douzaine de requins bien plus gros qui en avaient après lui. Ils lui auraient réglé son compte tôt ou tard.

— Tu as dit que tu n'avais pas de regrets ?

— Pas de regrets. C'était une vermine et il méritait de mourir.

— Alors pourquoi fais-tu toujours des cauchemars ?

— Parce que c'est le seul homme que j'aie jamais tué, j'imagine. Parce qu'on était tout près l'un de l'autre, c'était très intime. Il était vivant. La seconde d'après, il était mort. En dépit de ce qu'on voit à la télé, tuer des gens n'est pas si facile.

Kyra arrêta de marcher et le regarda.

— Ça aide.

— Comment ça ?

— Ça m'aide de savoir que, si je t'épouse, mon mari n'est pas quelqu'un de capable de commettre un acte pareil aussi facilement.

— C'est important, hein ?

— Je ne m'abaisserai pas à répondre à ça.

—Non, si tu m'épouses, tu n'épouseras pas un assassin. Tu épouseras un flic. Et un homme qui sort d'un mariage brisé. Comme tu le sais, chacune de ces caractéristiques apporte son lot de problèmes.

Kyra glissa son bras sous celui de McCabe et serra son corps contre le sien. Il se baissa, l'attira contre lui et l'embrassa. Elle l'embrassa en retour. Puis, bras dessus, bras dessous, ils refirent le chemin en sens inverse jusqu'à l'appartement, s'émerveillant, comme toujours, de la beauté de la baie et de la magnificence du lever de soleil qui teintait de rose tous les nuages.

26

Boca Raton, Floride
Mardi, 14 heures

Vanessa Redmond était assise dos au mur à une table en coin du bar dans le hall du Boca Raton Club and Resorts qui, le mardi à 14 heures, était quasiment vide. Elle portait une tenue décontractée, chemise de soie vert vif et pantalon de lin blanc. Femme séduisante, elle ne s'était jamais sentie obligée de teindre ses cheveux naturellement gris. Sa main droite jouait nerveusement avec le fermoir de sa montre en or Baume et Mercier. Les seuls autres bijoux qu'elle portait étaient une fine chaîne autour du cou, avec un cœur en or Elsa Peretti, et deux petits diamants en boucles d'oreilles. Son maquillage était simple et discret. Même si en général elle ne buvait quasiment pas, et jamais l'après-midi, elle avait commandé un cosmopolitan, dans l'espoir que l'alcool calmerait son anxiété. L'homme était en retard. Elle n'avait pas l'habitude qu'on la fasse attendre et n'aimait pas rester assise seule dans un bar. Elle ouvrit son téléphone portable dans l'idée de vérifier les messages chez elle pour voir s'il avait appelé. Puis elle le referma, décidant de lui laisser encore dix minutes. Elle sirota son verre.

Un homme grand et large d'épaules, aux yeux profonds, entra dans le hall. Il portait un blazer bleu de bonne coupe sur un polo Izod jaune et un pantalon marron clair. Il jeta un coup d'œil dans sa direction et s'avança vers sa table.

— Madame Redmond ?

— Mademoiselle, corrigea-t-elle. John Redmond est mon père. Je m'appelle Vanessa.

— Jamais mariée ? s'enquit-il en s'installant en face d'elle.

— Non. Votre nom ?

— Harry. Harry Lime.

— Je suppose que ce n'est pas votre vrai nom.

— Non. Mon vrai nom n'a aucune importance.

— Vous êtes en retard, Harry Lime.

— Ça n'a pas d'importance non plus.

— Pourquoi vouliez-vous me rencontrer ?

— Je préfère ne pas parler ici. Il y a un chemin là-bas. On peut aller discuter en marchant. Vous n'avez pris que ce verre ?

— Oui, dit-elle.

Il posa un billet de vingt dollars sur la table. Puis il tira la table pour lui permettre de se dégager. Elle se leva et partit du bar la première. Il la suivit jusqu'à l'entrée de l'hôtel, puis ils sortirent ensemble dans la chaleur de cet après-midi de fin d'été.

Ils empruntèrent le chemin, s'éloignant du centre de l'hôtel.

— Vous ne portez pas de micro ? demanda-t-il.

— Oh, je vous en prie, ne soyez pas ridicule, dit-elle d'une voix irritée.

— Désolé, mais je vais devoir vérifier. Puis-je voir votre sac ?

Poussant un soupir exaspéré, elle lui tendit le petit sac Hermès qu'elle portait en bandoulière. Il l'ouvrit et fouilla à l'intérieur. Ne trouvant rien, il le lui rendit.

— Maintenant, je veux que vous mettiez les bras autour de mon cou et que vous vous colliez contre moi comme si on s'embrassait. Je dois vous fouiller.

— Ça, jamais de la vie, répliqua-t-elle. À qui croyez-vous parler ?

— Je sais qui vous êtes, mademoiselle Redmond. Je connais aussi très bien votre père et sa condition. Je sais qu'il a été refusé dans six programmes différents de transplantation cardiaque à cause de son âge. Et je sais que vous voulez qu'il vive. Je suis votre seule option. Si vous préférez en rester là, c'est votre choix. Nous pouvons mettre un terme à notre transaction et je m'en irai.

— Et mon père mourra ?

— Oui, votre père mourra. Mais bon, après tout, tout le monde meurt. Ce n'est qu'une question de temps. D'ailleurs, vous pouvez voir le bon côté des choses. Vous allez hériter d'une belle fortune.

— J'ai déjà plus d'argent que je n'en ai besoin. Aussi étrange que ça puisse paraître à un homme tel que vous, j'aime mon père.

— C'est pour ça que vous ne vous êtes jamais mariée ?

Elle ne répondit pas. Elle se contenta de se tourner vers lui et, lui faisant face d'un air indifférent, posa ses bras autour de son cou en pressant son corps contre le sien, telle une amante. Elle put sentir le renflement d'un holster et d'une arme sous sa veste tandis que les mains de l'homme parcouraient son corps en feignant de la caresser, de haut en bas, devant et derrière.

— Vous en profitez bien ? chuchota-t-elle.

— Pas vraiment, dit-il. Vous n'êtes pas mon type.

Apparemment satisfait de constater qu'elle ne portait aucun micro, il ajouta :

— OK, vous pouvez me lâcher maintenant.

Ils reprirent leur marche sur le chemin. L'hôtel se trouvait sur leur droite ; à gauche et devant eux s'étalaient les allées vert vif du terrain de golf.

Ce fut elle qui entama la conversation :

— Que vouliez-vous me dire ?

— Nous avons un cœur en bonne santé, dit-il. Le groupe sanguin et les tissus sont compatibles. Le donneur est en état de mort cérébrale. Il est actuellement sous assistance artificielle.

— Qui est le donneur ?

— La victime d'un accident. Son identité ne vous regarde pas. Votre père est-il toujours disposé à prendre le risque ? À son âge, il n'a pas plus d'une chance sur deux de survivre une année supplémentaire, et les probabilités qu'il meure lors de l'opération sont élevées.

— J'en suis consciente, dit-elle. Et lui aussi. Mais, sans opération, il ne vivra pas plus d'un mois ou deux. C'est un vieil homme coriace, et il veut vivre. Il pense que ça en vaut la chandelle. Et si c'est ce qu'il souhaite, c'est ce que je veux aussi.

— La procédure complète coûtera cinq millions de dollars. Payables d'avance.

— C'est une somme importante.

— D'après nos sources, la fortune de votre père se chiffre à plus d'un milliard. Pour quelqu'un comme lui, cinq millions, c'est de l'argent de poche, surtout en échange de sa vie. Quoi qu'il en soit, c'est le prix. À prendre ou à laisser.

— Qui est le chirurgien ? Il est compétent ? Qualifié ?

— Plus que compétent. L'un des meilleurs. Mais, pour des raisons évidentes, vous comprendrez que je ne peux pas vous révéler son identité. Bon, alors, votre décision ?

— Je n'ai pas le choix.

— Très bien. À partir de maintenant, il n'y a plus de retour en arrière possible.

Harry Lime lui tendit un morceau de papier.

— Voici les coordonnées et le numéro de compte d'une banque privée à Zurich. Demain matin au plus tôt, je veux que vous viriez cinq millions de dollars sur ce compte. Ensuite, je veux que vous brûliez ce papier. Quand la banque me confirmera que les fonds sont bien arrivés, l'argent sera transféré sur un autre compte et le compte initial fermé. Quand ce dernier aura été crédité, je vous contacterai pour que votre père rejoigne le site de l'opération.

— Où l'opération aura-t-elle lieu ?

— Aux États-Unis. C'est tout ce que je peux vous dire pour l'instant. Pas besoin de passeport. Quand je vous aurai contactée, vous organiserez le transport de votre père en ambulance privée jusqu'à un petit aéroport que je vous indiquerai plus tard. Un avion privé le récupérera là-bas. Il y aura un pilote, un médecin et une infirmière spécialisée dans les soins cardiaques à bord. À part eux, il voyagera seul.

— Je veux l'accompagner. Depuis la mort de ma mère, je suis la seule personne qui se soucie vraiment de lui.

— Désolé, mademoiselle Redmond, mais c'est non. Il voyagera sans vous. On lui administrera un sédatif pour le trajet. On ne lui dira pas où il va. Une ambulance l'attendra à son arrivée et le transportera sur le site. L'opération débutera aussi vite que possible, médicalement parlant. Quand il sera suffisamment rétabli, il rentrera chez lui, dans un délai de trois ou quatre jours, si tout se passe bien. Le retour se déroulera exactement dans les mêmes conditions. Nous nous arrangerons pour qu'une infirmière s'occupe de lui à domicile et lui administre les médicaments antirejet qui seront nécessaires.

— C'est-à-dire ? demanda-t-elle.

— Votre père aura besoin de prendre des médicaments antirejet, notamment de la cyclosporine, pendant le restant de sa vie. Ils existent sous forme de tablette, et tout le nécessaire vous sera envoyé directement. Il n'y aura pas de visites à la pharmacie, pas de papiers envoyés à une compagnie d'assurances.

— Et s'il y a un problème ?

— Certains effets secondaires sont à prévoir. Il peut y avoir des complications rénales. Sans doute moins de pression quand il urinera. Il peut avoir les mains qui tremblent. Les mains ou les pieds qui enflent. Ou encore les gencives qui saignent. La liste est longue, mais la plupart de ces effets ne présentent pas de risque vital. L'infirmière saura comment réagir. Si des signes de rejet de la greffe apparaissent, elle nous en informera et nous enverrons un chirurgien cardiaque effectuer une biopsie. Si un traitement supplémentaire se révèle nécessaire, on vous contactera pour discuter des options.

« J'insiste encore une fois sur le fait que vous ne devez révéler ces arrangements à personne. Ni à votre médecin. Ni à votre amant. Ni à votre tante Ethel. Si vous parlez en dormant, dormez seule. Si quelqu'un s'étonne qu'il aille mieux, dans le cas où l'opération serait un succès, contentez-vous de dire qu'on lui a fait un pontage. Les cicatrices auront l'air assez similaires. S'il meurt, alors contactez-nous au numéro qu'on vous donnera. Nous nous arrangerons pour qu'un médecin signe le certificat de décès et que le corps soit inhumé.

— C'est tout ? demanda-t-elle.

— Un dernier point. En acceptant ces accords, vous et votre père devenez complices d'un délit. Si nous découvrons que vous avez parlé avant l'opération – et vous serez surveillés de près –, le contrat sera annulé. Nous garderons l'argent, mais l'opération n'aura pas lieu. Si nous découvrons que vous avez parlé après l'opération, à qui que ce soit, la livraison des médicaments cessera… et votre vie aussi.

Harry Lime prononça ces paroles sur un ton platement professionnel, sans menace, sans la moindre émotion. En dépit de la chaleur qui régnait en Floride, Vanessa Redmond se surprit à frissonner. Elle ne savait rien de cet homme ni des gens avec qui il travaillait. Elle devait accepter aveuglément toutes ses consignes et ses promesses. Cependant, parce qu'elle voulait que son père vive, ne serait-ce qu'un peu plus longtemps, elle dit simplement :

— Je comprends.

27

Mardi, 17 heures

Ce mardi en fin d'après-midi, cela faisait quatre jours que le corps de Katie Dubois avait été retrouvé dans la décharge et que Lucinda Cassidy avait disparu de la Western Promenade. Tom Shockley commençait à se plaindre du manque de résultats. Bill Fortier commençait à s'inquiéter du coût des heures supplémentaires dans son département. McCabe, lui, était de plus en plus hanté par le compte à rebours qui s'égrenait.

Avec ses agents de la brigade criminelle, il consacra la plus grande partie de la journée à passer en revue les résultats des innombrables entretiens qui, pour l'essentiel, ne menaient nulle part. Travaillant jour et nuit, Tasco, Fraser et quatre équipes de policiers avaient épluché la liste des 4 x 4 Lexus et BMW afin de réduire le nombre des suspects possibles de presque cinq cents à moins d'une douzaine. Chacun de ces suspects potentiels – trois chirurgiens, quatre autres docteurs, une infirmière et un professeur de biologie d'un petit collège dans le New Hampshire – avait les capacités requises pour extraire un cœur humain. Aucun ne disposait d'un alibi. Chacun d'eux fut convoqué au 109 Middle Street et placé dans une salle d'interrogatoire équipée de micros et de matériel d'enregistrement vidéo dissimulé. Chacun fut questionné de manière intensive, parfois pendant des heures, par des équipes de policiers formés à traquer la moindre incohérence dans leur version des faits. De l'avis de Tom Tasco, le suspect le plus « prometteur » était un ancien gynécologue de cinquante-cinq ans de North Berwick. S'il semblait prometteur, c'est uniquement parce qu'il avait perdu le droit d'exercer en 2002 après avoir été accusé d'attouchements inappropriés sur une demi-douzaine de patientes alors que leurs pieds étaient pris dans les étriers. L'une d'elles n'avait que quatorze ans.

Malheureusement, l'homme ne mesurait qu'un mètre soixante, bien loin des plus d'un mètre quatre-vingt du suspect aperçu sur la bande de surveillance. En voyant la vidéo de l'interrogatoire, McCabe sut que cet homme n'aurait jamais été assez fort pour porter le corps de Katie là où on l'avait laissé.

L'enquête sur la disparition de Lucinda Cassidy n'avait guère donné plus de résultats. Les recherches organisées en cercles concentriques à partir de l'épicentre n'avaient révélé aucune piste. Des plongeurs avaient exploré les eaux du port de Portland, en vain. On utilisa les techniques de localisation cartographique sophistiquées que les rangers des services forestiers du Maine avaient mises à profit avec succès pour retrouver le corps d'une femme assassinée quelques années plus tôt. Cette fois, elles firent chou blanc. Bill Bacon et Will Messing ne savaient plus où orienter leurs recherches.

Finalement, aux environs de 18 heures, McCabe appela Burt Lund afin de savoir si la juge Washburn était revenue en ville, et si Lund était parvenu à fixer un rendez-vous avec elle.

—Elle vient juste de rentrer, lui dit Lund. Retrouve-moi à son cabinet dans dix minutes.

Avant de partir, McCabe rassembla les policiers épuisés dans la salle de réunion. D'abord, il les encouragea à garder le moral et à continuer leur travail. Il leur rappela que, chaque fois qu'ils éliminaient un suspect, ils progressaient d'autant dans leur enquête et se rapprochaient de sa résolution. Face à leurs traits tirés, il avait bien conscience qu'ils avaient déjà entendu ce genre de ritournelle. Il hésita à leur parler du message dans sa boîte aux lettres et du rendez-vous fixé pour le soir même avec le témoin potentiel, mais il craignait que l'information ne fuite dans la presse ou n'atteigne le bureau de Shockley. Cependant, il mentionna qu'il allait de ce pas demander à un juge un mandat pour fouiller la voiture et le domicile de Spencer. Puis il leur dit de rentrer chez eux pour se reposer un peu. Afin de repartir du bon pied le lendemain matin.

Le cabinet de la juge Paula Washburn se trouvait au deuxième étage du palais de justice du comté de Cumberland sur Federal Street, à moins de cinq minutes de marche des locaux de la police. McCabe et Lund furent admis immédiatement. Washburn était une femme grande et très maigre, aux cheveux gris coupés court. Elle s'économisa les politesses d'usage, se contentant de les inviter à s'asseoir.

— Eh bien, messieurs, qu'avons-nous de si diablement urgent qui ne puisse pas attendre une minute de plus ?

— Une demande de mandat de perquisition dans l'affaire Dubois, dit Lund, lui tendant la déclaration sous serment de McCabe.

Elle les fit patienter plusieurs minutes, le temps de la lire en silence.

— Bien, bien, comme c'est intéressant, finit-elle par dire, en jetant un coup d'œil à McCabe par-dessus des lunettes perchées sur son long nez. J'espère que vous ne partez pas juste à la pêche, inspecteur McCabe. Parce que, si c'est le cas, vous vous attaquez à un sacré gros poisson.

— Non, madame le juge, ce n'est pas le cas. Je crois que nous avons des motifs suffisants pour approfondir notre enquête sur le docteur Spencer.

— Il y a d'autres docteurs qui ont des 4 x 4 Lexus verts.

— En effet, mais jusqu'ici Spencer est le seul qui présente une ressemblance physique à la fois avec l'homme aperçu sur la vidéo et avec celui décrit par l'entraîneur de foot.

Elle posa plusieurs questions sur la fiabilité de l'agrandissement de la vidéo effectué par Starbucks et sur celle de la mémoire de Tobin Kenney. McCabe y répondit du mieux qu'il put. La juge Washburn hochait la tête, jaugeant ses réponses. Puis elle demanda :

— Le docteur Spencer est-il au courant qu'il est sur le point de devenir suspect dans une affaire de meurtre ?

— Je pense qu'il doit s'en douter un peu. Il a appelé le chef Shockley et s'est plaint du fait que j'ai interrogé sa femme.

— Shockley sait-il que vous demandez ce mandat ?

— Non.

— Bien entendu, vous êtes conscient que ça ne va pas lui plaire du tout.

— Oui.

— Et ça ne vous inquiète pas ?

— Non.

— Y a-t-il autre chose dont je devrais être informée ?

— Oui, dit Lund. En temps normal, madame le juge, nous aurions peut-être attendu un peu, le temps de réunir plus d'indices, avant de demander ce mandat. Mais nous devons agir vite : une autre vie est peut-être en jeu.

— La femme qui a disparu ?

— Oui, madame le juge.

— Très bien, monsieur Lund, je vais donner une suite favorable à cette demande, même si j'aurais préféré que vous ayez des preuves plus convaincantes. Si je prends cette décision, c'est parce que je pense que je n'aurais eu aucune hésitation pour un membre moins éminent de notre communauté. Mais j'espère pour nous tous que ça ne va pas nous retomber sur le dos.

— Oui, madame le juge. Je l'espère aussi. Merci.

Washburn signa le mandat et le leur tendit. Lund et McCabe quittèrent le cabinet de la juge.

Arrivé sur le trottoir, McCabe appela Maggie sur son portable.

— Je t'offre une bière.

— Impossible. J'ai un invité ce soir. Je suis chez moi, en train de préparer le dîner.

— C'est important.

— D'accord. Pourquoi tu ne passerais pas alors ? Tu me parleras pendant que je cuisine.

Maggie habitait une petite maison à deux chambres sur Vesper Street, à seulement deux pâtés de maisons de l'appartement de McCabe sur la Promenade.

— C'est qui, ton invité ? demanda-t-il lorsqu'elle lui tendit une bouteille fraîche de Shipyard et un décapsuleur.

Elle lui apprit qu'elle avait un rendez-vous – leur troisième – avec son nouveau petit ami « potentiel, peut-être, peut-être pas ».

Il décapsula la bière, s'adossa contre le réfrigérateur et but une longue gorgée.

— Je ne sais pas ce que tu prépares, mais ça sent bon.

— Merci. Coq au vin.

Elle se versa un verre de vin rouge, s'assit à la table de la cuisine et le sirota. McCabe tira une chaise pour s'installer en face d'elle.

— Bon, assez tourné autour du pot, dit Maggie. C'est quoi, la nouvelle urgente dont tu devais me parler ?

D'abord, il lui dit pour le mandat. Elle hocha la tête d'un air approbateur.

— Rien d'autre ?

Il lui montra le message, en précisant qu'il était sûr qu'il provenait de la femme qu'il avait poursuivie sur Exchange Street puis vue aux funérailles de Katie. Il dit qu'il allait la rencontrer ce soir, seul, comme requis.

— Pourquoi tient-elle à ce que tu y ailles en T-Bird ? Même une Crown Vic serait moins repérable.

— Je l'ignore. Peut-être parce qu'elle pourra la reconnaître facilement. Ou peut-être parce que ça ne ressemble pas à une voiture de police.

Maggie fit « hmmm » à deux ou trois reprises en examinant le contenu du message, avec une intonation différente dans chaque « hmmm ». Elle tapotait la table du bout de ses doigts.

— Est-ce qu'on a des informations sur cette femme ? demanda-t-elle. Je respecte ton intuition, McCabe, mais c'est peut-être juste une cinglée qui cherche à se retrouver mêlée à l'affaire. Ou même à se retrouver sur une route de campagne isolée avec un grand et beau flic baraqué.

— Comme moi, tu veux dire ?

— Ouais, mais que ça ne te monte pas à la tête, hein ?

Il redevint sérieux.

— Non, je ne crois pas que ce soit bidon. Aux funérailles, elle a laissé entendre qu'on la surveillait. Et que si on la voyait avec moi, elle se ferait tuer.

— Ce qui n'exclut pas qu'elle soit cinglée.

— Je ne crois pas. J'ignore de quelle information elle dispose, mais je pense qu'elle en sait long. Ça pourrait être important.

— Je ne pense pas que ce soit une si bonne idée d'y aller seul. Pourquoi je ne te suivrais pas discrètement avec une autre voiture, pour te couvrir un minimum ? Tu sais, la règle numéro un ? Ne jamais aller nulle part sans renfort ? Sans compter que, si la situation tournait mal et que tu étais seul là-bas, le département te ferait passer un sale quart d'heure.

— J'imagine. Le problème, c'est que quand elle dit seul, elle ne plaisante pas. Elle guettera pour repérer un véhicule qui ressemble même de loin à une voiture de police. Si Cassidy est toujours vivante...

— C'est un grand « si ».

— Peut-être, mais si c'est le cas, l'heure tourne, et je n'ai pas envie de perdre ce qui pourrait être notre meilleure piste jusque-là.

— Alors tu t'assois sur la règle numéro un ?

— Ouais. De toute façon, je ne vois pas pourquoi la situation devrait mal tourner. Je voulais juste que tu saches où je vais.

— Tu vas prendre de quoi enregistrer ?

— Oui, mais je ne l'utiliserai peut-être pas. Pour l'instant, je la vois plutôt comme une biche prise dans les phares. Un faux mouvement, et elle disparaîtra.

— Mike, je n'aime pas ça. Je crois que je devrais t'accompagner.

— Écoute, tu as prévu de passer une soirée agréable. Va finir de préparer ton dîner. Et amuse-toi bien avec... euh... c'est quoi son nom ?

— Einar.

— Einar ? Sans blague ?

— Oui, Einar, sans blague – et non, inutile de me sortir une de tes plaisanteries douteuses, merci beaucoup.

Maggie se leva et l'accompagna à la porte.

— Au revoir. Je t'aime bien. Ne te fais pas trouer comme une passoire.

Plus tard, chez lui, McCabe prépara une salade et décongela des lasagnes pour Casey. Il en picora un peu lui-même. Une fois le repas terminé, Casey débarrassa la table et McCabe se réfugia dans le salon où il ouvrit son atlas du Maine à la page qui comprenait Gray. Il localisa les routes que les instructions du message lui disaient de prendre, ainsi que l'endroit où il était censé se garer. Étudiant la carte en partant du point de rendez-vous, il imprima dans sa mémoire le réseau serré de routes secondaires. Cela lui prit dix minutes.

Même s'il doutait d'avoir à s'en servir, il empocha un chargeur de huit balles supplémentaire pour son arme de service, un Smith & Wesson 4506. Puis, après une hésitation, il prit aussi le fusil à pompe Mossberg 590 qu'il gardait sous clé dans son armoire. Il ne pouvait pas totalement exclure la possibilité qu'il se jetait dans un guet-apens. En cas de nécessité, il préférait disposer de la puissance de feu nécessaire pour s'en dépêtrer.

Il téléphona à Jane Devaney afin de voir si elle pouvait venir chez lui et garder Casey. Le répondeur se déclencha après quatre sonneries. Il ne laissa pas de message. Kyra était à Boston, elle allait au musée des Beaux-arts et dînait avec des amis. À contrecœur, McCabe se convainquit que tout irait bien pour Casey. Il ne pensait pas rentrer à la maison si tard que ça. D'ailleurs, comme Casey le lui rappelait souvent, d'autres gens la payaient dix dollars de l'heure pour garder leurs enfants. Elle était assez grande pour passer quelques heures toute seule.

En sortant, il lui dit de verrouiller la porte à double tour. Elle jeta un regard inquiet à l'étui du fusil à pompe au creux de son coude.

— Où tu vas ?

— Je vais interroger un témoin. Je ne devrais pas rentrer tard.

— Pourquoi tu prends ça ?

— Je voulais le ranger dans le coffre de la voiture depuis longtemps. Ça n'a rien à voir avec ce soir.

Bonne question. Mauvaise réponse. Il voyait bien qu'elle ne le croyait pas. Plutôt que de s'enfoncer encore plus, il l'embrassa simplement et lui dit de ne laisser entrer personne.

— À moins que tu ne sois certaine que c'est Jane ou Kyra.

— Elles ont des clés toutes les deux, alors je ne laisse entrer personne, point, fit-elle remarquer, avant d'ajouter : Je me sentirais plus en sécurité si tu me laissais avoir un chien.

Il avait déjà entendu cette requête une bonne douzaine de fois.

—Bien tenté, dit-il. Pas de doute, tu es une McCabe jusqu'au bout des ongles.

Il l'embrassa de nouveau et sortit.

Il entendit le verrou tourner dans son dos lorsqu'il bifurqua pour emprunter l'escalier, se demandant si une grosse bête protectrice traînant dans l'appartement ne serait pas une si mauvaise idée. Bien sûr, l'animal devrait aussi être amical, tendre et adorable. C'était peut-être une combinaison impossible. Il devrait en discuter avec des propriétaires de chiens quand tout serait terminé.

Lorsque McCabe monta dans la voiture, il glissa le .45 dans un holster spécial qu'il avait installé lui-même devant la banquette arrière de la Bird, dans l'alignement de sa main droite. En cas d'urgence, il pouvait le saisir autrement plus vite que s'il était accroché à sa hanche, coincé sous la ceinture de sécurité. Il fourra le chargeur supplémentaire et une poignée de cartouche de calibre 12 dans la petite boîte à gants face au siège passager. Il chargea le Mossberg et le mit dans le coffre. Enfin, il dévissa les ampoules des lampes intérieures de la voiture. Inutile que les lumières fassent de lui une cible facile chaque fois qu'il ouvrait la portière.

Il glissa un album de Coltrane dans le lecteur CD flambant neuf de la Bird. La musique relaxante de « *Soul Eyes* » emplit l'habitacle, s'écoulant doucement, comme de l'or liquide, des haut-parleurs. Il monta le volume, sortit la voiture du parking et se dirigea vers l'autoroute via Washington Avenue.

28

Mardi, 20 h 45

Le trafic était fluide sur Gray Road, mais McCabe jetait à intervalles réguliers des coups d'œil dans le rétroviseur afin de s'assurer que personne ne le suivait. Il trouva la sortie pour la Holder's Farm Road, comme indiqué sur la carte. Vérifiant son compteur, il roula deux kilomètres avant de se ranger sur le bas-côté. Suivant les instructions, il fit clignoter ses phares deux fois. Même sans lumière, il pouvait y voir dehors. Le ciel était dégagé, la lune presque pleine. À mesure que ses yeux s'adaptaient à la pénombre, il vit que le terrain sur sa droite était un pré ouvert, dépendant probablement d'une ferme. La Holder's Farm ? Il sortit le .45 de son holster et le posa sur le siège à côté de lui, en laissant le cran de sûreté. Puis il attendit. Cinq minutes passèrent. Dix. Apparemment, la femme mystérieuse allait le laisser lanterner, comme elle l'avait annoncé dans le message. Il baissa la vitre côté conducteur et s'enfonça dans son siège. Le souffle de l'air nocturne de septembre lui rafraîchit le visage. Il sentit l'odeur de compost dégagée par les terres cultivées, ce qui n'était pas si désagréable.

Tel était son état d'esprit lorsqu'une autre idée lui vint, qui se mit à l'obséder – l'idée qu'on ne lui avait pas remis le message pour lui fixer un rendez-vous, mais bien pour l'éloigner de chez lui. Pour laisser Casey sans protection. Il se maudit de n'avoir pas couvert ses arrières. Un léger accès de paranoïa n'était pas toujours de mauvais conseil. À Portland, il se sentait trop en sécurité. Ce genre de sentiment pouvait se révéler dangereux. Il attrapa son téléphone portable et composa le numéro de son domicile, puis tapota le volant du bout des doigts en attendant que la connexion se fasse et que Casey réponde. Une sonnerie. Deux. *Allez, Casey, décroche ce putain de téléphone.* Trois sonneries. Quatre. Puis la voix préenregistrée de Casey : « Vous êtes chez les McCabe. Laissez-nous un message… » *Merde.* Il raccrocha. Des images envahirent ses pensées : des inconnus tapis dans le noir, en train d'attendre devant son appartement, guettant la lumière aux fenêtres de la chambre de Casey, se préparant à s'introduire chez lui.

Il pressa la touche de rappel. Un. Deux. *Allez, bébé, décroche le téléphone.*

— Tu as oublié quelque chose ? fit la voix de Casey, cette fois en direct.

McCabe soupira, aussi silencieusement que possible.

— Où tu étais ? demanda-t-il.

— Où j'étais ?

— Il y a une minute, j'ai appelé. Personne n'a répondu.

— J'étais dans la salle de bains.

— Tu vas bien ?

— Oui, ça va, dit-elle sur un ton décontenancé.

— Personne n'a appelé ou sonné à la porte ?

— Non.

— Des bruits bizarres ?

— Papa, tu me fiches les jetons.

— Désolé. Écoute, je vais demander à Maggie de venir te rejoindre.

— Pourquoi ?

— Parce que je suis idiot. Fais-moi plaisir. Je te rappellerai si elle ne peut pas venir. Vérifie bien que c'est Maggie avant d'ouvrir la porte.

— D'accord, dit-elle, un peu hésitante. Je vérifierai, assura-t-elle avant de raccrocher.

De toutes les femmes que McCabe connaissait et en qui il avait confiance, Maggie était la seule qui était armée. La seule aussi qui savait comment repérer une surveillance. Il composa son numéro en vitesse.

— Allô ?

Sa voix semblait plus douce, plus sensuelle que celle de la Maggie qu'il fréquentait. Interrompait-il un moment passionnel ? Sans doute.

— Allô ? répéta-t-elle.

— Maggie ?

— McCabe ? Qu'y a-t-il ?

Aussitôt en alerte, Maggie l'amoureuse se métamorphosa en Maggie la flic.

— Écoute. Je suis coincé ici dans ce trou perdu et Casey est restée toute seule chez nous. J'ai pensé que le message était peut-être destiné à m'éloigner.

— OK. Tu as des raisons de penser ça ?

— À part le fait qu'elle est sans protection, non, et notre mystérieuse amie ne s'est toujours pas montrée. Je suis désolé. Je sais que tu es avec quelqu'un ce soir. Mon esprit doit me jouer des tours. J'ai juste besoin de la savoir en sécurité. Je te revaudrai ça.

Il entendit un long soupir, puis :

—Je comprends. C'est d'accord. Tu as raison. Appelle Casey. Dis-lui que j'arrive dans cinq minutes.

—Excuse-moi auprès d'Einar. Je suis vraiment désolé.

—C'est bon. Je suis une grande fille. Souviens-toi seulement que tu me dois un service, dit-elle avant de raccrocher.

L'anxiété de McCabe s'évanouit. Il décida d'attendre encore dix minutes. Si l'auteur du message ne se montrait pas, il repartirait à Portland et laisserait Maggie vivre sa vie. Un calme total régnait dehors. Rien ne venait troubler le silence, pas même le chant des grillons... sauf le léger crissement d'une chaussure sur le gravier. Il venait de la droite, derrière la Bird, le long de l'accotement de la route. Un bruit si ténu qu'en ville il ne l'aurait même pas entendu. McCabe resta assis, immobile. Ne bougeant que sa main droite et son poignet, il enleva la sécurité sur le .45 et le fit pivoter de sorte que, au moment où la portière s'ouvrit, il était pointé droit sur le visage de la femme.

Ce visage lui était familier. C'était bien celui de la femme qu'il avait poursuivie sur Exchange Street et avec qui il avait parlé dans l'église. Elle était vêtue différemment, portant une tenue plus décontractée, jean et chemise noire en coton, mais c'était sans aucun doute le même visage.

—À ouvrir les portes aussi brusquement, vous allez finir par vous faire tuer, dit McCabe. Entrez. D'une façon plus générale, je vous recommande de ne pas rôder dans le noir autour d'hommes armés.

Elle ignora aussi bien ses paroles que le revolver pointé sur elle et se faufila sur le siège à côté de lui. Elle referma la portière.

— Démarrez, dit-elle. On parlera en roulant.

— Où est votre voiture ?

— Cachée. À un bon kilomètre d'ici.

Il démarra la voiture et la fit tourner vers la route.

— Vous voulez aller quelque part en particulier ?

— Contentez-vous de rouler. Ces routes de campagne s'étendent sur des kilomètres.

L'accent était français et la femme séduisante. McCabe remarqua une ressemblance plus que fugace avec l'actrice Jeanne Moreau dans le film de François Truffaut, *Jules et Jim*, un classique de 1962. Sauf qu'elle était plus âgée que l'actrice à cette époque – peut-être quarante ou quarante-cinq ans.

— Vous ne portez pas de micro, n'est-ce pas ? demanda-t-elle.

Il reprit la route.

— Non. Il y a un petit magnétophone numérique dans la boîte à gants, mais il est éteint.

Elle ouvrit la boîte, examina l'appareil, vit que McCabe ne mentait pas et le remit en place. Elle sortit le chargeur et quelques cartouches de fusil.

— Vous partez en guerre ?

— On ne sait jamais, de nos jours, pas vrai ?

Elle remit le chargeur et les cartouches dans la boîte à gants qu'elle referma.

— *Québécoise ?* demanda-t-il.

— *Non, française. Je suis de Montpellier. Près de la Méditerranée*[1*].

1. * En français dans le texte.

McCabe ne fit pas de commentaire.

— Vous parlez français ? s'enquit-elle.

— Non.

— OK. On parlera anglais.

Malgré l'accent, son anglais était correct.

— C'est vous qui avez écrit le message ? demanda-t-il.

— Bien sûr.

— Je ne m'attendais plus à ce que quelqu'un vienne.

— Je devais m'assurer que personne ne vous avait suivi.

— Pourquoi m'aurait-on suivi ?

— À cause de moi.

McCabe jeta un nouveau coup d'œil dans le rétroviseur. Pas de phares. Il accéléra, tourna successivement dans différentes routes de campagne, faisant demi-tour à l'occasion, utilisant la carte qu'il avait mémorisée pour rendre leur trajet le plus sinueux possible. La Bird n'était pas une Porsche, mais avec son moteur 312 V8 et son levier à trois vitesses, elle ne manquait pas de puissance et était plus que maniable. Si quelqu'un essayait de les suivre, soit il les perdrait, soit il ne tarderait pas à se montrer. À moins, bien sûr, qu'on n'essaie de les suivre phares éteints, ce qui était plutôt risqué sur ce type de route, surtout à grande vitesse, même par une nuit de clair de lune.

— Qui êtes-vous ? demanda-t-il.

— Je m'appelle Sophie Gauthier. Comme je vous l'ai dit, je suis française. Franco-algérienne, plus exactement. Je suis née à Alger. Mon père était dans l'armée coloniale. Ma mère était algérienne.

Comme la plupart des colons, on est partis après l'indépendance en 1962 et on s'est installés en France. J'avais deux ans à l'époque. J'ai grandi dans le Languedoc. C'est dans le sud de la France, à l'ouest de la Provence.

Tout en parlant, Sophie Gauthier n'arrêtait pas de regarder derrière, au cas où une voiture les suivrait.

— Continuez, dit McCabe.

— Je suis perfusionniste cardiaque. Jusqu'à l'année dernière, je travaillais à l'hôpital universitaire de Montpellier en France, spécialisé dans les procédures de transplantation cardio-thoracique.

Transplantation, se dit McCabe, se souvenant encore des affirmations de Spencer selon lesquelles il ne pouvait pas s'agir de cela. *C'était une putain de greffe.*

— Des greffes cardiaques ? l'interrogea-t-il.

— Oui, et des greffes cœur-poumons.

— Êtes-vous impliquée dans le meurtre de Katie Dubois ?

— Non, pas directement. Mais je crois savoir comment elle a été tuée, et pourquoi.

— Et par qui ?

— Non, malheureusement.

— L'a-t-on tuée pour récupérer un cœur en vue d'une greffe ?

— Je n'en ai pas la preuve. Je ne connaissais même pas Katie Dubois. Mais oui, c'est ce que je suspecte.

Les lumières du tableau de bord éclairaient son visage par-dessous, le baignant d'une lueur verte qui accentuait son air naturellement triste.

— Dites-moi ce que vous savez.

— Je ne peux pas. Pas tant que je n'aurai pas la garantie d'être protégée, ajouta-t-elle en le regardant. Je veux l'immunité contre toute poursuite pénale.

Des phares s'approchèrent dans la direction opposée. McCabe ralentit et déporta légèrement la Bird sur la droite pour laisser au véhicule, un 4 x 4, la place de passer sur la route étroite. Sophie Gauthier se recroquevilla et dissimula son visage dans ses mains lorsque les feux du véhicule qui les croisait les balayèrent.

— De qui vous cachez-vous ? s'enquit-il.

— Il y a des gens qui me tueraient s'ils savaient que je vous parle.

McCabe jeta un coup d'œil à Sophie, puis reporta les yeux sur l'horloge du tableau de bord, avec ses aiguilles à l'ancienne. Il avait appelé Maggie un quart d'heure plus tôt. À présent, elle devait être arrivée à son appartement. Casey devait être en sécurité. S'il y avait eu le moindre problème, on l'aurait prévenu.

— Parler d'immunité est un peu prématuré, dit-il. J'ignore ce que vous avez à nous offrir en échange. Je ne sais même pas au juste ce que vous êtes censée avoir commis. Et puis, je ne suis qu'un flic. Ça relève des procureurs, pas de la police, de discuter d'immunité ou de négocier les charges. Tout ce que je peux, c'est adresser une recommandation. Une simple recommandation.

McCabe rétrograda et prit un virage au cordeau avec la Bird. Conduire vite sur de petites routes était d'ordinaire un plaisir. Le corps de Sophie Gauthier se déporta contre le sien.

Désormais, se dit McCabe, si quelqu'un avait tenté de les suivre, il devait l'avoir semé depuis longtemps. Il se rangea sur le bas-côté de la route et éteignit les phares.

— Écoutez, dit-il en se tournant vers elle, nous sommes tout seuls ici. Personne n'écoute, et j'ai besoin d'en savoir plus si je veux vous aider. Dites-moi juste ce que vous savez sur le cas Dubois et ce que vous suspectez. Je n'enregistre pas la conversation. Je ne vous ai pas lu vos droits. C'est comme si nous ne nous étions jamais rencontrés.

McCabe savait qu'en réalité ce n'était pas aussi simple, mais il avait un besoin urgent d'informations et cette femme en détenait.

— Une fois que j'aurai appris ce que vous savez, poursuivit-il, si vous avez vraiment besoin d'une protection, on vous en fournira une.

Il devina que Sophie Gauthier était en train d'évaluer les risques qu'elle prenait.

— Ça vous dérange si je fume ? demanda-t-elle.

— Entrouvrez juste la fenêtre, dit-il.

Il patienta tandis que Sophie effectuait ce qui lui parut un rituel pour gagner du temps. Elle farfouilla dans son petit sac à main et en sortit un paquet de cigarettes. Elle tapota le paquet pour en extraire une. Elle remit le paquet dans le sac et enfonça l'allume-cigare électrique de la voiture. Elle attendit qu'il ressorte. Enfin, elle alluma sa cigarette, inspira une longue bouffée et expira la fumée. Une forte odeur familière emplit la voiture.

— Gauloise ? demanda-t-il.

— Oui. Vous en voulez une ?

— Non. Je ne fume plus. Elles me rappellent mes années d'étudiant à New York. On trouvait cool de fumer des cigarettes françaises.

— On est bête à cet âge-là, dit-elle.

— Oui, acquiesça-t-il.

Pendant un moment, aucun d'eux ne parla.

— D'accord, finit-elle par dire. Je vais vous confier ce que je sais. Comme je vous l'ai déjà dit, je suis française. Je suis perfusionniste de bloc opératoire. Mon travail consiste à m'assurer du fonctionnement de la machine qui maintient le patient en vie en faisant circuler le sang et en l'oxygénant au cours d'une chirurgie thoracique, y compris les greffes cardiaques ou cardio-pulmonaires. J'ai été formée et, jusqu'à il y a six mois, je travaillais à l'hôpital Édouard des Toussaints à Montpellier. C'est un centre cardiaque de premier plan. Nous y effectuons beaucoup de greffes. Édouard des Toussaints est un des deux hôpitaux à réaliser des transplantations dans le sud de la France. L'autre est à Toulouse. Bref, j'ai suivi mon internat là-bas et ensuite je suis entrée dans l'équipe.

Elle se tut comme si elle attendait qu'il pose une question. Comme il gardait le silence, elle poursuivit son récit :

— Les opérations de transplantation peuvent être longues et pénibles, dit-elle. On ne sait jamais quand l'opération va commencer parce qu'on ne peut pas prévoir quand un cœur sera disponible. Alors on est plus ou moins toujours de service.

— C'est pareil ici, dit McCabe.

— Oui, je m'en doute. Bref, après une opération, avant de rentrer chez moi, quelle que soit l'heure, j'avais l'habitude de m'arrêter dans un petit café près de l'hôpital pour prendre un verre ou un café. Parfois, j'y mangeais aussi un morceau. L'année dernière, à peu près à cette époque, j'ai vu le même homme là-bas trois ou quatre fois d'affilée, assis au bar. La petite quarantaine. Grand. Cheveux noirs. Bien habillé. Il avait une barbe grise, coupée à ras.

McCabe se demanda si Spencer s'était déjà laissé pousser la barbe. S'il existait une photo de lui avec une barbe.

— Il s'asseyait toujours seul, comme moi. Même si j'imagine qu'il était moins fatigué. Parfois il buvait du vin, d'autres fois du whisky. J'ai tout de suite deviné qu'il n'était pas français. Anglais, ou américain. Je me suis dit qu'il rendait peut-être visite à un parent qui était en long séjour à l'hôpital. Je suis divorcée, et il semblait intéressé, alors on a engagé une conversation qui a duré plusieurs heures. Après cette fois-là, on s'est revus deux ou trois fois dans ce café. Une fois, on est allés dîner ailleurs.

— Vous êtes devenus amants ?

— Oui, mais je crois que le cœur n'y était pas. À mon avis, il est peut-être homosexuel, ou peut-être que non. Moi qui attire pas mal les hommes, comme femme, je me suis vite rendu compte qu'il s'intéressait plus à mon activité à l'hôpital qu'au reste.

— De quoi avez-vous parlé ?

— Essentiellement de mon boulot. De l'expérience que j'avais. Du genre d'équipement qu'on utilisait.

— Ça vous a surprise ?

— D'abord, oui, mais quand je l'ai interrogé, il a répondu qu'il était représentant en matériel médical.

Y compris les machines cardio-pulmonaires. Il m'a dit qu'il venait souvent à l'hôpital pour cette raison.

— Vous l'avez cru ?

— Je n'avais pas de raison d'en douter. Il en savait long sur les machines.

— Vous a-t-il dit son nom ?

— Il m'a dit s'appeler Philip Spencer.

— Philip Spencer ?

McCabe sentit une poussée d'adrénaline. Et voilà. Cela lui tombait tout cuit. La fameuse preuve qui corroborait ses soupçons, et que lui réclamait Burt Lund.

Sa réaction n'échappa pas à Sophie.

— Vous le connaissez ?

— Disons juste que je connais ce nom.

Il était assis en compagnie d'un témoin qui pouvait lier directement ce fils de pute à une greffe illégale. Ce n'était pas parfait, mais c'était mieux que rien. Cependant, pourquoi Spencer se serait-il servi de son vrai nom ? Pourquoi ne pas utiliser Harry Lime ou un autre pseudonyme ? Ça n'avait pas de sens... Quoique, il pouvait y avoir une raison simple : le passeport. Il voyageait dans un pays étranger. Il n'aurait pas eu le temps, ou peut-être les moyens, de s'en procurer un faux. Mais pourquoi avoir dévoilé son nom à Sophie ? Non. Ça n'avait pas de sens. Cependant, beaucoup de choses qui semblaient ne pas avoir de sens se révélaient vraies.

McCabe la regarda allumer une autre cigarette. Avec son visage à la Jeanne Moreau, son accent et l'odeur forte de ses cigarettes, McCabe avait de plus en plus l'impression d'avoir atterri au beau milieu d'un film de Truffaut. *Tirez sur le pianiste*? Ou sur l'inspecteur?

— Que s'est-il passé ensuite? demanda-t-il.

— Philip a découvert je ne sais comment – ou peut-être le savait-il depuis le début – que j'avais des problèmes d'argent. Je suis sûre que c'est pour ça qu'il m'a approchée. Je gagnais bien ma vie comme perfusionniste en France – peut-être pas autant qu'on gagne ici aux États-Unis, mais c'était un bon salaire. Seulement, j'ai des goûts de luxe, et je n'aime pas me priver. J'avais contracté beaucoup de dettes, avec des intérêts élevés. Alors, quand il m'a dit qu'il pouvait me proposer un boulot qui paierait très bien, j'étais curieuse d'en savoir plus. Je lui ai demandé de quoi il s'agissait, et il m'a dit que j'aurais l'opportunité de participer à une opération de transplantation en Amérique. Je lui ai demandé pourquoi il voulait que je vienne de France alors qu'ils ne manquaient pas de perfusionnistes qualifiés aux États-Unis. Il est vite devenu clair qu'il s'agirait d'une opération illégale. Il voulait m'engager à cause de mes problèmes financiers et, je suppose, parce que je n'avais aucun contact avec les autorités médicales américaines.

— Vous a-t-il dit qui était le patient?

— Non, pas son nom. Il m'a juste dit qu'un octogénaire très riche était en train de mourir de congestion cardiaque. Il voulait un nouveau cœur mais ne pouvait pas bénéficier des programmes de transplantation normaux à cause de son âge. Philip avait trouvé une source capable de lui fournir des cœurs hors des canaux officiels. Je lui ai dit que je n'avais aucune envie de participer à une opération illégale et encore moins de finir en prison. Il m'a assuré qu'il n'y avait aucun risque. Il a dit que lui et ses amis avaient déjà réalisé plusieurs interventions de ce type par le passé sans que personne n'en sache rien.

— C'et le mot qu'il a utilisé, *amis* ? Pas collègues, ou associés ?

— Je crois. Oui, j'en suis quasiment sûre. C'est important ?

— Je n'en sais rien. Peut-être. Et après ?

— Cette conversation n'a pas eu lieu de but en blanc. Elle s'est étalée sur deux ou trois rendez-vous.

— Je vois.

— Même s'il m'avait garanti qu'il n'y avait quasiment aucun risque, je lui ai dit ne pas être intéressée. Je ne voulais pas être impliquée dans quoi que ce soit d'illégal ; et puis, étant donné le manque de cœurs sains disponibles pour les greffes, je ne trouvais pas juste sur le plan éthique de priver quelqu'un de plus jeune de ses chances de mener une vie normale pour aider un vieillard qui n'allait de toute façon pas tarder à mourir.

— Il a compris votre refus ?

— Il en a eu l'air.

— Qu'est-ce qui vous a fait changer d'avis ?

— L'argent. L'appât du gain a eu raison de mes réserves et de mes scrupules. Lors de notre dernière discussion, il m'a dit qu'en contrepartie de ma participation à une opération, une seule journée dans la salle d'opération, il déposerait cent mille euros sur un compte secret à mon nom dans les îles Caïman. Cent mille euros pour une journée de travail, plus quelques jours de préparation et de voyage. C'était plus que ce que je gagnais en un an. Enfin, même à ce moment-là, je n'ai pas accepté. Mais je suis rentrée chez moi et j'ai regardé la pile de factures en souffrance sur la table.

— Je connais.

— Ensuite, j'ai bu une bouteille de vin, je suis sortie et j'ai couché avec un vieil ami que je n'avais pas vu depuis un an.

— Heureux homme.

Elle ne releva pas la remarque.

— Le lendemain matin, j'ai appelé Philip à son hôtel et je lui ai dit que c'était d'accord.

— Et vous avez tenu parole ?

— Oui. Depuis, j'ai pris part à trois opérations. La dernière remonte à la semaine dernière. Jusqu'à la découverte du cadavre de la fille Dubois, ça ne m'était jamais venu à l'esprit qu'ils puissent tuer des gens pour leur voler leur cœur.

Les pensées se bousculèrent dans la tête de McCabe. Deux autres greffes. Deux autres cœurs volés. Sur qui ? Deux autres jeunes femmes blondes et athlétiques ? Mais où étaient passés les corps ? Enterrés sous un terrain de golf, comme pour Elyse Andersen ? Et *quid* de Lucinda Cassidy ? Mais une question à la fois ; il ne devait pas griller les étapes.

— Qu'est-ce qui vous a fait penser que c'était le cas ? demanda-t-il.

— Le timing. Nous avons réalisé une greffe mercredi après-midi et le corps de Katie Dubois a été retrouvé vendredi soir. Et puis, pendant le week-end, les infos ont dit qu'on lui avait prélevé le cœur. Je n'étais pas certaine que la connexion soit réelle, mais ça m'a semblé probable. Lorsque je vous ai vu aux funérailles, j'ai décidé de vous parler.

— Quand les deux autres opérations ont-elles eu lieu ?

— La première, c'était en décembre de l'année dernière, à peu près une semaine avant Noël. La deuxième, ce printemps, en avril.

— Vous rappelez-vous le nom de l'hôtel où résidait Spencer ?

— Oui. L'hôtel du Midi, à Montpellier.

— À quelle période était-il là-bas ?

— En novembre dernier. Je ne me souviens plus des dates exactes. J'ai laissé mon agenda en France.

McCabe sortit son portable et composa le numéro de Tom Tasco.

— Inspecteur Tasco.

— Tom ? C'est Mike McCabe. Je suis en voiture, je ne peux pas te parler longtemps. Rends-moi un service, vérifie si Philip Spencer a résidé à l'hôtel du Midi en France à Montpellier, ça s'épelle M-O-N-T-P-E-L-L-I-E-R, en novembre dernier. Si c'est le cas, essaie de retrouver les dates exactes de son séjour. Les gendarmes locaux accepteront peut-être de collaborer et de vérifier sur place. Sinon, passe par Interpol.

— Qu'est-ce qu'il fichait en France ? demanda Tasco.

— Je ne peux pas en parler maintenant. Essaie d'obtenir un maximum d'informations. D'où est parti son avion et où il a atterri. Compagnie et numéro de vol. Et tout ce qui peut sembler pertinent.

— Compris.

McCabe raccrocha et se tourna à nouveau vers Sophie.

— Vous avez dit avoir participé à trois de ces opérations, y compris celle de… quand déjà, mercredi ?

— Oui. Dans l'après-midi.

— Où ?

— Je ne sais pas.

— Vous ne savez pas ?

— Non. Ça se passe comme ça : j'arrive à Boston un jour avant l'opération. Une voiture passe me prendre à l'aéroport et m'emmène à l'hôtel. Un hôtel chaque fois différent. Cette fois-là, c'était le Ramada Inn, près de Portsmouth, dans le New Hampshire. Je m'inscris…

— Sous votre vrai nom ?

— Oui.

— Qui s'occupe de la réservation ?

— Moi. Philip m'appelle avant pour me dire de réserver un vol et me donner le nom d'un hôtel. Il me donne aussi le numéro d'un service de location de voiture. C'est aussi moi qui la réserve.

— Qui paie ?

— Moi. Avec ma carte Visa.

— OK, donc vous êtes arrivée au Ramada Inn quel jour ? Mardi ?

— Oui.

— Et ensuite ?

— C'est toujours la même procédure. J'attends dans ma chambre. Un homme appelle. Pas Philip. C'est une voix que je ne connais pas. Cette fois-là, il m'a demandé d'être prête pour 5 heures le mercredi matin. On est venu me prendre et on m'a emmenée sur le site de l'opération.

— C'est l'expression qu'il a employée ? Le site de l'opération ? Pas l'hôpital ? Ni le bloc chirurgical ?

— L'homme a dit le site de l'opération.

— Qui est passé vous prendre ?

— Un chauffeur. Il m'a obligée à porter un bandeau sur les yeux pendant tout le trajet, jusqu'à ce qu'on soit entrés dans le bâtiment.

— Vous n'avez rien pu voir ?

— Non.

— Combien de temps a duré le trajet ?

— Dans les quatre heures.

Quatre heures. Soit, en partant de Portsmouth, un rayon d'environ quatre cents kilomètres au maximum. Ça couvrait une sacrée portion de territoire. Il lui fallait plus d'éléments pour avancer.

— Essayez de vous rappeler, dit-il. Je veux que vous fermiez les yeux et, en esprit, que vous retourniez dans cette voiture. Vous voulez bien essayer ?

Elle le regarda, ne sachant trop où tout cela la mènerait.

— Oui, c'est possible.

— Décrivez-moi le trajet du mieux que vous pouvez, à partir de l'instant où vous avez démarré.

— Je suis montée dans la voiture. Le chauffeur a fermé ma portière et ouvert la sienne. Il l'a refermée. On est sortis du parking de l'hôtel.

— Vous avez tourné à gauche ou à droite ?

Elle réfléchit un instant.

— Gauche. On a roulé un peu, une minute ou deux. Puis on s'est arrêtés et on a attendu un petit moment.

Un panneau de stop, pensa McCabe, *ou un feu de circulation.*

— Quand vous étiez arrêtés, vous entendiez d'autres voitures passer devant vous ?

— Oui, mais seulement dans un sens, de gauche à droite.

Elle parlait en gardant les yeux fermés, signe qu'elle s'appliquait.

— Après, on a tourné à droite et on s'est insérés dans le trafic. On a roulé un certain temps, on a pris un long tournant et rejoint une grande route. Le chauffeur a accéléré quand on est arrivés dessus. Ce devait être une autoroute. Je nous entendais dépasser des voitures et des camions sur notre droite. Parfois, on nous dépassait sur la gauche. On a longtemps roulé sur cette route.

La I-95, en déduisit McCabe. L'homme conduisait prudemment, sur la voie médiane. Ni trop lentement ni trop vite. Il ne devait pas dépasser les cent kilomètres à l'heure. C'était futé. Pourquoi attirer l'attention ?

— Vous étiez encore sur l'autoroute quand le soleil s'est levé ? Il devait être dans les 6 h 15. Vous deviez rouler depuis trois quarts d'heure. Avez-vous senti sa chaleur sur votre visage ?

De nouveau, elle se concentra avant de parler.

— Oui.

— Sur votre côté gauche ou droit ?

— Le droit. Je n'y avais pas pensé avant. On devait se diriger vers le nord. Il faisait de plus en plus chaud.

Il l'interrogea sur les péages.

— Le chauffeur a-t-il ralenti ou s'est-il arrêté quand vous étiez sur l'autoroute ? Comme s'il passait un péage ?

— Oui. Je pense qu'il devait avoir de la petite monnaie sur le siège à côté de lui. J'ai entendu les pièces tinter quand il a ralenti. Ensuite, il a ouvert sa vitre. Je l'ai entendue descendre et j'ai senti de l'air sur ma joue quand on a ralenti avant de s'arrêter. J'imagine qu'il a jeté les pièces dans un panier. Après, on a de nouveau accéléré.

Il avait pris la file des usagers qui avaient la somme exacte en monnaie. C'était sensé. Pas de transaction par carte. Pas de gardiens de péage susceptibles de remarquer une femme avec les yeux bandés.

— Combien de temps êtes-vous restés sur cette autoroute ?

— Plusieurs heures. Je ne saurai pas dire précisément.

— Combien de péages avez-vous passés ? Si vous pouvez vous souvenir d'avoir entendu les pièces tinter...

— Trois.

McCabe tenta de se remémorer la disposition des péages sur l'autoroute du Maine.

— Après le troisième péage – c'est important –, vous avez de nouveau accéléré, comme sur l'autoroute, ou rouliez-vous plutôt comme sur une route secondaire ? Vous voyez, avec des arrêts, des virages.

— On est restés encore un peu sur l'autoroute, pas plus de cinq minutes.

McCabe réfléchit et en déduisit qu'ils avaient continué à rouler sur la 95 avant de sortir, sans doute dans les environs d'Augusta.

— Vous avez encore roulé longtemps après avoir quitté l'autoroute ?

— Un bon moment. Plus d'une heure. Peut-être deux. J'avais l'impression qu'on allait assez vite, avec quelques stops. Une route à deux voies, je dirais. J'entendais le bruit des voitures qui nous croisaient dans l'autre sens. Et à plusieurs reprises, le chauffeur s'est déporté pour doubler, a accéléré et s'est remis aussitôt dans la file. Les derniers kilomètres, j'avais l'impression de rouler sur une route mal entretenue, avec pas mal de bosses.

Une heure ou deux de routes secondaires en partant d'Augusta. Cent vingt, cent trente kilomètres au maximum. Des routes progressivement plus petites sur la fin du trajet. Ces indications précisaient quelque peu le champ de leurs recherches.

— Vous rappelez-vous la position du soleil, ou n'importe quel autre élément susceptible de nous renseigner sur la direction que vous avez prise ?

— Non.

— À la fin du trajet, quand vous êtes sortie de la voiture, essayez de vous souvenir de vos sensations. Replongez-vous en situation. Les sons. Les odeurs. Le sol sous vos pieds.

Sophie fouilla dans son sac, en quête d'une autre cigarette. Elle l'alluma et inhala profondément une bouffée. Elle se concentra sur ce qu'il lui avait demandé, les yeux ouverts.

— Je crois qu'on était dans une zone boisée. Je sentais une odeur de pins. Et la terre était meuble.

— Vous avez senti la mer ? Ou entendu des mouettes ? D'autres oiseaux ?

— Non, je ne crois pas. Quand le chauffeur m'a menée au bâtiment, on a dû gravir une pente rocailleuse. J'ai trébuché une ou deux fois. Il me retenait. Une fois arrivés au bâtiment, il a ouvert une porte. Aussitôt après la porte, on a dû descendre trois escaliers successifs. De treize marches chacun. Je les ai comptées parce qu'à ce moment-là je ne pouvais toujours pas voir où je mettais les pieds. Il me tenait par le bras et m'avertissait quand on arrivait à la dernière marche.

Trois fois treize, soit trente-neuf marches. Trente-neuf marches sous le niveau du sol. *Trente-neuf marches* ? Une autre référence cinématographique délibérée, cette fois à un classique de Hitchcock ? Ou était-ce une déduction idiote de la part de McCabe ? Les escaliers comportent souvent treize marches. D'accord. Trente-neuf marches menant où ? Un sous-sol ? Un centre chirurgical souterrain ? Quelque part dans les bois. Avec une salle d'opération, une salle de repos, des vestiaires. Peut-être une prison pour les victimes.

Sophie reprit le fil de ses souvenirs.

— On m'a conduite dans une petite pièce, pas plus grande qu'un placard, en fait.

— Comment avez-vous su qu'elle était si petite ?

— C'est là que j'ai enfin pu enlever le bandeau. On m'a demandé de changer de tenue pour l'opération. J'ai dû mettre un masque et un bonnet chirurgicaux. Après je me suis soigneusement lavé les mains. Il y avait un évier et du savon antiseptique dans la pièce. Je n'ai pas vu les autres avant d'entrer dans le bloc opératoire.

— Vous avez pu voir le visage du chirurgien ?

— Non. Pas vraiment. Quand il est entré dans la salle, il portait déjà un masque et des lunettes. Pareil pour son assistant et l'anesthésiste. Tous les autres portaient en permanence des masques chirurgicaux. On n'utilisait pas nos vrais noms. Chacun d'entre nous s'est vu attribuer un nom de code dont on se servait dans le bloc. Le mien était Passerelle.

— Ce nom avait-il une signification ?

— Pas que je sache, non.

— Combien de personnes au total dans la salle d'opération ?

— Six. Le chirurgien. Un assistant. Une infirmière anesthésiste. Moi. Deux autres infirmiers. Une équipe très réduite pour une greffe. Je n'étais pas sûre qu'on s'en sortirait dans ces conditions, mais le chirurgien était très doué.

— Vous avez parlé aux autres ?

— Seulement le minimum de communication nécessaire pour l'opération. Aucun nom n'a été prononcé. Nous avons gardé nos masques jusqu'à ce qu'on quitte le bâtiment. On nous a dit que c'était aussi pour préserver notre propre anonymat.

— C'était la même équipe à chaque opération ?

— Non. Une des infirmières a changé.

McCabe réfléchit un moment à la taille de cette équipe médicale. Cela finissait par constituer une assez vaste conspiration, avec beaucoup de gens impliqués. Donc beaucoup de fuites possibles.

— L'équipe… hommes ou femmes ?

— Les deux chirurgiens étaient des hommes. L'infirmière anesthésiste était une femme. Et il y avait en plus de moi un infirmier et une infirmière.

— Vous avez dit que l'un des deux a été remplacé ?

— L'infirmière a été remplacée par une autre femme.

— Comment pouvez-vous affirmer qu'elle a changé si vous portiez tous des masques ?

— La nouvelle était plus petite, et plus grosse. Sa voix était différente.

— Spencer était-il un des chirurgiens ?

— Je ne sais pas. Peut-être. La taille collait. La voix, difficile à dire. Il ne parlait pas beaucoup.

— Et l'autre chirurgien ?

— Il paraissait plus mince. Un peu plus petit aussi.

— Vous avez reçu cent mille euros pour chaque opération ?

— Oui.

— Qui étaient les patients ?

— Des vieillards anonymes. J'imagine qu'ils étaient tous riches.

Ils restèrent assis en silence un bon moment, Sophie fumant, McCabe méditant sur toutes ces révélations.

29

Mardi, 22 heures

La balle du *sniper* traversa les cinq cents mètres qui la séparaient de sa cible plus vite que le son de la détonation. Pour cette raison, McCabe vit le pare-brise s'étoiler et le sang jaillir du bras gauche de

Sophie Gauthier une milliseconde avant d'entendre le coup de feu. Craignant un second tir, il obligea Sophie à s'aplatir sur son siège et mit le contact. Il poussa le levier de vitesse en première, braqua le volant à fond à gauche et écrasa l'accélérateur, faisant rugir les vieilles entrailles de la Bird. Il réalisa que, si Sophie était vivante, c'était uniquement parce qu'elle s'était penchée sur la droite pour sortir sa cigarette par la vitre, juste au moment où le tireur avait appuyé sur la détente. Le tabagisme, pour une fois, avait sauvé une vie.

McCabe poussa le gros moteur Ford V8 au maximum de ses capacités, et la Bird fila comme l'éclair. En ligne droite, il leur aurait fallu au moins une Corvette pour les rattraper. Mais, de nuit, sur une route sinueuse, il était moins sûr de leur échapper. Dans le rétroviseur, McCabe vit des phares s'allumer plusieurs centaines de mètres derrière eux, puis se mettre à foncer dans leur direction. Le tireur les prenait en chasse. Il devait s'être aperçu qu'il avait manqué son coup et vouloir achever le travail. C'était malgré tout un sacré bon tir, même avec une lunette de vision nocturne. McCabe jeta un coup d'œil à Sophie. La balle avait touché une artère, et le sang giclait de son bras en dessinant des arcs écarlates.

Sans dire un mot, elle appuya son pouce droit sur un point de pression situé au-dessus de la plaie. Les jets de sang s'écoulèrent en un flot plus lent, mais pas encore assez lent. Affalée sur son siège, en position fœtale, elle serrait son bras blessé contre elle. Elle tremblait, probablement à cause du choc, peut-être du froid aussi. McCabe se pencha et alluma le chauffage. Il devait l'emmener à l'hôpital. Il pouvait l'y conduire. La balle avait fait un trou dans le pare-brise, dont le verre s'était un peu craquelé, mais il y voyait encore assez bien. Le problème, c'était que s'il conduisait, il ne pouvait pas en même temps appuyer sur la blessure, et elle serait bientôt trop faible pour s'en charger elle-même. S'il ne l'aidait pas, elle allait se vider de son sang.

La deuxième option était de semer le tireur, de se garer et d'appeler de l'aide. Il n'avait pas d'autre moyen de communication dans la Bird que son téléphone portable. Une main posée sur le volant, il composa de l'autre le numéro de police secours.

— Agent de police demande renfort. Inspecteur principal Michael McCabe, de la police de Portland à l'appareil. Un tireur motorisé me pourchasse et me tire dessus, cria-t-il. J'ai besoin d'une ambulance. J'ai un blessé dans ma voiture. Blessure par balle. Artère touchée.

— Où êtes-vous ?

— Sur Taylorville Road, en direction de Bucks Mill. Retrouvez-moi là-bas. Je vais essayer de semer mon poursuivant.

Dans l'immédiat, ils allaient devoir s'en sortir seuls.

— Essayez de rester concentrée, dit-il à Sophie. Notre ami doit n'avoir qu'une vingtaine de secondes de retard sur nous, peut-être moins. Si j'arrive à le semer, je pourrai vous aider. Dans une minute, je vais tourner sur une route secondaire, j'éteindrai les phares juste avant. On va rouler vite, alors accrochez-vous bien. Une fois qu'on aura tourné, je me rangerai aussitôt sur le bas-côté, à gauche. Je sortirai de la voiture. Restez baissée surtout. Continuez à appuyer sur votre blessure. Je viendrai vous aider aussi vite que possible. Vous comprenez?

— Oui.

Sa voix n'était plus qu'un murmure guttural. Elle était pâle. De précieuses secondes s'écoulèrent. Ils arrivèrent bientôt en vue du croisement. Il y avait des arbres qui les dissimuleraient. McCabe jeta un coup d'œil dans le rétroviseur. Le tireur les suivait toujours, il était peut-être à deux cents mètres.

— On tourne, prévint-il.

McCabe éteignit les phares, freina, rétrograda et tourna brusquement, presque à l'aveugle, sur la gauche. La Bird dessina un arc de presque quatre-vingt-dix degrés. McCabe corrigea la trajectoire, appuya sur l'accélérateur, manqua de peu un arbre sur la gauche et fonça sur la petite route. Il se rangea peu après sur le bas-côté et coupa le moteur.

Jaillissant de la Bird, il vit la silhouette sombre d'un 4 x 4 foncer tout droit en dépassant le croisement. La lueur des phares de la voiture disparut un bon moment. Si les choses en restaient là, McCabe pourrait aider Sophie. Sinon, il devait se préparer au pire. Il ouvrit le coffre de la voiture et en sortit le Mossberg. À travers les arbres, il vit les phares du 4 x 4 s'arrêter, puis effectuer un demi-tour. Le tireur revenait. Sophie perdait des forces à mesure que son sang continuait de s'écouler. Le 4 x 4 revint jusqu'au croisement, tourna à gauche et se dirigea vers eux.

McCabe épaula le puissant Mossberg et avança de quelques pas sur la route. Les phares du 4 x 4 se rapprochaient vite, fonçant droit sur lui. Il arma le fusil à pompe et tira, arma et tira. Au total, quatre charges de chevrotine de calibre 12 touchèrent l'avant du 4 x 4, faisant exploser le pare-brise, éclater les deux roues avant et brisant les phares. Le 4 x 4 mutilé dévia d'abord sur la gauche, puis sur la droite, avant de finir par aller s'écraser contre un grand érable de l'autre côté de la route. L'airbag se déclencha. Du liquide de refroidissement s'écoula du radiateur percé de toutes parts.

McCabe se précipita vers le véhicule.

— Dehors. Sans arme. Tout de suite.

Mais c'est la portière opposée qui s'ouvrit brusquement. Se protégeant derrière le véhicule et l'arbre, un homme bondit du côté passager. Sa main agrippait un fusil longue portée. Il sauta par-dessus un petit muret de pierre et s'élança dans un champ. Tenant son fusil en l'air, il courut en zigzaguant. Même dans le noir, vu de dos, McCabe sut que ce n'était pas Philip Spencer. L'homme était plus petit de cinq bons centimètres, avec un crâne rasé et une carrure de culturiste. Il se déplaçait très vite. Le temps que McCabe atteigne le muret et le mette en joue, l'homme avait dépassé la cinquantaine de mètres qui limitaient la portée du Mossberg. McCabe tira malgré tout à deux reprises. Ignorant les coups de feu, l'homme continua de courir et parvint à disparaître dans l'obscurité.

McCabe revint précipitamment à la Bird, posa le Mossberg par terre près de la portière du conducteur et monta dans la voiture. Soulevant la tête de Sophie, il se glissa dessous et la fit reposer contre lui. Écartant son bras droit pour prendre le relais, il posa les doigts de sa main droite à l'intérieur de son bras gauche, un peu au-dessus de la blessure, et appuya pour compresser l'artère brachiale contre l'humérus. Il parvint ainsi à stopper l'hémorragie. Sophie était consciente, mais livide, même à la lueur pâle de cette nuit de pleine lune. Sa peau était froide et moite. Il appuya sur la touche RAPPELER de son portable et dit aux secours de se magner.

Poursuivre le tireur à travers champs n'était pas une option. Armé d'un fusil à pompe et d'un pistolet, il devrait affronter un tireur habile avec un fusil longue portée à vision nocturne. Plus important, Sophie se viderait de son sang. La seule solution était d'attendre les secours et espérer que le tireur ne reviendrait pas sur ses pas pour les achever.

McCabe se pencha et sortit le .45 du holster entre les sièges. Il le posa sur le torse de Sophie où il pourrait s'en saisir au plus vite. Il ôta le cran de sûreté. Cela ne servait sans doute à rien, mais lui permettait de se sentir mieux.

Sophie tremblait toujours. Sans relâcher la pression sur la blessure, il réussit à ôter sa veste légère d'été pour l'en recouvrir. Ils restèrent assis de la sorte un bon moment, couverts de sang qui séchait, tandis que Sophie commençait à perdre conscience. Il se souvint d'avoir lu qu'il était important de garder éveillée une victime de blessure par balle. Alors il se mit à chanter très fort une vieille chanson de bar, encore et encore, sa voix peu mélodieuse retentissant dans la nuit :

Elle a des taches de rousseur sur les fesses,
Elle est jolie, elle est jolie.
Et quand elle est dans mes bras, c'est le paradis.
Tous les marins lui font du gringue

Parce qu'ils aiment sa carlingue.
Elle a des taches de rousseur sur les fesses,
Elle est jolie...

Il entonna les paroles encore et encore. Pendant tout ce temps, ses pensées demeuraient focalisées sur le tireur. Un crâne rasé avec de larges épaules. Était-il en train de revenir pour achever sa mission ? McCabe s'imagina apparaître en vert dans la lunette de vision nocturne, la mire fixée sur son mince visage d'Irlandais, offrant une cible facile, même distordue par le pare-brise fracturé. Il imagina l'homme qui appuyait sur la détente, la balle couvrant la distance qui les séparait, sa tête qui explosait. McCabe se tapit sur son siège, le plus bas possible, et remonta la vitre du côté conducteur.

S'il y pensait rationnellement, il savait que l'homme était plus probablement en train de s'enfuir. Il aurait d'abord fallu qu'il sache que sa première balle n'avait pas tué Sophie sur le coup. Et il devait se douter que McCabe avait appelé de l'aide. Il avait sans doute vu Sophie bouger au moment où il avait tiré, la balle la toucher au bras et non à la tête. Mais il ne pouvait pas juger de la gravité de sa blessure. Ellc aurait pu mourir en se vidant de son sang. Ou bien ce n'était peut-être qu'une égratignure, et elle demeurait couchée dans la voiture pour rester hors de vue. McCabe chantait toujours.

Elle a des taches de rousseur sur les fesses,
Elle est jolie...

Il entendit des sirènes. D'abord au loin, puis se rapprochant rapidement. Moins d'une minute plus tard, deux voitures de police et une ambulance s'engouffrèrent bruyamment sur la route paisible. L'ambulance et une des voitures stoppèrent au niveau de la Bird. Un jeune agent qui semblait tout droit sorti d'un commando de marines – genre coupe à ras et air crâneur – ramassa le Mossberg et demanda à McCabe de baisser sa vitre, ce qu'il fit.

Un urgentiste passa devant le policier et ouvrit la portière.

— Vous êtes blessé, monsieur ?

— Je vais bien. Elle a reçu une balle dans le bras. L'artère est touchée. Elle a perdu beaucoup de sang.

— Essayez de vous extirper de la voiture sans lâcher son bras, je me pencherai et on échangera nos places.

McCabe fit ce qu'on lui demandait. L'urgentiste se glissa derrière lui, à l'intérieur de la voiture, jusqu'à ce que ses mains finissent par rejoindre celles de McCabe sur la blessure. McCabe se dégagea. L'urgentiste et son collègue installèrent Sophie sur un brancard et la transportèrent aussitôt vers l'ambulance.

McCabe se retourna. Le policier avait sorti son arme de service et la pointait droit sur lui.

— Bien, monsieur. Maintenant, retournez-vous en douceur et posez les deux mains sur la voiture.

McCabe fit ce qu'on lui ordonnait.

— Je suis flic, dit-il au policier. Inspecteur principal Michael McCabe, police de Portland.

Il y eut un silence.

— Où sont votre carte d'identité et votre insigne ?

— Poche arrière. Gauche.

McCabe sentit la main du policier fouiller dans sa poche et en extraire son portefeuille. L'homme l'ouvrit et en examina le contenu.

— OK, vous pouvez vous retourner, dit le policier.

McCabe se retourna et récupéra le portefeuille. Il reprit aussi ses armes.

— Vous êtes un petit peu loin de votre territoire, non, inspecteur ? C'est quoi, l'histoire ?

McCabe poussa un soupir de lassitude. Il n'était pas d'humeur à expliquer sa présence ici, ni à discuter de problèmes de juridiction avec un ex-marine belliqueux.

— Appelez le colonel Matthews et dites-lui que je suis ici en relation avec l'enquête sur le meurtre de Katie Dubois. C'est une affaire qui dépend de la police de Portland. Et faites venir des renforts. Il y a un bon tireur armé d'un fusil, sans doute équipé d'une lunette de vision nocturne, qui est en train de s'enfuir de la zone. À pied, pour l'instant.

Les urgentistes chargèrent Sophie à l'arrière de l'ambulance qui attendait.

— Je vais avec eux, annonça McCabe.

Sur le siège du conducteur de la Bird, il récupéra son téléphone portable, ainsi que la veste tachée de sang qui avait servi à couvrir Sophie et le .45. Il se retourna et trotta vers l'ambulance.

— Autre chose, prenez bien soin du Mossberg pour moi, cria McCabe au policier. C'est un bon fusil, et je tiens à le récupérer.

Les ambulanciers avaient déjà posé une intraveineuse sur le bras valide de Sophie lorsqu'il grimpa derrière le brancard.

— Je viens avec vous, dit-il sur un ton qui n'admettait pas de réplique.

L'urgentiste leva les yeux et acquiesça, sans aucun commentaire. McCabe ferma la portière et se faufila dans un coin, contre des placards remplis de matériel médical.

Il regarda par la vitre arrière. Il vit le policier hésiter un moment avant de ramasser le fusil et de repartir vers sa voiture afin de passer les appels radio qui remonteraient la chaîne hiérarchique jusqu'à Matthews. L'ambulance démarra, tous feux allumés, sa sirène hurlant son message d'urgence à travers la campagne tranquille.

Quelque part dans le noir, le tireur regardait et écoutait la scène, planifiant déjà sa prochaine action.

30

Mardi, 22 h 30

De son perchoir à l'arrière de l'ambulance, McCabe regarda l'urgentiste travailler. L'homme posa un masque à oxygène sur le visage de Sophie, recouvrant son nez et sa bouche. Il enroula un bandage élastique aussi serré que possible autour de la blessure de la jeune femme. Il paraissait compétent. Ils n'échangèrent pas un mot.

À l'avant, le conducteur contacta par radio le régulateur des urgences du centre médical de Cumberland.

— Cumberland, Gray à l'appareil, c'est une urgence. On arrive, avec sirène et gyrophares. On a une femme. Blessure par balle. Bras gauche. Saignement artériel. En état de choc. On l'a mise sous perf de sérum physio, à fond. Cent pour cent O_2. Pression sanguine faible.

— 85 sur 60, pouls 110 ! cria l'urgentiste à l'arrière.

Le chauffeur relaya l'information.

— Arrivée estimée dans dix-sept minutes, ajouta-t-il. Des conseils ?

Les consignes de l'hôpital furent transmises par un haut-parleur crachotant au-dessus de la tête de McCabe.

— Mettez une seconde perf si vous pouvez, dit une voix. L'équipe de trauma sera prête, on vous attend ; rappelez-nous une minute avant d'arriver.

— Bien reçu.

McCabe s'installa en s'adossant du mieux qu'il put. Couvert du sang de Sophie, il avait lui-même l'air d'un accidenté. Il épingla son insigne sur sa chemise ensanglantée et sortit son portable pour appeler Maggie.

— McCabe, qu'est-ce qui se passe ? Je croyais que tu serais déjà rentré.

Il parvenait à peine à l'entendre avec le hurlement de la sirène.

Il l'informa de la fusillade, en passant sous silence tout ce qu'il ne voulait pas que l'urgentiste entende, c'est-à-dire la plus grande part.

— Je te retrouve à l'hôpital, dit-elle. J'appellerai Jane Devaney pour qu'elle vienne garder Casey avant de partir.

McCabe hésita. Il s'en voulait de réveiller Jane en pleine nuit, mais se dit finalement que c'était la meilleure solution.

— D'accord. Tu peux m'apporter des vêtements propres ? Là, je ne suis pas vraiment présentable.

— Tu veux un truc en particulier ?

— Non. Les sous-vêtements sont dans la commode. Les chemises et les pantalons dans l'armoire. Apporte aussi une veste.

— OK.

— Et, s'il te plaît, appelle Bill Fortier pour qu'il coordonne les recherches avec la police d'ici. Idem pour les techniciens de scène de crime. Je veux que Jacobi examine ce 4 x 4 de fond en comble.

— Compris. Tu as mangé ?

McCabe dut se concentrer une bonne minute avant de répondre à cette question.

— Non. Pas vraiment. Tout va bien à la maison ?

— Oui. Casey est un peu nerveuse. Elle vient d'aller se coucher, mais je ne crois pas qu'elle dorme. Tu veux lui parler ?

— Pas d'ici. Dis-lui seulement que tout va bien, que je l'aime et que je la verrai demain.

Ils roulaient à présent sur l'autoroute. Sophie paraissait flotter à la limite de la conscience.

— La pression sanguine baisse à soixante-quinze systolique, le pouls est monté à 120, dit l'infirmier au conducteur. Je passe la seconde perfusion.

L'ambulance ralentit et se rangea sur le côté afin que l'homme à l'arrière puisse avoir un peu de stabilité pour piquer l'aiguille de la seconde intraveineuse. Il la posa au-dessus de la première dans le bras valide de Sophie.

Il maintint l'aiguille en place avec du sparadrap avant de s'écrier :

— OK, vas-y !

L'ambulance reprit la route et fonça vers le sud. Les rares véhicules qui circulaient à cette heure se rabattaient sur la droite pour la laisser passer. Ils coupèrent par Washington Avenue puis prirent la 295 vers le sud. À huit cents mètres environ au nord de la sortie de Congress Street, le conducteur rappela l'hôpital.

— Cumberland, c'est Gray. Seconde perfusion à fond. On est à une minute.

Une minute plus tard, ils se garèrent dans le parking des ambulances aux urgences du centre médical de Cumberland. Les ambulanciers empoignèrent les deux extrémités du brancard et sortirent du véhicule en hâte. McCabe suivit le mouvement. Des doubles portes automatiques s'écartèrent, et ils s'engouffrèrent sans ralentir, portant Sophie directement dans la salle de trauma de l'hôpital, dont l'éclairage vif illuminait les alentours. Un comité de réception au grand complet les attendait de pied ferme, soit une bonne dizaine de médecins, d'infirmières, d'internes et d'étudiants, tous à leur poste.

Les urgentistes, aidés par deux internes, soulevèrent le drap sur lequel reposait Sophie et la firent passer ainsi sur le brancard de la salle de trauma. Une infirmière s'écria :

— Salle de trauma trois !

Ils se dirigèrent vers l'endroit indiqué.

Tandis qu'ils avançaient, une jeune femme à l'air grave, mince, avec un visage chevalin, contrôla les intraveineuses et l'oxygène de Sophie, puis s'adressa à l'un des urgentistes. Son badge en plastique l'identifiait comme le docteur Maloney.

— Dites-moi ce qu'on a.

— Blessure par balle au bras gauche. Saignement pulsatile, avec beaucoup de sang sur la scène. La balle a sans doute manqué l'os. Pression sanguine à soixante-quinze avant d'arriver. Deux perfusions à fond. Elle a déjà reçu deux litres de physio.

McCabe patienta, le temps qu'elle donne ses instructions à son équipe.

— OK, posez une autre perf à l'aine droite. Je veux quatre unités de solution O négatif.

Un groupe d'internes et d'infirmières s'y attelèrent.

— Vous êtes le mari ?

Un homme dans la quarantaine s'adressait à McCabe qui était entré dans la salle trois derrière les urgentistes.

— Non, répondit McCabe en désignant l'insigne épinglé à sa chemise ensanglantée. Je suis l'inspecteur McCabe, de la police de Portland. Et vous ?

Simultanément, McCabe entendait la voix de la jeune femme dirigeant son équipe depuis la tête du brancard.

— Je veux qu'on envoie du sang pour analyse et dépistage.

—Je suis le docteur Kennedy, attaché aux urgences. Je crois que vous allez devoir attendre à l'extérieur, inspecteur.

McCabe secoua la tête.

—Pas question. Cette femme est un témoin clé dans une affaire de meurtre et quelqu'un essaie de la tuer. Elle doit être protégée.

Le médecin ne mit pas plus d'une ou deux secondes à répondre.

—Elle sera en sécurité ici, assura-t-il d'un ton amical. On essaie de sauver sa vie, pas d'y mettre fin. Il n'y a pas de place pour accueillir une personne de plus dans la salle de trauma. On va la monter en chirurgie dans environ dix minutes.

Le docteur Kennedy désigna les vêtements couverts de sang de McCabe.

—Pendant ce temps, vous pourrez prendre une douche dans le vestiaire des médecins. Vous connaissez le nom du patient ?

—Enregistrez-la dans votre système comme Mme X, et dites à vos gars que tout le temps où elle sera ici, elle est officiellement sous la garde de la police de Portland.

Le docteur hocha la tête. Il se tourna vers un jeune homme, un étudiant en médecine, supposa McCabe.

—Trouvez une blouse pour l'inspecteur McCabe et montrez-lui où il peut se laver, dit-il. Vous pourrez la rejoindre dans la salle de réveil des soins intensifs au cinquième quand elle sortira du bloc, pas avant deux ou trois heures. D'ici là, elle sera entourée en permanence d'une dizaine de personnes de confiance. Je vous tiendrai au courant.

Le jeune homme alla chercher un grand sac en plastique pour les vêtements de McCabe et un plus petit pour son portefeuille et ses clés. Puis il le conduisit dans un modeste vestiaire équipé d'une rangée de douches. McCabe se déshabilla et flanqua les vêtements, avec son arme et son holster, dans le grand sac. Il fit un nœud pour le sceller et le prit avec lui dans la cabine de douche. Il n'irait nulle part sans arme ce soir, et il ne voulait pas non plus laisser traîner un revolver sans surveillance. Lorsque le jet brûlant le fouetta, rinçant le sang de Sophie de son visage et de ses bras, il regarda l'eau rougie tourbillonner autour de l'évacuation avant de s'y engouffrer. Il se repassa en esprit la scène de la douche dans *Psychose*.

Sophie se trouvait en chirurgie au cinquième étage. À environ dix mètres des portes du bloc opératoire, le long d'un couloir partiellement plongé dans l'obscurité, McCabe s'assit sur une chaise en plastique de la salle d'attente déserte de l'unité des soins intensifs. Il avait revêtu une blouse d'hôpital. Il y épingla son insigne. Il pesa un moment le pour et le contre afin de savoir s'il attacherait son .45 par-dessus ou par-dessous le vêtement ample, avant d'opter pour le dessous. Il accrocha son téléphone portable à la ceinture du holster. Il laissa reposer sa main sur l'arme.

D'après les médecins, la balle du tireur avait traversé proprement le bras gauche de Sophie, douze centimètres environ sous l'épaule. Elle n'avait pas touché l'os mais rompu l'artère brachiale. Un chirurgien vasculaire était à l'œuvre en ce moment même pour nettoyer les tissus endommagés et réparer l'artère. McCabe n'avait pas tout compris du jargon médical, mais il avait retenu les mots « débridement » et « anastomose ».

Le chirurgien avait dit qu'il lui faudrait environ deux heures pour réparer le bras, mais qu'elle s'en sortirait sans doute très bien, sans perdre aucune fonction. Il avait ajouté que la plus grande menace pour la vie de Sophie, c'était l'infection. McCabe n'avait pas pris la peine de corriger le médecin.

Il éteignit les lumières et coupa le son du téléviseur dont les images colorées et muettes continuèrent seules à se mouvoir, leur lueur fournissant l'unique éclairage dans la salle d'attente. À travers la paroi vitrée, il observa en silence le couloir devant lui. Quelques rares personnes passèrent. Deux infirmières, un vieil homme poussant un seau et un balai-éponge, un jeune homme en blouse. Il scruta chacun d'entre eux, en quête de signes de menace. Juste en face de la salle d'attente, de l'autre côté du couloir, se trouvaient trois ascenseurs. McCabe gardait les yeux rivés sur les petits chiffres lumineux au-dessus des portes, au cas où l'un d'eux s'arrêterait à 5, même s'il doutait que le tireur, s'il venait, choisirait un chemin aussi direct.

31

Mardi, 23 heures

Le tireur avait calculé qu'il lui faudrait environ six heures pour rentrer à pied à Portland. Trouver un véhicule à réquisitionner serait sans doute un peu compliqué, mais il restait aux aguets, au cas où. Lorsque c'était possible, il cheminait à travers champs, en évitant les routes. Il supposait que les flics devaient fouiller la zone, en partant de l'endroit où ils avaient récupéré la femme et en élargissant progressivement leurs recherches. Il se demandait s'ils avaient amené des chiens. Son odeur devait imprégner le blazer déchiré qu'il avait laissé derrière lui. Il ignorait s'ils avaient pu relever des empreintes. Il avait fait très attention à ne pas en laisser, mais n'avait pas eu le temps de nettoyer quoi que ce soit avant de s'enfuir de la voiture. Il porta la main à son visage, là où il s'était cogné contre le volant en essayant de se planquer quand le flic avait tiré au fusil à pompe. Juste après, il s'était de nouveau pris l'airbag en pleine poire. C'était douloureux, mais c'était le cadet de ses soucis. Il avait laissé sa veste en cuir préférée, une Pierotucci, sur la banquette arrière. Ça le rendait furieux. Elle était presque neuve et lui avait coûté quatre cents dollars. Il avait belle allure dedans. Il ne pensait pas avoir laissé quoi que ce soit dans les poches. À part ça, ils trouveraient juste quelques vieux CD de Billy Ray Cyrus et le DVD d'un vieux film, *La Nuit du Chacal*. Il l'avait déjà vu plusieurs fois mais prévoyait de se le repasser ce soir. Désormais, tout son plan était foutu.

S'ils avaient des chiens, il serait facile à pister. Raison supplémentaire pour se dégoter une voiture. Il n'aurait alors plus rien à craindre. Bon, il n'en était pas tout à fait certain. Un type des opérations spéciales qu'il avait croisé au Koweït en 1991 lui avait dit que des limiers bien entraînés étaient capables de suivre la trace de quelqu'un qui s'enfuyait en voiture, à cause du système de ventilation de la bagnole qui chassait l'air par l'arrière en diffusant du même coup l'odeur du passager. Ce n'était pas très crédible – sûrement des conneries. Comment un clébard pourrait sentir un truc comme ça, d'abord ? *Laisse tomber.* Il chassa l'idée de son esprit. De toute manière, ils n'auraient pas le temps de mettre sur pied une battue avec des chiens. Dans six heures, avant la fin de la nuit, il serait au diable avant qu'ils arrivent à organiser quoi que ce soit.

Ce n'était rien qu'une petite balade dans la campagne, après tout. Ce qui le rendait malade, c'était d'avoir manqué le cœur de l'autre garce. Il avait raté cette satanée mission. Et puis ce flic s'était mis à le canarder avec un putain de fusil à pompe. *Quel enfoiré... Bon, du calme, reste cool,* se dit-il. *Reste cool si tu veux t'en sortir.*

Néanmoins, il n'en revenait pas d'avoir loupé sa cible. Il n'aurait pas dû la manquer. Putain, il ne la manquait jamais d'habitude. Tout ça à cause de ces saloperies de cigarettes que la garce pompait à la file, en remuant sans arrêt, en tapotant les cendres par la vitre. Bon Dieu. Est-ce qu'elle se fichait complètement de l'état de ses poumons ? Elle n'avait donc aucun respect pour son corps, merde alors ! Et cette tête de linotte de flic qui la laissait fumer. Ignorait-il à quel point la fumée qu'on respire pouvait être néfaste pour la santé ? Lui qui était père et tout le tintouin. *Reste cool,* se modéra-t-il de nouveau. *Calme-toi. Ne laisse pas la rage prendre le dessus.*

Il marcha en silence, longeant une rangée d'arbres au bord d'un pré. Il ne savait pas si la femme était blessée grièvement. L'image verte de la lunette de vision nocturne rendait les silhouettes assez floues, en particulier quand elles bougeaient, comme dans son cas. Il était quasiment sûr de lui avoir touché le bras. Mais il ne pouvait pas dire si la blessure était grave. Il avait peut-être touché un os, une artère, ou les deux. Ils avaient dû l'emmener à l'hôpital. Il y avait deux hôpitaux à Portland. Il se rendrait d'abord dans le plus grand.

Il tenait le fusil de *sniper* M24 au creux de son bras gauche. Une bonne arme, fiable et précise. Il la caressa de sa main libre. Tirer sur quelqu'un le mettait toujours dans un état de forte excitation, et il avait une érection. D'ailleurs, il bandait depuis un bon moment déjà, et ça ne partait pas. Si vous avez une érection qui dure plus de quatre heures, vous devez consulter un médecin. C'est ce que disait une pub à la télé pour ce médicament contre les bites ramollos. Eh bien, il allait sans doute croiser quelques docteurs ce soir. Il arriva à une route de terre. D'un côté comme de l'autre, il ne distinguait pas grand-chose. Il était en train de se demander quelle direction prendre et comment se procurer un véhicule lorsqu'il vit au loin une paire de phares se diriger dans sa direction, à bonne vitesse. Il s'accroupit dans des broussailles. Peu de chances que ce soit un flic, mais on ne savait jamais. Lorsque le véhicule se rapprocha, il identifia la forme d'un pick-up. Pas une voiture de flic. Il posa le M24 dans l'herbe sur le bas-côté et s'avança au milieu de la route, l'air cool et désinvolte, pour faire signe à la camionnette de s'arrêter. Elle ralentit et stoppa. Le chauffeur était un gamin de dix-sept ou dix-huit ans.

— C'est quoi le problème, m'sieur ? Panne de voiture ?

C'était un beau garçon, avec de longs cheveux blonds. Il se laissait pousser sous la lèvre un mignon petit bouc. Il avait de larges épaules et un corps qui paraissait musclé. Le tireur acquiesça et lui adressa son plus beau sourire.

— Ouais, c'est ça. Ma voiture est tombée en panne. À un kilomètre d'ici.

— Vous avez pas de portable ?

— Non. Il est déchargé.

— Bon, ben vous pouvez m'emprunter le mien. Vous êtes de la région ?

Le gamin tendit son téléphone portable par la vitre ouverte. Le tireur s'approcha, comme pour prendre le téléphone, puis, dans un même mouvement, ouvrit la portière de la camionnette de la main gauche, agrippa la nuque du garçon de la droite et lui cogna violemment la tête contre le volant. Une fois, deux fois. Du sang jaillit du nez du garçon, qui hurla :

— Tu m'as cassé le nez ! Putain, tu m'as cassé le nez !

Tenant toujours le garçon par la nuque, le tireur dégrafa sa ceinture de sécurité de la main gauche et le tira brutalement hors de la camionnette. Il le balança sur la route.

— Putain, tu m'as cassé le nez ! cria de nouveau le gamin.

— Ferme ta gueule ! rétorqua le tireur en lui flanquant un coup de pied dans la figure. Ferme ta gueule, bordel !

Puis il lui donna un autre coup de pied, dans le ventre cette fois. Le garçon se recroquevilla en position fœtale. Il sanglotait et respirait à grand-peine, mais, bon Dieu, il fallait bien s'amuser un peu de temps en temps.

Le tireur s'agenouilla près du garçon, déboutonna son jean et le lui enleva. Son caleçon rose était décoré de petites rangées de cœurs rouges, ce qui fit sourire le tireur. *Comme c'est mimi*, se dit-il. Il devrait peut-être se trouver le même.

Le tireur retourna dans la camionnette, coupa le moteur et éteignit les phares. Il entendit une sirène au loin. Plus d'une, en fait, et elles se rapprochaient. Mince, il ferait mieux de se magner le train. Il descendit récupérer son fusil là où il l'avait caché. Le garçon pleurait doucement, allongé sur le flanc. Dommage de bousiller un si beau gamin, mais il avait vu le visage du tireur, et les environs grouillaient de flics. Le tireur positionna le canon du fusil à trois centimètres au-dessus de l'oreille du garçon. Il appuya sur la détente.

32

Mercredi, 2 heures

Dans la salle d'attente, McCabe avait toujours les yeux rivés sur la vitre. Il laissa ses pensées dériver. Il se rappela à quel point il détestait les hôpitaux, ces endroits étrangers et anonymes où les personnes qu'il aimait venaient mourir. Il luttait contre le sommeil lorsque le son d'une voix d'homme le mit soudain en alerte. La voix provenait du couloir sur la droite, au-delà de son champ de vision. La main posée sur le .45, McCabe se leva, marcha jusqu'à la porte et jeta un coup d'œil.

— Sales fils de putes, sales fils de putes…

Un homme dépenaillé avec le sommet du crâne bandé clopinait en direction de McCabe, marmonnant la même phrase encore et encore. Il était baraqué, difficile de déterminer son âge. Il avait des plaies au visage, l'air de sortir tout droit d'une bagarre dans un bar où il se serait trouvé dans le camp des perdants. Sa présence dans l'hôpital, en particulier dans le service des soins intensifs, paraissait déplacée, mais un de ses amis avait peut-être été blessé plus grièvement que lui. Il portait un sweat-shirt bleu sale sur lequel était dessiné un phare avec l'inscription MAINE, LA VIE COMME ELLE DEVRAIT ÊTRE. L'homme vit l'insigne épinglé à la blouse de McCabe, ce qui ne sembla pas le déconcerter. Il se rapprocha de lui.

— Vous avez une clope ? demanda-t-il.

McCabe nota un léger accent du Sud dans sa voix rauque. Il ne répondit pas.

— J'ai dit : vous avez une clope ? répéta l'homme.

Son haleine charriait un parfum mentholé d'Altoids. McCabe détestait les pastilles Altoids.

Il secoua la tête.

— Désolé, mon pote. Même si j'en avais, tu ne pourrais pas fumer. Pas ici, en tout cas. Alors laisse tomber. Et barre-toi avant que je te fasse sortir d'ici.

L'homme parut un moment sur le point de répliquer, puis il se ravisa.

— Bah, rien à foutre.

Il fit demi-tour et repartit en clopinant d'où il était venu, sans doute à la recherche d'une autre personne à qui demander une cigarette. McCabe le regarda s'éloigner, en se demandant comment il avait fait son compte pour se retrouver dans l'unité des soins intensifs et si, en fait, il avait une raison d'être ici. Était-il à la recherche de Sophie ? Peut-être ; mais pourquoi aurait-il débarqué ici en faisant autant de boucan, vêtu de telle manière qu'il était sûr d'attirer l'attention de n'importe quel garde à la ronde ?

Un petit carillon tinta sur sa gauche et les portes d'un ascenseur s'ouvrirent. Maggie en sortit, portant un sac Dunkin' Donuts à la main gauche et un petit nécessaire de voyage à la droite.

Elle lui tendit le sac de voyage.

— Tu portes des caleçons très coquets, dit-elle en souriant. Ma curiosité est enfin satisfaite.

Elle observa sa blouse.

— Jolie tenue.

Il expira et s'aperçut qu'il retenait sa respiration depuis un moment.

— Merci, dit-il, se détendant un peu pour la première fois depuis des heures. Je trouve que la couleur fait ressortir le bleu de mes yeux, pas toi ?

— Oh, sans aucun doute. Tiens. Je t'ai apporté du café et un truc à manger.

Elle lui tendit le sac de beignets.

— Nappés au chocolat ?

— Bien sûr, et à la crème bavaroise.

Il prit un beignet et elle lui tendit un grand gobelet fermé.

— Tu devrais boire le café pendant qu'il est encore chaud. Tu pourras te changer après.

Ils s'assirent côte à côte dans la salle plongée dans l'obscurité et sirotèrent leur café.

— Qu'est-ce qu'il y a là-dedans ? demanda-t-elle en désignant le grand sac en plastique.

— Mes fringues.

Maggie dénoua le sac et jeta un coup d'œil à l'intérieur.

— Bon Dieu. La femme est toujours en vie ? Il lui reste encore une goutte de sang ?

— Elle n'en avait sans doute plus beaucoup. C'était tout juste. Si notre ami était resté dans les parages et m'avait coincé dans une fusillade pendant qu'on attendait l'ambulance, elle se serait vidée de son sang.

— Ils pensent qu'elle va s'en sortir ?

— C'est ce qu'ils m'ont dit. J'espère seulement qu'elle ne va pas se rétracter. Elle était déjà assez effrayée avant. Maintenant, elle va être terrifiée.

Maggie hocha la tête.

— Ils vont à nouveau essayer de l'avoir.

— J'en suis sûr. Soit ici, soit dès qu'elle mettra le pied dehors.

— Alors il va falloir la mettre en détention préventive.

— C'est ce que je pense aussi, mais pas dans une cellule. Ça ne ferait que lui taper sur les nerfs et la rendre moins coopérative. Il ne devrait pas être trop difficile de mettre en place une protection à l'hôpital. C'est encore ici qu'elle est le moins vulnérable. Plus tard, on pourra lui trouver un motel discret, bien tranquille. L'inscrire sous un faux nom et lui adjoindre la compagnie d'une policière ; Davenport, par exemple.

— Elle pourrait venir s'installer chez moi.

— Je ne crois pas que ce soit une bonne idée. Trop prévisible. Ils savent que tu travailles avec moi. Et puis je préfère te voir participer à la traque plutôt que jouer les gardes du corps.

— Redis-moi un peu ce qu'elle t'a raconté.

McCabe lui répéta, plus ou moins littéralement, ce que Sophie lui avait révélé dans la voiture.

— Elle t'a dit que Philip Spencer l'avait recrutée ?

— C'est ce qu'elle affirme en tout cas.

— Mais pourquoi lui aurait-il donné son vrai nom ?

— Ça, aucune idée. La seule raison que j'aie pu trouver, c'est le nom sur son passeport.

— Il lui a montré son passeport ?

— Non... Enfin, je n'en sais rien. C'est bizarre.

Le portable de McCabe se mit à vibrer contre sa hanche. L'appel venait de Bill Jacobi.

— Tu es arrivé à Gray, Bill ?

— Oui, je suis sur place.
— Tu as trouvé quelque chose ?
— Oui... plusieurs choses, en fait. D'abord, on sait comment il t'a suivi.
— Je n'étais pas suivi.
— Si, tu l'étais. Mais pas visuellement. On a retrouvé de petits émetteurs GPS fixés sous ta voiture et celle de la femme. Le tireur n'avait qu'à regarder son écran pour savoir précisément où vous étiez, et ensuite où se poster en ayant la meilleure position de tir.
McCabe s'en voulait. Il aurait dû envisager cette possibilité et vérifier la Bird avant son départ de Portland.
— On a retracé son angle de tir et localisé assez précisément l'endroit où il s'était posté. Une petite butte juste au bord de la route, environ cinq cents mètres devant vous. On dirait bien qu'il s'est servi d'une clôture métallique comme support de tir.
— Vous avez retrouvé des douilles ?
— Non. Il n'a tiré qu'une fois et il a dû la récupérer avant de partir.
— Quoi d'autre ?
— Eh bien, pour les empreintes, on ne saura rien avant d'avoir pu transporter son 4 x 4 à Middle Street et l'examiner sur place, mais vu qu'il a dû quitter la voiture précipitamment, je pense qu'on trouvera un indice, peut-être même plusieurs. Oh, déjà, un truc bizarre. Il y a des traces de sperme sur le siège du conducteur et le plancher en dessous.
— Le type s'est branlé ?
— Apparemment. Je doute qu'il ait été en compagnie d'un autre adulte consentant.

— Intéressant. J'imagine que ça l'excite de tirer sur les gens.

Jacobi ne répondit pas. À la place, McCabe distingua le murmure incompréhensible d'une discussion. En arrière-fond, il entendait une sirène. Puis la voix de Bill Fortier qui parlait à Jacobi. Enfin, ce fut Fortier qui reprit la ligne.

— McCabe, ramène ton cul ici. On a un autre meurtre.

— Une minute.

McCabe se leva, alla fermer la porte de la salle d'attente et mit le téléphone sur haut-parleur.

— OK. Maggie est avec moi. Que s'est-il passé ?

La voix forte de Fortier résonna dans le petit espace.

— Un lycéen du nom de Ryan Corbin. Dix-sept ans. On a retrouvé son corps dans un fossé au bord de la route. Une balle dans la tête, à bout portant.

McCabe grimaça et se demanda s'il avait fait le bon choix en ne pourchassant pas le tireur à travers champs. Il pensait que oui. Sinon, Sophie serait morte à coup sûr, le tireur l'aurait sans doute descendu, et le gamin aurait quand même pu se faire tuer.

— Une seconde, dit-il à Fortier. Maggie, fais venir des agents ici pour veiller sur Sophie. Assure-toi que ce sont des gens qu'on connaît, des policiers expérimentés, pas des bleus. Dis-leur que personne, et surtout pas le docteur Philip Spencer, ne doit s'approcher d'elle. Il faut qu'on file à Gray.

Maggie sortit son propre portable.

McCabe désactiva le haut-parleur.

— Où avez-vous trouvé le corps ?

— L'adjoint du shérif est tombé dessus à un peu plus de deux kilomètres de l'endroit où se trouvaient votre voiture et le 4 x 4. Je suis en train de m'y rendre. Venez là où vous étiez. Suivez Bucks Mill sur un kilomètre et demi, ensuite tournez à droite sur Taylorville Road. Roulez encore un bon kilomètre et demi et vous verrez tout le cirque des gyrophares. D'après l'État, celui-ci relèverait de la juridiction de la police du Maine. Selon nous, c'est une ramification de l'affaire Dubois, donc on est encore prioritaires. Enfin, on va débrouiller tout ça avec Matthews. À propos, ta voiture a été embarquée comme preuve. Pareil pour ton fusil. Loue-t'en une. On réglera la facture.

McCabe emporta le nécessaire de voyage dans les toilettes et enfila les vêtements que Maggie lui avait apportés. Un jean, un pull à col montant noir, un coupe-vent beige. Pas tout à fait ce qu'il aurait choisi pour enquêter sur un meurtre, mais tant pis. Lorsqu'il ressortit, deux policiers en uniforme étaient déjà là, en train de parler à Maggie. L'un était Kevin Comisky, qu'il avait vu pour la dernière fois vendredi soir, alors qu'il quittait la décharge. Il avait déjà croisé l'autre agent à plusieurs reprises au 109, mais ne connaissait pas son nom.

McCabe alla droit au but.

— L'inspecteur Savage vous a briefés ?

Ils acquiescèrent.

— D'accord, je répète alors. Cette femme est un témoin clé dans l'enquête Dubois, et sa vie est menacée. Quelqu'un a déjà tenté de la tuer une fois. Il va réessayer. J'ai pu apercevoir brièvement notre type, de dos. Crâne rasé. Nuque épaisse, épaules larges. Dans les un mètre soixante-quinze. Il se peut qu'il revienne finir le travail. Ça pourrait aussi être quelqu'un d'autre.

« Elle est enregistrée à l'hôpital sous le nom de Mme X, et ça restera comme ça. Dès qu'elle sort de chirurgie, vous ne la lâchez plus d'un pouce. Vous accompagnez le lit à roulettes qui la conduit à sa chambre et vous vous postez devant sa porte. Si l'un de vous doit aller pisser, l'autre reste sur place. Quand des membres du personnel de l'hôpital entrent dans cette chambre, docteurs, infirmières, n'importe qui, vous vérifiez leur identité et vous entrez avec eux. Ne laissez s'approcher d'elle sous aucun prétexte un certain docteur Philip Spencer.

— Si c'est lui, comment on l'en empêche ?

— Dites-lui seulement que ce sont les ordres, que vous n'avez pas le choix – et ne vous laissez pas embobiner. C'est un salopard arrogant. Compris ?

— Compris, répondirent-ils pratiquement d'une seule voix.

— La sécurité de l'hôpital sait que vous êtes ici, et ils vous soutiendront. Si quelqu'un vous fait des difficultés, appelez-moi sur mon portable.

Il écrivit le numéro et le tendit à Comisky.

— Donnez-moi votre numéro.

— C'est le 555-6655.

— Merci. Si des flics arrivent pour vous remplacer, même si vous les connaissez, renvoyez-les d'où ils viennent. Vous êtes de service ici jusqu'à ce que je vous relève personnellement.

33

Mercredi, 4 h 30

Maggie conduisait vite. Assis à côté d'elle, McCabe tentait de planifier la suite des événements. Le mal se répandait, pensait-il sombrement. D'abord Katie Dubois. Puis Sophie Gauthier. Maintenant ce garçon. Après, peut-être Lucinda Cassidy. Ils allaient devoir agir vite s'ils ne voulaient pas se retrouver avec de nouvelles victimes sur les bras. Dans le noir, Maggie serra de manière réconfortante l'avant-bras de McCabe.

— Ne t'inquiète pas, on va le choper, dit-elle.

Le ciel nocturne au-dessus de Taylorville Road était illuminé d'un halo sinistre, créé par les rampes de gyrophares d'une demi-douzaine de voitures de police – police locale, police d'État et police de Portland mêlées. Une centaine de mètres avant d'arriver sur la scène du crime, un jeune policier fit signe à Maggie de se ranger sur le bas-côté. Il vérifia leurs identités et leur dit qu'à partir d'ici ils devraient continuer à pied. Le van de Terri Mirabito vint se garer juste derrière eux. Terri empoigna son sac, et tous trois se dirigèrent vers le ruban jaune délimitant la zone où le garçon avait été tué. À l'intérieur, des équipes médico-légales, celle de Jacobi et une équipe du laboratoire d'État, étaient en train de prendre des mesures et des photos de la scène.

McCabe et Maggie aperçurent Bill Fortier en compagnie d'un officier supérieur de la police du

Maine et ils allèrent les rejoindre. Fortier fit les présentations.

— Inspecteur principal Michael McCabe, inspecteur Margaret Savage, voici le colonel Matthews. Colonel, vous connaissez sans doute la directrice adjointe du service médico-légal.

Matthews tendit la main, d'abord à McCabe, puis à Maggie.

— Ed Matthews, dit-il. J'ai beaucoup entendu parler de vous deux. Je connais le docteur Mirabito, ajouta-t-il en souriant à Terri.

— Le colonel Matthews et moi avons discuté des problèmes de juridiction, reprit Fortier. D'un côté, le cas pourrait relever de la police du Maine, parce que le gosse a été tué ici, et pas dans la ville de Portland. D'un autre côté, vu le lien évident avec le cas Dubois, s'il est avéré, et nous pensons qu'il le sera, la police de Portland a un intérêt primordial. On a décidé que Portland continuera à diriger l'enquête, avec vous et Maggie à la tête, mais c'est la police d'État qui fournira les moyens nécessaires – inspecteurs, agents en uniforme, tout ce dont on aura besoin. Toute personne impliquée devra s'en référer à toi, Mike, et à travers toi à moi puis à Shockley.

— N'hésitez pas à m'appeler si vous avez besoin de quoi que ce soit, ajouta Matthews. Si on peut, vous l'aurez.

McCabe hocha la tête, les mains enfoncées dans les poches pour les protéger de la fraîcheur du petit matin.

— Ça roule.

À vrai dire, il n'aurait pas pu espérer mieux. Il menait toujours le jeu, mais le nouvel arrangement lui permettrait de bénéficier de ressources supplémentaires au moment et à l'endroit où il pourrait en avoir besoin.

Après avoir enfilé des gants de latex et des protège-chaussures de papier, Maggie, Terri et McCabe se dirigèrent vers l'endroit où gisait le corps, dans un petit fossé de drainage qui longeait le bord de la route, au-delà duquel s'étendait un champ non clôturé. Dans la lueur qui précédait l'aube, avec son pantalon baissé, ses bras et sa tête tordus en des angles improbables, le garçon ressemblait à un pantin démesuré jeté là négligemment. Un policier éclaira le corps avec sa lampe-torche. Des larmes séchées avaient laissé des traces noires sur ses joues, juste en dessous des yeux. Une affreuse plaie en forme d'étoile, de teinte noire, rouge et orangée, brillait comme un œil grand ouvert quelques centimètres au-dessus de son oreille gauche. La blessure du garçon n'avait pas beaucoup saigné, mais il y avait quantité de sang séché sous son nez, qui avait coulé sur ses lèvres et son menton, et éclaboussé son sweat-shirt.

Terri s'agenouilla dans le fossé et examina la plaie.

—La cause du décès ne fait guère de doute, dit-elle. Balle de fusil, tirée à bout touchant. Le tueur a dû positionner la bouche de son arme tout près de la tête du garçon. Ces petites taches en pointillé, déclara-t-elle en les montrant du doigt, c'est la chaleur à la sortie du canon qui a brûlé la peau. Là, l'impact de la bouche de l'arme, précisa-t-elle en désignant une empreinte circulaire au milieu de la plaie.

Puis, relevant la tête, elle ajouta :

— Ça devrait nous donner le calibre de l'arme.

Elle palpa le nez du garçon d'une main gantée.

— Le nez est cassé. Le type a dû le tabasser d'abord.

— Heure du décès ? demanda Maggie.

— Il y a quelques heures à peine. Entre minuit et 2 heures du matin.

Elle remua doucement d'avant en arrière un des poignets du garçon.

— La *rigor mortis* ne s'est pas encore installée. Au vu des écorchures sur le dos et les fesses, je dirais qu'on l'a tué là, sur la route, et qu'on l'a traîné ici après sa mort.

— On a retrouvé la balle, dit Jacobi qui s'approchait d'eux, un petit sachet scellé à la main. Enfoncée à quinze centimètres de profondeur dans la chaussée. On va vérifier si elle correspond à celle qu'on a récupérée dans le siège de la T-Bird.

— Elle correspondra, assura McCabe.

— Sûr, acquiesça Jacobi.

Reprenant leur voiture, Maggie et McCabe repartirent sur les lieux de l'accident dans le sillage de Jacobi. Ils se garèrent derrière les bandes délimitant la scène de crime, à une cinquantaine de mètres des véhicules endommagés. Le 4 x 4 du tireur était presque complètement bousillé, le capot écrasé contre un érable bicentenaire dont le tronc devait mesurer près de deux mètres de diamètre. Un conducteur de dépanneuse avait positionné son véhicule derrière le 4 x 4 et s'apprêtait à le hisser sur le plateau de son camion. Juste à côté, Tom Tasco et Eddie Fraser assistaient à la manœuvre.

— Il devait rouler au moins à soixante au moment de l'impact, dit Jacobi à McCabe. L'airbag s'est déclenché. Il a dû se le prendre en pleine tronche. Je suis surpris que ce fils de pute ait encore été capable de marcher, sans parler de courir.

— Quelqu'un a des infos sur le véhicule ? demanda McCabe.

— Oui, dit Tasco. Il a été loué le 13 septembre à un comptoir Budget de l'aéroport Logan, au nom de Paul Oliver Duggan. D-U-G-G-A-N. On suppose que c'est un pseudonyme.

— Je crois que c'est le cas, confirma McCabe. Encore un personnage de film. Dans *La Nuit du Chacal*. Paul Oliver Duggan, c'était le nom qui figurait sur le faux passeport du Chacal. M. Duggan avait une réservation ?

— Non. Il est passé directement. Il n'avait jamais loué de véhicule chez Budget auparavant. On a demandé à voir les manifestes des passagers sur tous les vols qui ont atterri dans les trois heures avant la location, mais on doute d'y trouver le nom de Duggan.

— Faites-moi passer les manifestes quand ils arriveront. Notre type aime prendre des noms de personnages de film. Je pourrai peut-être en identifier un. Vous avez quoi sur le permis et la carte de crédit ?

— Il avait un permis californien et une carte Visa Capital One valide. Tous deux donnaient comme domiciliation le 5333 Zoo Drive, à Los Angeles, répondit Eddie Fraser.

— Laissez-moi deviner. Le zoo de L.A. ?

— Dans le mille.

— Ces types sont des vrais cabotins. Et dans la voiture ?

— On effectuera la recherche d'empreintes à Portland. L'échantillon de sperme est en route pour un labo de Brunswick.

— Il est sorti précipitamment de la voiture. Il n'a rien laissé derrière lui ?

— Si, dit Tasco. Deux CD de musique country et un vieux DVD d'occasion qui provient apparemment du magasin VideoPort sur Main Street. J'imagine qu'après avoir tué, il aime se détendre en regardant un film.

— Laissez-moi deviner. *La Nuit du Chacal* ?

— Bingo. Il y avait aussi une veste en cuir qui n'a pas l'air donné. Rien dans les poches, juste une de ces boîtes de pastilles à la menthe qui donnent l'haleine fraîche. Presque vide.

McCabe se figea.

— Altoids ?

— Ouais, Altoids. Il y avait deux autres boîtes vides sur le plancher. Ce type doit y être accro.

— Merde.

McCabe saisit son portable et composa le numéro que Comisky lui avait donné.

34

Mercredi, 6 h 30

Le tireur étudia son reflet dans le miroir des toilettes tout en enlevant les bandages qui lui recouvraient la tête. Riche idée, pour un hôpital, se dit-il, de dissimuler son crâne rasé sous des bandages plutôt que sous un chapeau. Par le passé, il avait pensé se procurer une perruque, afin de transformer son apparence. Mais finalement il avait décidé de ne pas compromettre son look, qu'il trouvait cool, avec un pastiche ridicule. Il toucha du doigt l'hématome sous son œil gauche, qui lui faisait un mal de chien. Ce putain d'airbag l'avait cogné au visage avec la force d'un coup de poing. Mais il verrait ça plus tard. Il retira son jean, le roula en boule et le dissimula du mieux possible derrière la cuvette des toilettes. Il revêtit le pantalon, la blouse et la petite toque bleue que le flic avait laissés derrière lui dans les toilettes. Avec cette tenue, il se fondrait sans problème dans l'hôpital.

Il vérifia le couteau à cran d'arrêt Blackie Collins attaché à sa jambe. Il était content de l'avoir sur lui, même si a priori les seules armes dont il aurait besoin seraient ses mains nues. Il n'avait pas pris le fusil. Ce dernier était resté caché dans la camionnette, garée à deux pâtés de maisons de l'hôpital, munie de plaques d'immatriculation flambant neuves.

Le tireur se regarda de nouveau dans le miroir et s'envoya un baiser. Il s'obligea à inspirer à pleins poumons, avant d'expirer lentement. Une fois, puis deux, puis trois. Pour se forcer à rester calme – pas trop fébrile, pas trop excité. Il devait agir en toute discrétion. L'excitation n'amenait que des ennuis.

Il était temps de partir en reconnaissance. S'il voulait réussir à pénétrer dans la chambre de cette garce, il aurait besoin d'un de ces badges plastifiés qu'ils portaient tous autour du cou. Il allait devoir s'en procurer un. C'était son premier objectif. Il sortit des toilettes, éteignit la lumière et ferma doucement la porte.

— Beaucoup de gens consomment ce genre de pastilles, McCabe.

Maggie et McCabe avaient repris l'autoroute en direction du centre médical de Cumberland. Le trafic était plus dense à présent, l'avant-garde matinale de l'heure de pointe, aussi McCabe devait-il slalomer entre les voitures, sirène hurlante.

— Oui, je sais, mais j'ai senti quelque chose de pas net chez ce type. J'aurais dû m'en rendre compte plus tôt. J'aurais dû le reconnaître à sa corpulence. Ce n'était pas celle d'un vieux pochetron.

— D'accord, mais ne te fais pas trop de reproches. Je sais que tu te vois parfois en superflic infaillible, mais, comme on dit, l'erreur est humaine. On commet tous des erreurs, même toi.

— En travaillant assez longtemps à la criminelle, on finit par intégrer que ce genre d'erreurs peut coûter la vie à des innocents. Et même à des gens pas si innocents, comme mon frère Tommy.

McCabe quitta la 95 au niveau du centre commercial et prit l'échangeur vers la 295. Quelques minutes plus tard, ils arrivèrent à la sortie de Congress Street qui menait à l'hôpital.

Sophie Gauthier était sortie des soins intensifs et se trouvait dans une chambre du deuxième étage. Le tireur n'eut aucun mal à trouver laquelle. Quand il repéra un flic sortant de la cafétéria avec deux gobelets de café et un sac de bouffe, il se contenta de suivre le pauvre type jusqu'à la chambre. Puis il passa devant sans s'arrêter. Personne ne lui posa de question, ou ne lui prêta la moindre attention. Ni les flics ni les agents de sécurité de l'hôpital qui traînaient devant la chambre en essayant de se donner eux aussi des airs importants. *Bande de trous du cul.*

Bon, OK, il savait où elle était. À présent, il devait arrêter de glandouiller dans les couloirs et choper un de ces satanés badges. Un qui lui ressemblerait un peu. Ils allaient à coup sûr vérifier la photo. Le tireur passa un certain temps à monter et descendre des escaliers, et à parcourir des couloirs en tout sens avant de dénicher un type qui convenait. Enfin, au quatrième étage, un homme qui marchait dans sa direction lui parut assez ressemblant. Même crâne rasé, même forme du visage. Le tireur jeta un coup d'œil au badge lorsqu'ils se croisèrent. Charles Lowery, radiologie. *OK, Charles, trouvons un endroit où on sera seuls, tous les deux.* Il fit volte-face et suivit le radiologue jusqu'aux ascenseurs au bout du couloir. Charles appuya sur le bouton pour descendre et attendit. Le tireur vint se poster à côté de lui. Si la cabine était vide, il se chargerait de lui tout de suite. La découverte du corps devrait provoquer un certain émoi. Les médecins, les infirmières et les membres de la sécurité afflueraient tous ici. Peut-être aussi les flics. Ce qui lui offrirait la chance qu'il attendait.

Charles Lowery adressa un regard au tireur et le salua de la tête. Ce dernier sourit et hocha la tête en retour. Un petit carillon retentit et les portes de l'ascenseur s'ouvrirent. La cabine était vide. Ils entrèrent. Charles appuya sur le bouton du rez-de-chaussée. Les portes se refermèrent.

Lorsque la cabine s'ébranla, le tireur se tourna vers le radiologue. D'un geste fluide, il passa son bras droit autour de sa nuque, l'obligea à baisser la tête et la bloqua sous son aisselle gauche. L'avant-bras gauche du tireur se glissa alors sous sa gorge. Il le poussa en avant avec sa hanche, tordit sa tête d'un quart de tour à droite et la tira d'un coup brusque vers le haut, lui brisant instantanément la nuque. Tout cela en moins de trois secondes.

Tenant toujours la tête du radiologue sous son bras, le tireur installa le corps en position assise contre la paroi du fond. Il lui ôta le badge plastifié, le passa autour de son propre cou et prit une grande respiration.

L'ascenseur stoppa soudain au premier étage. Le tireur se retourna face aux portes qui s'ouvraient. Une vieille dame regarda dans la cabine avec de grands yeux. Elle les baissa sur Charles.

— Crise cardiaque, dit le tireur. Restez là. Je vais chercher de l'aide.

Elle acquiesça. Avant de quitter l'ascenseur, il tendit le bras et appuya sur un bouton. Puis il se faufila entre les portes qui se refermaient, en souriant à la vieille dame qui restait figée à l'extérieur. L'ascenseur, vide à l'exception du corps, remonta au deuxième étage.

Le tireur se dirigea vers la cage d'escalier la plus proche et l'emprunta. Sur le palier, il observa de plus près la photo de Charles Lowery. Bon, la comparaison ne résisterait pas à un examen attentif. Mais ça n'avait aucune importance.

Dans un crissement de pneus, la Crown Vic de Maggie pila devant l'entrée principale de l'hôpital au moment même où le tireur s'engageait dans l'escalier. McCabe éteignit le moteur et la sirène avant de sortir précipitamment de la voiture, Maggie sur ses talons. Comisky lui avait dit qu'ils transportaient Sophie, profondément endormie sous l'effet des sédatifs, dans la chambre 308. Elle devait y être à présent. Ils entrèrent dans l'hôpital et coururent vers les ascenseurs, au fond du hall à droite. Une vieille dame aux cheveux gris, le visage écarlate, se tenait devant les portes closes et hurlait :

— Il a fait une crise cardiaque ! Il a fait une crise cardiaque ! Il est dans l'ascenseur !

Un employé de l'hôpital s'efforçait de la calmer. McCabe jeta un coup d'œil rapide aux signaux lumineux au-dessus des portes. L'ascenseur qu'elle pointait du doigt était arrêté au deuxième étage. L'autre était en train de descendre du sixième. Il pouvait très bien effectuer deux ou trois arrêts avant d'arriver au rez-de-chaussée.

McCabe scruta les alentours, à la recherche de l'escalier le plus proche. Repérant le symbole fléché, il fonça vers eux.

Le tireur sortit de la cage d'escalier au deuxième et scruta le couloir en direction de l'ascenseur, dont les portes étaient grandes ouvertes. C'était un vrai chaos, mieux encore qu'il l'avait espéré. Médecins, infirmières et membres de la sécurité – tous s'époumonaient en se pressant autour de l'ascenseur béant qui renfermait le corps de Charles. Même les flics quittaient leur poste. L'un s'éloigna de la porte de la chambre de Sophie pour se rapprocher de la foule, avant de s'arrêter trois mètres plus loin dans le couloir, le regard rivé sur l'agitation. Le second flic resta près de la porte mais s'était levé de sa chaise, observant la scène, tournant lui aussi le dos au tireur.

D'après les exclamations qu'il saisit, il semblait que le radiologue était toujours en vie et qu'ils tentaient de soigner sa nuque brisée. *Tenace, ce petit con.* Cette prise aurait pourtant dû le tuer sur le coup. Le tireur saisit un chariot de repas abandonné et le fit rouler vers la chambre de Sophie. Il s'arrêta devant la porte. Aussi silencieusement que possible, il l'ouvrit et poussa le chariot à l'intérieur. En la refermant, il entendit le flic devant la porte s'écrier :

— Hé, où vous allez comme ça ?

Le tireur laissa le chariot au milieu de la pièce et se faufila derrière la porte, retirant le couteau Blackie Collins de sa gaine à la cheville. Il ouvrit le cran d'arrêt.

McCabe atteignit le deuxième étage avec une volée de marches d'avance sur Maggie. Il vit des gens grouiller autour de l'ascenseur à l'autre bout du couloir. À mi-chemin, sur la gauche, Comisky, ramassé sur lui-même, l'arme au poing, entrait dans la chambre 308. La porte se referma. McCabe piqua un sprint vers la chambre tout en dégainant le .45 de son holster.

Il ouvrit la porte d'un coup de pied, l'automatique brandi devant lui. Kevin Comisky se tortillait sur le sol, les mains agrippées à son cou, geste désespéré pour retenir les flots de sang qui pulsaient de sa carotide sectionnée, laissaient s'échapper sa vie. Un homme en blouse d'hôpital se dressait au-dessus de lui, un couteau à lame courte ensanglanté à la main. La surprise se lut sur son visage face à l'intrusion de McCabe – surprise qui se mua aussitôt en fureur.

— Trop tard, ducon.

L'homme se précipita vers le lit de Sophie, la lame prête à s'abattre sur son corps comateux. La balle de McCabe atteignit la partie supérieure de la cible mouvante, pénétrant l'épaule droite en brisant l'os, et fit basculer le tueur en arrière. Du sang jaillit. Comme un taureau furieux, il se retourna vers McCabe, réussissant par miracle à ne pas lâcher le couteau.

McCabe lui fonça dedans, empoigna son bras blessé et le tordit, en le repoussant contre le mur, loin de Sophie. L'homme poussa un hurlement de douleur. Même blessé, il était fort comme un bœuf. Il parvint à se retourner et balança brutalement son coude gauche au creux des reins de McCabe, d'abord une, puis deux fois. Un éclair de douleur le fit s'écrouler, la respiration coupée. L'homme avança sur lui, sûr de disposer de sa proie. McCabe leva le bras pour tirer à nouveau et eut la surprise de constater que sa main ne renfermait rien. Il avait dû laisser tomber le .45.

Il regarda autour de lui frénétiquement. À gauche. À droite. *Là, près du lit.* Il tendit la main vers l'arme. Le tireur fut plus rapide. D'un coup de pied, il repoussa l'automatique, se retourna et agrippa McCabe par les cheveux. De sa main valide, il tira sa tête vers l'arrière, exposant sa gorge à la lame. Il leva le couteau, à peine capable de le tenir avec son bras blessé. McCabe fit un geste désespéré vers l'arme, mais la manqua. Il était sûr qu'il allait mourir. Puis il y eut une explosion soudaine, assourdissante dans l'espace confiné, et, à la surprise de McCabe, un petit trou noir, comme une tache d'encre informe dans un test de Rorschach, apparut sur le front de l'homme. Dans la fraction de seconde qu'il lui fallut pour mourir, son visage exprima un air d'incrédulité totale.

Une infirmière et deux internes en blouse blanche surgirent dans la chambre et s'affairèrent aussitôt, agenouillés autour de la forme ensanglantée de Kevin Comisky qui respirait toujours. Les yeux de McCabe se reportèrent vers l'encadrement de la porte, où Maggie se dressait, telle Grace Kelly dans *Le train sifflera trois fois*, brandissant encore son arme des deux mains, toujours pointée sur l'homme sans vie étendu au milieu de la pièce, prête à tirer de nouveau, comme si elle ne pouvait pas croire qu'il était vraiment mort. McCabe lutta pour repousser les assauts de la douleur.

Tandis que le personnel de l'hôpital s'affairait, il eut l'espoir que Kevin Comisky allait peut-être s'en sortir, que les docteurs l'avaient peut-être pris en main à temps. Il se surprit même à prier pour lui – mais ses prières restèrent vaines. À peine une ou deux minutes plus tard, un des médecins, à qui McCabe aurait donné quatorze ans, leva les yeux, secoua la tête et annonça :

— C'est fini.

— Vous êtes sûr ?

— Je suis sûr.

— Merde.

Sophie reposait toujours en silence sur le lit, les draps soulevés par sa respiration régulière. Elle ne s'était rendu compte de rien. McCabe tourna les yeux vers le corps du tireur.

— Dommage qu'on n'ait pas pu l'avoir vivant, dit-il autant pour lui-même que pour Maggie.

— Va te faire foutre, répliqua Maggie, qui avait fini par baisser les bras.

Elle prit une profonde inspiration et ferma les yeux.

— S'il faut absolument que tu ajoutes un mot, McCabe, un simple merci suffira.

Elle avait prononcé ces paroles d'une voix tendue. Il savait qu'elle n'avait jamais tiré sur personne auparavant, et que ce n'était pas facile.

— Merci alors.

35

Dehors, il devait y avoir des voitures, des arbres, des gens, de la musique, mais pour Lucinda, dehors n'existait plus. Au début, elle avait tenté de chanter. Des chansons d'université, de camps de vacances, des morceaux de rock. Tout ce qui lui revenait, elle le chantait à pleins poumons, aussi fort que possible. Le son de sa propre voix la réconfortait, lui rappelait qu'elle était encore en vie, qu'elle existait toujours. *Je chante, donc je suis*. Elle avait alors espéré que les chants irriteraient son ravisseur. Ce qui n'avait pas manqué. Et il le lui avait fait payer cher. Une fois, il lui avait brûlé les cuisses et les seins. De petites brûlures circulaires qui avaient laissé des cicatrices et la faisaient encore souffrir. Il lui avait dit que, si elle recommençait à s'agiter, il lui brûlerait le visage.

À présent elle restait allongée en silence, convoquant ses souvenirs pour tenter, en vain, de refouler la peur qui l'engourdissait, pour empêcher le silence de détruire le peu de raison qui lui restait. Elle se concentrait sur son enfance, qu'elle s'efforçait de revivre jour après jour, se remémorant chaque détail. Elle avait quatre ans, Patti sept. Elles étaient assises à la table de la cuisine dans la maison à charpente de bois blanche sur Keepers Lane, à North Berwick. La famille déménagerait deux ans plus tard, mais à l'époque elles y étaient encore. Aujourd'hui, papa, toujours levé avant maman le dimanche matin, préparait des pancakes à la myrtille pour le petit déjeuner. Elle adorait les pancakes à la myrtille. Le souvenir suffit à lui faire monter la salive à la bouche.

Papa avait son éternelle cigarette aux lèvres, sa cendre incroyablement longue suspendue au-dessus de la pâte à pancakes, l'odeur du tabac emplissant la pièce. Patti avertit papa qu'elle ne mangerait pas les pancakes si la cendre tombait dedans. Il mit les mains en coupe par-dessous et alla jusqu'à l'évier, où il décolla la cigarette de sa bouche et passa le mégot sous l'eau du robinet pour l'éteindre. La cigarette le tuerait quelques années plus tard, mais on n'en était pas encore là.

C'était l'année où papa leur avait acheté le poney, à elle et à Patti.

— C'est une petite bête, leur dit-il, même si elle paraissait déjà bien assez grosse à Lucinda. Il ne mesure pas plus de treize paumes. Il a quinze ans.

Treize paumes de qui ? s'était-elle demandé. Certainement pas les siennes qui étaient si petites comparées à celles de son père. Celles de Patti non plus, à peine plus grandes.

Ils avaient baptisé le poney Keener, du nom de la ferme près de Keene, dans le New Hampshire, où papa l'avait acheté. D'après Patti, qui était futée, on disait que c'était un « Keener » comme on appelait « Mainers » les habitants du Maine.

Keener était un appaloosa tacheté, à la robe grise parsemée de taches noires. Étant la plus jeune, Lucinda eut le droit de le monter la première. Papa la hissa sur la selle de cuir brun éclatante. Une selle anglaise, pas western. Il n'y avait pas de pommeau où se tenir, lui dit-il, juste les rênes. Il ajusta les étriers à sa hauteur, avant de glisser ses pieds dedans. Puis ils partirent. Papa tenait le poney par le harnais. Il chemina à son côté, en lui parlant doucement, lui disant de se tenir bien droit, de laisser entendre à Keener que c'était elle qui commandait. Après un moment, sans qu'elle le remarque, il lâcha le harnais et elle chevaucha seule pour la première fois.

— Tu n'as rien à craindre, dit papa. Tu n'as rien à craindre.

Rien à craindre.

À part les ténèbres et l'homme qui venait parfois la brutaliser. Rien à manger. Sauf une espèce de truc chocolaté en boîte dégoûtant qui lui donnait la diarrhée. Pour la millième fois, elle inventoria les objets qui se trouvaient dans la pièce. Le plus important, la bouteille de Gatorade sur la table en bois près du lit. Il lui avait dit où se trouvait la boisson énergétique. Elle l'avait renversée une fois, en la cherchant à tâtons. Elle avait dû nettoyer le liquide poisseux sur le plancher. Il l'avait frappée pour la punir.

La seule autre chose qu'elle put trouver était le seau, dans un coin de la pièce, qu'elle utilisait pour ses besoins, et le rouleau de papier toilette juste à côté. Elle supposait qu'il le vidait quand il venait. La pièce ne sentait pas mauvais.

Il l'avait conduite jusqu'au seau, la première fois. Il lui avait tenu la main pendant qu'elle s'accroupissait et urinait. C'était si bizarre d'uriner dans le noir, tandis que son geôlier lui agrippait la main pour l'empêcher de tomber. Il avait orienté sa main vers le papier, afin qu'elle puisse le situer et se nettoyer. La bouteille et le seau, le lit et la chaise. C'était tout. Son univers entier. Au-delà, il n'y avait que les ténèbres, ses souvenirs et les visites de l'homme.

— Quand reviendras-tu ? se demanda-t-elle tout haut, impatiente de sentir à nouveau sa présence. Peut-être que si je fais l'amour assez bien, peut-être que si je te donne assez de plaisir, peut-être que tu ne me… si vite, vite, vite, vite, vite, vite…

Elle répéta ce mot, encore et encore, mais ne put prononcer la phrase en entier.

36

Mercredi, 11 heures

— Ils me restreignent aux tâches administratives pendant toute la durée de l'enquête.

Maggie sortait du bureau d'Al Blanchard en fermant la porte derrière elle. Blanchard était le seul agent des Affaires internes présent à plein temps dans le département de la police de Portland. Il était assisté par un inspecteur principal que McCabe ne connaissait pas, quelqu'un qui lui était détaché à temps partiel par les Affaires communales.

— Je ne suis plus censée travailler sur ce cas.

— Merde, dit McCabe, plus pour lui-même que pour Maggie.

Il était assis dans le couloir, attendant de passer à son tour devant les Affaires internes.

Maggie s'assit à côté de lui.

— C'est le règlement, dit-elle. J'ai utilisé mon arme. Les Affaires internes vont tenter de déterminer si l'usage de la force était nécessaire, si j'avais vraiment besoin de le tuer.

— C'était le cas.

— Je ne me suis pas présentée. Je ne lui ai pas demandé d'arrêter. Je l'ai juste vu avancer ce couteau près de ton cou et j'ai appuyé sur la détente.

— Si tu ne l'avais pas tué, c'est lui qui m'aurait tué, dit McCabe. Il venait de poignarder Comisky.

— J'aurais pu me contenter de le blesser.

— Tu n'avais pas d'autre choix que la tête. Si tu avais tiré plus bas, tu m'aurais touché. Tu as fait ce qu'il fallait. Ce type était le mal incarné.

Elle réfléchit à ses propos.

— Tu as raison, finit-elle par concéder, avec un hochement de tête hésitant. Blanchard a dit que ça ne prendrait pas longtemps. Leur enquête, je veux dire.

McCabe supposa qu'elle cherchait l'absolution. Une rémission de ses péchés. Il ne pouvait pas la lui offrir. Ni les Affaires internes. Si elle se sentait coupable, elle allait devoir vivre avec. Il passa un bras autour de ses épaules.

— Tu m'as sauvé la vie, dit-il. Selon la philosophie chinoise, ça signifie que tu en portes maintenant la responsabilité.

Elle se tourna vers lui et le regarda droit dans les yeux, avec un sourire forcé.

— Alors je crois que j'aurais mieux fait de te laisser tuer.

Un inspecteur en uniforme nommé Toomey apparut.

— OK, McCabe, c'est votre tour.

Al Blanchard était assis derrière son bureau. Toomey prit place à sa droite. Bill Fortier resta debout contre le mur juste derrière. McCabe ne s'attendait pas à sa présence.

Fortier fit les présentations.

— Mike McCabe. Inspecteur principal Pat Toomey.

Chacun des deux hommes hocha la tête ; aucun ne tendit la main.

— Pat a été délégué aux Affaires internes pour s'occuper de ce dossier.

McCabe avait déjà entendu parler de Toomey. Il avait la réputation d'informer Tom Shockley de tout ce qui se passait dans le département. La plupart des policiers surveillaient leurs propos en sa présence, sachant que cela finirait par remonter aux oreilles du chef. McCabe ignora Toomey et s'adressa à Fortier.

— Maggie m'a dit que tu la retirais, Bill. Avec un tueur toujours dans la nature et Lucinda Cassidy toujours introuvable, je pense que c'est n'importe quoi. Elle a tiré pour me sauver, point barre.

Blanchard fut le premier à prendre la parole.

— Inspecteur, le règlement stipule que nous devons mettre un agent sur la touche chaque fois qu'il fait usage de son arme à feu dans le cadre du service. De toute façon, ça ne devrait pas durer longtemps. Les faits semblent indiquer que le coup mortel porté par l'inspecteur Savage était justifié. Il faut juste qu'on s'en assure.

— OK, Mike, dit Fortier. Je veux que tu nous dises tout ce qui s'est passé depuis le moment où tu as vu cette femme, Sophie Gauthier, pour la première fois, jusqu'à ce que Maggie tue ce type à l'hôpital.

McCabe leur raconta tout. Ils posèrent des questions. Il leur répondit. Cela leur prit près d'une heure. À la fin, il dit :

— Eh bien, voilà. Alors, vous voulez me coller derrière un bureau, moi aussi ?

— Non, dit Blanchard.

— Vraiment ? Pourquoi ça ? Après tout, en une seule nuit, j'ai tiré avec deux armes à feu. Maggie n'en a utilisé qu'une.

Blanchard garda le silence.

— Il n'y a pas de problème, reprit McCabe, qui se sentait fatigué et irrité. On va juste mettre cette affaire de côté pendant deux ou trois jours. Moi, je prendrais bien un peu de repos. J'ai des trucs à régler chez moi. Et puis, ajouta-t-il d'un ton acerbe, peut-être qu'on peut demander aux méchants de repousser l'assassinat de Cassidy, le temps que les bons reprennent le contrôle de la situation. Ah, c'est vrai, dit-il en haussant les épaules, il n'y a pas de garantie.

— Vous savez, McCabe, vous êtes sacrément arrogant, déclara Toomey. J'avais entendu dire que vous ne pouviez pas vous empêcher de la ramener, genre le cador de New York. Maintenant je constate que c'est vrai.

McCabe lui jeta un regard noir.

— Allez vous faire foutre, Toomey.

L'homme se raidit.

— D'accord, calmez-vous maintenant, intervint Blanchard, levant les deux mains dans un geste de conciliation, prenant le rôle du bon flic pour être le pendant de Toomey. Détends-toi, Pat... et garde tes remarques personnelles pour toi. McCabe, vous retournez au boulot. On ne vous met pas sur la touche.

— Vraiment ? Je croyais que c'était le règlement, qu'on nous collait au placard chaque fois qu'on se servait d'une arme à feu.

— Disons juste qu'on a enquêté sur votre cas, dit Blanchard, et que vous avez été blanchi. Vous ne vous en êtes même pas rendu compte tellement ça s'est fait vite.

— On ne fait qu'assouplir les règles dans ton cas, Mike, on ne les brise pas, dit Fortier. Premièrement, tu n'as tué personne. Deuxièmement, on a besoin de toi tout de suite. Quand tu dis qu'on ne peut pas demander aux méchants de nous attendre, tu as raison.

— Tu voudrais que je te remercie, Bill ?

— La décision d'assouplir les règles ne vient pas de Bill, dit Toomey. Si vous voulez remercier quelqu'un, c'est Shockley. C'est à sa demande. Et c'est lui qui en assumera les conséquences. « Pour le bien de la communauté », comme il dit.

— J'espère juste que le département ne finira pas par le payer, ajouta Blanchard.

— Maggie est au courant ?

— Non.

— Quand est-ce que je pourrai la récupérer ?

— Ça ne devrait pas durer plus d'un jour ou deux, peut-être moins, dit Blanchard.

— Personnellement, dit Toomey, dans votre cas, McCabe, j'aurais appliqué le règlement à la lettre. Je crois que par votre conduite la nuit dernière, en allant rencontrer cette femme seul, sans renfort, non seulement vous avez délibérément ignoré le règlement du département, mais vous avez aussi provoqué tout ce foutu bordel. Résultat, un de nos agents est mort, un civil a été tué, un autre blessé et, pour ne rien arranger, le type dans l'ascenseur va sans doute rester paralysé à vie. Mais bon, j'imagine que c'est votre manière d'agir à New York... Bill Bacon aurait pu prendre en charge cette affaire depuis le début et, à mon sens, il aurait dû. Oh, à propos, au cas où vous ne le sauriez pas, Kevin Comisky avait une femme et trois enfants. Le plus jeune a seulement deux ans.

Si Toomey voulait qu'il se sente coupable, il avait réussi son coup.

— Sa femme, comment s'appelle-t-elle ?

— Carol.

McCabe enregistra l'information. Il devrait rendre visite à Carol Comisky dès que possible. Il savait que Toomey avait raison au sujet de sa décision de rencontrer Sophie seul. Cela n'avait pas fini de le hanter. Par ailleurs, il s'étonnait que Shockley se soit mouillé pour lui. Mais il n'en laissa rien paraître.

— OK, on a fini, dit Fortier. Tu peux y aller, Mike.

— Et faites un effort, essayez de ne tuer personne, cette fois, ajouta Toomey.

McCabe encaissa le sarcasme.

37

Mercredi, 12 h 30

Maggie déposa McCabe à son appartement avant de rentrer chez elle se doucher et se changer. Jane Devaney lui ouvrit la porte, l'index posé sur les lèvres, lui intimant le silence.

— Qu'est-ce qui se passe ? chuchota-t-il.

Elle le repoussa sur le palier et ferma doucement la porte derrière elle.

— Casey est à la maison. Je ne l'ai pas envoyée à l'école aujourd'hui.

— Pourquoi ? Elle est malade ?

— Pas vraiment, mais elle n'a presque pas dormi de la nuit. Elle a pleuré un peu et elle s'est fait beaucoup de souci. Elle est venue dormir dans mon lit à 2 heures, mais ne s'est pas assoupie avant 7 heures. J'ai préféré la laisser dormir.

— C'était à cause de la visite de Sandy ?

Il s'avança vers la porte, mais Jane Devaney tendit la main pour lui bloquer le passage.

— Il est possible que ça joue un peu, mais cette nuit c'était surtout à cause de vous.

— De moi ?

— Oui, vous. Hier soir, elle vous a vu sortir avec un fusil. Elle ne savait pas où vous alliez, ni ce que vous fabriquiez.

— Oh, bon Dieu, soupira McCabe, qui sentit se former un autre nœud de culpabilité.

— Vous lui avez téléphoné un peu plus tard et vous lui avez fichu une trouille monstre. Vous lui avez dit que Maggie allait venir. Ensuite, Maggie est partie et c'est moi qui ai débarqué. Elle a demandé où vous étiez. Je lui ai assuré que vous alliez bien. C'est alors qu'elle m'a raconté comment son oncle avait été abattu dans une fusillade quand elle avait dix ans…

— Tommy.

— C'est ça, Tommy. À l'évidence, elle était morte d'inquiétude, elle craignait que vous ne subissiez le même sort, mais elle essayait de ne pas le montrer. Elle voulait être une bonne fille, une bonne fille de flic.

— J'imagine que me faire tuer reviendrait, d'une certaine manière, à l'abandonner. Comme sa mère. C'était en partie dû à ça, non ?

— Peut-être, mais je ne suis pas sûre qu'il faille aller chercher si loin.

— Je ferais mieux de lui parler…

— Oui, mais tout de suite, ce n'est pas le moment idéal. Elle a réussi à maîtriser sa peur pour l'instant.

— Alors que dois-je lui dire ?

— Soyez juste à l'écoute de ce qu'elle ressent. Assurez-vous qu'elle sache que vous allez bien et que vous vous en souciez. Vous pourrez toujours discuter plus longuement avec elle quand les choses se seront calmées. Bon, je la conduirai à l'école plus tard dans la journée. Laissez-moi juste le temps de prendre une douche. J'ai veillé toute la nuit moi aussi.

Il trouva Casey dans la cuisine, en train d'avaler un bol de céréales. Il s'assit sur la chaise en face d'elle.

— Tu as un nouveau chouchou ? demanda McCabe en remarquant la bande élastique orange qui retenait ses cheveux en arrière.

— Oui, on les fabriqués, Sarah et moi. Sa mère nous a montré. J'en ai réalisé deux autres.

— Beau travail.

Elle enleva le chouchou et le lui montra.

— Cool.

Il enroula la bande élastique autour de sa tête.

— J'ai l'air de quoi ?

— Fais pas ça. Tu vas le distendre.

Elle tendit la main et lui ôta le chouchou de la tête.

— Tu vas bien ? demanda-t-elle.

— Ça va. Tu as pu dormir un peu ?

— Pas beaucoup. Maggie est partie en pleine nuit. Elle a dit qu'elle devait aller te rejoindre. Jane est venue.

— Ça te convenait ?

— J'avais besoin de compagnie, je crois. J'ai dormi avec Jane. Où tu étais ?

— J'ai dû aller jusqu'à Gray, interroger un témoin. Ensuite, à l'hôpital Cumberland.

— Quelqu'un a été blessé ?

— Oui, avoua-t-il, sans entrer dans les détails.

— Où est ton fusil ?

— Je l'ai laissé au commissariat.

— OK.

— Je devais y aller, c'était important pour moi.

Casey le jaugea une bonne minute.

— OK, dit-elle.

Il lui prit la main, celle qui ne tenait pas la cuillère.

— Laisse, dit-elle en la retirant.

Il réalisa soudain qu'il était affamé. Au cours des dernières vingt-quatre heures, il n'avait mangé qu'une cuillerée de lasagnes et les *doughnuts* de Maggie. Il alla chercher un bol et une cuillère et se versa des céréales. Il y ajouta du lait et se mit à manger.

— Tu as repensé à l'idée de voir ta mère ?

— Oui. Beaucoup.

— Et… tu en penses quoi ?

— Tu as dit que j'étais obligée de la voir.

— Je crois que oui. Le juge lui a concédé ce droit. Quelle impression ça te fait ?

— Je ne sais pas. Elle arrive vendredi ?

— Oui. Elle viendra te chercher ici après l'école. Elle veut t'emmener à Boston pour le week-end. Vous irez sans doute dans un hôtel chic. Peut-être voir un spectacle.

— Super, dit-elle sans enthousiasme. Elle est vraiment riche ? reprit-elle après un moment de silence.

— Son mari l'est.

Casey finit ses céréales, alla porter son bol dans l'évier et le rinça.

— Il s'appelle Peter, c'est ça ?

— Oui.

— Peter comment ?

— Ingram.

— Et c'est mon beau-père ?

— Seulement si tu veux penser à lui de cette façon.

— Je ne pense pas à lui, de toute façon. Je ne l'ai jamais rencontré. Il ne vient pas ?

— Je ne crois pas. C'est juste Sandy.

— Comment ça se fait que tu m'as donné le même prénom qu'elle ?

— C'est elle qui l'a voulu à ta naissance.

Comme une petite extension d'elle-même, pensa McCabe.

— De toute manière, ce n'est pas vraiment le même. Toi, c'est Casey. Elle, c'est Sandy.

— Tu es prête ? demanda Jane qui apparut à l'entrée de la cuisine.

— Mais ce sont deux diminutifs de Cassandra, dit Casey. Vous n'allez pas vous battre pour moi, au moins ? Toi et maman ?

— J'espère que non. En tout cas, j'essaierai. Mais elle, je n'en sais rien.

— Vous êtes censés être les adultes, vous savez.

— Oui, c'est ce qu'on m'a dit.

Il la serra fort dans ses bras.

— Je t'aime.

Il ne voulait pas la laisser partir. À Boston. Ni même, sur le moment, à l'école.

— Papa, il faut que j'y aille.

— Je sais. Allez, bon courage.

— Je t'aime aussi, dit-elle avant de se retourner et de dévaler l'escalier.

Il appela Sandy à New York.

— Salut, McCabe. Casey est prête pour ma visite ?

Il n'était pas sûr que « prête » soit le terme adéquat. Néanmoins, il dit :

— Tu peux venir la chercher vendredi après l'école.

— Je serai là à 16 heures. J'ai réservé une suite au Four Seasons. Il faudrait qu'elle pense à prendre de beaux habits, pour porter dans les restaurants, peut-être au théâtre. Elle a quelque chose de décent à se mettre, au moins ?

Il ne releva pas le sarcasme.

— Elle prendra quelque chose de bien.

— Elle aimerait voir quelque chose en particulier ?

— Ce que tu choisiras devrait lui aller. Ou, mieux, laisse-lui le choix. Elle n'est pas très exigeante. Tu sais où on habite ?

— Oui, je sais.

— Il faudra qu'elle soit rentrée assez tôt dimanche pour avoir le temps de terminer ses devoirs. Pas plus tard que 16 ou 17 heures.

— C'est bon.

— Et… Sandy ?

— Quoi ?

— Prends bien soin d'elle.

McCabe ôta ses chaussures et s'allongea sur le lit défait, en pensant à Casey et à ce qu'il aurait dû lui dire. Le parfum de Kyra imprégnait encore les draps. Il était épuisé mais savait qu'il n'aurait pas le temps de dormir. Il devait retourner à l'hôpital, parler à Sophie dès qu'elle reprendrait ses esprits ; mais il devait aussi d'abord débrouiller les fils de cette affaire. La liste des détails à éclaircir était longue et ne cessait de s'allonger, une boîte de Pandore remplie de « sans doute », de « peut-être » et de « si ».

Il se déshabilla, passa sous la douche et reprit le cours de sa réflexion tandis que l'eau chaude le détendait. Sophie avait dit qu'ils effectuaient des greffes illégales. Dans un endroit situé probablement dans un rayon de quatre-vingts kilomètres au nord ou à l'est d'Augusta. À moins, bien sûr, qu'ils n'aient refait un crochet vers le sud. Il étudia cette possibilité et finit par la rejeter. Ce détour leur aurait fait perdre trop de temps.

OK. Il y avait donc cinq ou six personnes impliquées en plus de Sophie. Un chirurgien cardiaque et un autre pour le seconder. L'un d'eux était-il Spencer ? Sans doute. Et l'autre ? Peut-être un de ses copains présents sur la photo du Denali. Wilcox ou Holland. Qui encore ? Une infirmière anesthésiste, à l'identité inconnue. Deux ou trois autres infirmiers et infirmières, inconnus également. Un perfusionniste. Sophie.

Sophie avait dit ignorer qu'ils tuaient des gens pour se procurer les cœurs. Les autres étaient-ils au courant ? Il y en avait au moins un qui devait le savoir. Et qu'en était-il du tireur que Maggie avait tué pendant la nuit ? Faisait-il partie de l'équipe chirurgicale ? Peu probable. Enfin, il y avait la révélation de Sophie selon laquelle au moins deux autres transplantations avaient eu lieu. Jack Batchelder était censé chercher dans les bases de données d'autres victimes potentielles. McCabe allait devoir se renseigner sur ses progrès. Oui, beaucoup de détails restaient à éclaircir. Néanmoins, il sentait qu'il se rapprochait du but. Ce qui lui manquait pour nouer tous ces fils autour du cou de Spencer l'attendait peut-être dans le 4 x 4. Ils auraient déjà dû le fouiller. Malheureusement, les événements s'étaient emballés et avaient échappé à leur contrôle. Ils fouilleraient le véhicule aujourd'hui. Ils feraient aussi venir Philip Spencer au 109 pour une petite discussion.

38

Mercredi, 13 h 30

Le deuxième étage du centre médical de Cumberland s'était transformé en camp retranché. La résidence secrète de Dick Cheney n'aurait pas pu être plus sécurisée. Des agents en uniforme avaient pris position au niveau de chaque ascenseur et cage d'escalier, vérifiant les identités de quiconque arrivait ou s'en allait, y compris le personnel. Deux policiers supplémentaires étaient assis devant la porte de Sophie, et un troisième à l'intérieur de la chambre. Tous les médecins, infirmiers et assistants médicaux qui entraient et sortaient de la pièce étaient contrôlés en regard d'une liste de personnes habilitées à lui prodiguer des soins. Quiconque ne figurait pas sur la liste se voyait interdire l'entrée, sans exception. Les médicaments et la nourriture prescrits étaient validés deux fois, par l'infirmière d'étage et l'interne en chef. Les mesures de sécurité étaient aussi serrées qu'il était possible dans un hôpital qui devait malgré tout continuer à fonctionner. Un rigolo avait apposé une pancarte en face des ascenseurs : BIENVENUE DANS LA ZONE VERTE. Les policiers ne s'étaient pas donné la peine de l'enlever.

Quand McCabe entra, Sophie était éveillée mais affichait un air lugubre. Son bras était bandé et immobilisé, une intraveineuse fichée dans sa main. Elle ne leva pas les yeux lorsqu'il prit place sur la chaise près de son lit. Elle paraissait absorbée dans la lecture d'un vieux numéro de *Cosmo*.

— Comment vous sentez-vous ? demanda-t-il.

Pas de réponse.

— Vous ne voulez pas me parler, c'est ça ?

Toujours pas de réponse.

— Écoutez, je ne peux pas vous aider si vous ne me parlez pas.

Elle le regarda brièvement, puis baissa à nouveau les yeux sur son magazine.

— L'homme qui vous a tiré dessus est mort. Il ne peut plus vous causer de mal… mais il y en aura d'autres. J'ai besoin que vous me parliez. Sinon, il est très probable qu'une autre femme va mourir. Il est aussi très probable qu'ils vont à nouveau tenter de vous tuer.

— Vous m'aviez juré que vous n'étiez pas suivi.

Elle parla sans même détacher les yeux du magazine.

— Je ne l'étais pas. Ils avaient fixé un GPS sous votre voiture et un autre sous la mienne. Voilà comment ils nous ont repérés. Sophie, la seule garantie pour vous est que nous attrapions les responsables de tout ça. Et la seule manière qu'on y arrive, c'est que vous me disiez tout ce que vous savez.

— Je rentre chez moi, dit-elle. En France. Dès qu'ils me laisseront sortir d'ici.

— Vous ne serez pas plus en sécurité là-bas qu'ici. L'homme que vous appelez Spencer sait où vous êtes. Il sait que vous pouvez l'identifier. Il sait que vous avez parlé à la police et il est sûr que vous nous avez déjà dit tout ce que vous saviez. Il doit penser que vous êtes disposée à témoigner contre lui.

« J'ai parlé au procureur au sujet de votre immunité en échange de votre témoignage. Il a dit qu'il ferait ce qu'il peut, mais je ne peux rien vous promettre. Ce que je peux vous assurer, en revanche, c'est que si vous ne nous aidez pas à l'arrêter au plus vite, cet homme vous pourchassera en France, ou n'importe où ailleurs, et quand il vous retrouvera, il vous tuera.

Sophie resta assise dans son lit, le regard fixé devant elle. McCabe vit qu'elle pleurait en silence, ce qui lui donna l'impression de se conduire comme un salaud. Néanmoins, il ne lui avait dit que la stricte vérité, et on ne pouvait rien y changer.

Elle finit par poser les yeux sur lui.

— D'accord, que voulez-vous savoir ?

Il se tourna vers son magnétophone et parla dans le micro.

— Ceci est un entretien entre l'inspecteur principal Michael McCabe, du département de police de Portland, et Sophie Gauthier, citoyenne française, enregistré au centre médical de Cumberland, à Portland, Maine, à 13 h 30, le mercredi 21 septembre 2005. Mademoiselle Gauthier, vous nous accordez cet entretien librement et de votre plein gré, n'est-ce pas ?

— Oui.

Sans presque devoir y être incitée, Sophie répéta dans le magnétophone tout ce qu'elle avait dit à McCabe la nuit précédente sur la route tranquille de Gray.

Lorsqu'elle en eut fini, il lui tendit une demi-douzaine de photographies, incluant une photo de

Philip Spencer qu'il avait imprimée avec l'ordinateur de Casey.

— Je montre à Mlle Gauthier six photographies d'hommes qui correspondent à la description de celui qui l'a contactée en France. Mademoiselle Gauthier, avez-vous déjà vu l'un de ces hommes auparavant ?

Elle prit les photos et regarda chacune d'elles une minute ou deux. Elle finit par secouer la tête.

— Non.

— Vous en êtes sûre ?

— Oui.

— Imaginez chacun d'eux avec une barbe.

— Celui-ci lui ressemble vaguement, dit-elle en ramassant la photo de Philip Spencer. Surtout quand je l'imagine, comme vous dites, avec une barbe ; mais pas tant que ça quand on y regarde de près.

Il lui montra un autre cliché de Spencer, pris selon un angle légèrement différent.

— Non, dit-elle. Je vous l'ai dit. Ce n'est pas l'homme à qui j'ai parlé.

OK, donc Spencer n'était pas le recruteur. Il pouvait toujours être le découpeur. Le tueur. McCabe disposa une autre série de photos devant elle.

— Avez-vous déjà vu un autre de ces hommes auparavant ?

Elle pointa du doigt un cliché *post mortem* du tireur.

— Oui. Lui, c'était le chauffeur qui venait me chercher à l'hôtel et me conduisait jusqu'au site des opérations. C'est l'homme qui a essayé de me tuer ?

McCabe acquiesça.

— C'est lui qui est venu chaque fois ? demanda-t-il.

— Oui.

— Se trouvait-il dans la salle d'opération pendant les greffes cardiaques ?

— Non.

Tom Tasco et Eddie Fraser attendaient McCabe lorsqu'il quitta la chambre de Sophie. Fraser ne lui laissa pas le temps d'ouvrir la bouche.

— On a identifié le tireur, Mike. Jacobi a déniché des empreintes exploitables dans le 4 x 4 et le Bureau a trouvé une correspondance.

McCabe l'interrompit :

— Allons prendre un café, dit-il. Il y a trop de monde ici pour parler.

Ils empruntèrent l'ascenseur pour descendre à la grande cafétéria du rez-de-chaussée. À 14 h 30, l'endroit était encore assez fréquenté par des gens venus prendre un déjeuner tardif. Ils emportèrent trois tasses de café et cherchèrent un peu d'intimité dans une zone à l'extérieur où étaient disposées quelques tables et des chaises. McCabe remarqua, pour la première fois, que c'était une belle journée. Ils s'assirent là où ils pouvaient parler sans qu'on les entende.

— Qui est-ce ? demanda McCabe.

— Il s'appelle Darryl Pollock, dit Tasco. Ancien marine. Il a servi comme *sniper* lors de la première guerre du Golfe. Décoré de la Bronze Star. Il est resté dans les marines après la guerre. Il a rejoint Force Recon, le corps des opérations spéciales de la marine. Apparemment, il l'a quitté seulement parce que certains homophobes de son bataillon ont découvert qu'il était gay et lui ont rendu la vie difficile.

— Qu'est-ce qu'il a fait après l'armée ?

— Le dossier est plus sommaire, dit Tasco qui lisait les informations sur des feuilles d'imprimante. Il a travaillé comme videur dans des clubs gays de New York. Quelques arrestations pour agression, il y allait un peu trop fort avec des types bourrés. Pas de condamnation. Il réapparaît ensuite en Floride, à South Beach.

Tasco parcourut les notes.

— En Floride, Pollock fait un peu de taule pour avoir mis une raclée à deux sportifs d'une équipe universitaire dans une bagarre de bar. Il s'est énervé contre eux parce qu'ils malmenaient une vieille folle que Pollock ne connaissait même pas. Il leur a dit de laisser tomber. À la place, ils s'en sont pris à lui. Des joueurs de football américain, dit Tasco sur un ton méprisant. J'imagine qu'ils ont voulu jouer les durs. Pollock a failli tuer l'un des deux. C'était en 1996. Il est sorti en 1998, et après, plus aucune trace. Fin de l'histoire.

Darryl Pollock. Duane Pollard. Les mêmes initiales, D.P. South Beach. L'amant de Lucas Kane ? McCabe était prêt à parier là-dessus. En 1998, Pollock change de nom et s'acoquine avec Kane. Il se demanda si l'inspecteur Sessions savait quelque chose à ce sujet. Et, si c'était le cas, s'il accepterait de lui en parler.

— Mike, tu es avec nous ? fit Tasco en le regardant, perdu dans ses pensées. Hé ho ? Qu'est-ce qu'on a loupé ?

McCabe secoua la tête.

—Non. Excuse-moi, Tom. Sait-on si Pollock se servait parfois d'un faux nom ? Avant qu'il soit emprisonné, ou peut-être après sa sortie.

—Il n'y a rien de précisé à ce sujet.

—Rends-moi un service. Creuse un peu plus. Cherche si Pollock s'est déjà fait connaître sous le nom de Duane Pollard.

—Qui est Pollard ?

—Un gros bras de la région de Miami. D'après mes informations, il se trouvait à South Beach en mars 2001. À l'époque, il était l'amant attitré d'un maquereau et dealer de haut vol nommé Lucas Kane, qui se trouve être un vieil ami d'un certain docteur Philip Spencer.

—Tiens, tiens. Je ne me doutais pas que Spencer avait de telles fréquentations, releva Fraser. Où est Kane à présent ?

—Mort. Il a été assassiné en 2001.

—Ah bon ? Et Pollock/Pollard était un suspect ?

—Non. D'après la police de Miami Beach, il avait un alibi en béton.

—A-t-on des éléments qui montrent que Spencer et Pollard se connaissaient ? demanda Tasco.

—Ils auraient pu se rencontrer aux funérailles de Kane, dit McCabe.

Remarquant un homme tout proche qui les observait, McCabe baissa la voix, presque au point de chuchoter, et déplaça sa chaise de sorte que l'homme ne puisse pas lire sur ses lèvres. Tasco et Fraser suivirent son exemple. La frontière entre prudence et paranoïa paraissait, comme toujours, presque imperceptible.

— Aux funérailles, Spencer a peut-être demandé à Pollock de venir dans le Maine pour jouer les gros bras dans son trafic de greffes cardiaques, dit Fraser. Après tout, Kane n'avait plus besoin de lui, vu qu'il était mort.

— Possible, dit McCabe, étudiant cette éventualité. Pollock/Pollard perd sa source de revenus en Floride au moment même où Spencer met sur pied son projet de greffes dans le Maine. Vous avez pu trouver des infos sur un voyage de Spencer en France ?

— Quasiment rien, même si les gendarmes ont été coopératifs, dit Tasco. Aucune trace d'un Philip Spencer qui se serait fait enregistrer à l'hôtel du Midi à Montpellier, au cours du mois de novembre l'année dernière.

— Rien d'autre ?

— Si. J'ai vérifié avec l'hôpital. D'après leurs dossiers, le docteur Spencer a mené à bien trois greffes cardiaques dans le Maine ce mois-là.

— Alors il ne pouvait pas être en France ?

— Techniquement, c'est possible, mais c'est serré : il aurait dû voyager avec un emploi du temps infernal.

— Rends-moi un autre service, Tom. Demande à ton contact en France si quelqu'un s'est fait enregistrer sous le nom de Harry Lime.

— D'accord, et si c'est le cas ?

— Obtiens le numéro du passeport et découvre où et quand il a été émis. S'il a été envoyé par la poste, trouve à quelle adresse.

— Alors le type en France n'était pas Philip Spencer ?

— En tout cas, pas le nôtre. Sophie Gauthier vient juste d'examiner sa photo. Elle est certaine que Spencer n'est pas l'homme qui l'a recrutée.

— En gros, tu es en train de me dire qu'on n'a rien ? dit Tasco.

— Ça résume assez bien la situation.

— Je dois t'avouer, Mike, que ça commence à devenir fatigant de n'aboutir qu'à des impasses.

— Tiens bon, Tom. Ça va finir par payer, dit McCabe.

— J'espère bien. Et maintenant ?

— Maintenant ? On va jeter un coup d'œil dans le joli Lexus vert de Mme Spencer.

39

Mercredi, 16 heures

McCabe détestait les planques, surtout assis à l'avant d'une voiture de location. Celle-ci était une Dodge Stratus. Il ne connaissait guère de voiture aussi dénuée de caractère et de tout confort pour l'usager. Elle ne passait même pas inaperçue. Dans ce quartier, à part des flics ou des témoins de Jéhovah, personne ne conduisait un véhicule aussi basique – mais c'était tout ce qu'était prêt à payer Fortier. McCabe ignorait dans combien de temps il pourrait récupérer la Bird, mais cela pouvait durer un bon moment. Au moins la Stratus était-elle équipée d'un lecteur de CD et d'une sonorisation passable, sinon bonne.

McCabe était garé devant le 24 Trinity Street. Cela faisait déjà deux heures qu'il attendait le retour du Lexus vert. Burt Lund, à qui il avait proposé d'attendre avec lui, commençait sérieusement à s'impatienter. Quant à Tasco et Fraser, ils étaient garés de l'autre côté de la rue, dans une Crown Vic de la police. McCabe occupait l'essentiel de son temps à écouter Marcus Roberts jouer au piano des morceaux connus de Gershwin. Il passait le CD de Roberts en alternance avec un CD d'Oscar Peterson, qui recréait une magie similaire avec des compositions de Cole Porter.

— Tu as une idée de ce qui est prévu pour les funérailles de Kevin Comisky? demanda Lund.

— Oui. On a reçu un mémo du bureau de Shockley cet après-midi. La messe aura lieu à la cathédrale. Il y aura une garde d'honneur. Des cornemuses. Une salve de vingt et un coups de fusil au cimetière. Bref, la totale. Des flics viendront de toute la Nouvelle-Angleterre pour y assister. Shockley devrait prononcer une oraison funèbre.

— C'est bien pour la veuve.

McCabe tourna les yeux vers Lund.

— Peut-être, mais ça ne lui ramènera pas son mari.

— Non.

Ils se turent. Le mandat pour fouiller le 4 x 4 se trouvait dans la poche de McCabe. Lund et lui étaient tous deux d'avis de ne pas le brandir avant d'avoir le Lexus sous les yeux – s'il réapparaissait. Aller frapper à la porte des Spencer alors que Philip

Spencer se baladait en voiture ne ferait que laisser la possibilité à un enfoiré d'avocat de les bloquer pendant des jours en contestant la cause probable.

Ils avaient émis un avis de recherche pour le Lexus à toutes les voitures de patrouille. Si des agents repéraient le 4 x 4, la consigne était de transmettre l'info et de suivre le véhicule, mais sans l'intercepter. Le téléphone de McCabe sonna. C'était Jacobi.

— Comment ça va, Bill ?

— Bien. Quel est le programme des réjouissances que tu nous as concocté aujourd'hui ?

— On est sur Trinity Street, on guette un 4 x 4 Lexus. C'est celui qui a servi à transporter le corps de Katie Dubois jusqu'au terrain vague, à mon avis. Je veux que vous le passiez au crible et que vous me dégotiez suffisamment d'indices pour mettre ce salaud hors d'état de nuire.

— Le salaud, c'est le docteur Spencer ?

— Tout juste.

— Être un salaud n'est pas nécessairement un crime.

— Ne commence pas, Bill. J'ai de bonnes raisons de croire que ce type a été impliqué dans le meurtre.

Jacobi soupira.

— Bon, tu cherches quoi au juste ? Des empreintes, des cheveux, des fibres ?

— Oui, tout ça, mais surtout du sang. Je ne vois pas comment il aurait pu balader le corps de Katie charcuté comme il l'était sans laisser des traces de sang dans le véhicule. Probablement à l'arrière. Il aura beau avoir frotté de toutes ses forces…

Jacobi termina sa phrase :

— Le Luminol le révélera.
— Oui.
— D'accord, appelle-moi quand ton pigeon arrive et on t'enverra un camion à plateau. On va devoir transporter le Lexus ici au garage, pour l'analyser vraiment à fond. Je veux aussi enlever les sièges et ouvrir l'espace de rangement de la roue de secours.
— Pas de problème.

Une autre heure passa avant que le 4 x 4 vert franchisse les grilles du sanctuaire des Spencer, avec Harriet Spencer au volant. McCabe alla aussitôt garer la Stratus dans l'allée derrière elle, lui bloquant toute possibilité de retraite. Il appela Jacobi pour qu'il envoie le camion, puis descendit de voiture et se dirigea vers la vitre du côté conducteur du Lexus.
— Veuillez sortir du véhicule, je vous prie, madame Spencer.
— Qu'est-ce que vous faites ici ? Je croyais vous avoir dit clairement de quitter ma propriété et de ne pas y remettre les pieds.
— Je viens vous délivrer un mandat, madame Spencer, signé par la juge du tribunal de district, Paula Washburn, qui nous autorise à mener une fouille approfondie de ce véhicule dans le garage de la police. Une dépanneuse est déjà en chemin. Nous avons des raisons de suspecter que votre voiture a pu servir dans le meurtre de Katie Spencer.
— Vous avez perdu la tête. Comment osez-vous nous accuser ?
— Nous ne proférons aucune accusation, madame Spencer. Nous allons simplement examiner la voiture à la recherche de preuves. Si nous ne

trouvons rien, on vous la rendra avec toutes nos excuses. Voici l'assistant du procureur général, Burt Lund.

Lund se fendit d'un sourire.

— Comment allez-vous, madame Spencer ?

— M. Lund va vous confirmer la validité de ce mandat. Vous avez aussi la possibilité de le montrer à votre avocat. Maintenant, s'il vous plaît, sortez du véhicule.

Hattie Spencer examina brièvement les papiers que McCabe lui tendait, puis leva les yeux vers lui.

— Je peux aller déposer mes courses à l'intérieur, ou vous tenez à les fouiller aussi ?

— Bien sûr, mais je vous prierai de ne rien prendre d'autre. Je vais demander à un de mes hommes de vous aider.

— Ne vous donnez pas cette peine, inspecteur.

Elle rassembla une demi-douzaine de sacs en plastique de Hannaford's et les porta jusqu'à la porte de la cuisine que McCabe avait empruntée pour quitter la maison trois jours auparavant.

De la cuisine, Hattie Spencer appela Philip sur son portable.

— La police est ici. L'inspecteur McCabe, avec d'autres. Ils veulent fouiller ma voiture. Le 4 x 4.

— Oh, bon Dieu. Ils t'ont montré un mandat ?

— Oui.

— D'accord. Ne leur dis rien. Rien du tout. Je vais appeler George Renquist. J'arrive tout de suite après.

Philip coupa la communication. Hattie resta figée, le téléphone à la main, pendant une bonne minute.

Il semblait si calme. Philip avait toujours l'air calme. Enfin, elle raccrocha elle aussi. Elle traversa la maison et se posta devant la grande fenêtre à l'avant pour observer la scène qui se déroulait dans l'allée.

Elle serra ses bras autour de son torse. Son univers, celui qu'elle avait si soigneusement construit, si soigneusement entretenu depuis vingt ans, semblait se refermer sur elle comme un étau. Les hommes dehors avec leurs voitures, leurs camionnettes et toute leur paperasse officielle en enfonçaient les barrières, et elle n'y pouvait rien. De l'autre côté de la rue, elle vit cette sale petite fouine d'Ellen Markham, sur le perron de sa maison, qui ne perdait pas une miette du spectacle. Elle allait adorer raconter tout ce qui s'était passé ce soir au dîner à son avocat marron de mari. Et aussi à ses amis, qui qu'ils puissent être.

« Vous vous rendez compte ? l'entendait-elle déjà raconter. La police est restée chez les Spencer une bonne demi-journée. J'ai entendu dire que c'était en rapport avec le meurtre de cette fille... Katie Dubois ? Ils cherchaient quoi, à votre avis ? »

Oui, avant ce soir, la nouvelle se serait propagée à travers tout Portland. Hattie se dirigea vers le placard à boissons en noyer et remplit à moitié de gin un grand verre à pied en cristal. Elle pouvait supporter leurs insinuations venimeuses. Elle était assez forte pour ça. Elle retourna à la fenêtre avec son verre et reprit son poste en le sirotant. Elle se demanda ce qu'ils cherchaient, ce qu'ils pourraient trouver. Que s'était-il passé au juste la semaine dernière lorsqu'elle était partie à Blue Hill ? Elle avait un pressentiment.

La voiture de Philip, la BMW noire, s'engagea dans l'allée. Il s'arrêta derrière le véhicule qui bloquait le Lexus. Un policier en uniforme alla lui dire de se garer dans la rue. Il obéit, mais lorsqu'il réapparut, elle lut sur son visage cette fureur tranquille, étrange, qu'elle connaissait si bien. Il marcha droit vers McCabe et le juriste grassouillet qui l'accompagnait, Bert Lump ? Philip dit quelque chose. McCabe lui tendit le mandat. Il l'examina et parla encore. Elle supposa qu'il le menaçait calmement. C'était sa manière de procéder. Leur glisser le nombre de personnes influentes qu'il connaissait. Puis leur avocat, George Renquist, arriva. George lut à son tour le mandat et s'adressa à Philip. Ils s'éloignèrent tous les deux des policiers. George dit à Philip quelque chose qui lui déplut. Ce dernier mit alors le cap sur la maison. La porte d'entrée s'ouvrit et se referma. Il passa devant la salle à manger et s'engagea dans l'escalier. Elle l'appela :

— Philip ?

Il la regarda, mais ne dit pas un mot. Il monta dans la chambre et ferma la porte derrière lui. Hattie retourna se poster à la fenêtre, sirota son gin et regarda une dépanneuse hisser le Lexus sur son plateau. Puis ils l'emportèrent.

40

Mercredi, 18 heures

McCabe suivit le Lexus jusqu'au garage de la police, avant de se rendre dans le bureau des inspecteurs, à l'étage, en attendant que l'équipe de Jacobi fasse son boulot. Il aperçut Jack Batchelder à son bureau. Jack tenait des deux mains un sandwich aux boulettes de viande à moitié mangé, une serviette en papier fichée dans son col pour protéger sa chemise. Il leva les yeux, à mi-bouchée.

—Tu cherches un truc en particulier, Mike? demanda-t-il.

—Ces dossiers de personnes disparues que je t'ai demandé de vérifier? Comment ça avance?

Batchelder soupira. McCabe devina qu'il n'était pas content d'interrompre son dîner. Jack replia avec soin le papier sulfurisé qui enveloppait les restes de son sandwich, se nettoya les mains sur une serviette, puis attrapa un dossier sur son bureau.

—Ta lèvre, dit McCabe.

—Quoi?

—Ta lèvre. Sauce tomate, dit McCabe en indiquant le même endroit sur sa propre figure.

Batchelder rougit, puis s'essuya la bouche avec la serviette.

—Et maintenant? demanda-t-il.

—Nickel. Alors, tu as trouvé quoi?

—D'abord, presque rien. J'ai examiné tous nos dossiers de disparitions non résolues sur les trois dernières années.

— Pas de jeunes femmes blondes athlétiques ?

— Et même rien d'approchant. Alors j'ai envoyé des e-mails à tous les autres départements de l'État.

— Et ?

— J'en ai trouvé une. Il y a quelques heures, la police du Maine a envoyé un dossier. Une jeune femme nommée Wendy Branca, qui faisait du snowboard, a été portée disparue en décembre dernier à Sunday River. On ne l'a jamais retrouvée. Je n'ai pas encore eu le temps d'examiner le dossier en entier.

— Blonde ?

— Oui. Blonde et jolie.

McCabe prit le dossier à Batchelder.

— Rien d'autre ?

— Pas pour le moment.

— Merci, Jack. Beau travail.

Il alla s'asseoir à son bureau, ouvrit la chemise et se mit à lire. Âgée de vingt-quatre ans, Wendy Branca était une commerciale de WMND, une station de radio de musique country à Portland. Elle était en effet blonde et très belle – et athlétique. Sportive expérimentée et passionnée de snowboard, après l'université, pendant plusieurs saisons, elle avait même été monitrice à Breckinridge, dans le Colorado.

En décembre dernier, juste avant Noël, Wendy et deux de ses amies s'étaient rendues à Sunday River pour passer un week-end à surfer – et à draguer. Le samedi soir, elles étaient sorties s'amuser au Giggles, un bar où des groupes jouaient pour un public de jeunes. Les trois femmes entamèrent la soirée en buvant des « appletinis ». L'idée de boire un truc avec un nom pareil fit grimacer McCabe. Ensuite, les amies s'étaient dispersées. Elles avaient discuté et dansé avec un tas de types différents. À un moment de la soirée, personne ne savait quand au juste, Wendy avait disparu.

Ses amies avaient déclaré aux enquêteurs qu'elles ne s'étaient pas inquiétées. Elles s'étaient simplement dit que Wendy avait eu de la chance et était repartie accompagnée. Rien d'inhabituel, pour elles. Wendy attirait les hommes comme des mouches, et elle aimait s'amuser. Elles pensaient la voir réapparaître au motel plus tard dans la nuit ou, si tout se déroulait bien, le lendemain matin.

À 10 heures le lendemain matin, constatant son absence, une de ses amies avait tenté de la joindre sur son portable. À chaque appel, la messagerie se déclenchait aussitôt. Néanmoins, elles n'étaient toujours pas inquiètes. Elles avaient supposé que Wendy avait éteint son téléphone pour ne pas être dérangée. Alors elles confièrent ses bagages à l'employé du motel, réglèrent leur chambre et partirent pour la montagne. À 17 heures, elles repassèrent au motel et découvrirent que ses affaires étaient toujours là. C'est alors qu'elles alertèrent la police de Bethel.

Les policiers locaux interrogèrent le gérant du motel et tous les employés du Giggles. Personne au bar ne se souvenait de Wendy, excepté un des barmen et un type qui jouait de la guitare dans le groupe. Il s'en rappelait parce que, primo, c'était un « canon », secundo, elle n'arrêtait pas de demander des chansons des Dixie Chicks – or lui détestait les Dixie Chicks, un groupe de country féminin. Mais ni le guitariste ni le barman n'avait vu avec qui elle était partie.

Au bout de vingt-quatre heures, Wendy n'avait toujours pas réapparu. Les policiers de Bethel se trouvèrent à court d'idées et appelèrent en renfort la police d'État. Des équipes d'inspecteurs de la police du Maine interrogèrent tous les hommes qui avaient payé avec leur carte de crédit au Giggles ce soir-là. Ils montrèrent une photo de Wendy dans tous les autres bars et motels des environs, au cas où on l'aurait aperçue ailleurs. En vain. Ils élargirent leur champ de recherche à tous les hommes qui avaient utilisé une carte de crédit pour se rendre sur les pistes de ski en télésiège, ainsi qu'aux locations et aux motels dans un rayon de trente kilomètres. Toujours rien. Ils vérifièrent auprès de son opérateur téléphonique qui ne décela aucun signe d'activité sur le portable de la jeune femme après le samedi en fin d'après-midi. Le téléphone était resté éteint depuis lors. Les inspecteurs interrogèrent tous les membres de sa famille, ses amis, ses connaissances, ainsi que les anciens petits amis et amants connus de Wendy. Aucun résultat.

Une fouille massive de la zone n'apporta rien de plus. Selon l'expression d'un reporter du *Press Herald*, Wendy Branca s'était tout simplement « évanouie dans la nature ». McCabe était persuadé que ce n'était pas le cas.

Katie Dubois et Wendy Branca. Restait un cœur anonyme. Parce qu'il savait que Darryl Pollock était gay et parce qu'il suspectait Spencer d'être bisexuel, McCabe consulta les dossiers des jeunes hommes disparus. Cela lui prit plus d'une heure, mais il finit par trouver. Vers la mi-avril, quelques semaines seulement avant son diplôme, un étudiant en dernière année de l'université Bowdoin nommé Brian Henry avait disparu sans laisser de trace. Henry était blond, séduisant, il jouait au poste d'avant dans l'équipe de football et était ouvertement gay. Sans doute une cible sexuellement désirable, mais, à la différence de Branca, McCabe ne voyait pas de moment ni d'endroit évident où Spencer aurait pu rencontrer ou draguer Henry. D'après le colocataire et compagnon du jeune homme, ils vivaient une relation monogame heureuse et ni l'un ni l'autre ne fréquentait de bars gays ou d'autres lieux de drague. Il était en outre peu probable que Henry soit simplement parti. C'était un étudiant sérieux qui prévoyait de commencer la fac de médecine à l'automne. À Tufts.

Il était presque 20 heures. Le bureau des admissions de Tufts devait être fermé. McCabe chercha sur Internet le nom du doyen de la fac de médecine, puis réussit à se procurer son numéro de téléphone personnel. Le doyen lui confirma qu'en effet, les candidats à l'admission passaient souvent un entretien avec un ancien étudiant devenu médecin. McCabe lui demanda qui s'était entretenu avec Brian Henry, si c'était le cas. Le doyen lui dit qu'il ne pouvait pas consulter les dossiers avant le lendemain matin. McCabe lui expliqua pourquoi il avait besoin de cette information au plus vite. Le doyen dit qu'il rappellerait vingt minutes plus tard, ce qu'il fit.

Il s'avéra que Brian Henry avait bien passé un entretien et que son examinateur n'était autre qu'un

« chirurgien de premier plan de Portland diplômé de Tufts, le docteur Philip Spencer ». McCabe rangea les deux dossiers dans son tiroir. Brian Henry était bien la victime numéro trois. Et il savait que, si l'enquête ne progressait pas rapidement, Lucinda Cassidy serait la quatrième.

McCabe appela Maggie chez elle. Officiellement, elle n'était plus censée travailler sur le cas, mais il avait besoin de son aide. Il lui dit ce qu'il avait découvert sur Wendy Branca et Brian Henry.

— Est-ce que les dates où Henry et Branca ont disparu coïncident avec celles que Sophie t'a données pour les opérations ?

— C'est assez proche. On sait qu'il a gardé Dubois vivante environ une semaine après l'avoir kidnappée. Il a sans doute agi de même avec eux.

— Alors Cassidy pourrait encore être en vie ? demanda-t-elle.

— Oui, mais il ne reste presque plus de temps. Mag, je voudrais que tu me rendes un service.

— Un service comme te filer un coup de main ?

— Si on veut…

— Je n'y suis pas autorisée.

— Je sais, mais c'est important. Alors contente-toi d'écouter.

— Vas-y.

— Si, comme je le pense, les trois victimes et Cassidy ont été enlevées pour que leur cœur serve à une transplantation, ils n'ont pas pu être choisis au hasard. Au minimum, le sang du donneur doit être compatible avec celui du receveur, ou la greffe ne prend pas.

— Donc il doit avoir accès à leurs dossiers médicaux.

— Ce qui signifie que les quatre dossiers étaient sans doute accessibles au même endroit.

— Le Cumberland ?

— C'est ce à quoi je pensais.

— Quelqu'un aurait piraté le système informatique de l'hôpital ?

— Peut-être. Ou peut-être qu'il y avait déjà accès, parce que ce quelqu'un serait leur chirurgien vedette.

— Sous réserve que les quatre victimes aient été des patients du Cumberland.

— Dans cette hypothèse, oui.

— Il y a d'autres endroits où l'on répertorie les groupes sanguins. Les cabinets des médecins. Les laboratoires d'analyses. Peut-être d'autres, dit Maggie.

— Tu peux vérifier tout ça ? Vite ?

— D'accord, je m'en charge.

— Merci.

Dès que McCabe eut raccroché, Bill Jacobi appela du garage.

— Tu avais raison, Mike. On a trouvé du sang… et un autre truc aussi qui pourrait t'intéresser.

McCabe consulta sa montre. Il n'était pas loin de 21 heures.

— Je descends tout de suite, dit-il.

Il verrouilla le tiroir qui contenait les dossiers Henry et Branca, éteignit son ordinateur et se rendit au garage. Jacobi le mena vers l'arrière du Lexus et éteignit les lumières. L'obscurité se referma sur eux. Lorsque les yeux de McCabe s'accommodèrent, il distingua trois petites taches de lumière phosphorescente bleue sur le tapis de sol du 4 x 4. Puis Jacobi ouvrit l'espace de rangement de la roue de secours. La lueur bleue révélait la présence de plus de sang encore, beaucoup plus.

— OK, tu peux rallumer, dit McCabe.

La luminosité soudaine lui fit plisser les yeux qui durent se réaccommoder.

— Quand saurez-vous si c'est celui de Katie ?

— On a déjà envoyé des échantillons pour analyse ADN. On a dit au labo de se magner.

— Demandez-leur de vérifier aussi deux autres correspondances. Une femme nommée Wendy Branca et un homme nommé Brian Henry. J'ai les dossiers en haut.

— Et Cassidy ? demanda Jacobi.

— Elle aussi.

— On va leur transmettre tout ça.

— Tu as évoqué une autre trouvaille, Bill. De quoi s'agit-il ?

— Ça, dit Jacobi en sortant un petit sachet en plastique. On l'a trouvé dans l'espace de la roue de secours. Il a dû glisser dedans. Peut-être qu'il s'est accroché à quelque chose.

À l'intérieur du sachet, McCabe vit une petite boucle en or à laquelle était suspendue une amulette en forme de cœur. L'amulette brillait encore d'un éclat vif.

41

Jeudi, 7h30

McCabe remuait les doigts avec impatience, les yeux rivés sur l'écran télé d'une salle d'observation du 109 Middle Street. Il regardait un policier en uniforme escorter Philip Spencer dans la salle d'interrogatoire voisine, où, assis, Tom Tasco l'attendait. McCabe était soucieux, espérant soutirer le plus d'informations possible à Spencer avant qu'un avocat rapplique et le fasse taire.

Leur première priorité était d'obtenir un échantillon de l'ADN de Spencer afin de le comparer avec le sang qu'ils avaient récupéré sur les crocs de chien de Lucinda Cassidy. Tasco se versa un verre d'eau, puis en offrit un à Spencer. Ils devaient le pousser à boire afin d'examiner la salive qu'il laisserait peut-être sur le verre.

Une caméra vidéo dissimulée dans le signal lumineux de la sortie de secours filmait Spencer en plan rapproché. McCabe pouvait aussi voir Tasco de dos et entendre sa voix.

— Le présent entretien se déroule au commissariat de Portland entre l'inspecteur Thomas Tasco, du département de police de Portland, Maine, et le docteur Philip Spencer, résidant actuellement au 24 Trinity Street, Portland, Maine. Il est 7 h 30, le jeudi 22 septembre 2005.

Spencer s'adossa à sa chaise, le visage bronzé et l'air confiant. Il portait une chemise de polo très BCBG et un pull jaune de coton aux manches nouées lâchement autour de son cou. Un vrai mannequin de mode, tout droit sorti des pages de *GQ*. Si ce fils de pute était coupable, pensa McCabe, il le cachait sacrément bien.

— Je te parie qu'il va parler, dit McCabe à Burt Lund qui lui avait demandé la permission de s'asseoir avec lui.

— Tu plaisantes ? répliqua Lund. Il ne lâchera pas un mot.

— Dix dollars ?

— Allez, ce type est suffisamment malin pour la boucler. Pourquoi parlerait-il ?

— L'arrogance. Spencer a un besoin congénital de frimer. Il va vouloir prouver qu'il est le type le plus intelligent dans la pièce. Il ne pourra pas s'en empêcher.

— C'est complètement stupide.

Spencer pencha la tête d'un côté, puis de l'autre, et passa une main dans ses cheveux noirs. McCabe aurait juré qu'il était conscient de la présence de la caméra. C'est lui qui posa la première question.

— Auriez-vous l'amabilité de me dire de quoi il retourne exactement ? Suis-je en état d'arrestation ?

— Non, pas du tout, lui dit Tom. Il s'agit d'un entretien pour obtenir des informations en rapport avec le meurtre de Katherine Dubois. Vous êtes ici de votre plein gré.

Spencer chercha la caméra des yeux.

— Salut, McCabe, dit-il. Vous, vous pouvez me voir, n'est-ce pas ?

Tasco ignora la remarque, sauf pour dire :

— Adressez-vous à moi, s'il vous plaît, docteur Spencer.

— Vous voulez dire que McCabe ne me posera aucune question ? demanda-t-il. Je suis vexé.

Tasco lui montra le sachet contenant la boucle d'oreille de Katie.

— Docteur Spencer, savez-vous ce que c'est ?

— On dirait une boucle d'oreille.

— Nous avons trouvé cette boucle d'oreille dans le 4 x 4 de votre femme.

— Vraiment ? fit Spencer, qui ne semblait pas pris de court, à peine curieux.

— Savez-vous comment elle a atterri là ?

— Non, aucune idée. J'imagine qu'elle appartient à Hattie, dit-il avant de l'examiner de plus près. Même si ce n'est pas trop son genre de bijoux. Elle appartient peut-être à une de ses amies ?

— Elle appartient à Katie Dubois. L'autre boucle était toujours à son oreille quand on a retrouvé son corps.

Toujours pas de réaction.

— Docteur, où étiez-vous jeudi dernier dans la soirée, entre 20 heures et minuit ?

— Je l'ai déjà dit à l'inspecteur McCabe. Chez moi. Je lisais. Après, je suis allé me coucher.

— Vous lui avez aussi dit que votre femme était avec vous.

— Ah oui ?

— Oui, mais elle nous a affirmé qu'elle était allée rendre visite à sa mère malade à Blue Hill.

— Ah bon ? fit Spencer, prenant la remarque à la légère. Eh bien, j'ai dû me tromper.

— Elle a dit qu'elle avait pris votre BMW.

— Oui. Ça me revient maintenant. J'ai pris ma Porsche ce jour-là.

— Pas le 4 x 4 de votre femme ?

— Non ; je préfère la Porsche.

— Où était le Lexus ?

— Je l'ignore. Dans le garage, j'imagine.

— Avec qui étiez-vous jeudi soir ? Pendant que votre femme se trouvait à Blue Hill.

— Je vous l'ai déjà dit. J'étais seul. J'ai lu et ensuite j'ai dormi.

— Et vendredi matin, entre 5 et 7 heures ? Seriez-vous par hasard allé courir sur la Western Promenade ?

— Non. Je dormais encore.

— Jeudi soir, que lisiez-vous ?

— *De sang-froid.*

— *De sang-froid* ?

— Oui. Le récit de Truman Capote sur le meurtre de toute une famille, dans le Texas. Ils vont bientôt sortir un nouveau film adapté de ce livre. La dernière fois que je l'avais lu, c'était à l'université, et je voulais voir s'il tenait toujours la route.

— Vous vous intéressez aux meurtres, docteur Spencer ?

— Ce ne serait pas un peu facile, inspecteur ? Mon Dieu, cet homme lit des histoires criminelles ! Il a dû tuer la fille !

— Vous vous intéressez aux meurtres, docteur Spencer ?

— Seulement comme une distraction.

— Une distraction ?

— Oui. Vous savez. Des films, des livres. Ça vous arrive de lire, vous aussi, inspecteur ?

Spencer se fichait ouvertement d'eux, mais ni McCabe ni Lund ne prenait ombrage de son attitude.

Sa confiance excessive pouvait le pousser à se trahir par un mensonge.

—Le nom de Harry Lime ne vous évoque rien?

—Eh bien, on dirait qu'au moins vous allez au cinéma. Oui. Harry Lime est le nom du personnage d'Orson Welles dans *Le Troisième Homme*.

—Et Paul Oliver Duggan?

—Désolé. Je ne connais pas ce nom.

—Un dernier, docteur Spencer. Carol Reed?

—Jamais entendu parler de cette dame.

—Avez-vous parlé à quelqu'un au téléphone jeudi soir?

—Peut-être. Je ne me souviens plus.

—Réfléchissez bien.

Spencer prit le temps de réfléchir. McCabe supposa qu'il se demandait si la police s'était procuré un listing de ses appels passés et reçus ce soir-là.

—Désolé. Je ne me souviens d'aucun coup de téléphone.

—Avez-vous déjà rencontré l'homme sur cette photo, celui sur la gauche?

Tasco montra à Spencer une photo de Brian Henry, souriant, le bras passé autour des épaules de son partenaire, prise quelques jours seulement avant sa disparition.

Spencer étudia la photographie.

—Il a un air familier.

—Il s'appelle Brian Henry. Un étudiant de Bowdoin. Le doyen de Tufts, la faculté de médecine, a confirmé que vous aviez eu un entretien avec Henry l'automne dernier, dans le cadre des procédures d'admission.

— Oui. Je me souviens. Un garçon brillant. Il est venu à la maison, il y a environ un an. Je lui ai écrit une très bonne lettre de recommandation.

— Avez-vous revu Henry depuis ?

— Non.

— Nous avons de bonnes raisons de penser que Brian Henry a été tué de la même manière et par la même personne que Katie Dubois.

Cette fois, Spencer réagit, son visage exprimant la surprise une fraction de seconde, avant de redevenir impassible.

— Je suis désolé de l'apprendre. C'était un jeune homme charmant.

— Êtes-vous déjà allé en France ? À Montpellier ?

Tasco prononça le nom de la ville comme s'il s'agissait de la capitale du Vermont.

— Je suis allé en France à plusieurs reprises. La dernière fois, c'était il y a à peu près deux ans. Mais seulement à Paris.

Sur l'écran, ils virent Spencer regarder sa montre. Il commençait à s'impatienter. Il avait envie de sortir.

— Vous m'excusez une minute, docteur ? Je reviens.

— Désolé, mais je vais devoir y aller, inspecteur.

— Juste une seconde, promis. Je reviens tout de suite.

Tasco se rendit dans la salle d'observation pour parler avec McCabe et Lund.

— Des idées lumineuses ? demanda-t-il. Il va se renfermer d'une minute à l'autre.

Avant que McCabe puisse répondre, on frappa à la porte ; Jack Batchelder glissa la tête à l'intérieur.

— Hé, Mike. Il y a un type dehors, il dit être l'avocat de Spencer. Il veut te parler. Tout de suite.

La porte s'ouvrit plus grand, laissant le passage à un Afro-Américain grand et mince qui entra dans la pièce. McCabe reconnut immédiatement l'homme, à cause de ses fréquentes apparitions dans des talk-shows télévisés.

— Messieurs, Sheldon Thomas, dit l'homme en tendant la main. Le docteur Spencer m'a demandé de le représenter.

Burt Lund se leva, lui serra la main et se présenta. Thomas, l'un des meilleurs avocats noirs du pays, était rattaché à un cabinet de Boston, ce qui expliquait sans doute pourquoi il n'était pas arrivé plus tôt, pensa McCabe qui éteignit l'écran.

— Vous devez être McCabe, dit Thomas.

— Que pouvons-nous pour vous ? demanda McCabe.

Éviter la taule à des richards devait lui rapporter beaucoup d'argent, se dit-il en serrant la main tendue. Le costume rayé sur mesure de l'avocat avait dû lui coûter dans les cinq mille dollars, peut-être plus. En ajoutant l'imperméable Burberry à deux mille dollars replié au creux de son bras et l'attaché-case Hermès à trois mille qui pendait au bout de l'autre, ce type portait sur lui pour dix mille dollars de marchandise, sans compter ses chaussures et sans doute sa Rolex. Sandy l'aurait adoré.

— Je crois comprendre que vous faites subir un interrogatoire à mon client, le docteur Philip Spencer ?

— C'est exact.

— Primo, j'aimerais m'entretenir avec mon client et, secundo, il n'a rien de plus à vous dire, dit Thomas d'une voix à la fois douce et ferme. À moins que vous n'ayez des raisons de le détenir, il s'en va maintenant.

— Nous pourrions mettre le docteur Spencer en état d'arrestation, dit Tasco.

— C'est à vous de voir, répondit Thomas, mais vous avez intérêt à avoir un solide motif. D'ailleurs, même si vous l'arrêtez, il ne dira rien de plus.

— Laissez-le partir, dit McCabe.

Il conduisit l'avocat à la salle d'interrogatoire, où Thomas s'entretint brièvement avec Spencer. Puis tous deux quittèrent la pièce.

Une fois qu'ils furent sortis, McCabe rejoignit Lund et un Tasco particulièrement agité.

— Mike, bordel, c'était quoi, tout ce cirque ? On aurait dû inculper ce fils de pute et le coller dans une cellule. Merde, on a la bagnole, la boucle d'oreille, le sang, la vidéo. On attend quoi encore ?

— Tom, si Spencer est bien notre type – et on ne peut pas en être certain tant que les résultats d'analyse ADN ne sont pas revenus –, le coller dans une cellule ne nous aidera pas.

— Ça aidera à l'empêcher de tuer Cassidy.

— Il y a une faille dans ton raisonnement.

— Ah ouais ? Laquelle ?

— Si Spencer est notre type, il est le seul à savoir où elle se trouve. Et, pour ce qu'on en sait, il peut aussi bien la détenir au fond d'une grotte perdue au milieu de nulle part. Si on le met sous les verrous, tu crois qu'il va nous dire où elle est ? Aucune chance : ça prouverait qu'il est coupable. Alors il resterait juste assis là, sage comme une image. Pendant ce temps, Cassidy ne se ferait pas charcuter le cœur.

Elle mourrait juste de soif. Ou de faim. Ou de Dieu sait quoi.

— On pourrait tenter de négocier, dit Tasco, d'une voix déjà moins assurée. Lui proposer une réduction de peine s'il nous dit où elle est.

McCabe se tourna vers Lund.

— Parle-lui, Burt. C'est toi le procureur. Tu penses vraiment que le bureau du procureur général accepterait de négocier pour qu'un tueur en série puisse s'en tirer, un tueur en série qui a mutilé et assassiné au moins cinq personnes innocentes – peut-être beaucoup plus, qui sait ?

Lund secoua la tête.

— Non, dit-il. Et franchement, je ne crois pas non plus que Spencer accepterait le marché.

Tasco se retourna vers McCabe.

— OK, McCabe, c'est toi le petit génie. Alors tu proposes quoi, maintenant ?

— On continue à chercher. En même temps, on surveille discrètement Spencer. S'il ne repère pas notre filature, il nous mènera peut-être jusqu'à elle.

— Ou peut-être pas, dit Tasco d'un ton lugubre.

— D'accord, peut-être pas, mais, pour l'instant, c'est notre seule piste.

Tasco s'en alla. McCabe et Lund lui emboîtèrent le pas, juste à temps pour voir Spencer dans son pull chic et Sheldon Thomas dans son costume rayé disparaître derrière les portes de l'ascenseur.

— Une chose est sûre, en tout cas, dit McCabe, ses yeux passant de Thomas à Burt Lund, qui marchait à son côté, mal fagoté, occupé à mâchouiller une poignée de M&M's.

— Ouais ? Quoi donc ?

— On s'habille mieux dans leur camp que dans le nôtre.

42

Jeudi, 16 h 30

McCabe proposa à Maggie de le retrouver autour d'un verre au Tallulah's. Malgré son nom chic, le Tallulah's était un repaire de célibataires du quartier sur Munjoy Hill. Comme d'habitude, l'endroit était bruyant et bondé. Deux flics, leur service fini, que McCabe ne connaissait pas bien, traînaient au comptoir. Maggie et lui trouvèrent une table libre dans un coin, assez éloignée des policiers pour qu'ils ne les entendent pas. Une amie artiste de Kyra, une certaine Mandy quelque chose, prit leur commande. À l'instar de beaucoup d'artistes, elle ne parvenait pas à vivre de son œuvre et, à la différence de Kyra, elle ne disposait pas d'un fonds en fidéicommis pour compenser le manque à gagner. Tout le monde devrait disposer d'un fonds en fidéicommis, pensa McCabe. Évidemment, il n'y aurait alors plus de serveuses, ni de plongeurs, ni de plombiers, ni de flics. Juste des artistes et des ivrognes. McCabe commanda un Glenfiddich accompagné d'une bière Shipyard. Maggie se contenta de la bière. Puis, à l'issue d'un bref combat avec ses démons intérieurs, elle commanda également un plat de nachos.

McCabe n'arrivait pas à comprendre comment elle se débrouillait pour rester aussi mince.

L'amie de Kyra les laissa pour aller chercher leur commande.

— Bon, j'ai découvert quelques trucs intéressants, commença Maggie. Primo, la connexion avec les groupes sanguins ne passe pas par le Cumberland. Une seule des quatre victimes a été patiente là-bas. Deuxio, toutes les victimes avaient des médecins différents.

Avant que Maggie puisse lui dire « tertio », Mandy revint avec leurs boissons.

— Vos nachos arrivent dans une seconde.

Après le départ de la serveuse, McCabe demanda :

— Alors quel est le lien ? Un laboratoire d'analyses ?

— Non. La Croix-Rouge.

McCabe réfléchit une seconde à cette possibilité.

— Le don de sang ?

— Oui. Wendy Branca, Brian Henry, Katie Dubois et Lucinda Cassidy ont tous donné leur sang au cours de l'année dernière.

— Quelqu'un aurait piraté les données informatiques de la Croix-Rouge ?

— Non. C'est là que ça devient intéressant. Au cours des derniers dix-huit mois, figure-toi, la femme d'un certain médecin a travaillé comme volontaire à la Croix-Rouge trois jours par semaine.

— Continue. Avec libre accès aux dossiers ?

— D'après ma source, oui.

McCabe remua le whisky tiède avec son index, puis le suçota. Les pièces du puzzle se mettaient en place – des pièces auxquelles il ne s'attendait pas.

Les nachos arrivèrent, dégoulinants de fromage. Maggie plaça un *jalapeño* dans l'un d'entre eux et réussit à l'enfourner proprement dans sa bouche.

— Intéressant. Juste au moment où je commençais à avoir des doutes.

Maggie cessa de mâcher.

— Des doutes sur quoi ?

— Sur Philip Spencer. Sur son implication. Du moins dans les meurtres. Et peut-être aussi maintenant dans les opérations.

— McCabe, désolé de te le rappeler, mais hier tu n'avais aucun doute.

— Aujourd'hui j'en ai, répondit-il en sirotant son whisky.

— Qu'est-ce qui a changé ?

Maggie prit un autre nacho et lui tendit le plat. Il secoua la tête.

— D'abord, dit-il, Sophie a l'air sacrément sûre que ce n'est pas lui qui l'a recrutée.

— OK. Mais il peut toujours être le chirurgien. Il peut toujours avoir extrait le cœur de Katie.

— Oui, il pourrait, mais le recruteur, qui que ce soit, a déclaré à Sophie s'appeler Philip Spencer. Si Spencer était impliqué, pourquoi le recruteur ferait-il ça ?

— Je ne sais pas, admit Maggie. Pour piéger Spencer au cas où ça tournerait mal ?

— Piéger Spencer n'a de sens que si Spencer n'a rien à voir là-dedans, dit McCabe. Si Spencer était vraiment un des chirurgiens et s'il avait découvert que « Harry Lime » le piégeait, il aurait parlé. N'importe qui l'aurait fait.

— Donc piéger Spencer n'a de sens que si Spencer ne sait rien, qu'il est innocent.

— Exact... et il y a mieux. On vient juste de le convoquer à Middle Street pour l'interroger.

— Et alors ?

McCabe fit signe à Mandy et commanda un autre Glenfiddich. Maggie se décida pour une eau gazeuse.

— Il ne s'est pas comporté comme un coupable. Il était trop détendu. Je veux dire, le meurtrier de Katie et des autres sait que nous avons un témoin. Il aurait dû s'inquiéter. Bon Dieu, on sait qu'il est inquiet. Il a déjà essayé de la tuer à deux reprises et a échoué par deux fois. Son tueur à gages est mort.

Maggie se saisit d'un autre nacho dégoulinant de fromage. McCabe attendit qu'il soit en sécurité dans sa bouche avant d'ajouter :

— Spencer ne semblait pas inquiet. Je ne pense pas qu'il avait la moindre idée de ce qui se passait.

— Autre chose ?

— Oui. Les gars de Jacobi ont trouvé du sang à l'arrière du Lexus... et la boucle d'oreille de Katie Dubois.

Maggie haussa les sourcils.

— Ce sont des preuves formelles, tu ne crois pas ?

— Dans l'absolu, oui ; mais Spencer n'a ni réagi ni reconnu la boucle d'oreille quand Tom la lui a montrée. En plus de ça, j'ai demandé à Tasco de l'interroger sur Paul Oliver Duggan et Carol Reed. Il n'en a jamais entendu parler.

— Qui est Carol Reed ? demanda Maggie.

— Le réalisateur du *Troisième Homme*. Un réalisateur homme. Un vrai fan de cinéma, en tout cas quelqu'un qui se sert du pseudonyme de Harry

Lime, devrait au moins connaître son nom. Ce n'était pas le cas de Spencer, j'en mettrais ma main au feu. De toute façon, on sera fixé dans quarante-huit heures. On lui a offert un verre d'eau et on a récupéré un échantillon de sa salive. Le laboratoire est en train de comparer l'ADN avec celui du sang sur les dents du chien de Cassidy. On saura avec certitude si c'est lui ou pas.

—D'accord, supposons que Spencer n'est pas l'assassin. Alors comment le sang et la boucle d'oreille se sont-ils retrouvés à l'arrière du 4 x 4?

—Tu viens peut-être justement de nous donner la réponse.

—Comment ça?

—Hattie.

—Hattie Spencer?

—Tu connais d'autres Hattie?

—Allez, McCabe, Hattie Spencer a peut-être déniché le groupe sanguin de Katie, mais ce n'est pas elle qui l'a violée, ni tuée. Ni qui s'est débarrassée de son corps.

—Non, ce n'est pas elle, mais elle a sans doute transmis l'information sur les groupes sanguins à la personne qui l'a fait.

—Qui?

—Je ne sais pas qui, mais elle m'a dit qu'elle avait prêté le Lexus à un ami de mercredi à vendredi dernier, pendant qu'elle était partie à Blue Hill. À ce moment-là, je croyais qu'elle essayait de couvrir son mari. Maintenant, je crois qu'elle disait peut-être la vérité.

McCabe se saisit d'un nacho. Le *jalapeño* glissa du sommet et atterrit sur sa chemise.

— Merde.

Il l'enleva et le mangea, mais le fromage laissa une auréole grasse sur le tissu.

Maggie trempa l'extrémité de sa serviette dans son eau gazeuse, fit le tour de la table et tamponna la tache sur la chemise. Il la regarda, l'air renfrogné. Elle leva les yeux et sourit.

— Tu sais, tu es vraiment mignon quand tu te mets à bouder.

Elle se pencha et l'embrassa doucement sur les lèvres.

— Dommage que tu sois déjà pris.

Il jeta un coup d'œil à l'endroit où les deux flics étaient assis.

— Ils sont partis il y a dix minutes, dit-elle, et la serveuse est en cuisine. Tu n'as pas à t'inquiéter.

Elle tourna les talons et se dirigea vers les toilettes des femmes.

— Je reviens, dit-elle.

McCabe réfléchit au geste de Maggie. C'était inattendu, totalement, mais pas déplaisant du tout. D'ailleurs, il avait plutôt apprécié, et ça ne lui aurait pas déplu de lui rendre la pareille. Sauf qu'il était effectivement pris – et, pour le moment du moins, heureux de l'être.

Maggie vint se rasseoir.

— Désolée. Bon, Hattie a prêté le Lexus à un ami. Quel ami ?

McCabe plongea son regard dans ses yeux brun foncé et réalisa – ce n'était pas la première fois – à quel point elle était attirante, même si ce n'était pas le moment.

— Mike, quel ami ?

Il leva un doigt.

— Quel ami ? répéta-t-elle.

— Laisse-moi juste une minute.

Il s'efforça de visualiser la photographie dans le bureau de Spencer. Quatre chirurgiens. Quatre amis qui contemplaient le monde du sommet du Denali. *Nous nous sommes tous connus à la fac de médecine. Nous avons fait nos internats ensemble. Tous, sauf un, en chirurgie cardiaque, puis en chirurgie de la transplantation… ramener les morts à la vie. La société Asclépios…*

Tous, sauf un. Lucas Kane. Radié de l'Ordre. Assassiné à Miami. *Une perte tragique, vraiment tragique. Un grand talent. Par certains côtés, Lucas était le plus doué d'entre nous.*

Spencer était allé aux funérailles. Pas Hattie.

C'est quelqu'un que j'ai connu il y a très longtemps, avait dit Hattie. *Ses parents avaient une résidence d'été pas très loin de chez nous.*

Lucas Kane était-il un ami ?

Un ami ? Non, je n'aurais jamais dit ça de Lucas. S'il n'était pas un ami, alors quoi ? Un amant ?

Et les autres chirurgiens sur la photo ? DeWitt Holland et Matthew Wilcox. L'un à Boston, l'autre en Caroline du Nord. Avaient-ils eux aussi assisté à l'enterrement de Kane ? Avaient-ils tous rencontré le tueur là-bas ? McCabe se demanda si un photographe de presse était présent aux funérailles, s'il existait des clichés. Il devait contacter Melody Bollinger, la journaliste du *Miami Herald* qui avait couvert l'affaire.

— Mike, à quoi tu penses ?

Il lui parla de la photo du Denali.

— Sophie a dit qu'il y avait deux chirurgiens présents à chacune des opérations de transplantation. Il est peut-être temps de parler au docteur Holland et au docteur Wilcox.

— Ce n'est pas bête, songea Maggie. Des chirurgiens. De vieux potes de la fac de médecine. Si Spencer n'est pas impliqué, peut-être que l'un de ces deux-là l'est.

— Je vais voir ce que je peux trouver sur Wilcox, dit McCabe. Pendant ce temps-là, tu vas aller à Boston et parler à DeWitt Holland.

— Je suis censée être consignée à mon bureau, tu te souviens ?

— Holland ne le saura pas.

— Non, mais Fortier si.

— Fais-toi porter pâle.

— Mouais. Bon, j'ai un vieux copain à la police de Boston. Aux homicides. On sortait ensemble. Je pense qu'il me donnera un coup de main.

McCabe attrapa un autre nacho.

Maggie parut soudain pensive.

— McCabe, tu as dit qu'il y avait trois autres chirurgiens avec Spencer sur cette photo. Holland et Wilcox, ça fait deux. Qui est le troisième homme ?

— Le troisième homme, dit-il, s'appelle Lucas Kane… et, comme Harry Lime, il est censé être mort.

43

Jeudi, 18 heures

Si quelqu'un les avait regardées, les deux silhouettes auraient paru presque spectrales. Un homme et une femme, tous deux vêtus de blanc, se mouvant ensemble dans un vide translucide, quasi monochrome, où le sable se fondait dans l'eau, puis l'eau dans le ciel couvert sans qu'on puisse les délimiter.

Pendant un temps, ils semblèrent perdus dans leurs pensées, les yeux baissés, tous deux conscients des empreintes de pas qu'ils laissaient sur le sable derrière eux. Au bout d'un moment, ils s'arrêtèrent et la femme se tourna vers son compagnon. Elle prit une de ses mains dans les siennes comme si elle voulait qu'il se rapproche d'elle. Il resta à distance, et elle le lâcha. Le vent plaqua sur son visage une mèche de cheveux blonds qu'elle repoussa.

Elle prit la parole, mais ses mots seraient restés indistincts pour quiconque sauf l'homme. Il secoua la tête. Ils reprirent leur promenade, marchant de manière coordonnée, comme si leurs jambes étaient liées par des cordes invisibles. Il passa un bras autour de sa taille. Elle se serra contre lui.

Un petit oiseau, un bécasseau violet, croisa leur chemin, en remuant frénétiquement son unique aile valide. L'autre était brisée et pendait, inutile. Ils le suivirent des yeux quelques instants. À nouveau elle posa une question. À nouveau il secoua la tête. L'oiseau s'écarta précipitamment. Les deux silhouettes poursuivirent leur chemin sur la plage.

Enfin, arrivés au bout de la plage, ils débouchèrent sur un petit parking désert, à l'exception d'une seule voiture. Une Porsche Boxster noire. L'homme offrit sa main pour aider la femme à monter sur la promenade en planches qui séparait la plage du bitume. Elle s'en saisit et grimpa. Posant une main sur son épaule, elle se tint d'abord sur un pied, ensuite sur l'autre, pour évacuer le sable de ses sandales. Puis ils rejoignirent la voiture. Elle s'adossa à la portière, face à l'homme, passa ses bras derrière sa nuque et le tira vers elle. Il glissa une main sous sa veste et caressa la peau douce de son dos. Elle se laissa aller sous ses caresses. La main de l'homme glissa du dos à la poitrine et saisit son sein menu, le pressant doucement, jouant avec son téton jusqu'à ce qu'il s'érige. Puis elle passa de l'autre côté, palpant la cicatrice où l'autre sein se trouvait jadis. La femme se raidit et repoussa la main de l'homme. Il insista. Elle l'écarta de nouveau et il la remit encore. Cette fois, elle n'esquissa aucun geste.

Elle leva les yeux et posa ses lèvres sur les siennes.

— Pourquoi on fait ça ?

— Parce que c'est bon ?

— Mais encore ?

— Parce que le danger t'excite ?

— Oui. J'imagine que oui.

Il glissa sa main entre ses jambes et la caressa doucement.

— Ils ont fouillé ma voiture, dit-elle, tandis que sa respiration s'accélérait. Ils ont trouvé la boucle d'oreille de la fille. Celle qui a été tuée dans la décharge ?

Il recula et la scruta de son regard profond, sans rien dire.

— O négatif, c'est ça ?

Il garda le silence.

— Ne t'inquiète pas, dit-elle en se penchant pour l'embrasser encore. Mes lèvres sont scellées.

— Oui, répondit-il après un temps. Je suis sûr qu'elles le sont.

Les doigts de l'homme trouvèrent le bouton du haut de son pantalon et réussirent à l'ouvrir.

— Pas ici, dit-elle. Quelqu'un pourrait nous voir.

Il ouvrit sa fermeture éclair et fit descendre son pantalon et sa culotte sur ses hanches étroites.

— Oui, quelqu'un pourrait, lui susurra-t-il. Ce n'est pas ça qui t'excite ?

Ils sentirent tous deux le cœur de la femme battre contre sa poitrine tandis que la main de l'homme se glissait de nouveau entre ses jambes. Deux doigts la pénétrèrent.

— Attends, chuchota-t-elle.

Elle enleva complètement son pantalon et le plia soigneusement avant de le déposer sur le siège avant de la voiture à travers la vitre ouverte. Elle le regarda l'imiter, sauf qu'il laissa le sien en tas sur le sol. Elle prit son sexe dans sa main et le sentit durcir. Elle s'adossa à la voiture et laissa échapper un petit cri lorsqu'il la pénétra.

Tandis qu'ils faisaient l'amour, il scruta son visage. Les yeux clos, les lèvres entrouvertes, elle gémissait doucement de plaisir. Il glissa la main gauche sur sa nuque et la droite dans la poche de sa veste. Il sentit le contact rassurant de la poignée du couteau à cran d'arrêt. Dissimulant l'arme dans son dos, il pressa le petit bouton qui fit jaillir la lame. Elle ne se rendit compte de rien. Il frotta son pouce contre l'extrémité de la lame. Une minute plus tard, presque au moment précis où Hattie Spencer atteignait l'orgasme, son cri de plaisir se mua en hurlement de douleur.

Deux mille cinq cents kilomètres plus au sud, tous les bruits furent engloutis par le vacarme des moteurs jumeaux du Learjet 35 décollant de la piste 23 de l'aéroport de Boca Raton. Le plan de vol indiquait comme destination un aéroport privé dans le nord du New Hampshire. Le Learjet était aménagé comme une ambulance volante. À l'arrière, un médecin et une infirmière s'occupaient d'un unique patient, un vieil homme aux derniers stades d'une insuffisance cardiaque congestive. À l'avant de l'appareil, l'équipage était composé de deux personnes, un pilote et un copilote, qui ignoraient tout de leurs passagers. Ils ne connaissaient pas leurs noms et avaient été exceptionnellement bien payés pour ne pas poser de question.

44

Jeudi, 18h30

Après avoir quitté le Tallulah's, McCabe retourna chez lui et appela Dave Hennings à Washington D.C. Flic intelligent et endurci, Hennings avait été son partenaire pendant presque cinq ans ; il avait quitté le NYPD après le 11 Septembre et travaillait désormais pour le programme fédéral de la police de l'air. Il avait des connexions avec toutes les grandes lignes aériennes.

— McCabe, comment tu vas, mon vieux, depuis le temps ? Au moins un an depuis qu'on s'est parlé.

— Au moins ça, Dave. Je vais bien. Comment va Rosemary ?

La femme de Hennings avait survécu à un cancer du sein.

— Elle s'accroche toujours. Depuis cinq ans. On croise les doigts en permanence. Kyra et toi, vous êtes toujours ensemble ?

— Plus que jamais, dit McCabe.

— J'ai lu des articles au sujet du meurtre de cette fille et j'ai pensé à toi ; tu étais tellement sûr que tout serait plus calme là-haut dans le Maine. Tu as peut-être été un peu trop optimiste.

McCabe sourit. Dave n'avait pas encore tout entendu.

— Bon, mais j'imagine que tu ne m'appelles pas sans raison, reprit-il.

— Oui, j'ai besoin d'un service.

— Je m'en doutais. Vas-y, collègue.

— Il y a un médecin qui s'appelle Matthew Wilcox en Caroline du Nord. C'est un chirurgien cardiaque réputé à l'hôpital UNC de Chapel Hill. J'ai besoin de savoir s'il a voyagé de Chapel Hill à Portland, sur trois périodes distinctes.

— Il a un lien avec ton meurtre ?

— Peut-être, ou peut-être pas. Dans tous les cas, je ne peux pas en parler maintenant. Alors, si tu pouvais juste me faire confiance sur ce coup-là, j'apprécierais.

— Je te fais confiance, McCabe. Comme toujours.

— Merci.

— Bon, revenons à ton médecin. Au départ de Chapel Hill, il aurait dû décoller de Raleigh-Durham, dit Hennings. Pour aller à Portland, il aurait sans doute pris United, peut-être US Airways. Avec probablement une correspondance à D.C. Quelles sont tes dates ?

— Décembre 2004 et avril de cette année. Le dernier voyage l'aurait amené ici dans le courant de la semaine dernière. Je n'ai pas de date précise pour les trajets. On va devoir effectuer plusieurs recherches.

— Pourquoi ne pas demander directement aux compagnies ?

— Pas si tu peux m'obtenir l'information plus rapidement. Je n'ai pas beaucoup de temps devant moi.

Il ne révéla pas à Hennings qu'une autre vie était en jeu.

— OK, je suis en bonnes relations avec de vieux employés de United et US Airways. Je devrais pouvoir vérifier ça assez vite.

— Merci, Dave. Je n'en attendais pas moins de toi.

Aussitôt qu'il eut raccroché, McCabe appela Melody Bollinger au *Miami Herald*. On lui passa le responsable de la rédaction pour les infos locales.

— Désolé, inspecteur, Melody ne travaille plus ici. Je peux vous aider ?

— Non merci. Vous sauriez où je peux la joindre ?

— Elle a déménagé à New York. On lui a offert un poste au *Daily News* il y a deux ans.

McCabe le remercia. Il connaissait le numéro du *News* par cœur.

— Melody Bollinger à l'appareil.

La voix grave de Melody ne cadrait pas avec son prénom.

— Madame Bollinger ? Je suis l'inspecteur principal Michael McCabe, de la police de Portland, Maine.

— Portland ? Maine ? McCabe ?

Il aurait tout aussi bien pu dire qu'il était chef de la police en Sibérie.

— McCabe ?... Ah oui, c'est vous qui menez l'enquête sur le meurtre de cette adolescente. Quel est son nom déjà ?

— Dubois. Katie Dubois.

— C'est ça. Que puis-je pour vous, inspecteur ?

— Madame Bollinger...

— Appelez-moi Melody.

— Melody, alors. À Miami, vous avez couvert le meurtre de Lucas Kane en mars 2001.

— Oui, j'ai travaillé là-dessus. Mais quel est le rapport avec vous ? Et le Maine ? demanda-t-elle, sa curiosité éveillée.

—Écoutez, on pourrait se voir ? J'aimerais discuter avec vous du meurtre de Kane.

—Pourquoi n'appelez-vous pas tout simplement la police de Miami Beach ?

—J'ai déjà parlé à l'inspecteur Sessions. J'ai pensé que vous pourriez m'apporter un complément d'informations. Ça ne prendra pas longtemps.

Il y eut un silence à l'autre bout du fil.

—J'aurais peut-être aussi quelque chose qui pourrait vous intéresser, ajouta McCabe.

—*Peut-être* et *pourrait* ? Mon Dieu, inspecteur, vous, vous savez comment éveiller l'appétit des filles. Pourquoi ne pas simplement me dire au téléphone ce que *pourrait* être ce que vous avez *peut-être* ? Après je *pourrais, peut-être,* mordre à l'hameçon. Je suppose que c'est au sujet de Dubois.

—Comme je vous l'ai dit, je préférerais en parler de vive voix.

Il était sûr qu'il en apprendrait plus de Bollinger s'ils se rencontraient en personne.

—Eh bien, il y a peut-être un petit problème, inspecteur, vu que je suis à New York et que vous êtes dans le Maine. Je ne vais pas prendre l'avion pour le Maine sans rien de plus substantiel que des *pourrait* et des *peut-être*.

—Je suis prêt à venir à New York. Il y a un vol US Air qui décolle demain matin à 7 heures. Vous pourriez me retrouver à LaGuardia vers 8 h 30 ?

McCabe crut une minute qu'elle allait l'envoyer paître, mais ses instincts de reporter furent les plus forts.

—OK, vous avez le numéro du vol ?

Il le lui dit.

— Je vous retrouverai dans la zone des bagages, dit-elle. Je suis blonde, un mètre soixante, et mes amis me décrivent comme une belle plante.

— Et comment vos ennemis vous décrivent-ils ?

— Ne parlons pas de ça. J'imagine que vous aurez l'air d'un flic.

Casey entra dans la pièce au moment précis où il raccrochait le téléphone.

— À qui tu parlais ?

— Une journaliste de New York.

Il était assis dans son gros fauteuil en cuir, et elle s'affala sur ses genoux.

— Comment je suis censée l'appeler ?

— Qui ? La journaliste ? dit-il d'un ton badin.

— Non, ma mère. Je dois l'appeler maman ? Madame Ingram ? Ou autrement ?

— Eh bien, vu que tu appelles Kyra Kyra et Jane Jane, pourquoi tu ne l'appellerais pas simplement Sandy ?

— Je suis censée l'embrasser ?

— Pas si ça te met mal à l'aise.

— Et si elle me fait la bise en premier ?

— Tu peux lui dire ce qui te met à l'aise ou non. Si ça ne te gêne pas qu'elle t'embrasse, il n'y a pas de problème. Si tu ne veux pas, demande-lui de s'abstenir.

— C'est facile à dire pour toi.

— Je pense qu'elle comprendra.

— Je n'ai rien à me mettre.

— Comment ça ? Tu as plein de trucs.

— Ouais, c'est ça. Des *trucs*. On va aller dans cet hôtel chic, dans ces restaurants chic et au spectacle, et tout ce que j'ai, ce sont des *trucs*. Des trucs horribles.

Il prit une minute pour y réfléchir.

— D'accord. Allons faire du shopping.

Cette soudaine proposition éveilla l'intérêt de Casey.

— Où ça ?

— Le centre commercial, ça te va ? Il ne ferme pas avant deux bonnes heures.

Il la repoussa du fauteuil et se redressa.

— Va mettre tes chaussures.

Elle courut les chercher. Pendant ce temps, il appela Kyra sur son portable.

— Salut, mon beau.

— On a une urgence ici. J'ai besoin de ton aide.

— Quel est le problème ?

— Tu pourrais nous retrouver, Casey et moi, au centre commercial dans un quart d'heure ? Devant Macy's ?

— Je crois, oui. Qu'est-ce qui se passe ?

— Je te le dirai quand on se verra.

Il mit fin à la communication tandis que Casey et lui sortaient de l'appartement.

McCabe eut l'impression d'avoir endossé le rôle de Richard Gere dans *Pretty Woman* pendant que Kyra et Casey se frayaient un chemin dans cinq magasins en moins de deux heures. Dieu merci, c'était le Maine Mall et pas le Rodeo Drive. Dans chaque boutique, il chercha une place où s'asseoir tandis que les deux filles saisissaient des brassées de vêtements et disparaissaient dans une cabine d'essayage. Ils quittèrent enfin le centre commercial, chargés de quatre sacs remplis de hauts, de pantalons, de chaussures et d'une robe chic. McCabe avait jugé la robe un peu osée pour une fille de treize ans. Kyra lui rétorqua qu'il ne connaissait rien à la mode et de ne pas fatiguer sa petite tête là-dessus. Il décida de suivre son conseil. Son rôle consistait à se débrouiller pour régler les factures. Ils traversèrent le parking en direction de la Pizzeria Uno pour dîner.

Même à 20 h 45 un jeudi soir, l'endroit était bondé, sans doute de gens qui venaient de sortir du centre commercial ou du complexe de cinémas tout proche. L'hôtesse qui les accueillit n'avait pas l'air plus âgée que Katie Dubois. Elle était trop maquillée et son ventre grassouillet débordait par-dessus la ceinture de son pantalon noir. McCabe le regarda tressauter tandis qu'elle les conduisait jusqu'à une table au milieu de la salle. Il en déduisit qu'elle ne devait pas jouer au football.

Il parcourut la salle des yeux. Il se sentit cerné de visages inconnus et l'idée de s'asseoir au beau milieu d'un lieu bondé lui parut soudain stupide – trop exposé, trop vulnérable. Peut-être aussi devenait-il trop paranoïaque. Après tout, ils étaient à la Pizzeria Uno. D'un autre côté, l'avant-veille, la journée n'avait-elle pas débuté par le meurtre d'un gamin innocent et d'un policier aguerri ? Et le maniaque qui les avait tués tous les deux n'avait-il pas failli poignarder mortellement McCabe ? Ce n'était peut-être pas de la paranoïa.

Il repéra un box dans un coin d'où il pourrait surveiller la salle. Il demanda à l'hôtesse si elle pouvait les placer là, en lui disant qu'il était superstitieux et qu'il pensait que cette table lui porterait chance.

—Pas de problème, dit-elle, ajoutant dans un murmure de conspiration: Moi, je déteste les vendredis 13.

Casey se glissa la première dans le box, dos au mur. McCabe s'assit à côté d'elle. Kyra prit la banquette en face d'eux. La fille leur tendit les menus et un serveur remplit leurs verres d'eau. Pendant ce temps, McCabe scruta la salle, afin de voir si quelqu'un les observait. Il chercha du regard les différentes issues. Il calcula les angles de tir potentiels. Il passa la main droite sur la crosse de son .45 pour s'assurer de sa présence.

Lorsqu'il toucha l'arme, sa main se mit à trembler. Casey ne remarqua rien; Kyra, si. Une réaction de stress à retardement. Il espéra que le tremblement allait cesser, mais en vain. Il cacha sa main sous la table. Il s'efforça de se détendre. Cela ne fonctionna pas non plus. UN FLIC DE LA CRIMINELLE CRAQUE NERVEUSEMENT EN COMMANDANT UNE PIZZA À PÂTE FINE. Cette pensée ne le fit pas sourire.

—Votre serveur sera là dans un instant, dit l'hôtesse avant de partir.

Sous la table, Kyra prit la main de McCabe dans la sienne.

—Qu'est-ce qu'il y a? susurra-t-elle, l'inquiétude se lisant dans ses yeux bleus.

—Je suis juste un peu nerveux. La journée a été longue.

—Bonsoir, je suis votre serveur, Brian. Comment allez-vous?

— Très bien, Brian. Et vous ? dit Casey en levant les yeux et en lui souriant.

Mon Dieu, elle flirte, se dit McCabe. Treize ans à peine et elle flirte déjà avec un serveur qui aurait eu besoin d'un bon coup de rasoir. Les sept années qui la séparaient de ses vingt ans allaient être ardues. Kyra lui serra doucement la main, sourit et lui fit un clin d'œil.

— Souhaitez-vous commencer par un apéritif ?

McCabe commanda un Coca pour Casey, un verre de vin blanc pour Kyra et un Dewar's *on the rocks* pour lui. Il lui sembla qu'un *single malt,* même s'ils en avaient, ne collait pas à l'ambiance du lieu.

On apporta leurs boissons, et il avala une longue gorgée de son whisky. Ça aidait. L'effet calmant de l'alcool sur le système nerveux était exactement ce qu'il lui fallait. Peut-être allait-il tout envoyer balader et devenir pochetron. C'était assez courant chez les flics. Bien sûr, le suicide aussi. *Bon,* se dit-il, *soit tu arrives à compenser les traumatismes de ce boulot avec ta vie, soit tu t'en cherches un autre. Et une autre vie.*

Cette nuit-là, au lit, le tremblement revint, pire qu'avant, accompagné de sueurs froides. Kyra s'efforça de le calmer en s'allongeant sur lui et en le berçant tendrement. Elle lui demanda s'il avait déjà vécu ça auparavant. Une seule fois, répondit-il, la nuit après qu'il avait tué TwoTimes. Mais cette nuit-là, il n'avait eu personne pour le réconforter. Sandy était déjà partie et il avait dormi seul.

Ils ne firent pas l'amour. Ils se contentèrent de s'étreindre jusqu'à 2 heures du matin, lorsque

McCabe finit par s'assoupir. Lorsqu'il se réveilla à 5 heures, elle le tenait toujours. Les tremblements avaient disparu.

45

Vendredi, 8 h 15

Cela faisait exactement une semaine que Lucinda Cassidy avait été kidnappée sur la Western Promenade, et McCabe ne pouvait qu'espérer qu'elle soit encore en vie. Son vol jusqu'à l'aéroport LaGuardia dura un peu plus d'une heure et, pour une fois, l'avion atterrit à l'horaire prévu. Melody Bollinger l'attendait près du tapis roulant à bagages. Comme elle l'avait annoncé, c'était en effet une belle plante – dans le genre bien en chair. On aurait dit une version modernisée de Joan Blondell, avec une dizaine de kilos en plus. Elle portait un pantalon kaki si moulant que McCabe se dit qu'elle avait dû l'acheter lorsqu'elle avait six ou sept kilos de moins et un blazer bleu qui ne parvenait pas à dissimuler totalement ses formes généreuses. Ils n'eurent aucun mal à se reconnaître.

— McCabe ?

— Melody ?

Le terminal était noir de monde.

— Allons prendre un café, lui dit-il en examinant les alentours. Il y a un Starbucks à l'étage.

— Vous connaissez bien l'aéroport.

— J'y suis déjà venu pas mal de fois, répondit-il. Je suis new-yorkais.

— Je sais. Je me suis renseignée sur vous. Votre carrière au NYPD, votre petite histoire avec ce dealer de drogue – et, bien entendu, l'affaire Dubois.

Ils trouvèrent une table dans un coin, et il alla leur acheter des cafés. Elle déclina son offre de pâtisseries.

— Je suis au régime, mais merci quand même.

Il lui tendit son café.

— Bon, c'est quoi, cette histoire ? demanda-t-elle sans ambages. Quel est le rapport entre Kane et votre enquête ?

Elle alluma son magnétophone dans la foulée.

Il tendit la main pour l'éteindre.

— Prenez des notes, lui dit-il. Je préfère ne pas être enregistré, ni cité nommément. Considérez-moi comme une source anonyme. Et puis j'aimerais que vous ne divulguiez pas ce que je vais vous dire.

— McCabe, ne faites pas l'idiot. Je suis journaliste. Si vous me révélez des infos qui en valent la peine, il faut vous attendre à les voir imprimées.

— Attendez seulement deux ou trois jours. Disons jusqu'à lundi prochain. Patientez un peu, et vous aurez une bien meilleure histoire. Si on parvient à boucler l'enquête, je veillerai à vous fournir des détails que personne d'autre n'aura.

— Et s'il y a du neuf d'ici là ?

— Dans l'intervalle, vous êtes libre d'écrire ce que vous voulez, tant que ça ne vient pas de moi.

Elle pesa le pour et le contre.

— D'accord. Marché conclu.

Elle rangea le magnétophone dans sa mallette.

— Maintenant, dites-moi : pourquoi vous intéressez-vous à Kane ?

McCabe montra à Bollinger une photographie *post mortem* de l'homme que Maggie avait tué dans la chambre d'hôpital de Sophie Gauthier.

— Connaissez-vous cet homme ?

Elle prit la photo et l'examina.

— Oui. C'est Duane Pollard. Le gorille de Lucas Kane. Qui l'a tué ?

— Vous êtes sûre que c'est Pollard ?

— Certaine. Soit lui, soit son frère jumeau. Ce ne serait pas lui le type que cette flic a tué à l'hôpital hier matin ? Celui qu'on a identifié sous le nom de Darryl Pollock ?

— Vous avez bien révisé.

— L'information est tombée hier soir. C'est Darryl Pollock ?

— Oui. Ma partenaire lui a tiré dessus juste à temps pour me sauver la vie. Elle a du même coup sauvé celle d'un témoin clé.

— Intéressant. Quand est-ce que Duane a refait surface dans le Maine ? Et pourquoi ? s'enquit Bollinger qui commença à prendre des notes.

— Laissez-moi d'abord vous poser quelques questions. Pensez-vous que Pollock – appelons-le comme ça, c'est son vrai nom –, pensez-vous que c'est lui qui a assassiné Lucas Kane ?

Elle leva les yeux.

— Non. Son alibi était corroboré par trop de témoins. Il n'aurait pas pu être là pour appuyer sur la détente.

— Aurait-il pu recruter quelqu'un pour agir à sa place ?

— C'est peu probable. Kane était son gagne-pain.
— Ils s'étaient peut-être disputés.
— Oui, peut-être, mais je ne le crois pas. Je ne vois pas ce vous cherchez là.
— J'essaie de comprendre pour quel motif cette brute s'est retrouvée dans le Maine, à essayer de tirer une balle dans la tête d'un témoin clé. Tout ce que je sais jusqu'ici, c'est que l'ex-petit ami de Pollock, Lucas Kane, était très copain avec un médecin de la région qui pourrait être impliqué dans notre enquête.
— Qu'attendez-vous de moi ?
— J'aimerais que vous me disiez tout ce que vous savez sur le meurtre de Lucas Kane.
— Tout ce que je peux ajouter à ce que vous avez déjà lu dans le *Herald*, ce sont un ou deux détails qui m'ont toujours paru bizarres. Ou du moins suspicieux.
— Ah oui ? Quoi, par exemple ?
— Par exemple, l'assassin de Kane a choisi une arme et un angle de tir qui lui garantissaient de réduire son visage et ses dents en charpie. La seule raison que j'aie pu trouver, c'est qu'il voulait rendre l'identification la plus difficile possible. Pourquoi ?
— Je n'en sais rien. Vous avez écrit que les flics suspectaient un règlement de compte entre gangsters.
— Oui, mais c'étaient des conneries. Quand la police ne sait pas, elle accuse la mafia, ou un gang quelconque. Les gens se contentent d'accepter cette explication sans poser de question. C'est une solution bien commode.
— Vous pensez que ce n'était pas leur style.

— J'en suis sûre ; et vous le savez aussi. Si la mafia voulait tuer Kane, ils l'auraient exécuté sans chichis, *bang bang*. Ils n'avaient aucune raison de vouloir masquer son identité.

McCabe prit quelques secondes pour y réfléchir.

— OK. C'est le premier détail bizarre. Quel est le deuxième ?

— Les empreintes digitales.

— Quoi, les empreintes digitales ?

Bollinger inspira profondément avant de répondre :

— McCabe, vous êtes un flic expérimenté. Vous savez mieux que moi que, quand vous cherchez des empreintes au domicile de quelqu'un, vous tombez sur un tas d'autres empreintes, laissées par des personnes de passage. Des visiteurs, des livreurs, qu'importe. Beaucoup d'empreintes partielles, de traces résiduelles, ici et là, un peu partout, comme on peut s'y attendre.

— Et alors, quel est le problème ?

— J'ai un bon contact, un des techniciens de scène de crime qui ont examiné la pièce où on a retrouvé le cadavre de Kane. C'est quelqu'un en qui j'ai confiance. D'après mon contact, aucune de ces empreintes n'appartenait à la victime.

— Je croyais que les flics avaient trouvé plein d'empreintes appartenant à Kane. C'est en partie d'ailleurs ce qui leur a permis de l'identifier.

— Oui, c'est le cas. Ils ont retrouvé des empreintes de la victime partout dans l'appartement. Sur le téléphone. Sur les poignées de portes. Sur les tables. Sur le réfrigérateur. Sur une bouteille de bière vide dans le salon.

— Mais…

— Laissez-moi finir. Ces empreintes étaient toutes parfaites. De bonnes grosses empreintes bien propres. Aucune trace résiduelle, aucune empreinte partielle parmi elles. On aurait dit que quelqu'un avait baladé la victime à travers l'appartement et déposé ses empreintes partout avant de l'éliminer. Ou peut-être qu'on a déplacé le corps et posé ses doigts sur ces objets juste après.

— Le FBI n'avait pas les empreintes de Kane dans ses dossiers ?

— Non. On n'a jamais pris les empreintes digitales de Kane de son vivant. Il n'a jamais été arrêté, n'est jamais allé à l'armée, et cetera. Tout ce dont ils disposaient pour comparer, c'était la victime elle-même.

— Et l'ADN ? Sessions a dit qu'ils en étaient sûrs à cause de l'ADN.

— Idem. L'ADN provenait de cheveux trouvés sur le lit, exactement là où les techniciens allaient en chercher. De la salive dans l'évier. Et des rognures d'ongles dans la poubelle de la salle de bains. Tout ça nous a paru un peu trop parfait, à moi comme à mon pote du laboratoire.

— Il n'y avait pas d'échantillon plus ancien de l'ADN de Kane ?

— Non.

— Donc vous pensez que le cadavre n'était pas celui de Kane ?

— Tout ce que je dis, c'est qu'on ne peut absolument pas en être sûr.

— Mais si ce n'était pas Lucas Kane, alors qui ?

— Aucune idée. À cette époque, South Beach regorgeait de beaux gosses sans attaches. Certains se prostituaient. D'autres cherchaient juste un papa gâteau. Quand l'un d'eux venait à disparaître, personne ne s'en apercevait.

— Il aurait fallu qu'il ait la même taille et le même poids que Kane. La même couleur de cheveux.

— Pas difficile.

— Et la voiture ?

— Quoi, la voiture ?

— Vous avez écrit que les empreintes de Kane – du moins celles du cadavre – correspondaient aux empreintes trouvées dans la voiture.

— C'est vrai.

— Il y avait le même problème de perfection que dans l'appartement ?

— Non. Les empreintes dans la voiture étaient comme on pouvait s'y attendre. Partielles sur la porte, le volant, le levier de vitesse, le boîtier de la ceinture de sécurité, et ainsi de suite. Pour l'ADN, je ne sais pas.

— Ils ont trouvé d'autres empreintes dans la voiture, ou à l'extérieur ?

— Pas que je sache. Je crois que c'étaient les seules.

— Alors ils les ont peut-être effacées avant de laisser la victime conduire ?

— C'est possible.

— Avez-vous déjà interrogé Allard ou Sessions à ce sujet ?

— Oui. Au début, ils ne m'ont pas prise au sérieux, ils m'ont dit que j'avais trop d'imagination ; mais comme je suis du genre obstiné, j'ai continué à poser des questions. Au bout d'un moment, ils se sont montrés de plus en plus évasifs.

— Le père de Kane était présent aux funérailles, non ? demanda McCabe.

— Oui. Le pianiste célèbre. Je me souviens d'un vieil homme triste. Il est venu accompagné d'une femme beaucoup plus jeune, soi-disant son assistante. C'était peut-être vrai. Ou bien elle était plus que ça. La mère était morte, il me semble.

— Est-ce que quelqu'un a pensé à comparer les chromosomes Y de l'ADN du père et du fils ? Ça aurait confirmé l'identité du corps, de façon certaine.

— Ça n'aurait servi à rien.

— Pourquoi ?

— Kane a été adopté. Sur ce, si ça ne vous dérange pas, je vais passer aux toilettes.

Bollinger se leva et s'éloigna. McCabe alla chercher deux autres cafés et réfléchit aux différentes hypothèses. Dans le cas où Bollinger avait raison et que le cadavre qu'ils avaient enterré n'était pas celui de Lucas Kane, Pollock devait forcément être au courant. Il avait identifié le corps et confirmé qu'il s'agissait bien de Kane. *Poils, grains de beauté et cicatrices étaient à la bonne place,* lui avait rapporté Sessions. *Il a même blagué sur la bite du type. « Je n'oublie jamais un pénis », qu'il a dit.*

Et si Kane avait tué quelqu'un d'autre pour convaincre les gens qu'il était mort, pourquoi ? Pour qu'il puisse devenir Harry Lime ? Dans *Le Troisième Homme,* Harry Lime se faisait passer pour mort dans l'idée que la police ne se lancerait jamais aux trousses d'un défunt. Kane avait-il maquillé sa propre mort pour la même raison ? Le choix des noms paraissait presque évident. Aimait-il prendre des risques ? Et *quid* de l'autre pseudonyme, celui de Pollock, Paul Oliver Duggan ? Le nom du tueur dans *La Nuit du Chacal*.

McCabe se remémora une nouvelle fois les paroles de Spencer : *Une perte tragique, vraiment tragique. Par certains côtés, Lucas était le plus doué d'entre nous.* Assez doué pour pratiquer des greffes du cœur sur des patients âgés alors qu'il n'avait pas opéré pendant quinze ans ? Ce n'était pas impossible. Ou assez doué pour assister un autre chirurgien ? Holland, ou Wilcox. Ou même Spencer. Peut-être étaient-ils tous de mèche. La société Asclépios. Tuer de jeunes gens sains pour ramener les morts à la vie.

McCabe laissa son esprit passer en revue toutes les possibilités. Et les victimes ? Katie Dubois, Lucinda Cassidy, Elyse Andersen, Wendy Branca, Brian Henry. Tous blonds. Tous des athlètes. Tous dotés d'un physique attirant. Toutes des femmes, sauf un. Le nom de Harry Lime était apparu dans les cas Dubois et Andersen. Dubois avait été violée avant d'être assassinée. On avait extrait les cœurs de Dubois et Andersen. Le destin des autres demeurait incertain.

McCabe s'interrogea sur la sexualité de Kane. À Miami, il assumait ouvertement la vie d'un gay. Il était peut-être bisexuel. McCabe se rappela avoir lu des statistiques de l'institut Kinsey, selon lesquelles 11,6 % des hommes blancs entre vingt et vingt-cinq ans étaient aussi attirés par les hommes que par les femmes.

Bollinger revint. Il lui tendit son café.

— Que savez-vous sur la vie sexuelle de Kane ?

— Ah, on va enfin passer aux choses amusantes, dit-elle.

— Non, sérieusement. Je sais qu'il avait une relation avec Pollard – pardon, Pollock –, mais à part ça ?

— Lucas Kane était un prédateur sexuel. Hommes, femmes, aucune importance. Il était pervers et vorace.

— Vous voulez dire « à voile et à vapeur » ?

— Non, c'est trop gentil comme expression. Le sexe motivait quasiment tous les actes de Lucas Kane. Il consommait les gens. Il les manipulait et en abusait. La plupart de ses cibles étaient jeunes et minces, mais l'absence de beauté ne le dissuadait pas. S'il voulait quelque chose, il se servait du sexe pour l'obtenir. Il a même tenté sa chance avec une vieille grassouillette comme moi, et pas qu'une fois.

— Et il est parvenu à ses fins ?

— Ce ne sont pas vos oignons, mais non. Lucas Kane était un homme séduisant, très séduisant. Vraiment beau, physiquement, mais je le trouvais mentalement répugnant. Un vrai serpent. Lucas vous prenait, vous suçait jusqu'à la moelle et vous recrachait. Darryl Pollock était le seul être humain, à ma connaissance – et j'utilise le terme « être humain » dans un sens très large –, assez dur, assez insensible, ou assez sociopathe pour le supporter. Ces deux-là étaient faits l'un pour l'autre. Bon, maintenant, si ça ne vous dérange pas, changeons de sujet ; la vie sexuelle de Lucas me donne la chair de poule.

— D'accord. Parlez-moi du suicide de Stan Allard.

— Je suppose que c'est le troisième détail bizarre. Je n'arrive pas à croire que c'était un suicide.

— Que voulez-vous dire ?

— Ce qui s'est passé, c'est qu'un peu après la mort de Kane, le couple d'Allard a fini par se séparer et qu'il a déménagé dans cet endroit sordide, le Endless Dunes. En gros, un motel de passe à quelques pâtés de maisons de la mer. D'après la version de Sessions, Stan était si déprimé à cause de la rupture avec sa femme qu'il a simplement décidé d'en finir.

— Vous n'y croyez pas ?

— Stan n'était pas déprimé. Il était fou de joie. Quelques jours avant son supposé suicide, j'ai bu un verre avec lui. Vous savez ce qu'il m'a dit sur sa rupture ? "C'est la meilleure chose qui me soit jamais arrivée. J'aurais dû quitter cette salope il y a des années."

« Et puis on s'est mis à discuter du meurtre de Kane et je lui ai fait part de mes doutes sur les empreintes et l'ADN. Tout ce qu'il a dit, c'est : "Je travaille dessus."

« Je lui ai demandé : "Comment ça, tu travailles dessus ? Je croyais que le dossier était classé."

« Il a dit : "Tant que l'affaire n'est pas résolue, elle n'est pas classée. Je travaille dessus." » Écoutez, McCabe, Stan Allard était un flic malin et aguerri. Un dur, un battant. Pour moi, ça ne peut pas être un suicide.

Bollinger se tut.

— Vous pensez que c'était Pollock et Kane.

— L'un ou l'autre, ou les deux. Duane se chargeait généralement du sale boulot pour Kane, mais ils aimaient tous les deux infliger des souffrances aux gens. Sans doute aussi les tuer.

— Ils auraient tué Allard parce qu'il risquait de découvrir que Kane était toujours vivant ?

— Oui.

— Et Sessions ne s'est douté de rien ?

— D'après certaines de mes sources, Sessions touchait de l'argent de Kane. Il était à son service. Il voulait que tout le monde croie que Kane était mort. Mais, là encore, je ne dispose d'aucune preuve, rien que je puisse imprimer.

— Comment ont-ils tué Allard, à votre avis ?

— Je pense que Kane et Pollard – pardon, Pollock – ont dû attendre Stan dans sa chambre de motel. Quand il est rentré, ils ont dû l'assommer, l'asseoir sur une chaise, attacher son arme dans sa main, lui enfoncer le canon dans la bouche – et *bang*. Il y avait des traces de poudre dans la bouche de Stan et de la salive sur le canon du revolver.

— Quel genre de revolver ?

— Un Glock 17. C'était le sien.

— Où l'a-t-on trouvé ?

— Sur le sol, près du corps.

— Personne n'a entendu le coup de feu ?

— En tout cas, les policiers n'ont trouvé personne qui soit prêt à parler. Vu le genre du motel, la liste des résidants du Endless Dunes se compose essentiellement de prostituées et de petites frappes qui n'ont aucune envie de se montrer bavards.

— Donc Sessions n'a pas donné l'alerte…

— Parce que Kane pouvait prouver qu'il travaillait pour lui.

— Allard a-t-il laissé un message de suicide ?

— Non.

— Y avait-il des marques d'étranglement, ou des résidus de drogue dans le sang de Stan ?

— Non.

— Alors vous ne pouvez rien prouver.

— Vous savez que vous êtes sacrément perspicace, McCabe ?

46

Vendredi, 10 h 30

McCabe s'attendait presque à tomber sur Sandy dans son vol de retour pour Portland. Dieu merci, elle n'y était pas. Se retrouver assis à côté d'elle, à discuter de son week-end à venir avec Casey, aurait été au-dessus de ses forces. De toute manière, il était trop tôt. Sandy se trouvait probablement encore dans son appartement de West End Avenue, en train de choisir la tenue parfaite pour sa visite parentale. Des vêtements classiques, avec une touche maternelle. Sandy excellait à jouer la comédie autant qu'à s'habiller pour ses rôles.

L'avion était un de ces coucous pour les courtes distances, équipé de sièges trop petits. McCabe scruta l'habitacle dans l'espoir de dénicher une rangée vide avant de devoir se faufiler à la place qui lui était assignée sur l'aile. Manque de chance, le vol était bondé. Près de lui, une femme d'affaires, habillée avec un chic typiquement new-yorkais, farfouillait dans son attaché-case Ferragamo. Il lui sourit. Elle lui rendit son sourire en extrayant un *Wall Street Journal* et en rangeant l'attaché-case sous son siège. Puis elle se plongea dans son journal, signifiant clairement qu'elle n'avait aucune envie de bavarder. Partageant le même état d'esprit, McCabe s'appuya contre son dossier, ferma les yeux et repensa à sa conversation avec Melody Bollinger. Lucas Kane était-il mort et enterré en Floride, ou bel et bien vivant, occupé à charcuter des cœurs dans le Maine ? McCabe était prêt à parier sur la seconde hypothèse.

Son téléphone portable vibra brièvement peu après que l'avion se fut posé sur l'aéroport international de Portland. Le nom de Maggie s'afficha sur l'écran.

— Qu'est-ce qu'il y a ?

— Une bonne et une mauvaise nouvelle. La bonne nouvelle, c'est qu'on m'a remise sur l'affaire et que je m'apprête à aller fouiller la maison des Spencer. J'ai pensé que tu voudrais peut-être te joindre à nous, à moins que tu ne sois encore à New York.

— Non, je suis rentré. On vient juste d'atterrir. C'est quoi, la mauvaise ?

— On ne sait pas où est Spencer.

— Il est parti ? fit McCabe en regardant par le hublot – il avait l'impression que l'avion rampait vers la porte de débarquement. Où ça ?

— On l'ignore. Le policier qui surveillait sa maison n'en sait rien. L'hôpital non plus. La femme du centre cardiaque Levenson a dit qu'il était censé opérer ce matin. Il n'est pas venu.

Spencer ne semblait pas le genre d'homme à louper une opération. L'avion s'immobilisa à environ cent mètres du terminal.

— Quand l'a-t-on contacté pour la dernière fois ?

— À 6 heures du matin, dit Maggie. L'hôpital l'a appelé chez lui. Il a répondu.

Maggie fut interrompue par la voix du capitaine.

— Mesdames et messieurs, nous allons devoir patienter un peu avant de pouvoir débarquer. Cela ne devrait pas prendre plus d'une ou deux minutes.

— Merde, s'emporta McCabe, trop fort.

La femme assise à son côté lui jeta un regard noir.

— Désolé, marmonna-t-il.

Il regarda de nouveau par le hublot, mais ne vit rien de particulier.

— Un adolescent est mort ce matin, des suites d'un accident de voiture, reprit Maggie. Spencer était censé greffer son cœur à une femme nommée…

Elle s'interrompit, sans doute pour compulser ses notes.

— … Lisa Lynch.

— Et il n'est tout simplement pas venu ?

— Exact. Ils ont dû appeler un autre médecin, Codman, pour le remplacer au pied levé. Ils ont failli perdre le cœur et la femme.

Pourquoi Spencer raterait-il une opération ? Il pouvait y avoir plusieurs explications, mais aucune de vraiment convaincante.

— Tu as essayé de l'appeler chez lui, et sur son portable ?

— Oui. On tombe sur le répondeur, sur les deux lignes. Je crois qu'on s'est trompés en pensant qu'il n'était pas impliqué. À mon avis, il s'est débiné, dit Maggie.

McCabe était dubitatif. Même si Maggie avait raison et que Spencer ait trempé dans les crimes, s'enfuir revenait pratiquement à admettre sa culpabilité. D'accord, ils avaient trouvé la boucle d'oreille et le sang dans le Lexus, mais même ces deux preuves à charge ne suffiraient pas à ce qu'il soit condamné. Pas avec un avocat de l'envergure de Sheldon Thomas. Ils ne pouvaient même pas établir que Spencer était au volant du 4 x 4. Les preuves dont ils disposaient étaient bien moins accablantes que les chaussures Bruno Magli dans l'affaire O. J. Simpson. Thomas avait dû le rassurer à ce sujet.

L'avion se remit à rouler.

La voix de Maggie se fit de nouveau entendre.

— Peut-être qu'il est coupable et que l'interrogatoire de Tasco l'a fait paniquer plus qu'on ne le pensait. Il s'est peut-être dit qu'on était tout près de le coincer, alors il a pris la poudre d'escampette.

— Oui, peut-être, répondit McCabe, même s'il n'y croyait pas.

L'avion atteignit enfin la porte de débarquement. Le pilote éteignit le signal obligeant à attacher sa ceinture et les gens commencèrent à se lever autour de McCabe.

— Et Hattie ? demanda-t-il.

— On ne sait pas non plus où elle est. Je pense qu'ils sont partis ensemble.

La femme assise à côté de McCabe le regarda de nouveau. Il était toujours assis dans son siège et elle voulait sortir. Il se leva et se cogna la tête contre le compartiment à bagages.

— Où êtes-vous ? s'enquit-il, se frayant une place dans l'allée en se frottant le crâne.

— On vient juste de quitter la 109.

— Vous avez déjà lancé un avis de recherche ?

Il ne voulait pas prononcer le nom de Spencer.

— Oui. Pour la BMW et la Porsche. On l'a diffusé à tous les services de police du Maine, et aussi aux fédéraux du New Hampshire.

L'hôtesse de l'air ouvrit la porte et la file de voyageurs commença à avancer.

— On a aussi couvert les transports publics. Les bus, les trains et l'aéroport.

— Je vais peut-être tomber sur lui en sortant, dit McCabe que l'idée fit sourire, jaune.

La file s'immobilisa de nouveau. Devant McCabe, une jeune fille d'une vingtaine d'années, sans doute une étudiante, bloquait le passage en luttant pour libérer un sac de paquetage bien trop volumineux pour le compartiment à bagages. McCabe glissa le portable dans sa poche et l'aida à descendre son sac. Ils se remirent à avancer.

Il entendait Maggie s'époumoner à l'intérieur de sa poche.

— Hé, McCabe, tu es toujours là ?

Il ressortit le téléphone.

— Oui. J'essaie de sortir de l'avion. Je te rappelle, dit-il en fermant l'appareil.

Juste devant, l'hôtesse de l'air babillait ses adieux en mode automatique.

— Au revoir. (Sourire.) Au revoir. (Sourire.) Au revoir. (Sourire.)

Il fut enfin libre. Il rappela Maggie.

— On se retrouve à Trinity Street ?

— Je viens juste d'envoyer une voiture te prendre à l'aéroport, lui dit-elle. Elle devrait être là d'un instant à l'autre.

Le temps que McCabe se fraie un passage jusqu'à la sortie de l'aéroport, la Crown Vic noir et blanc se rangeait sur un emplacement interdit juste devant, gyrophares allumés. Il se glissa à l'avant sur le siège passager.

— C'est bon, fonce, dit-il à l'agent qui conduisait. Gyrophares et sirène, 24 Trinity Street.

Dave Hennings appela au moment où ils quittaient l'aéroport et s'engageaient dans Congress Street. McCabe demanda au conducteur d'éteindre la sirène.

— Salut, partenaire, comment tu vas ?

— Pas terrible, Dave. Un suspect vient juste de disparaître. On s'apprête à aller fouiller chez lui. Tu as quelque chose pour moi ?

— Oui, mais tu as de la chance que je t'aime comme un frère. J'ai dû m'appuyer sur mes états de service dans la sécurité nationale sur ce coup-là. Menacer nos compagnies aériennes d'utiliser le Patriot Act. Et sous-entendre que Wilcox était suspecté de terrorisme. Bon, alors il a bien effectué trois allers et retours entre Raleigh-Durham et Portland au cours de cette dernière année. Le premier voyage était fin décembre. Départ de Raleigh-Durham en première classe sur le United 3281 le 14 décembre, avec une correspondance à Washington. Il est revenu le 17, toujours sur United.

Wendy Branca, pensa aussitôt McCabe.

— Le deuxième voyage, c'était le 19 avril, retour le 23. Mêmes vols.

Brian Henry.

— Le troisième, c'était la semaine dernière. Il est parti de Caroline du Nord sur le US Air 621 et a changé d'avion à Newark.

— Quels jours ?

— Départ de Raleigh-Durham le 13 et retour vendredi matin, le 16. Ça colle avec ce que tu as déjà ?

Katie Dubois.

— Tu as mis en plein dans le mille, Dave. Trois dates, trois victimes : tout coïncide.

— Eh bien, mon ami, ça veut dire que tu as de sérieuses raisons de t'inquiéter. Parce que le docteur Wilcox est peut-être déjà de retour dans le Maine au moment où je te parle.

Oh, mon Dieu. Lucinda Cassidy.

— Il a décollé de Raleigh-Durham mercredi après-midi sur American 1560 et atterri à Fort Lauderdale.

— Fort Lauderdale ? Tu avais dit dans le Maine, non ?

— Une seconde, j'y viens. Son vol de retour est dimanche matin. De Portland. On n'a aucune info sur la manière dont il ira de Fort Lauderdale à Portland. La compagnie appelle ça « *arinc* ». Arrivée inconnue. Juste pour m'assurer qu'il s'agissait du bon Matthew Wilcox, j'ai appelé son bureau à l'UNC. Son assistante a dit qu'il n'était pas en ville, et qu'il ne rentrerait pas avant lundi. Je lui ai demandé si elle savait où il était allé, elle m'a dit que non. Elle n'était pas vraiment aimable pour une fille du Sud.

Alors j'ai arrêté de tourner autour du pot et je lui ai fichu une trouille de tous les diables. Je lui ai dit qu'elle se faisait peut-être la complice d'une action terroriste.

—Bon Dieu, Dave. Tu pourrais avoir de gros problèmes à cause de ça.

—Non, je ne crains rien. Elle n'avait pas l'air de chercher les ennuis. Bref, elle a fini par me dire qu'il était allé à Boca Raton pour raisons personnelles et qu'après, il passerait le week-end dans le Maine.

—Elle a précisé où, dans le Maine?

—Non, elle ne savait apparemment rien. J'ai aussi vérifié le portable de notre type. Il est resté éteint depuis qu'il a quitté la ville.

—Donne-moi son numéro, dit McCabe.

Hennings le lui transmit.

—La compagnie aérienne a-t-elle la moindre information sur l'endroit où il résidera dans le Maine, ou des locations de voitures possibles?

—Non, aucune. J'ai directement appelé Hertz et Avis. Ils n'ont rien non plus. Je n'ai pas eu le temps de vérifier auprès des autres. Je n'ai pas non plus appelé les chaînes hôtelières. Il y a un bon million d'hôtels dans le Maine. Il pourrait être dans n'importe lequel.

—Ou dans aucun, et il pourrait aussi se servir d'un faux nom.

Le conducteur se gara juste après le virage près de la maison des Spencer sur Trinity Street. Tasco et Fraser étaient déjà là, dans une voiture, Maggie dans une autre. Une demi-douzaine d'agents en tenue complétaient l'équipe de recherche.

—Bonne chasse.

— Merci, Dave.

— De rien. À propos, on est quittes maintenant sur les services rendus. Tu m'en dois peut-être même un ou deux.

— Absolument. Embrasse Rosemary pour moi.

Les inspecteurs se réunirent dans la rue pour discuter de la stratégie à suivre. Dans la mesure où Lucinda Cassidy était peut-être retenue en otage, McCabe dit aux autres qu'il voulait entrer en douceur, sans provoquer de confrontation. Ils déployèrent les agents en tenue sur les côtés de la propriété afin de bloquer toute possibilité de fuite. Tasco et Fraser couvrirent l'allée. Maggie et McCabe se dirigèrent vers la maison.

Une atmosphère de vide et d'abandon régnait sur le 24 Trinity Street. Les fenêtres étaient fermées, les stores baissés. Sur le perron, Maggie se posta d'un côté de la porte, dos au mur, et McCabe de l'autre. Il appuya sur la sonnette. Ils attendirent. Il sonna de nouveau. Tout doucement, McCabe essaya de tourner la poignée. Verrouillée. Ils pouvaient soit enfoncer la porte, soit forcer la serrure. Là encore, McCabe préféra l'option la moins violente, la moins susceptible de paniquer quiconque se cacherait à l'intérieur. La serrure de la porte était un modèle tubulaire Ilco. Possible à forcer, mais pas facile. De plus, ils n'avaient pas sur eux les outils nécessaires.

Ils se faufilèrent à l'arrière jusqu'à la porte de la cuisine et jetèrent un coup d'œil à l'intérieur par la fenêtre. Personne. À part un mug à café sur la table ronde en chêne, tout paraissait à sa place. Il tenta de tourner la poignée. Elle était fermée, mais c'était une serrure Schlage d'un modèle plus ancien, à cylindre et goupille. Il se saisit du petit portefeuille en cuir qu'il avait pris dans la voiture de Maggie et en sortit une mince clé dynamométrique, ainsi que trois crochets d'acier brillant, en forme d'instruments dentaires, recourbés à leur extrémité. Il s'agenouilla, les yeux à hauteur de serrure. Maggie se mit en position de tir et attendit.

McCabe inséra la clé dans le trou de la serrure et effectua un quart de tour sur la droite. Puis il glissa un des crochets à l'intérieur, le fit jouer, trouva une goupille et la repoussa contre le bord du cylindre. Une par une, il débloqua les goupilles restantes. Lorsque toutes les cinq furent dégagées, il tourna la clé. La porte s'ouvrit.

Une fois à l'intérieur, arme au poing, les deux inspecteurs scrutèrent la pièce et tendirent l'oreille. Dans le silence, ils distinguèrent le lent goutte à goutte du robinet de la cuisine, le tic-tac d'une pendule, le bourdonnement du moteur du réfrigérateur. Le mug à café sur la table était à moitié rempli d'un liquide clair, avec des traces de rouge à lèvres sur le rebord. McCabe le renifla et identifia l'odeur du gin. Un stratagème bien connu des ivrognes partout dans le monde. Tous les matins, pendant des années, Tom McCabe senior sirotait son Bushmill dans une tasse en porcelaine. « Le thé de papa », comme il l'appelait. La mère de McCabe n'en parlait jamais. Elle n'autorisait pas non plus les garçons à lui adresser des remarques. Elle se mit en colère lorsque Tommy junior, Tommy le Narco, évoqua le sujet en public le jour où ils enterrèrent leur père. Ce dernier avait soixante et un ans – et une maladie du foie. Leur mère ne pardonna son indiscrétion à Tommy qu'après la mort de ce dernier.

De la cuisine, quatre portes menaient à l'intérieur de la maison. La première donnait sur un office vide. La deuxième, sur un escalier de service montant au premier étage. Derrière la troisième, une autre volée de marches descendait cette fois vers une cave apparemment en travaux. La dernière porte ouvrait sur un large hall central. Ils décidèrent que Maggie resterait dans la cuisine pour empêcher quiconque de s'échapper de l'escalier de service ou la cave. McCabe irait visiter les autres pièces.

À la droite du hall, il tomba sur une salle à manger cossue, avec en son centre une table en acajou flanquée de huit chaises Duncan Phyfe. Il avait gardé un vif souvenir de l'envie de Sandy d'acheter une série de chaises de cette marque dans un magasin d'antiquités du Connecticut. Frustrée et rageant qu'ils n'aient pas les moyens de se payer ne serait-ce qu'une chaise avec son salaire de policier, elle avait boudé pendant tout le trajet du retour à New York. À présent, elle avait sans doute acquis la même série.

Passant la salle à manger, McCabe déboucha sur le petit bureau qu'il avait vu de l'extérieur lors de sa première visite. Cette pièce aussi était silencieuse et déserte, les mots croisés du *New York Times* toujours à la même place, toujours à moitié achevés. Il traversa le couloir. Une paire de portes camouflées massives, devant peser chacune une bonne centaine de kilos, bloquait l'entrée de ce qu'il supposa être le salon. Il donna une légère poussée. La porte magnifiquement équilibrée glissa en douceur dans ses gonds, sans un bruit, révélant une autre pièce.

Une bouteille ouverte de Tanqueray était posée sur un plateau d'argent, sur un coffre en noyer. Il y vit un lien avec le fait que Hattie Spencer avait eu besoin d'un petit remontant matinal. Sur le mur opposé, deux grandes fenêtres donnaient sur le jardin de façade. Il se souvint d'avoir vu la silhouette mince de Hattie se dessiner à la fenêtre, alors qu'il quittait la propriété, à peine quelques jours auparavant.

Un animal doux se frotta contre sa jambe. Un petit chat noir et blanc leva les yeux vers lui en ronronnant, avant de poursuivre son chemin pour aller se réfugier entre les pieds protecteurs d'un fauteuil. Il observa McCabe qui lui rendit son regard. L'animal décida d'ignorer l'homme et se mit à se lécher la patte, blanche à l'origine, mais présentement tachée de rouge sombre.

La piste des empreintes laissées par le chat le mena dans le hall, puis le conduisit à gravir les larges marches qui sinuaient avec grâce jusqu'au palier du premier étage. McCabe n'aurait sans doute pas repéré les taches sur le plancher sombre s'il ne les avait pas cherchées. Au sommet de l'escalier, il en toucha du doigt une – encore poisseuse. Les empreintes de pattes le guidèrent jusqu'à une chambre au bout du couloir, dont la porte était entrouverte juste assez pour laisser passer un petit chat. McCabe marcha jusqu'à la chambre, leva un pied et poussa doucement la porte. Silence. Il entra et examina la pièce, pointant le .45 vers la gauche, puis vers la droite. Sur le lit *king-size*, les taches de sang qui maculaient les draps défaits contrastaient vivement avec la dentelle blanche du baldaquin. Derrière le lit, McCabe aperçut une flaque de sang à demi figé qui continuait à s'écouler lentement sur le sol légèrement incliné. Il avala sa salive et fit le tour du lit pour aller voir de l'autre côté.

Le corps nu de Philip Spencer gisait sur le dos, son visage autrefois séduisant déformé par l'agonie, toute sa suffisance et son arrogance disparues. Une chaise renversée indiquait qu'il s'était battu. Il avait reçu une demi-douzaine de coups de couteau. L'entrejambe de Spencer n'était plus qu'une plaie béante. Sur le mur au-dessus du lit, on avait tracé avec son sang un célèbre vers d'Elizabeth Barrett Browning :

Comment t'aimé-je ? Laisse-moi t'en énumérer les manières.

McCabe énuméra les manières, puis les réexamina. Chaque fois, la seule solution sensée était celle qui menait à Lucas Kane.

47

Vendredi, 12 h 30

Le regard de McCabe passait du corps de Spencer au message sanglant sur le mur. En esprit, il revit Lucas Kane se dressant, triomphant, au sommet du Denali. Lucas Kane – amant de Spencer, il l'avait trahi et assassiné. *Comment t'aimé-je ?* avait demandé Kane. La seule réponse vraie était celle qu'avait écrite Browning dans son sonnet : *Je t'aime du tréfonds, de l'ampleur et de la cime de mon âme*. Étant bien entendu, dans le cas de Lucas Kane, que son âme était telle que l'avait décrite Melody Bollinger, perverse et vorace, et que le sexe motivait quasiment tous ses actes. McCabe était persuadé que Bollinger avait vu juste à ce sujet. Il était maintenant certain qu'elle avait raison de penser que Kane était vivant – et, tout au fond de lui, dans un endroit dont il était lui-même à peine conscient, il savait également qu'il allait devoir y remédier.

Il entendit des pas dans le couloir. La silhouette longiligne de Maggie apparut dans l'encadrement de la porte. Elle vit les draps ensanglantés sur le lit. Il leva une main pour la dissuader d'avancer. Ignorant son avertissement, elle traversa la chambre et baissa les yeux sur le cadavre. Elle ferma les yeux, les rouvrit, regarda autour d'elle, fila vers la salle de bains attenante et se pencha au-dessus du bidet de Harriet Spencer pour y vomir.

— Désolée, dit-elle en revenant.

— Pas de problème.

Il prit son portable et appela le numéro de Tasco. Juste au moment où il commençait à sonner, ils entendirent la porte d'acier du sous-sol, à l'arrière de la maison, se refermer. McCabe alla voir à la fenêtre de la salle de bains. Un homme de haute taille, vêtu de noir et portant des bottes de cow-boy, se dirigeait d'un pas vif mais sans précipitation vers la porte latérale du garage. Puis l'homme se tourna, leva les yeux et, un bref instant, adressa un sourire à McCabe à la fenêtre. Avant que ce dernier puisse le mettre en joue, Lucas Kane disparut.

— Mike, Mike, réponds-moi, bon Dieu ! criait la voix de Tasco dans le portable.

— Le garage, Tom. Il est dans le garage. Chope-le.

— Spencer ?

— Non, Spencer est mort. Le tueur.

Sur sa droite, McCabe vit Tasco et Fraser piquer un sprint dans l'allée, armes au poing.

— Tommy, soyez prudents ! cria-t-il dans le portable.

Tasco n'écoutait pas.

Un moteur vrombit. Les portes du garage s'ouvrirent. Des pneus crissèrent. La Porsche Boxster noire de Philip Spencer déboula dans l'allée en projetant une pluie de gravier. Tasco fit un bond de côté pour l'éviter. Eddie Fraser fit face et tira à deux reprises. La voiture accrocha Fraser, l'envoyant balader dans les airs. Il atterrit rudement sur la pelouse. La petite Porsche parvint à se faufiler de justesse, malgré le véhicule de Tasco censé bloquer le passage. Elle tourna à gauche dans la rue et s'éloigna en rugissant. Tasco fit feu deux fois – et manqua sa cible. Il se précipita alors sur la radio de la Crown Vic.

— Ici le 7-2-2. Policier à terre. J'ai besoin d'une ambulance au 24 Trinity Street. Le véhicule du suspect se dirige vers l'ouest, vers Vaughan. Porsche Boxster noire. Plaque d'immatriculation du Maine, 2-8-0-1-Victor-Romeo. Je répète : 2-8-0-1-Victor-Romeo. Un sujet mâle dans le véhicule. Sans doute armé et très dangereux. Over.

— Roger, 7-2-2. Ambulance en route, 24 Trinity. On arrive. Over.

La réponse fut suivie du puissant signal électronique qui alertait toutes les unités qu'un message prioritaire allait être diffusé.

Les deux voitures de patrouille jusque-là garées au coin de la rue passèrent en rugissant, gyrophares allumés, sirènes hurlantes, pour se lancer à la poursuite de la Porsche. McCabe et Tasco arrivèrent auprès de Fraser au même moment. Eddie tentait de se redresser pour s'asseoir, en se tenant le côté. Un filet de sang coulait d'une entaille à son front.

— Reste allongé. L'ambulance sera là dans une seconde, dit McCabe.

Tasco ouvrit le kit de première urgence, arracha l'emballage en papier d'un bandage et le pressa sur le front ensanglanté de Fraser. McCabe se leva, fit quelques pas vers la maison, puis s'arrêta, s'efforçant de se repasser la scène en esprit. Quelqu'un d'autre se trouvait-il dans la voiture avec Kane ? Oui. Une femme, blonde. Affalée dans une position bizarre. Peut-être morte. Il retourna auprès de Fraser.

— Eddie, combien de personnes tu as vues dans la voiture ?

Fraser leva deux doigts.

— Tu es sûr ? insista McCabe.

Fraser acquiesça et parla malgré la douleur :

— Un type qui conduisait. Une femme à côté de lui.

— Tu en as touché un ?

Fraser secoua la tête et ajouta :

— Tir pourri, hein ?

McCabe passa un message sur la radio de la voiture de Tasco. Deux personnes dans la voiture du suspect : un homme aux cheveux noirs et une femme blonde, peut-être Harriet Spencer, peut-être Lucinda Cassidy, l'une comme l'autre étant des otages potentiels.

Il se demanda où Kane se dirigeait et si la blonde n'était pas plus probablement Harriet Spencer. Il n'avait aperçu la femme qu'un centième de seconde alors que la Porsche fonçait dans l'allée. Était-elle attachée d'une quelconque manière ? Impossible de se le rappeler : la voiture allait trop vite, son souvenir était trop flou.

Il retourna dans la maison.

À l'étage, il contempla le corps mutilé de Philip Spencer. Des sirènes retentissaient au loin. Les techniciens de scène de crime n'allaient pas tarder. Il devait planifier la suite des opérations, mais n'en avait pas la moindre idée.

Maggie apparut à son côté.

—McCabe, c'est quoi l'explication de tout ce bordel ?

—C'est Lucas Kane.

—Je croyais qu'il était mort.

—Il a falsifié sa propre mort.

—Pourquoi ?

—Il y a plein de raisons. Il s'est sans doute dit qu'étant mort, la police ne s'intéresserait pas de trop près à sa nouvelle activité. Il devait penser que disparaître six pieds sous terre était cool.

—Cool comme Harry Lime dans *Le Troisième Homme* ?

—Exact.

—Pourquoi a-t-il castré Spencer ? Pourquoi ne pas se contenter de le tuer... normalement ?

— Je crois que c'est lié au pouvoir. Dans l'esprit de Kane, couper les organes génitaux est peut-être une manière de neutraliser symboliquement la puissance d'un ennemi.

Maggie semblait dubitative.

— Ce n'est pas nouveau comme idée, poursuivit McCabe. Les couilles sont une métaphore très ancienne pour désigner la bravoure et la puissance.

— C'est tordu.

— Très.

— Tu es sûr que c'était Kane que tu as vu là en bas ?

— Tu me connais. Je n'oublie jamais un visage.

— Nom de Dieu, McCabe, ce malade ne prend jamais de vacances ? s'exclama Bill Jacobi de la porte. Mes gars n'arrivent plus à suivre, avec tous ces macchabées.

Il baissa les yeux sur le corps mutilé.

— Mignon. Qu'est-ce qu'il a fait du *schwantz* de ce type ? Il l'a gardé en souvenir ? Terri est déjà là ?

— Pas encore. On va dégager le terrain pour que tu puisses bosser.

Dehors, le décor avait changé et pris un tour dramatique. Une ambulance et une demi-douzaine de voitures de patrouille étaient garées, plus deux Crown Vic banalisées. Une bande jaune encerclait déjà la propriété. Voisins et passants regardaient la scène, bouche bée, de la rue. Des rumeurs sur la mort violente de Philip Spencer attirèrent les médias en force, comme des mouches vers le miel. Josie Tenant, de News Center 6, menait une fois de plus la danse. McCabe ne doutait pas une seconde que son compte rendu allait directement alimenter le bulletin d'informations national de NBC. Il devait un appel à Melody Bollinger, mais cela attendrait.

Deux urgentistes portèrent Eddie Fraser dans l'ambulance pour le court trajet jusqu'au Cumberland.

— Deux ou trois côtes cassées, et une commotion, les informa Tasco. Peut-être aussi quelques autres os cassés.

McCabe et Maggie allèrent ensuite à la rencontre de Shockley et Fortier.

— On a retrouvé la Porsche ?

— Pas encore, répondit Shockley. On a perdu sa trace depuis qu'elle a quitté le West End.

— On le retrouvera, dit Fortier. S'il est encore dedans.

— Il n'y sera plus.

McCabe parla de Lucas Kane à ses supérieurs.

— Tu es sûr que c'était lui ? demanda Fortier.

— Sûr.

— Il a un otage ? demanda le chef.

— Peut-être, peut-être pas. On a juste aperçu une femme blonde dans la voiture.

— Harriet Spencer ? Lucinda Cassidy ?

— Je parierais sur Hattie.

L'appel leur parvint moins d'une minute plus tard. En se garant au dernier étage d'un parking près de Monument Square, une femme en route pour son shopping avait remarqué une blonde effondrée dans la Porsche qui occupait la place voisine. Pensant qu'elle pouvait être malade, elle s'était approchée. Puis elle avait appelé les urgences.

Cinq minutes plus tard, McCabe regardait lui-même à travers la vitre de la Porsche. Aucun doute, il s'agissait bien de Harriet Spencer, et elle était morte. Poignardée en plein cœur, le bas du corps dénudé, la ceinture de sécurité toujours en place, son pantalon et sa culotte repliés avec soin dans son giron. Lorsqu'ils l'examinèrent, les techniciens trouvèrent du sable dans la culotte. Du sable de plage, pensèrent-ils.

Kane avait dû conduire jusqu'au parking, se garer et repartir dans un autre véhicule. L'endroit n'était pas équipé de caméras de sécurité. Le guichetier n'avait rien remarqué.

— Génial, dit McCabe. Maintenant, on ne sait même pas quel type de voiture on cherche.

— Alors on fait quoi ? demanda Fortier, sur un ton où la frustration était palpable.

— Je n'en sais foutrement rien, marmonna McCabe. On va bien réussir à trouver quelque chose.

Il consulta sa montre. Dans une heure et demie, Sandy allait venir chercher Casey. Il demanda à Maggie de le ramener à son appartement.

48

Vendredi, 14 h 30

Ils roulèrent en silence, leurs pensées focalisées sur la mort de Spencer et sur la nécessité de planifier la suite des opérations. Des images de la ville défilaient par les vitres. Au bout de Danforth, une statue en bronze de John Ford, un natif de la ville, le représentait se relaxant dans une chaise de metteur en scène de taille démesurée. Non loin de là, des manches à air géantes en forme de poissons flottaient au-dessus d'un restaurant japonais. Maggie tourna à droite dans Fore Street et se dirigea vers le Vieux Port. Les yeux dans le vague, McCabe regardait défiler les badauds, tout en passant en revue les différentes stratégies et les angles d'attaque envisageables. Il observa un groupe d'adolescents bruyants – garçons en pantalons baggy, filles qui en montraient trop – en train de ricaner bêtement en se montrant des sex-toys idiots dans la vitrine d'un sex-shop. Trois femmes musulmanes, couvertes des pieds à la tête, passèrent en lançant des regards de biais à ces mêmes vitrines.

Vous considériez Kane comme un ami ? avait-il demandé à Hattie. Elle avait eu un petit sourire ironique. *Non, je n'aurais jamais dit ça de Lucas.* Kane n'était pas l'ami de Hattie, mais son amant. Un amant qu'elle avait aidé en lui indiquant des candidats avec le bon type sanguin – des candidats au meurtre. Spencer était-il mort parce que Hattie le lui avait révélé ? Ou peut-être l'avait-il découvert par lui-même et avait-il voulu se confronter à Kane. Dans les deux cas, ce dernier avait dû l'éliminer – et elle aussi.

Maggie dut s'arrêter au feu rouge à Pearl. Tandis qu'ils patientaient, McCabe vit un groupe d'employés de bureau traverser la rue devant eux, s'échappant sans doute en avance du travail pour profiter de ce week-end de septembre. Il leur enviait leur liberté. Lorsque le feu passa au vert, Maggie traversa India puis remonta sur Munjoy Hill, là où Fore Street débouchait dans l'Eastern Promenade. La baie de Casco scintillait devant eux.

Lorsqu'elle se rangea à l'arrière de son appartement, McCabe rompit le silence.

— Tu as réussi à parler à DeWitt Holland ?

— Au téléphone, dit Maggie. Rien de très excitant. Il a dit qu'il n'avait pas revu Spencer depuis plusieurs années. J'ai pris rendez-vous pour l'interroger en personne demain.

— Il paraissait nerveux ?

— Pas spécialement. Il a prétendu ne rien savoir sur les meurtres, n'en avoir même pas entendu parler aux infos. "Je ne m'intéresse pas à ce genre de choses", c'est comme ça qu'il l'a formulé.

— Il disait vrai, à ton avis ?

— Je n'en suis pas sûre. Il était assez mielleux.

— Tu ferais peut-être mieux d'appeler ton pote de la criminelle à la police de Boston. Si Holland est impliqué, il pourrait bien être le prochain sur la liste de Kane le Tueur.

Maggie sortit son portable et composa le numéro.

— Il s'appelle John Bell, dit-elle à McCabe en mettant le téléphone sur haut-parleur.

— Hé, Maggie, explosa la voix de Bell, comment va l'enquête ? Quand est-ce que tu descends dans le coin ?

— John, je suis avec mon partenaire, Mike McCabe. Tu es sur haut-parleur.

— OK, pas de problème. Qu'est-ce qu'il y a ?

— On a un autre meurtre sur les bras ici. La victime était un chirurgien cardiaque réputé. On pense qu'un autre chirurgien cardiaque du Brigham, le docteur DeWitt Holland, pourrait être la prochaine cible du tueur.

— Bon Dieu, quelqu'un en a après les chirurgiens ? Tu peux me donner un peu plus d'éléments là-dessus ?

McCabe glissa un message écrit sous le nez de Maggie. *Tu fais vraiment confiance à ce type ?*

Elle gribouilla juste en dessous : *Totalement.*

— Mag, tu es là ?

— Désolé, John.

Maggie raconta à Bell ce qu'ils savaient, en commençant par le meurtre de Katie Dubois et en finissant par celui de Philip Spencer.

— Et quel est le rapport avec Holland ?

Ce fut McCabe qui répondit :

— Spencer, Holland et un autre chirurgien spécialiste des transplantations, Matthew Wilcox, ont tous fait leur internat avec Kane à New York dans les années quatre-vingt. Ils étaient très amis. Ils s'étaient baptisés la société Asclépios, d'après le dieu grec de la médecine. Ils sont restés amis au moins pendant les années quatre-vingt-dix, ils faisaient de l'alpinisme ensemble, des trucs comme ça. Quand Kane a imaginé son projet de greffes illégales, il avait forcément besoin d'un ou deux chirurgiens pour l'aider. À présent, nous pensons qu'il est en train de mettre un terme à ses activités et qu'il veut se débarrasser de tous ceux qui pourraient savoir quelque chose. Il a déjà tué Spencer et sa femme. Il a peut-être tué Wilcox. On n'est pas certains que Holland soit impliqué, mais si c'est le cas, il court un grave danger. Je suggère que vous le placiez en détention pour le protéger, ou qu'au moins vous le surveilliez au cas où Kane irait lui rendre visite.

—Je t'enverrai par e-mail ce qu'on a sur Kane, ajouta Maggie.

—Vous avez des photos? s'enquit Bell. Nos gars auront besoin de savoir qui ils cherchent.

—Une vieille qui date d'une dizaine d'années, dit McCabe. Elle montre les quatre amis au sommet d'une montagne. On demandera à notre informaticien de le vieillir un peu et de vous l'envoyer.

—Ça semble OK, dit Bell. Tu viens toujours, Maggie?

—Oui, mais pas aujourd'hui. Je te préviendrai, d'accord?

—J'aimerais beaucoup te revoir. Ça fait combien? Cinq ans?

—À peu près. Bye.

Maggie éteignit le téléphone.

—La flamme brûle toujours? demanda McCabe.

—Je ne pense pas, dit Maggie. De toute façon, il est pris, comme toi. Marié, avec un bébé.

Elle lui sourit et changea de sujet:

—Bonne chance avec ton ex. Tu dois vouloir passer un peu de temps avec Casey; moi, j'ai pas mal de pain sur la planche.

Même si elle était grande pour son âge – plus d'un mètre soixante, et elle grandissait toujours –, Casey avait l'air toute menue dans le grand fauteuil, ses pieds n'atteignant pas le plancher. Son gros sac rouge, celui qu'elle prenait lorsqu'elle passait la nuit ailleurs, était posé sur le sol juste à côté d'elle. Bunny était perché sur ses jambes. Casey tripotait l'animal en peluche qui était en triste état, en particulier ses oreilles en lambeaux.

McCabe se dit qu'il aurait lui aussi eu envie de s'occuper les mains. Un lapin pour les grands. Il pensa combien une cigarette lui semblerait bonne en cet instant. Il ferait du même coup le bonheur de Sandy. Elle pourrait le dénoncer pour mise en danger de la santé de sa fille. Il repoussa l'envie pressante.

— Salut, fit-il.

— Salut.

— Prête à partir ?

— Ouais.

— Tu prends Bunny ?

Elle leva les yeux, son visage ovale, encadré de cheveux noirs, ressemblant chaque jour un peu plus à celui de Sandy.

— Oui, dit-elle fermement, comme si elle s'attendait à ce qu'il formule une objection.

— OK.

Elle avait revêtu une de ses nouvelles tenues. Ses autres vêtements neufs devaient être empaquetés dans le sac. Assise là, elle lui rappelait la dernière gamine qui attendait à la fin du camp de vacances, celle que ses parents venaient toujours rechercher en retard. Il s'assit face à elle, sur le canapé blanc.

— Ça va aller. Tu vas passer un bon moment.

Elle le toisa comme s'il avait sorti une idiotie, puis baissa de nouveau les yeux sur sa peluche.

Ils ne dirent rien d'autre avant un moment. Finalement, il se leva et vint s'agenouiller devant son fauteuil. Il prit ses deux mains dans les siennes.

— Casey, je sais combien c'est dur après trois ans. Vraiment, crois-moi. Je pense que si ta mère veut te voir, c'est en partie parce qu'elle réalise ce qu'elle a raté en ne faisant pas partie de ta vie, et qu'elle le regrette beaucoup. Je crois aussi qu'en passant du temps avec Sandy tu te sens peut-être déloyale envers moi. Ce n'est pas le cas. Je pense que ce sera bien pour toi de réapprendre à connaître ta mère. Quand je dis que j'espère que tu vas passer un bon moment, je ne parle pas de l'hôtel chic, des spectacles ou autres frivolités de ce genre. Je veux que tu passes un bon moment en compagnie de ta mère. Pas parce que je l'aime – c'est fini depuis longtemps –, mais parce que je t'aime, toi. Tu comprends ?

McCabe embrassa sa fille. Puis il retourna s'asseoir sur le canapé. Au bout de deux minutes, elle se leva, grimpa sur ses jambes et le serra très fort. Ils restèrent assis ensemble jusqu'à ce que, à 16 h 5, la sonnette de la porte d'entrée se fasse entendre.

— Bonjour, McCabe.

— Bonjour, Sandy.

Elle était aussi splendide que dans son souvenir. La richesse lui allait bien. Il sentit les battements de son cœur s'accélérer. Il respira profondément pour se calmer.

— Je peux entrer ? Ou va-t-on rester sur le palier ?

Il s'écarta pour la laisser entrer dans l'appartement.

— Bonjour, Casey, dit-elle. Je suis contente de te revoir.

Sandy tendit la main à Casey. Casey l'accepta et elles se serrèrent la main.

— Tu es prête ?

— Je dois juste aller aux toilettes.

— OK, vas-y.

Casey repartit dans le couloir. McCabe se dit qu'elle avait besoin d'une minute pour s'habituer.

— Belle vue, commenta Sandy en contemplant les bateaux au loin.

— Oui, c'est un des aspects agréables quand on vit à Portland. L'eau n'est jamais très loin. Tu es descendue au Four Seasons ?

— Oui, la suite est réservée au nom de Peter Ingram.

— Je me souviens. Il sera là ?

— Non. Il est en Europe pour affaires. On sera juste toutes les deux, entre filles.

— Casey aura son portable sur elle, mais tu pourrais me donner le numéro du tien, au cas où ?

Elle lui donna son numéro.

— Voici le mien, dit-il en lui tendant un bout de papier. Appelle s'il y a le moindre problème. N'importe quoi. Tu devras la ramener dimanche à 17 heures au plus tard. Elle a besoin de la soirée pour terminer ses devoirs.

— C'est bon.

Casey revint, ouvrit son sac et fourra Bunny à l'intérieur. McCabe regarda sa fille.

— Et rappelle-toi ce que je t'ai dit : passe un bon moment, d'accord ?

Pour la première fois, elle sourit. C'est elle qui s'efforçait de le rassurer.

— D'accord.

Par la fenêtre, il les regarda monter dans la voiture de location de Sandy, une Chevy Impala. Il s'était attendu à ce qu'elle débarque dans un véhicule plus tape-à-l'œil – une Mercedes, une Jaguar, ou au minimum une Lincoln. Elles déboîtèrent de la place de parking réservée aux visiteurs et s'éloignèrent. McCabe se rendit à la cuisine et se servit un scotch. Il était encore un peu tôt, mais tant pis. Au moins, il n'était pas sorti s'acheter des cigarettes.

49

Vendredi, 16 h 30

McCabe appela Maggie. Après avoir quitté son appartement, elle s'était rendue au bureau de Spencer, avait récupéré la photo du Denali et l'avait emportée à Middle Street ; Starbucks en avait tiré un scanner en haute résolution du visage de Kane, puis l'avait vieilli de dix ans. Maggie envoya le résultat par e-mail à John Bell, à la police d'État du Maine et à tous les bureaux du shérif et juridictions locales de l'État. Le bureau de Shockley la transmit aux chaînes de télévision et aux journaux. Kane était sans doute déjà loin, mais au moins ceux qui le recherchaient sauraient à quoi il ressemblait.

Cependant, la photo mise à part, ils ne savaient à peu près rien : ni le type de voiture qu'il conduisait, ni la direction qu'il avait prise. Il pouvait aussi bien être en route pour la Floride. McCabe demanda à Maggie d'envoyer aussi la photo à Aaron Cahill, à Orlando, et de l'informer des derniers développements de l'affaire.

Ensuite, il appela Tasco qui se trouvait toujours au 24 Trinity Street. Jacobi, épaulé par une équipe de techniciens venus en renfort du laboratoire médico-légal d'Augusta, passait l'endroit au crible. Jusqu'ici, ils n'avaient rien trouvé de bien intéressant, à part le téléphone portable de Harriet Spencer, éteint, dans un tiroir de la cuisine, sous le grille-pain. Terri Mirabito prit la communication d'une voix lasse.

— J'ai programmé l'autopsie d'un Spencer demain matin, et de l'autre l'après-midi. Deux pour le prix d'un, sans supplément. Je t'enverrai les résultats par e-mail.

McCabe dénicha une carte routière de l'État du Maine, une règle, un bout de ficelle, un feutre rouge et un surligneur jaune. Il disposa le tout sur la table de la cuisine et s'efforça de reconstituer le trajet de Sophie jusqu'au site de l'opération. D'après sa description, McCabe était certain que Pollock avait pris la 95 en direction du nord. Il avait passé le premier péage à York. Puis il avait roulé une cinquantaine de kilomètres jusqu'à Portland, où il avait pu soit rester sur la 95, soit prendre la 295. Cette dernière route était un peu plus rapide, mais cela ne faisait pas grande différence. Toutes deux étaient des autoroutes à quatre voies et elles se rejoignaient à nouveau au sud d'Augusta. Chacune comportait trois péages. D'après les durées estimées par Sophie, la localisation des péages et en supposant que Pollock prenait garde à rester juste en dessous de la limitation de vitesse, il avait dû quitter l'autoroute à Augusta puis parcourir soixante-dix à cent kilomètres sur de petites routes.

McCabe tendit la ficelle parallèlement à l'échelle de la carte et fit des marques à soixante-dix puis à cent kilomètres. Il dessina un demi-cercle rouge sur la carte, d'ouest en est, à soixante-dix kilomètres de la sortie de l'autoroute, puis un autre à cent. Enfin, il coloria la zone comprise entre les deux arcs de cercle avec le surligneur jaune – une zone recouvrant des centaines de mètres carrés.

— C'est quelqu'un que j'ai connu il y a très longtemps, avait dit Harriet Spencer. *Ses parents avaient une résidence d'été pas très loin de chez nous.*

— À Blue Hill ?

— Non, mais tout près.

Blue Hill se trouvait à l'intérieur de la zone jaune.

McCabe alluma l'ordinateur de Casey. Il se rendit sur le site de la ville de Blue Hill. Il y trouva le numéro de téléphone de Priscilla Pepper, secrétaire municipale, receveuse des impôts et responsable de l'état civil.

— Ville de Blue Hill, fit une voix de vieille dame avec un accent du coin à couper au couteau.

— Priscilla Pepper, je vous prie.

— C'est elle.

— Madame Pepper, je suis l'inspecteur principal Michael McCabe, de la police de Portland.

— Oui.

— Je travaille actuellement sur une enquête importante. Je me demandais si vous auriez l'amabilité de me transmettre des informations sur deux propriétés situées à Blue Hill ou dans les environs.

— Eh bien, je peux vous aider si la propriété est à Blue Hill même ; dans les environs, c'est moins sûr.

Priscilla Pepper parlait sur un ton sec et mesuré ; McCabe se rendit compte qu'elle n'aimait pas trop qu'on la brusque.

— Auriez-vous dans vos registres d'impôts locaux une propriété enregistrée au nom de Maurice Kane ? K-A-N-E.

— Une minute, s'il vous plaît.

Elle n'avait pas réagi au nom. Elle n'était peut-être pas amatrice de musique classique. Ou, plus probablement, Mme Pepper ne devait pas juger convenable de médire sur la réputation d'un voisin.

Elle revint en ligne au bout de quelques minutes.

— J'ai le registre. M. Kane possède une propriété de dix hectares, à une douzaine de kilomètres au nord de la ville, sur Range Road.

— Elle n'est pas au bord de l'eau ?

— Non. Il y a juste une petite mare.

— Y a-t-il une maison sur la propriété ?

— Deux bâtiments. Un grand, de neuf cents mètres carrés. Et un autre plus petit, censé être une maison d'hôtes, de deux cents mètres carrés. C'est à l'origine une résidence de vacances. M. Kane n'est pas inscrit sur nos listes électorales.

— C'est habitable l'hiver ?

Kane aurait le plus grand mal à greffer des cœurs dans un bâtiment sans chauffage, vu la rudesse de l'hiver dans la région.

— Il n'y a rien de précisé dans le registre à ce sujet.

— Pouvez-vous m'indiquer comment me rendre sur place ?

— Vous savez comment venir à Blue Hill ?

— Je peux trouver.

— Prenez Pleasant Street en direction du nord, jusqu'en dehors de la ville. C'est la route 15. Au bout de cinq kilomètres environ, tournez à droite sur Range Road. Roulez trois ou quatre kilomètres. Vous passerez devant une grande ferme sur votre droite. Après disons un kilomètre et demi, tournez à droite sur une route non goudronnée. Suivez-la sur trois kilomètres et vous verrez une boîte aux lettres. C'est le numéro 113, il n'y a pas de nom dessus. Roulez encore un bon kilomètre et vous arriverez à une route privée qui mène à la maison. Je n'y suis jamais allée moi-même, mais la carte des impôts locaux précise que la route n'a pas été refaite. Prenez l'allée pour les Kane. Mais ne vous attendez pas trop à trouver quelqu'un là-bas à cette époque de l'année. Ces gens-là vident généralement les lieux début septembre, juste après la fête du travail.

— Merci pour votre aide, madame Pepper.

— De rien.

— Oh, un dernier point. Pourriez-vous vérifier un autre registre pour moi ?

— Eh bien, inspecteur, j'étais sur le point de partir. Il est déjà 17 heures passées, vous savez.

—Je ne vous embêterai plus après, promis. Avez-vous délivré des permis de construire sur la propriété, disons... au cours de ces cinq dernières années ?

—Un moment, je vous prie.

McCabe prit à nouveau son mal en patience.

—Inspecteur ?

—Oui ?

—J'ai bien une demande. Mais c'est assez drôle, je trouve.

—Comment ça, drôle ?

—Pourquoi quelqu'un s'amuserait-il à construire un sous-sol aménagé sous une petite maison d'hôtes qui ne sert que l'été ? Si vous voulez mon avis, c'est de l'argent fichu en l'air.

En se servant des images satellites disponibles sur Google, McCabe parvint à localiser l'endroit. Il ne distinguait aucun bâtiment, mais la zone semblait densément boisée. La maison devait être dissimulée par les arbres.

Il effectua ensuite une recherche sur Maurice Kane, obtenant plus d'un million de liens. La plupart se focalisaient sur sa carrière : des douzaines de biographies, mais pas d'avis de décès. Le maestro était apparemment toujours en vie. McCabe parcourut certains documents. Kane était né à Bath, en Angleterre, en 1919, ce qui lui faisait quatre-vingt-cinq ou quatre-vingt-six ans aujourd'hui. Enfant prodige, il avait donné son premier concert à l'âge de sept ans et étudié auprès des plus grands musiciens européens. En septembre 1939, Kane avait rejoint les services de renseignements britanniques, où il avait travaillé comme traducteur et interprète pendant toute la guerre. Pendant six ans, il n'avait plus joué que de loin en loin, principalement à Londres. Des critiques avaient chanté les louanges de la « vigueur pleine d'esprit, de la facilité apparente » de son style. D'autres avaient porté aux nues sa « suprême virtuosité ». Il s'était installé à New York en 1961. McCabe trouva des douzaines d'enregistrements, mais aucun nouvel album depuis la fin des années quatre-vingt-dix. En 1997, Kane avait dû annuler une tournée européenne en raison d'un léger malaise cardiaque. Une autre avait été annulée deux ans plus tard, cette fois en raison d'une « fatigue nerveuse ». McCabe approfondit ses recherches. Kane avait été hospitalisé au début de l'année 2000 pour des « douleurs dans la poitrine » – ce qui ressemblait à une insuffisance cardiaque. Il n'était fait mention d'aucune opération. Ni de rien d'autre d'ailleurs après 2001.

Le téléphone sonna. C'était Maggie qui l'appelait de Trinity Street.

— Je croyais que tu nous retrouvais ici ? dit-elle.

— Comment se passent les recherches ?

— C'est en cours.

— Des résultats ?

— Non, rien de probant.

— Lucas a laissé des empreintes ?

— On n'a encore rien trouvé. Je te repose ma question : tu nous rejoins ?

— Non. Vous pouvez finir les recherches, Tasco, Jacobi et toi. Je vais aller à Blue Hill.

— Qu'est-ce qu'il y a, à Blue Hill ?

— La maison où Lucas Kane a passé son enfance.

— Tu penses qu'il est allé là-bas ?
— Je crois que c'est là-bas qu'il opérait les gens.
— Et tu as l'intention d'y aller seul ?
— C'était mon plan, oui.
— Un plan plutôt stupide, si je peux me permettre. Tu as déjà risqué ta peau une fois en rencontrant Sophie à Gray sans assurer tes arrières. Pourquoi tu ne préviendrais pas les rangers ? Il y a une caserne pas loin, à Ellsworth.
— Pour leur demander quoi ? Qu'ils foncent comme des cow-boys dans une maison sans doute vide avec leurs gilets de protection et tout leur attirail de combat ? Et sur quelle base ? Un pressentiment ? Une intuition ?
— Sur la base qu'il s'agit d'un type dangereux, qui a déjà tué plus de gens que je ne veux compter... Bon Dieu, McCabe, tu crois toujours pouvoir tout faire seul – et c'est toi qui prétends que Kane est une vraie tête brûlée. Même le Lone Ranger n'allait nulle part sans son fidèle Tonto.
— Maggie, tout ce que je sais pour l'instant, c'est que Kane passait ses étés là-bas enfant. Rien n'indique qu'il s'y trouve en ce moment. Il pourrait être n'importe où. Si j'ai besoin d'aide, alors j'appellerai les rangers.
— Je viens avec toi.
— Ce n'est pas nécessaire, Maggie.
— Arrête tes conneries. Regarde ce qui est arrivé la dernière fois que tu as dit ça. Tu as besoin de renfort, et j'imagine que c'est mon karma. Je viens avec toi.
— Bon, comme tu veux. Sois là dans dix minutes.

— Je m'arrêterai au 109 pour m'assurer qu'on sera suffisamment équipés.

50

Vendredi, 19 heures

McCabe prit le volant et suivit le trajet qu'il s'était tracé sur la carte. Ils quittèrent l'autoroute à Augusta en direction de l'est, mais furent ralentis par le trafic sur la Route 3. En ce vendredi soir de septembre, les routes étaient encombrées de gens qui partaient en week-end, en dépit des prédictions délivrées d'un ton enjoué par la voix de la station NPR qui annonçait un temps d'automne, froid et nuageux. Ils suivirent la 3, dépassèrent South China et Belfast. La radio avait vu juste à propos du froid. La température chutait et Maggie dut allumer le chauffage. Ils traversèrent Bucksport, puis bifurquèrent vers le sud en prenant la 15 en direction de Blue Hill. Presque quatre heures après avoir quitté Portland, McCabe trouva la sortie et quitta la 15 pour s'engager sur Range Road. Cinq minutes plus tard, ils empruntèrent la route non goudronnée dont avait parlé Priscilla Pepper. La nuit était tombée à présent, ainsi que la température, quelques degrés à peine. Ils passèrent devant une boîte aux lettres sur la gauche. McCabe s'arrêta, recula et vit le nombre 113 ; il recula encore et trouva une place où laisser la voiture à l'abri des regards. Il préférait s'approcher de la propriété à pied. Maggie et lui sortirent du véhicule et se retrouvèrent plongés dans la nuit sans lune, d'un noir d'encre. Il sentit la morsure du froid à travers sa veste trop légère.

—Il se peut qu'on ait droit à quelques rafales de neige, dit Maggie, ce qui n'eut pas l'air de lui déplaire.

McCabe pensait que Maggie, à l'instar de beaucoup de natifs du Maine, tirait une sorte de fierté du mauvais temps, à la manière dont certains New-Yorkais s'enorgueillissaient de leur conduite brutale et agressive. Elle sortit deux gilets pare-balles ultralégers du coffre et en jeta un à McCabe. Il se demanda si le Kevlar lui tiendrait chaud. Ils s'équipèrent de micros et d'écouteurs à activation vocale, établirent la communication et laissèrent la ligne ouverte. McCabe fourra une paire de jumelles pliables et un magnétophone digital dans sa poche.

Ils s'enfoncèrent enfin dans les ténèbres et marchèrent en silence. Priscilla Pepper en avait parlé comme d'une « route privée », mais route était un bien grand mot – ce n'était en réalité qu'un chemin de terre. La nuit était calme. Un hibou hululait. Un peu plus tard, une créature plus volumineuse se fraya un chemin dans les bois. Un cerf ? McCabe ignorait s'il était coutumier pour un cerf de se déplacer en pleine nuit. Peut-être un ours ? Il ne connaissait guère plus leurs habitudes. En vrai citadin, il se sentait beaucoup plus à l'aise à pourchasser les malfrats dans les ruelles de Manhattan qu'à traverser ces bois. Une branche basse lui érafla le visage, tout près de l'œil. Il jura entre ses dents; il ne manquerait plus qu'il se blesse accidentellement. À partir de ce moment, il décida d'allumer brièvement sa lampe-torche tous les dix pas pour vérifier qu'il n'y avait pas d'autres branches à hauteur d'yeux, ou de trous dans le sol qui pourraient le faire trébucher. La lumière révéla des traces de pneus récentes. Une voiture était passée par là il n'y avait pas très longtemps.

Au bout d'une centaine de mètres, ils aperçurent des lumières émanant de la résidence principale. Ils avancèrent encore une cinquantaine de mètres avant de s'agenouiller derrière une saillie rocheuse au bord du chemin, qui leur offrait une bonne vue sur l'endroit. McCabe chercha en vain à déceler la présence de caméras de surveillance, ou même d'un système d'alarme. Deux voitures étaient garées d'un côté de la maison, une Chevy Blazer grise et une Toyota Land Cruiser noire. McCabe pointa ses jumelles sur l'habitation : c'était un immense pavillon de chasse rustique, dans le style des Adirondack, comme une cabane en rondins puissance dix. Le porche semblait faire tout le tour de la maison, avec sa balustrade en branches de bouleau. McCabe estima que le pavillon devait dater des années vingt, peut-être même d'avant. Une unique lumière tamisée brillait d'une fenêtre à l'étage. Au rez-de-chaussée, les lueurs mouvantes d'un feu de cheminée venaient s'ajouter à l'éclairage électrique. McCabe renifla une odeur de fumée de bois. Mais il ne parvint à détecter aucun mouvement à l'intérieur. Il dirigea alors les jumelles sur la maison d'hôtes, construite au bord d'une mare de bonne taille. Sombre et tranquille, elle semblait fermée. Il chercha une entrée qui pourrait mener au « sous-sol aménagé », sans résultat. Il décida de fouiller d'abord la résidence principale.

McCabe tendit les jumelles à Maggie et lui demanda de rester cachée pour le couvrir. Elle parut un instant sur le point de protester, mais elle finit par s'accroupir avant de pointer son pistolet et la lampe-torche en appui sur le rocher devant elle. Il offrait une bonne ligne de tir qui coupait la trajectoire de quiconque s'enfuirait de la maison, à pied ou en voiture. C'était cependant assez loin pour une arme de poing, et elle ne pourrait voir quelqu'un s'enfuir que s'il partait vers la route, et non s'il fuyait par l'arrière et s'enfonçait dans les bois.

Lucinda Cassidy se réveilla dans son lit, chez elle, dans sa chambre de North Berwick, en frissonnant. Sa couette, celle que sa mamie lui avait faite, avait dû glisser à terre. Sa mère lui secoua le bras, la réveillant pour aller à l'école.

— Allez, Lucinda, lève-toi ou tu vas être en retard. Le bus passe dans une demi-heure, et je ne veux pas que tu sautes encore le petit déjeuner. Lève-toi maintenant.

Elle tenta d'ouvrir les yeux. Non, ils étaient déjà ouverts. Pourquoi ne voyait-elle rien alors ? Elle regarda alentour. Pas de lumière. Elle tenta de se concentrer. North Berwick avait disparu. North Berwick n'était qu'un rêve. Elle n'était pas à la maison avec sa mère. Elle était toujours ici, dans cette nuit sans fin, ténébreuse et glacée, avec son amant. Elle sentait à présent le coton léger de la blouse d'hôpital qui la recouvrait de face, attachée à son cou, ouverte derrière.

Elle n'était plus allongée sur un lit. Elle sentait sous elle la surface d'une table de métal, dure et froide contre la peau nue de son dos, de ses fesses. Tendant l'oreille, elle distingua le son lointain d'un piano qui jouait un air vaguement familier. Rêvait-elle encore ? Non, cela paraissait réel, même si ces derniers temps les rêves étaient devenus si vivaces qu'elle avait parfois bien du mal à distinguer ce qui était réel ou pas. Il avait dû la déplacer dans un nouvel endroit. Le seul autre son audible était un bruit de fond comme celui qu'elle entendait auparavant. Un peu différent, toutefois, une tonalité plus haut. La nuance était presque imperceptible, mais le bruit était plus aigu, aucun doute. Quoi d'autre ? L'odeur. Un soupçon d'antiseptique mêlé à une senteur de pin. De vrai pin, celui des arbres, et pas un parfum chimique. Il n'y avait pas d'odeur de pin avant. Ce qui était peut-être le pire, c'est qu'elle ne pouvait bouger ni ses poignets ni ses chevilles. Il lui avait remis les sangles. Pourquoi ? Il se passait quelque chose, mais Lucinda ignorait quoi. La terreur qui, les jours et les semaines passant, avait fini par s'atténuer pour laisser place au tiraillement omniprésent de l'anxiété, resurgit brutalement en elle.

La porte s'ouvrit, la lumière du couloir l'aveuglant un moment. Elle ferma les yeux. Il ferma la porte.

— Je vois que tu as fini ton somme, dit-il en s'avançant vers elle.

McCabe courut en zigzaguant, tête baissée, en direction de la maison, toujours sous le couvert de l'ombre, offrant une silhouette moins visible, moins vulnérable à quiconque pourrait surveiller par la fenêtre. Il grimpa sur le porche et plaqua le dos au mur près d'une des fenêtres éclairées. Il sortit son arme, reprit sa respiration, se pencha et jeta un coup d'œil à l'intérieur. Il découvrit une grande pièce aux murs lambrissés, avec des bibliothèques et des peintures au mur.

Des braises mourantes rougeoyaient dans la cheminée de pierre. Au-dessus du manteau, une paire d'avirons entrecroisés était accrochée pour former un large X. Tracée à la peinture sur l'un des avirons, il lut l'inscription ÉCOLE HALEY, RÉGATE HENLEY, 1980. Huit noms étaient notés en dessous, parmi lesquels L. KANE, CHEF DE NAGE.

Près du feu, le grand Maurice Kane en personne sommeillait dans un fauteuil en cuir, une couverture sur les genoux. Une lampe de chevet derrière le fauteuil dessinait sur son visage une mosaïque d'ombre et de lumière. Sa peau paraissait vieille, usée, parcheminée. Il dormait la bouche ouverte. Il était mal rasé.

McCabe passa de l'autre côté de la fenêtre. Un grand piano de concert dominait l'autre côté de la pièce. Il entendait de la musique à l'intérieur de la pièce : les *Variations Goldberg*, de Bach, jouées par un Kane plus jeune, plein de vitalité, avec ce que McCabe supposa être cette « vigueur pleine d'esprit », cette « facilité apparente ». Écoutant la musique, il sentit monter en lui une colère froide, un sentiment de deuil, de perte qu'il ne parvenait pas à nommer. Ne pouvant se permettre ce genre d'émotions en cet instant, il les chassa.

Il fit le tour du porche en silence, toujours dissimulé dans l'ombre, prenant garde à éviter de se cogner dans les vestiges d'étés passés – des chaises et des tables en osier qui s'effilochaient, une balançoire, une antique scie de bûcheron à double poignée remisée dans un coin. McCabe se retrouva à l'arrière de la maison où une porte donnait sur ce qui ressemblait à une petite buanderie. Il tenta sa chance – la porte n'était pas verrouillée.

— Je rentre, murmura-t-il dans le micro.

Il ouvrit la porte et pénétra dans la pièce.

— McCabe, bon Dieu, qu'est-ce que tu… ? commença à dire Maggie.

Il l'interrompit, chuchotant en retour :

— Silence, ou je coupe la communication.

— Très bien, fit-elle, sur un ton signifiant clairement qu'elle ne trouvait pas ça bien du tout.

Il avança à l'intérieur et alluma sa lampe-torche. La petite pièce débouchait sur une vaste cuisine ouverte. Il explora l'endroit de son rayon lumineux, révélant des murs de couleur verdâtre, un boîtier de transformateur électrique recouvert de peinture, un sol de linoléum en damier noir et blanc et des cartons d'emballage empilés dans un coin, portant l'inscription UNITED VAN LINES, A. JACKMAN AND SONS, DÉMÉNAGEURS. 622 EAST 88TH STREET, NEW YORK, NY 10022. McCabe éteignit la lampe et traversa la cuisine plongée dans le noir en direction de la lumière et de la pièce où sommeillait le vieil homme.

Dans le couloir, les murs étaient couverts de photographies. McCabe parvint à distinguer des images du célèbre pianiste posant avec des gens encore plus célèbres : Fred Astaire et Ginger Rogers, Henry Kissinger, Ronald et Nancy Reagan. Il y avait aussi des photos de famille, la plupart dans des paysages boisés, qui avaient sans doute été prises ici. Deux d'entre elles retinrent l'attention de McCabe. L'une montrait un Kane plus âgé et sa femme en compagnie de leurs deux fils, l'un étant clairement Lucas, l'autre beaucoup plus jeune. Le grand homme avait posé une main sur les épaules de chacun des deux garçons. McCabe se demanda un instant ce qu'il était advenu du second fils. Le deuxième cliché représentait Lucas seul, âgé de huit ou neuf ans, debout sur le porche de cette maison : malgré le chapeau pointu de fête d'anniversaire sur sa tête, il arborait un air grave et sérieux. Ses yeux noirs fixaient l'objectif avec intensité. Dans ses bras, il serrait un petit lapin, peut-être un cadeau d'anniversaire.

McCabe entra dans le salon. Le vieil homme dormait toujours, respirant avec difficulté. Une gouttelette de salive était visible au coin de sa bouche. McCabe resta dans l'ombre, assez proche du fauteuil de Kane pour être vu et entendu mais partiellement caché de la porte de la pièce. Maurice Kane prononça des mots que McCabe ne parvint pas à saisir.

— Monsieur Kane ? Monsieur Kane, réveillez-vous. Je dois vous parler.

Le vieil homme plissa les yeux dans le noir, tentant de localiser la voix.

— Qui êtes-vous ? Que faites-vous chez moi ?

Sa voix, à l'accent plus britannique qu'américain, évoquait le chuchotement rauque d'un mourant.

— Où est Lucas ?

— Lucas ? Lucas est mort. Qui êtes-vous ?

— Non, Lucas est vivant, monsieur Kane. Je suis policier. Inspecteur Michael McCabe, police de Portland. Je dois savoir où est Lucas.

— Un policier, répéta Kane. Comment êtes-vous entré dans ma maison ?

— S'il vous plaît, monsieur Kane. Lucas, où est-il ?

Le vieil homme lui renvoya un regard vide. McCabe se dit qu'il lui faisait perdre son temps. Les chances de survie de Lucinda s'amenuisaient à chaque instant. Au diable ! Il allait d'abord explorer la maison. Il verrait ensuite ce qu'il pourrait tirer de l'homme.

Des phares de voiture balayèrent les vitres du salon, ses rayons zébrant le mur du fond pour finir par éclairer le coin sombre où se trouvait McCabe. Il se précipita pour regarder à la fenêtre, mais ne vit rien.

— McCabe ? fit la voix de Maggie à son oreille.

— Quoi ?

— Une ambulance vient juste de se garder derrière la maison d'hôtes. Je la surveille avec les jumelles. Je vais m'approcher.

McCabe perçut des bruits de frottement et la respiration de Maggie. Il attendit.

— OK, je vois mieux de là. Hé, tu ne devineras jamais. Le docteur Wilcox vient de descendre par derrière. Une femme maintenant. Et le conducteur aussi. Il ouvre une porte à l'arrière de la maison.

— Kane est ici ?

— Non, juste ces trois-là. Ils sortent une civière de l'ambulance, dit-elle avant de garder le silence un moment. Il y a un vieil homme dessus. Ils se dirigent vers la maison.

McCabe supposa qu'ils s'apprêtaient à effectuer la greffe. Le cœur de Lucinda devait être tout proche, mais où ? Dans la maison d'hôtes ? Ou ici même peut-être ? Battait-il encore, était-il toujours dans son corps ?

— J'appelle Ellsworth pour avoir du renfort, reprit la voix de Maggie. Oh-oh.

— Quoi ?

— Une autre lumière vient de s'allumer. Juste au-dessus de toi, dans la maison. Une fenêtre du deuxième étage.

Plissant les yeux à cause de la soudaine luminosité, Lucinda vit l'homme debout à la porte, habillé d'une tenue chirurgicale vert-bleu. Il ferma le verrou et s'avança vers elle. Dans sa main droite, il portait une petite glacière de pique-nique rouge et blanc.

Lucinda put enfin examiner son environnement : oui, elle se trouvait bien dans une pièce différente qui ressemblait à une salle de jeux d'enfant aménagée dans un grenier, avec sa haute fenêtre en mansarde. Des jeux et des jouets étaient empilés dans un coin. Trois petites bibliothèques peintes étaient remplies de livres pour enfants. Près de la fenêtre, un gros ours en peluche était assis dans une boîte en carton ouverte, ses yeux noirs en boutons fixés droit sur elle. Se réfléchissant dans la lumière, elle vit une toile d'araignée élaborée qui reliait la patte de l'ours au mur. À l'autre extrémité de la toile, une marionnette de Pinocchio était suspendue, un sourire idiot figé sur son visage rose.

Plus près de la plate-forme métallique sur laquelle elle était allongée, Lucinda vit une grande scie électrique, dont le manche articulé formait un angle étrange. Encore plus proche, un chariot d'instruments d'acier jetait un éclat brillant. La plate-forme était elle-même légèrement inclinée, de sorte que sa tête était située plus haut que ses pieds. Près du bord, entre ses chevilles, elle aperçut un drain arrondi. Pour recueillir quoi ? De l'eau ? Du sang ? La terreur l'envahit. Soudain, l'ours et la marionnette se mirent à rire hystériquement, pointant leurs bras vers elle, se moquant d'elle car elle allait mourir. Leurs rires ne s'arrêtaient pas. Elle devait les stopper, les réduire au silence. Elle tenta de se boucher les oreilles, mais ses mains ne pouvaient pas bouger. Alors elle ferma les yeux et cria.

McCabe se précipita dans le hall principal où un large escalier en spirale s'élevait vers le deuxième étage. Il leva les yeux et vit une lourde porte de chêne bloquant l'entrée de la pièce où Maggie avait dû voir la lumière. Il réfléchit à toute allure. Il pouvait se précipiter dans l'escalier, mais la porte serait à coup sûr verrouillée. S'il tentait de la forcer ou de tirer dans la serrure, Kane, qui devait être armé d'un scalpel, sinon d'un couteau ou d'un revolver, se servirait de Lucinda comme bouclier ou, pire, lui trancherait aussitôt la gorge. Il crut entendre un cri – perçant et bref, vite étouffé.

Il retourna en courant dans la buanderie juste au moment où Maggie déboulait par la porte de derrière. Il atteignit le boîtier du transformateur. Extraire un cœur était un jeu d'enfant, lui avait dit Spencer – mais pas dans le noir, ni sans courant électrique. Kane ne pourrait plus voir où couper. La scie électrique ne fonctionnerait plus. Il serait obligé de sortir de la pièce pour aller voir ce qui se passait, pour rebrancher le coupe-circuit. Ce pourrait être l'occasion dont ils avaient besoin – leur seule chance.

Le cri eut à peine le temps de franchir ses lèvres. Avec une rapidité stupéfiante, l'homme plaqua une bande de ruban adhésif argenté sur sa bouche et la tint serrée, la réduisant au silence. Elle ouvrit les yeux. Le visage de son amant était tout près du sien, elle voyait briller ses yeux sombres. Elle l'entendait respirer, sentait son souffle sur sa peau – court, superficiel et rapide. Il détacha sa blouse et la lui enleva, puis enfila une paire de gants chirurgicaux en latex. Il choisit un scalpel sur le chariot et le posa à plat sur son torse, entre ses seins. Il alluma une lampe haute fixée sur un pied de métal argenté, du style qu'elle avait vu dans des studios de photographie. Il ajusta la lampe pour qu'elle l'éclaire de plein fouet. Il reprit le scalpel et, se servant d'une éponge, nettoya son torse avec un liquide froid qui sentait l'antiseptique. Il lui sourit. Puis il se pencha sur elle et l'embrassa sur la joue.

— J'espère que tu as apprécié les moments que nous avons passés ensemble, Lucinda, dit-il.

McCabe tira sur le boîtier du transformateur, qui résistait, bloqué par une couche de peinture. Il tira de nouveau, sans plus de résultat.

— Qu'est-ce que tu fiches ? demanda Maggie en s'efforçant de chuchoter.

Ignorant la question, il regarda partout autour de lui. Il perdait de précieuses secondes. Il imaginait Kane traçant une fine ligne rouge au milieu du torse de Lucinda. Repérant un cutter rétractable posé sur la pile de cartons de déménagement, il s'en saisit et fit sortir la lame. Il fit passer le cutter dans les coins de la porte du boîtier, bouchés par la peinture. Il tira de nouveau. Toujours collé. *Trop lent, trop lent.* Il crut presque entendre le bruit strident de la scie chirurgicale Stryker. Dans un état de quasi-frénésie, il passa une fois encore le cutter et tira de toutes ses forces. La peinture séchée se craquela, avant de céder enfin.

Son amant mit un masque chirurgical sur sa bouche. Il posa la pointe du scalpel contre sa peau, juste à la naissance de sa gorge. Lucinda se recroquevilla contre la plate-forme d'acier froid qui la soutenait, essayant de s'enfoncer dans son impénétrable rigidité. Il appuya sur le scalpel. Elle sentit une pointe de douleur lorsque la lame perça sa peau. Elle ferma les yeux et pria un Dieu auquel elle n'avait jamais cru, dans l'espoir que la mort lui apporterait paix et rédemption. Les lumières s'éteignirent.

La buanderie fut plongée dans le noir. Les *Variations Goldberg* se turent. McCabe alluma sa lampe-torche et fonça vers l'escalier qui surplombait le hall. Il grimpa les marches deux par deux. Essoufflé, il arriva sur le palier du deuxième étage. Il entendait Maggie courir à sa suite. Il ne vit Kane nulle part. Était-il toujours enfermé dans la pièce avec Lucinda ? Que faisait-il donc là-dedans ? Sans courant, Kane ne pouvait pas l'ouvrir, ni se servir de la scie. Alors que fichait-il ? Le plan, c'était que Kane sorte de la pièce pour remédier à la coupure de courant, qu'il sorte là où McCabe pourrait le choper avant qu'il tue Lucinda. Alors où était-il, bordel ?

McCabe fit un effort pour retrouver son calme. Il se plaqua contre le mur, d'un côté de la porte, le .45 à la main. Maggie prit position de l'autre côté. Il éteignit sa lampe. Les ténèbres menaçantes reprirent leurs droits. *OK, Kane, sors de là. Viens aux renseignements. Tu ne veux pas savoir pourquoi le courant a été coupé ?*

Enfin, la poignée tourna, la porte s'ouvrit et Lucas Kane émergea dans l'obscurité du couloir. Il fit trois pas hésitants.

—Kane, dit McCabe.

L'homme se tourna pour lui faire face. McCabe alluma sa lampe-torche. Lucas Kane leva sa main gauche pour se protéger les yeux de la lumière. Il jeta un coup d'œil à l'inspecteur.

—Lucas Kane, vous êtes en état d'arrestation, dit McCabe d'une voix neutre et inflexible. Tournez-vous tout doucement et mettez vos mains derrière la tête.

Kane ne bougea pas.

—Juste pour info, Kane – ou est-ce Harry Lime ? –, j'ai un flingue pointé droit sur votre cœur. Si vous ne faites pas exactement ce que je dis, je vous tue.

Maggie se précipita dans la pièce sombre. McCabe entendait les cris étouffés de Lucinda Cassidy. Elle était toujours en vie.

—Lucas Kane, dit McCabe, je répète, vous êtes en état d'arrestation pour les meurtres de Katherine Dubois, Philip et Harriet Spencer. Vous avez le droit de…

—Seulement ces trois-là ? fit Kane, interrompant l'énoncé de ses droits. Et les autres alors ? Et Elyse Andersen ? C'était ma première, vous savez, et en un sens la meilleure. Nous nous sommes servis de son cœur pour sauver la vie de mon cher papa.

—Par amour pour le vieil homme ?

— Amour ? Grand Dieu non, c'était pour l'argent. J'avais déjà été rayé de son testament. Il n'y avait pas d'amour entre mon père et moi.

— C'est vous qui avez opéré ? Ou était-ce Wilcox ?

— Seulement la récolte, dit-il. Matt Wilcox a réalisé la greffe. Il les a toutes faites. C'est un chirurgien de talent. Le cœur d'Elyse bat toujours, juste en bas, dans le corps du vieux.

McCabe commençait à s'impatienter. Plus cette situation s'éternisait, plus elle risquait de lui échapper.

— D'accord, Kane. Ça suffit. Allongez-vous par terre. Tout de suite. Les mains derrière le dos.

Doucement, presque imperceptiblement, la main droite de Kane disparut hors de vue. Un sourire se dessina sur ses lèvres. Le sourire du chasseur, et non de la proie.

— Non, dit-il.

— Non ?

— Non. Je n'ai l'intention de laisser personne, ni vous, ni personne, me ligoter comme un porc qu'on mène à l'abattoir.

Soudain, Kane plongea vers lui. Il était vif pour un homme aussi imposant, étonnamment vif. Un petit objet brillant apparut devant le visage de McCabe qui évita la lame et tira, à bout portant, dans le torse de Kane. La balle avait dû le toucher, mais Kane était toujours debout.

— Vous ne pouvez pas me tuer, McCabe, dit-il. Vous ne savez pas que je suis déjà mort ? Assassiné en Floride.

Kane se remit à avancer. McCabe recula. Il sentit une douleur cuisante et humide à sa main gauche, celle qui tenait la lampe-torche. Le scalpel, si c'était bien cela, avait dû trancher la chair entre son pouce et son index. Il laissa tomber la lampe sur le sol, mais elle resta allumée, illuminant le couloir en projetant des ombres dans la semi-obscurité.

Kane repassa à l'attaque, visant cette fois le visage de McCabe. McCabe fit feu une nouvelle fois. Kane tituba mais continua d'avancer. Du sang coulait à présent de sa bouche.

—Je suis un fantôme, McCabe. Un fantôme qui va te trancher la gorge.

Kane prononça ces paroles dans une quinte de toux.

McCabe s'éloigna à reculons, stupéfait que Kane marche encore, qu'il tienne même encore debout. L'un ou l'autre de ses tirs aurait dû le tuer. McCabe sentit le rebord de la rampe d'escalier contre le bas de son dos. Derrière lui, il n'y avait que le vide, sur trois étages jusqu'au sol de pierre. Enfin, Kane se jeta en avant, balayant l'air de son scalpel. McCabe s'accroupit, la lame passant au-dessus de lui. Puis il se jeta à son tour sur son adversaire, en le prenant par en dessous et en se redressant. Les secondes suivantes s'écoulèrent comme au ralenti dans l'esprit de McCabe. Poussé par son élan, et par l'épaule de McCabe qui le souleva en se relevant, Kane passa par-dessus la rambarde. McCabe croisa le regard de Kane, suspendu un instant dans les airs, tel un personnage de dessin animé. Puis il chuta, agrippant toujours son scalpel, remuant les bras comme s'il pouvait voler. Kane atterrit la tête la première sur les dalles de pierre.

McCabe sentit du sang s'égoutter de sa main gauche. Il rangea le .45 dans son holster, trouva un Kleenex dans sa poche arrière et le pressa contre la blessure. Il récupéra la lampe et éclaira le corps de Lucas Kane, trois étages plus bas.

51

Samedi, 00 h 30

— Il est mort ?

McCabe se retourna et vit Maggie appuyée contre le chambranle de la porte, examinant les lieux, son arme à la main. Malgré la semi-obscurité, elle dut voir sa main gauche enveloppée d'un Kleenex ensanglanté, car elle s'avança vers lui et la leva au-dessus de sa tête, ce qui lui donna l'air d'un écolier qui connaît toutes les réponses – ce qui n'était pas son cas, il le savait bien.

— Comment va Lucinda ? demanda-t-il.

— Physiquement, je crois qu'elle va bien. Pour le reste, on verra..., dit Maggie. Elle a une plaie au torse, superficielle. Il a dû prolonger le plaisir. Vouloir la tuer lentement.

— Enfoiré de sadique, commenta McCabe.

Il laissa passer un temps avant de reprendre :

— Kane est mort.

— Je sais. J'ai entendu les tirs et je suis venue aider. Je l'ai vu passer par-dessus la rambarde.

McCabe fixa Maggie droit dans les yeux – ils avaient pratiquement la même taille.

—Il m'a attaqué avec un scalpel, dit-il.

Après un moment de malaise, il remua sa main ensanglantée devant elle, comme pour lui prouver qu'il n'avait rien fait de mal.

Elle posa sa main sur sa joue.

—Tu n'as pas à me convaincre, McCabe.

Puis elle lui prit la lampe-torche et, ensemble, ils retournèrent dans la pièce où Lucinda Cassidy était toujours allongée sur la table d'autopsie métallique, toujours nue, les mains et les pieds attachés, les yeux fous de terreur. Un fine ligne sanglante se dessinait nettement de la base de son cou jusqu'au-dessus de son nombril. Elle commençait déjà à sécher.

Maggie se pencha et ramassa la blouse d'hôpital à terre. Elle en couvrit le corps de Lucinda et la noua autour de son cou.

—Lucinda, dit-elle en dirigeant le faisceau lumineux sur son propre visage, vous êtes sauvée. Je suis de la police. Inspecteur Margaret Savage. Et voici l'inspecteur principal Michael McCabe, ajouta-t-elle en dirigeant la lampe sur lui, avant de la lui confier. Personne ne vous fera de mal. Tout va bien aller maintenant. Vous êtes sauvée, répéta-t-elle d'une voix douce, telle une mère tentant de consoler un enfant qui s'est blessé.

Le regard affolé de Lucinda passait sans cesse de l'un à l'autre.

—À présent, je vais enlever le ruban de votre bouche, poursuivit Maggie, et je vous détacherai les mains et les pieds.

McCabe surveilla Lucinda tandis que Maggie lui ôtait le ruban adhésif et les sangles, craignant que la jeune femme se mette à hurler et à se débattre, mais elle n'en fit rien. Elle laissa Maggie la prendre dans ses bras et l'aider à se redresser en position assise. Puis Maggie la serra contre elle en la caressant et en lui répétant encore et encore qu'elle était en sécurité, que tout allait bien, que le cauchemar était fini. À la surprise de McCabe, Lucinda Cassidy se contenta de fermer les yeux, posa la tête sur l'épaule de Maggie et pleura sans bruit. Elle bredouilla un peu, des bredouillements incohérents, excepté le mot « maman » qu'elle répéta plusieurs fois. Pour Lucinda, le chemin du rétablissement serait long. McCabe posa la lampe sur la table d'autopsie près de Maggie et descendit au rez-de-chaussée.

Dans l'obscurité quasi totale, il tâtonna jusqu'à la buanderie et ralluma le transformateur. Les lumières revinrent. Les *Variations Goldberg* reprirent là où elles s'étaient interrompues. Lucas Kane gisait au beau milieu du hall. Mort une première fois, il l'était de nouveau, cette fois pour de bon. C'était terminé.

McCabe entendit des sirènes approcher. Il se rendit à la porte d'entrée qu'il ouvrit juste à temps pour voir trois voitures de la police d'État du Maine et une ambulance des urgences débouler en faisant crisser leurs pneus dans la cour. Maggie avait dû appeler Ellsworth, finalement.

Les rangers se déversèrent des voitures, équipés pour le combat. McCabe sortit de la maison, les mains en l'air, en tenant son insigne bien en vue au-dessus de sa tête.

— McCabe ? l'appela l'un d'eux, un sergent, apparemment responsable.

— Oui, cria McCabe en les rejoignant près des véhicules.

— Sergent Bill Dickinson, de la caserne d'Ellsworth, se présenta-t-il en lui tendant la main.

McCabe la serra.

— Le meurtrier de Katie Dubois est à l'intérieur de la grande maison. Il est mort. Ma collègue est en haut, elle s'occupe d'une femme otage.

— Celle qu'on recherchait, Cassidy ?

— Oui.

Il se tourna vers les urgentistes, dont l'un bandait déjà sa main coupée.

— La femme en haut, elle a besoin d'un sédatif. Sinon, elle semble aller bien. Deuxième étage.

Tous deux acquiescèrent et se dirigèrent vers la maison.

— Quoi d'autre ? demanda Dickinson.

— Il y a des gens qui se terrent dans un grand sous-sol, sous la petite maison là-bas. Un médecin, des infirmiers. Un vieillard avec des problèmes cardiaques. Il aura besoin de soins médicaux, lui aussi.

— Ils sont armés ? L'endroit est fortifié ?

— Non. Ils s'en servent comme salle d'opération. Informez-les simplement que vous êtes là. À mon avis, ils sortiront sans broncher.

Deux rangers lourdement armés se ruèrent vers le bâtiment et se faufilèrent à l'intérieur.

McCabe les regarda, puis se retourna et se mit à marcher vers la résidence principale.

— Où allez-vous ? s'écria le sergent Dickinson dans son dos.

McCabe tourna la tête.

— Moi ? Je vais chercher ma collègue et je rentre chez moi.

52

Samedi, 1 heure

Ils reprirent la route pour Portland en sens inverse, Maggie au volant. Silencieux, McCabe contemplait la nuit par la vitre, ne pensant à rien de précis, à tout. La route était quasiment déserte à cette heure, aussi Maggie pouvait-elle conduire vite, doublant aisément les rares voitures qu'ils rencontraient. La température à présent frôlait le 0 °C, mais les bourrasques de neige annoncées ne s'étaient pas matérialisées.

— Dors un peu, dit-elle. On pourra changer de place dans une heure.

Il acquiesça et ferma les yeux, mais ils se rouvrirent d'eux-mêmes. À la place, il fixa donc la ligne blanche au milieu de la route qui brillait à la lueur des phares, se précipitant vers eux avant de disparaître sous le capot de la voiture.

Dans la chaleur générée par le chauffage, le cerveau épuisé de McCabe lui repassait sans cesse les dernières secondes de la vie de Lucas Kane, lui rejouant sous une autre perspective la scène de leur danse de mort finale. Il vit Kane, déjà touché par deux impacts de balle, se jeter sur lui. Il se vit plonger sous l'arc dessiné par la lame de Kane, puis il se vit, tapi au sol, lui foncer dessus en donnant un coup d'épaule juste sous sa taille. Enfin il se vit se redresser et, se servant de l'élan de Kane, soulever l'homme plus grand que lui et le jeter par-dessus la rambarde. Il revit la chute, les bras qui battaient dans le vide, l'impact fatal.

Chaque fois, McCabe en arrivait à la même conclusion : s'il ne s'était pas redressé, si, au lieu de cela, il s'était jeté en avant, sur la gauche ou la droite, Kane ne serait pas passé par-dessus la rambarde. Il l'aurait juste renversé. Selon toute probabilité, il serait mort de ses blessures par balle de toute manière. Quoi qu'il en soit, la question à laquelle McCabe ne trouvait pas de réponse était simple : avait-il fait passer Kane par-dessus la rambarde à dessein ? Avait-il, quelque part au fond de lui, voulu s'assurer avec certitude qu'il n'y aurait pas de procès ? Qu'il n'y aurait pas cette fois de Sheldon Thomas pour libérer le tueur grâce à quelque astuce légale tordue ? Il n'était pas sûr de la réponse – et, pour dire la vérité, il finit par s'avouer qu'il s'en moquait. Comme il l'avait dit à Kyra au sujet de TwoTimes, cet homme était une vermine et méritait de mourir. McCabe pouvait vivre avec cette ambiguïté.

— Tu vas bien ? demanda Maggie en lui jetant un coup d'œil.

— Oui, finit-il par dire, après avoir pris le temps d'y réfléchir encore un peu. Oui, je vais bien.

Il regarda par la vitre côté conducteur. Ils traversaient la rivière Penobscot, à l'est de Buckspot, sur le vieux pont Waldo-Hancock. Le squelette du nouveau pont, toujours en construction, se dessinait dans les ténèbres un peu plus au sud.

Près de Stockton Springs, ils s'arrêtèrent pour prendre un café et deux barres chocolatées dans une station-service ouverte toute la nuit. Aucun d'eux n'avait dormi depuis près de quarante-huit heures. Ils étaient exténués. Ils ne voulaient pas risquer de s'assoupir au volant. McCabe fit le plein d'essence. Puis ils changèrent de place et il prit le volant.

Il regarda sa montre – 2 heures du matin. À cette heure-ci, Casey devait être endormie à Boston, dans un grand lit d'hôtel. Du moins, il espérait qu'elle dormait bien et n'était pas simplement allongée, les yeux ouverts, à s'inquiéter. Il se demanda si Sandy et elle partageaient le même lit. Si c'était le cas, il espérait que Sandy ne le lui avait pas imposé. Il espérait aussi que Sandy n'avait pas fait de remarque sur le fait que Casey dormait encore avec Bunny à son âge.

Son portable sonna. Il regarda le numéro d'appel. Shockley. Il régla le téléphone en mode haut-parleur afin que Maggie puisse suivre la conversation.

— Salut, Tom. J'imagine que tu es au courant pour Kane.

— Tu imagines bien. Bon boulot. Super boulot, dit-il d'une voix excitée. J'avais laissé des consignes pour qu'on me réveille dès qu'on aurait chopé ce salaud. Tu peux me donner quelques détails ? Je parle à la presse dans pas longtemps.

McCabe sourit, imaginant les visions de Blaine House, la résidence du gouverneur, qui devaient danser la sarabande dans l'esprit carnassier de Shockley.

— Mike, vous m'entendez ?

— Oui, chef. D'ailleurs, vous êtes sur haut-parleur, Maggie est là.

— Bien. Vous pouvez me donner des précisions ? Il ne faut pas que je me trompe.

McCabe informa Shockley du déroulement des événements, depuis son appel à Priscilla Pepper jusqu'à la chute finale de Kane sur les dalles de pierre et la libération de Lucinda Cassidy, vivante.

— Il avait toujours le scalpel à la main quand il est mort ?

— Oui, confirma McCabe.

— J'ai tout vu, chef, ajouta Maggie.

McCabe lui jeta un coup d'œil, sachant pertinemment qu'elle n'était sortie dans le couloir qu'au moment où Kane passait par-dessus la rambarde.

— L'usage de la force, même fatale, était justifié, dit-elle.

— Eh bien tant mieux, Dieu soit loué, répliqua Shockley. Le point presse commence dans vingt minutes. Vous serez revenus d'ici là ?

— Non. On est encore de l'autre côté de Belfast, dit Maggie. On en a au moins pour deux heures.

— D'accord, je me débrouillerai seul alors. À propos, l'enterrement de Kevin Comisky est prévu lundi à 15 heures. Avec tous les honneurs du département. Je compte sur votre présence.

— On y sera, dit Maggie.

— Vous pouvez me donner l'adresse et le numéro de téléphone de sa femme ? demanda McCabe. J'aimerais l'appeler.

— Je demanderai à Deirdre de vous l'envoyer par e-mail.

— Merci.

Puis, las d'entendre Shockley, McCabe coupa la communication avant que le chef puisse répliquer.

Il se tourna alors vers Maggie.

— L'usage de la force, même fatale, était justifié ? C'est ce que je suis censé dire à Casey quand elle me demandera si j'ai dû tuer ce type ?

— Oui, c'est ce que tu lui diras, parce qu'on sait tous les deux que c'est la vérité. Tu n'avais pas le choix, dit-elle en lui retournant son regard. Comme tu me l'as dit l'autre jour, c'est une mort sans bavure. Il le fallait.

Il sentit les yeux de Maggie posés sur lui tandis qu'ils roulaient en silence.

— À quoi tu penses, là ? s'enquit-elle.

— Je ne sais pas. À rien. Parfois, je me demande juste si Casey ne ferait pas mieux de vivre une existence où des expressions comme « mort sans bavure » et « usage de la force justifié » ne font pas partie du vocabulaire. Où elle n'aurait pas à rester éveillée toute la nuit en se demandant si son père rentrera vivant à la maison.

— Là, je ne peux pas t'aider.

— Je sais.

— Si je le pouvais, je le ferais.

— Je le sais aussi, dit McCabe.

— Je pense juste que tu devrais arrêter de te torturer. Tu fais partie des bons. Tu seras toujours un type bien.

Il détacha sa main du volant pour prendre la sienne et la serra. Elle la lui serra en retour. Il se remémora ses yeux bruns se posant sur lui au Tallulah's et sourit.

— Tu sais à quoi je pense ? Je pense à un baiser que m'a donné une très bonne amie à moi, l'autre jour, au Tallulah's, et je me demande ce qui a bien pu lui passer par la tête à ce moment-là.

— Oh, ça, fit Maggie. C'était juste un geste impulsif de la part de ton amie. Ne t'en fais pas pour ça. Comme elle te l'a dit, tu es pris.

Il lâcha sa main.

— Oups, dit-il. Effectivement.

Il se demanda si Kyra l'attendrait à l'appartement. Il espérait que oui.

Ils échangèrent à nouveau leurs places à Augusta et Maggie conduisit le reste du trajet en silence. McCabe s'assoupit. Il faisait toujours nuit lorsqu'ils atteignirent l'Eastern Promenade. Maggie gara la Crown Vic dans le parking derrière chez lui. McCabe descendit de voiture et se dirigea vers sa porte. Lorsqu'il arriva devant, il se retourna pour adresser un dernier signe d'au revoir, mais Maggie était déjà partie. Il entra dans l'immeuble blanc de style victorien et grimpa les marches jusqu'au deuxième étage. Il savait que, si Kyra était là, il la réveillerait et qu'ils feraient l'amour. Il savait qu'elle en serait heureuse. Après, ils dormiraient peut-être un moment. Et encore après, ils se réveilleraient et referaient l'amour.

McCabe ôta ses chaussures sur le palier, entra chez lui et se dirigea vers la chambre à coucher sans bruit. Il ouvrit la porte de la chambre. Malgré l'obscurité, il distingua aussitôt Kyra, assise dans le lit, qui l'attendait. Laissant glisser le drap qui recouvrait son corps nu, elle lui tendit les bras.

— Bienvenue à la maison, dit-elle d'une voix douce.

Composition :
Soft Office – 5 rue Irène Joliot-Curie – 38320 Eybens

Achevé d'imprimer par N.I.I.A.G.
en juillet 2012
pour le compte de France Loisirs, Paris

N° d'éditeur : 68795
Dépôt légal : août 2012
Imprimé en Italie